多崎 礼

Ray Tasaki

レーエンデ国物語

The Chronicles of Leende

講談社

目次

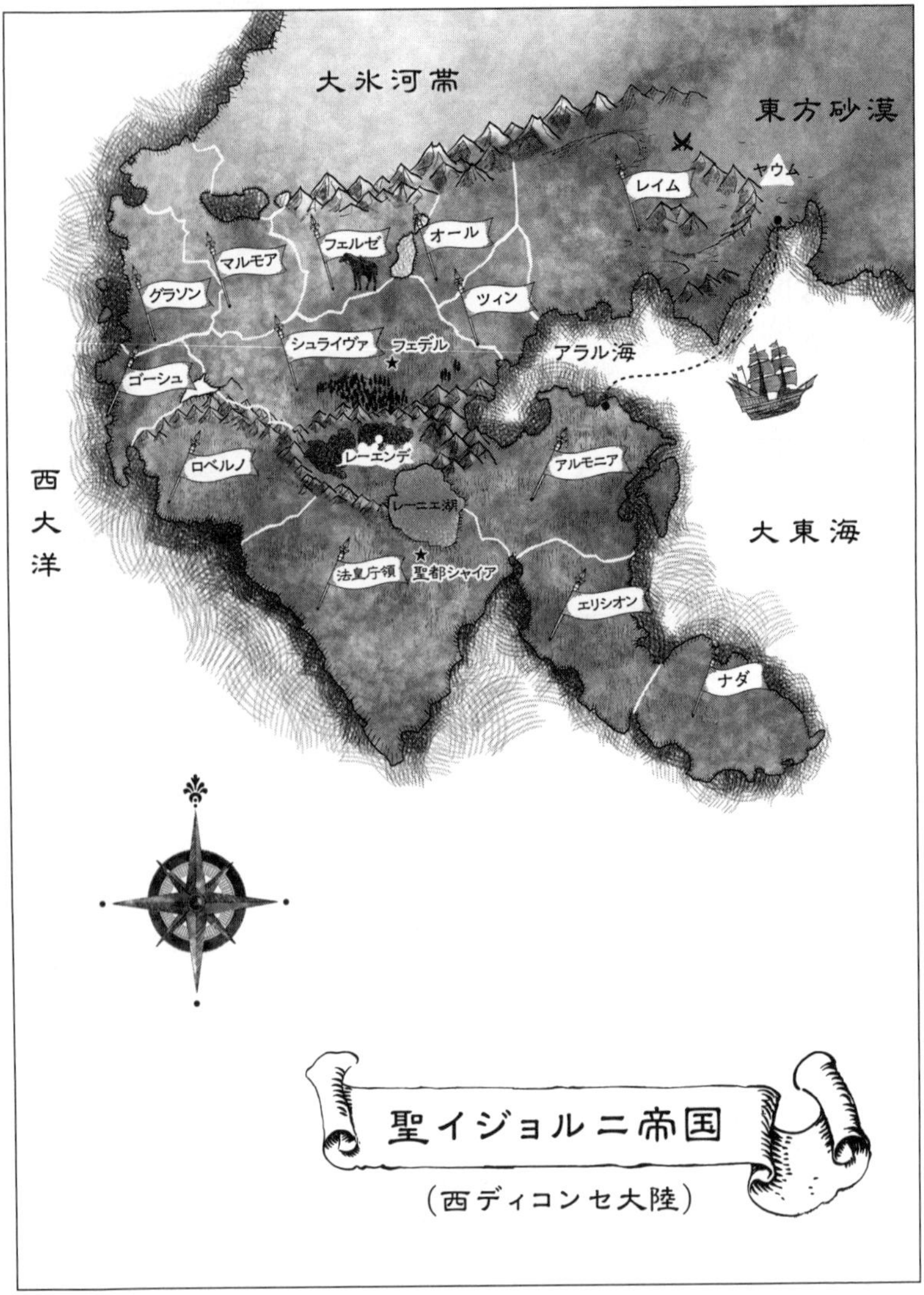
大氷河帯
東方砂漠
レイム
ヤウム
フェルゼ
オール
マルモア
グラソン
ツィン
シュライヴァ
フェデル
アラル海
ゴーシュ
ロベルノ
レーエンデ
アルモニア
西大洋
レーニエ湖
大東海
法皇庁領
聖都シャイア
エリシオン
ナダ
聖イジョルニ帝国
(西ディコンセ大陸)

レーエンデ地方
至シュライヴァ州
エンゲ山
大アーレス山脈
フォルテの黒色林
ルード
アンセム山
竜の首
見返り峠
森の家
大氷河
オリアン湖
イーラ川
古代樹の森
マルティン
エルウィン
フィゲロア湖
西の森
ダール
フローディア
エルシー湖
レイル
交易路
コモット湖
東部丘陵地帯
中央高原地帯
アルトベリ
ボネッティ
ロッソ
イーラ川
西街道
ラウド渓谷路
ロイズ川
レーニエ湖
オンブロ
バローネ
至ロベルノ州
小アーレス山脈
ノイエレニエ
シャイア城

登場人物

ユリア・シュライヴァ

シュライヴァ州首長の弟の娘。出生直後に母を亡くす。

トリスタン・ドゥ・エルウィン

レーエンデの射手。元傭兵。

ユリアの父。騎士団長にして英雄。

ヘクトル・シュライヴァ

リリス・ドゥ・マルティン

ウル族の少女。

レーエンデ国物語

装幀　鈴木久美
装画　よー清水
人物画　擎々《じじ》
地図画　芦刈将

序章

《大アーレス山脈》
万年雪を頂く大陸有数の大山脈。これにより聖イジョルニ帝国は南北に分かたれている。

革命の話をしよう。
歴史のうねりの中に生まれ、信念のために戦った者達の
夢を描き、未来を信じて死んでいった者達の
革命の話をしよう。

神の声を聞く者ライヒ・イジョルニは戦乱の世を平定し、西ディコンセ大陸に比類なき大国、聖イジョルニ帝国を打ち建てた。広大なる帝国領を十二州に分割し、治世を各州の領主に任せた。

その帝国領内にありながら、法皇庁《ほうおう》領と帝国十二州、いずれにも属さぬ地域があった。

それがレーエンデだ。大アーレス山脈と小アーレス山脈の狭間《はざま》にあるこの場所は、古来『呪《のろ》われた土地』と呼ばれてきた。この世ならざるものが棲《す》み、この世ならざることが起きる場所として恐れられてきた。


レーエンデが抱《かか》えた宿痾《しゅくあ》と宿命。

そこに生きた者達の受難と苦闘。

法皇庁が隠蔽《いんぺい》し続けてきた真実をここに記そう。

革命の話をしよう。

物語の始まりは聖イジョルニ暦五二二年二月十日。

麗《うるわ》しき月の夜だった。四年に一度の天満月だった。やがて来る動乱を知らず、世界は深い眠りについていた。迫り来る戦禍を知らず、大アーレス山脈は白く悠然と横たわっていた。

山脈の北、シュライヴァ州の州都フェデルは雪に埋もれていた。街並みは紺青に沈み、大気には静寂が満ちていた。窓の明かりはすでに消え、道行く者の姿もない。刃《やいば》のような月光が冴《さ》え冴《ざ》えと降る深更。

フェデル城の西の離れで一人の女児が産声《うぶごえ》を上げた。

シュライヴァ州の首長の実弟ヘクトル・シュライヴァと彼の妻レオノーラ・レイムの第一子。後に『レーエンデの聖母』と呼ばれることになる運命の女性。

彼女の名はユリア――

ユリア・シュライヴァという。

第一章　呪われた土地

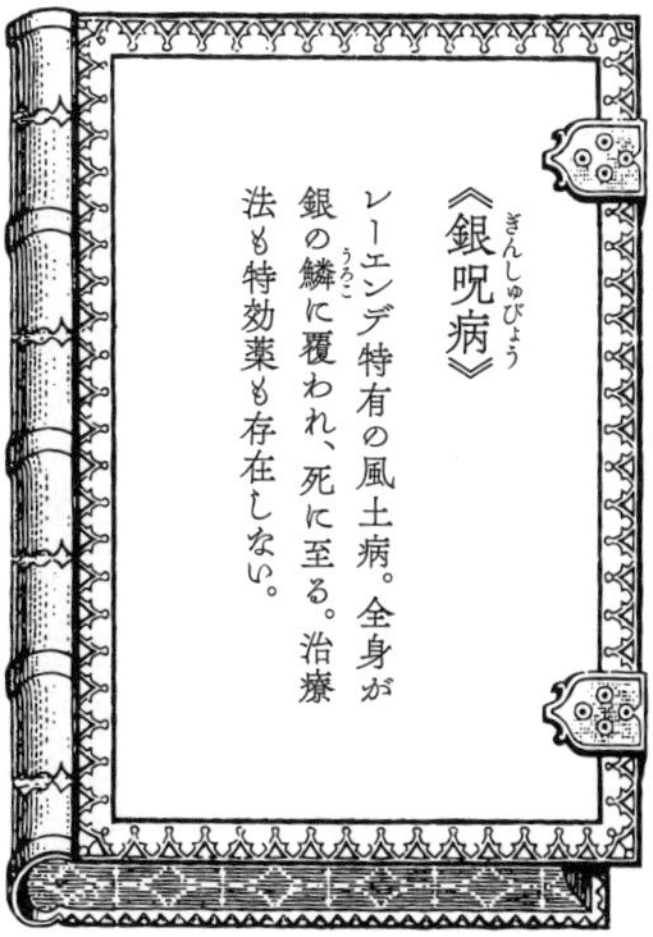
《銀呪病《ぎんしゅびょう》》
レーエンデ特有の風土病。全身が銀の鱗《うろこ》に覆われ、死に至る。治療法も特効薬も存在しない。

栗毛《くりげ》のフェルゼ馬に乗り、ユリアは山間の隘路《あいろ》を登っていた。

城の窓辺から朝な夕なに眺《なが》めてきた大アーレス山脈。季節ごとに色を変える美しき山河。だがこうして足を踏み入れてみると底意地の悪さばかりが目についた。曲がりくねった細道、雪解け水にぬかるんだ坂道、もし馬が蹄《ひづめ》を滑《すべ》らせればもろともに谷へ落っこちる。一瞬たりとも気が抜けない。緊張で手綱を握る手が汗ばむ。先行する父に付いていくだけで精一杯、雄大な風景を楽しむ余裕などどこにもなかった。

前を行く黒馬がブルルッと鼻を鳴らした。あの黒毛は父ヘクトルの愛馬だ。彼とともにシュライヴァ騎士団の先頭に立ち、幾多の死線を駆け抜けてきたフェルゼ馬だ。勇敢な軍用馬だが気位が高い。背に積まれた大荷物が気に入らないらしく、先程から不愉快そうに首を振っている。

思い返せば今朝方まで、この旅にはもう一人同行者がいた。忠実なる使用人のフープが荷を積んだ驢馬《ろば》の手綱を引き、ヘクトルとユリアの後を歩いていた。しかしいよいよ最大の難所ファスト渓谷にさしかかろうという時になって、フープは突然足を止めた。

「旦那《だんな》様、お許しください。ここから先はどうかご勘弁ください」

彼は帽子を取り、その場に跪《ひざまず》いた。頭《こうべ》を垂れ、身を震わせ、涙ながらに懇願《こんがん》した。

「レーエンデは神に見放された土地です。踏み入れば銀の悪魔の呪いを受けます。全身を銀の鱗《うろこ》に覆《おお》われて苦しみながら息絶える。それを思うと恐ろしくて、もはや堪えられそうにありません。お見苦しい姿をお見せする前に、どうか私を……私を解雇してください」

ヘクトルは馬を降り、急いでフープに駆け寄った。平伏する使用人の肩に手を置いて、その身体《からだ》を助け起こした。

「フープよ、無理をさせてすまなかった。ここまで運んで貰《もら》えれば充分だ。お前はフェデルに戻ってくれ。だが間違うな。解雇はしないぞ。お前ほどの忠義者、手放すつもりは微塵《みじん》もない」

そう言うとヘクトルは驢馬の荷物を自分の軍用馬へと移し始めた。それを手伝いながらフープは声を殺して泣いていた。

一人寂《さび》しくフェデルへと戻っていった彼の背中を思い出し、ユリアはきゅっと下唇《したくちびる》を噛《か》む。

父上一人だけならば、このような大荷物は必要なかった。フープにあんな悲しげな顔をさせることも、勇敢な軍用馬に大荷物を背負わせることもなかった。私が我儘《わがまま》を言ったせいで皆が迷惑をしている。無責任な私の行動が父上の足を引っ張っている。

来るべきではなかった。

やはり来るべきではなかったのだ。

後悔が胸を苛《さいな》む。目の奥がじわりと熱くなる。

「ユリア」

父の声が聞こえた。

「ここで少し休憩しよう」

ユリアは顔を上げ、周囲を見回した。いつの間にか隘路は終わり、見通しの良い岩場に出ていた。

手綱を引き、栗毛のフェルゼ馬を止める。地面に降りるとガクガクと膝《ひざ》が震えた。振り落とされないように内股《うちまた》に力を入れていたせいだ。倒れ込むような無様《ぶざま》な姿を父に見せるわけにはいかない。彼女は急いで近くの岩に腰を下ろした。

「よく頑張ったな」

ヘクトルが水筒を差し出す。ユリアは礼を言って、それを受け取った。水筒に唇を当て、一口だけ水を飲む。渇いた喉《のど》に冷たい水が染《し》み込《こ》んでいく。

「なあ、ユリア」

隣の岩に腰掛けて、ヘクトルは膝の上で手を組んだ。

「フープが言ったことは気にするな。銀呪病《ぎんしゅびょう》は恐ろしい病《やまい》だが、これから訪ねるイスマル・ドゥ・マルティンは古代樹の森で生まれ育った強者《つわもの》だ。銀呪から身を守る術《すべ》も心得ている。彼に任せておけば大丈夫だ」

銀呪病はレーエンデ特有の風土病だ。全身が銀の鱗に覆われていくという謎《なぞ》の死病だ。それに関する噂《うわさばなし》話ならユリアもいくつも耳にしてきた。フープだけではない。彼女の身近にいた者達――ばあやも庭師も料理人も銀呪病を恐れていた。レーエンデを「呪われた土地」と呼び、その名を口にするのも穢《けが》らわしいというように眉《まゆ》をひそめた。

だがユリアにとってレーエンデは憧《あこが》れの土地だ。怖いと思ったことは一度もない。夢にまで見たレーエンデへの旅だ。嬉《うれ》しくないはずがない。しかし心は沈んだまま、後悔の淵《ふち》をさまよっている。シュライヴァ家のため、シュライヴァ州の安寧《あんねい》のため、人生を捧《ささ》げることは誉《ほま》れである。そう教えられてきた。シュライヴァ家の娘としての責任を果たす。その覚悟は出来ていた。

なのに思ってしまったのだ。逃げ出したいと。どこか遠くに行きたいと。

罪悪感に打ちのめされ、ユリアは黙って目を伏せる。

そんな娘の姿を見て、ヘクトルはさらに誤解を強めたようだった。

「心配するな。そう長居はしない。今回の旅の目的は交易路の建設に相応《ふさわ》しい場所を見つけることだ。大アーレス山脈を調査し、秋までには答えを出す。冬が来る前にはフェデルに戻る」

咄嗟《とっさ》にユリアは言いかけた。「違うのです」と。「この気鬱《きうつ》は銀呪病を恐れてのことではないのです」と。喉まで出かかったその言葉を、ため息に変えて吐き出す。首から下げた守り石を握りしめ、自分自身に言い聞かせる。駄目よ、言っては駄目。言えば、すべてを話さなければならなくなる。

「今からでも遅くはない。引き返してもいいんだぞ？」

ヘクトルの優しい声。でも今はその優しさが胸に痛い。

俯《うつむ》いたまま、ユリアは首を左右に振る。

「引き返しません。私はレーエンデに参ります」

「なぜだ？　なぜそうまでしてレーエンデに行きたがる？」

たぶんレーエンデでなくてもよかった。行く先はどこでもよかった。私はフェデル城から逃げ出したかっただけ。自分の役目から逃げ出したかっただけ。でもそんなこと、父上には言えない。本当の理由は話せない。だからユリアは今までと同じ言い訳を繰り返す。

「父上からレーエンデの話を聞かされた瞬間、私は彼の土地に恋をしました。あの時から、いつか必ず会いに行こうと心に決めておりました」

それは九年前、彼女がまだ六歳の時のことだった。

東ディコンセ大陸の大部分を占める未開の荒野、通称『東方砂漠』。今から百年ほど前、東方砂漠に暮らす遊牧民グァイ族が『帝国の穀物庫』と呼ばれるレイム州を襲撃した。助けを求めるレイム州に応《こた》えたのがシュライヴァ州だった。

この時に始まったレイムとシュライヴァの同盟関係は今もなお続いている。シュライヴァ騎士団の団長を務めるヘクトルは、夏が盛りを迎える頃、精鋭部隊とともにレイムへと赴く。国境を巡回し、東方砂漠に目を光らせ、秋の収穫が終わると役目を終えて帰郷する。

聖イジョルニ暦五二七年十一月。国境警備に出ていたシュライヴァ騎士団が州都フェデルに戻ってきた。城の中庭では騎士達とその家族が五ヵ月ぶりの再会を喜んでいた。ユリアもまた中庭に出て父の姿を探した。が、ヘクトル・シュライヴァはどこにも見当たらない。

「父上はどうしたのですか？　どこにいらっしゃるのですか？」

彼女の問いに、副団長のクラヴィウスは言いにくそうに答えた。

「ご安心くださいユリア様。ヘクトル様はご無事です。ご帰還が遅れておられますのは、東方砂漠で負傷した傭兵《ようへい》に付き添い、彼を故郷の地まで送り届けに行かれたからです」

なんで？　とユリアは思った。そんなこと父上がしなくたっていいじゃない、他の人に任せればいいじゃない。しかしすぐに考えを改めた。お戻りが遅れたぐらいで癇癪《かんしゃく》を起こすなんて馬鹿《ばか》な子供のすることよ。私は英雄の娘だもの。少しぐらい待たされたって泣いたりしないわ。ちゃんと笑って、おかえりなさいと言うわ。

ユリアは大人しく父の帰りを待った。やがて北からの風が雪雲を運び、フェデルの街並みは白に埋もれた。ベーレの森は綿帽子を被《かぶ》り、大アーレス山脈は純白のドレスを纏《まと》った。冬の息吹がシュライヴァを覆い尽くしても、ヘクトルは戻ってこなかった。

不安に押《お》し潰《つぶ》されそうになりながら、ユリアは毎朝毎晩、窓辺に跪いて祈った。

「父上、早く戻ってきてください。母上、どうか父上をお守りください」

彼女の母レオノーラはユリアを出産した三日後に天に召された。父の居室には今も彼女の肖像画が飾られている。月光のような白金髪、雪花石膏《せっかせっこう》のような白い肌、薔薇色《ばらいろ》の唇に浮かぶ微笑《ほほえ》みは儚《はかな》げで、空色の瞳《ひとみ》は寂しげだった。それを見るたびユリアは思う。レイム州出身の母にとって、シュライヴァは心地よい場所ではなかっただろう。重く湿った空気も、フェデル城の閉鎖的な雰囲気も、母の心身を苛んだだろう。

ユリアには繰り返し聞かされてきた言葉があった。

「母の温《ぬく》もりを知らずに育つとは不憫《ふびん》な子だ」

「お母様がいなくて寂しいでしょう？」

優しげな声、同情に満ちた表情、その裏側にはいつだって揶揄《やゆ》と侮蔑《ぶべつ》が存在していた。

「あの娘はちっとも笑わないな」

「天満月生まれの娘は災禍を招くというし」

「あれでは嫁の貰い手を探すのも一苦労だろうて」

「本当にシュライヴァの血を引いているのかしら？」

心ない雑言や陰口《かげぐち》に耐えてこられたのは、父ヘクトルがいたからだ。もしこのまま父上が戻らなかったら、私は本当に独りぼっちになってしまう。

「父上、帰ってきてください。お願いです。私を一人にしないでください」

ユリアは必死に祈り続けた。だが願いはかなわぬまま十三月は終わりを迎え、新しい年がやってきた。新年を祝って浮かれ騒ぐ者達を余所《よそ》にユリアは鬱々《うつうつ》とした日々を過ごした。何の音沙汰《おとさた》もないまま一月が過ぎ、二月が過ぎた。日差しが暖かくなり、屋根に積もった雪が溶け始めても、父は戻らなかった。

それは三月に入って間もない、まだ寒さの残る早朝のことだった。

「ユリア、朝だよ。お目覚めの時間だよ」

耳慣れた声に瞼《まぶた》を開くと、目の前にヘクトルの顔があった。茶褐色の髪はもつれ、顎《あご》は無精髭《ぶしょうひげ》に覆われていたけれど、鳶色《とびいろ》の瞳は変わらず明るく輝いていた。

「おはよう、俺のお姫さま」

無骨な指が彼女の髪を撫《な》でた。懐《なつ》かしい父の匂《にお》いがした。

夢ではない。これは夢じゃない。そう思った瞬間、涙が溢《あふ》れた。泣かないと決めていたのに、笑顔でおかえりなさいと言おうと思っていたのに、喉が詰まって声が出なかった。

「遅くなってすまなかった」

泣きじゃくる愛娘《まなむすめ》をヘクトルは優しく抱きしめた。

「長らく肩を並べて戦ってきた戦友のイスマルが重傷を負ったんだ。幸い一命は取り留めたが、右脚を切断しなければならなくなった。『潮時だ』とイスマルは言ったよ。『引退してレーエンデに戻るよ』とね。だがファスト渓谷路は難所が多い。しかもイスマルは右脚を失ったばかりで馬に乗ることもままならなかった。一人で行かせるわけにはいかないと思った。だから、ついていくことにした」

ヘクトルはユリアの髪にキスをして、いっそう強く彼女を抱きしめた。

「イスマルを古代樹の森へ送り届けたら、すぐに戻るつもりだった。だが到着直後に大雪が降ってな。例年より一ヵ月も早く渓谷路が雪に埋もれてしまったんだ。そのせいで戻るに戻れず、連絡することもかなわず、お前には辛《つら》い思いをさせてしまった。けれどユリア、これだけは信じてくれ。お前を軽んじたわけではない。お前を悲しませるつもりはなかったんだ」

言われるまでもなかった。父の愛を疑ったことなど一度もなかった。しかしどんなに大人びていてもユリアはまだ六歳。不安に押し潰されそうだった日々を、鬱積《うっせき》した怒りと悲しみを、吐き出さずにはいられなかった。

「レ、レーエンデというのは……そ、そんなに遠いところに、あるのですか」

洟《はな》をすすり、しゃっくりを挟みながら、ユリアは尋ねた。

「お、お帰りが、こんなに遅くなるほど、遠く遠くにあるのですか！」

答える代わりにヘクトルは彼女を抱き上げた。左腕でユリアを支え、もう一方の手で鎧戸《よろいど》を押し開ける。差し込む朝日の眩《まぶ》しさにユリアは思わず目を閉じた。冷えた空気に晒《さら》されて、剝《む》き出《だ》しの頰《ほお》がピリピリ痺《しび》れる。鼻の奥に冷気が染みて、小さなくしゃみが飛び出した。

「ごらん」

父の声に彼女は薄く目を開いた。眼下に広がるフェデルの街並み、その先には深緑色にくすんだベーレの森がある。さらに遠く、青く凍《こお》った空の下、大アーレスの銀嶺《ぎんれい》が横たわっている。

「レーエンデはあの山の向こう側にある。大アーレス山脈と小アーレス山脈の間にある森林地帯と、レーニエ湖北西の高原一帯をレーエンデ地方と呼ぶんだ」

「で、では父上は、大アーレスを越えたのですか？」

「そうだ」

「危なくは、なかったですか？」

「道は険《けわ》しかったが、苦労した甲斐《かい》はあったぞ」

ようやく泣《な》き止《や》んだ娘を見て、ヘクトルは微笑んだ。

「帝国建国以前からレーエンデにはウル族とティコ族という少数民族が暮らしていてな。その独自の文化に敬意を払い、始祖ライヒ・イジョルニは彼らに自治権を与えた。ゆえにレーエンデ地方は帝国内にありながら外地の影響をほとんど受けていない。あの土地では世間の常識は通用しない。血筋も身分も家柄《いえがら》も何の意味も持たないんだ」

熱っぽく語る父を見上げ、ユリアは眉根を寄せた。それのどこがいいのか、さっぱり理解出来なかった。するとヘクトルは逡巡《しゅんじゅん》し、言い方を改めた。

「レーエンデは不思議の国だ。見るもの聞くものすべてが奇妙で面白い。たとえば古代樹の森に住むウル族は巨木の洞《うろ》で暮らしている。木の実の粉でパンを焼き、光る虫を集めてランプを作る」

途端、ユリアは目を輝かせた。

巨木の家！　光る虫のランプ！　まるでお伽噺《とぎばなし》の国みたい！

「木の洞に住むなんて、妖精《ようせい》みたいです」

「そうだな。ウル族は肌が白く、瞳の色も髪の色も薄くて、本物の妖精みたいだったぞ」

クスクスと笑い、ヘクトルは再び大アーレス山脈へと目を向ける。

「いつかは俺もあの場所で、彼らのように暮らしたい」

それを聞いてユリアは再び不安になった。父上はシュライヴァよりもレーエンデが好きなのだ。いつか私を置いてレーエンデに行ってしまうのだ。そう思うとまた涙が出そうになった。

そんな娘の気持ちを知ってか知らずか、ヘクトルはユリアの髪をくしゃくしゃとかき回した。

「お前にもあの風景を見せてやりたい。きっと気に入る」

口を開くと泣いてしまいそうだったので、ユリアは黙って頷《うなず》いた。

ユリアはフェデル城が好きではなかった。彼女を取り巻く人々はよそよそしくて冷たかった。いつかこの城を出てレーエンデに行く。父と一緒にお伽の国で暮らす。それはとても魅力的に思えた。

「では約束してください。今度レーエンデに行く時は、私も一緒に連れて行くと」

「承知した」

ヘクトルは大らかに首肯した。

「真問石《しんもんせき》に手を置いて誓おう。今度レーエンデに行く時には必ずお前を連れて行こう」

あれから九年、ユリアは十五歳になった。もはや分別のつかない子供ではない。シュライヴァ家の娘が長期旅行に出かけるなど、決して許されないことだとわかっている。しかしヘクトルがレーエンデに赴くと聞いて、いても立ってもいられなくなった。ユリアは父の元を訪ね、「私も連れて行ってください」と懇願し、「シュライヴァの英雄が約束を破るのですか」と迫った。そんな娘の熱意に押され、ヘクトルはついに首肯した。夏の間だけという条件で彼女の同行を許してくれた。

守り石を握りしめ、ユリアは思う。

あの時、私はレーエンデに恋をした。今も彼の地に憧れている。同行を望んだ理由はそれだけではないけれど、レーエンデに恋い焦《こ》がれるこの気持ちに偽りはない。

「父上が言ったのです。『レーエンデは不思議の国だ』と。『きっと気に入る』と」

「ああ――そうだな」

ヘクトルは目を細めた。同情しているのだと思った。娘を哀《あわ》れに思えばこそ、父上は私を連れ出してくれたのだ。この小旅行は父の愛、父上が私に下さる最後の贈り物なのだ。

「さて、そろそろ行こうか」

ヘクトルが腰を上げる。ユリアも慌てて立ち上がった。

「父上、ここから先は私も歩きます。荷物を半分、栗毛の背中に移してください」

「その必要はない。まだまだ険しい上り坂が続く。お前は馬に乗っていけ」

「でも荷物が多いのは私のせいです。なのに私だけが楽をするなんて出来ません」

それ以上、父に物言う暇を与えずユリアは黒毛に歩み寄る。縄を解《ほど》き、馬の背に積まれた衣装箱を下ろそうとする。

「俺がやろう」

ヘクトルが彼女の手を制した。衣装箱を肩の上へと担ぎ上げ、申し訳なさそうに眉根を寄せる。

「すまないな。お前まで歩かせる羽目になって」

「ご心配なく」ユリアはドレスの裾《すそ》を持ち上げてみせた。「こういうこともあろうかと、革の長靴を履いてきました」

「さすが俺の娘だ」

ヘクトルは朗《ほが》らかに笑い、ユリアの頭をぽんぽんと叩《たた》いた。

「この先は危険な箇所が多い。油断するな」

父娘《おやこ》は再び歩き出した。父の助言に従い、慎重に足を進める。今にも崩落しそうな砂礫《されき》の斜面を横切り、馬の手綱を引いて険しい岩場を乗り越えた。切り立った崖《がけ》に作られた心許《こころもと》ない張り出しの上を一列になって進んだ。深い谷に渡された吊《つ》り橋は一足ごとにギシギシ軋《きし》む。ぐらつく踏み板の下をびょうびょうと風が吹き抜けていく。谷底に目を向けると足がすくんでしまうので、ユリアは自分の靴先だけを見て進んだ。

緊張の連続に心身ともにくたびれ果てていた。足の裏には水膨《みずぶく》れが出来て、踏み出すたびに刺すような痛みが走った。ユリアは奥歯を喰《く》いしばり、必死に足を動かし続けた。

「見えたぞ！」

声を弾ませ、ヘクトルが前方を指さした。

「あれがレーエンデ、古代樹の森だ」

坂道を登り切り、崖の縁に立つ。

眼下に緑の海が広がっている。靄《もや》がかかった樹海が地平の彼方《かなた》まで続いている。フェデル城から望む陰鬱《いんうつ》なベーレの森とは異なり、古代樹の森は多彩な色合いに満ちていた。滴《したた》るような深緑色、若さ溢れる萌黄《もえぎ》色、光り輝く黄緑色、翡翠《ひすい》のような緑青色。中でもひときわ目を引くのが乳白色の巨木群だ。緑の梢《こずえ》を突き抜けて屹立《きつりつ》する古代樹の群生。あれが古代樹林、あそこにウル族の集落がある。

「この峠は外地とレーエンデの境だ。レーエンデに来る者、レーエンデを去る者、誰もが等しく立ち止まり、置いてきたものを振り返る。ゆえにここを『見返り峠』と呼ぶのだそうだ」

大きく息を吐き、ヘクトルは感慨深げに呟《つぶや》く。

「ああ、ようやく戻ってこられた」

ユリアは無言で頷いた。初めて見る風景なのに、初めて見たという気がしない。どこかで見たような気もするけれど、どこで見たのか思い出せない。霞《かすみ》のごとく消えゆく記憶を引き寄せようとするほどに頭の芯《しん》が熱くなる。胸の奥にひたひたと何かが押し寄せてくる。

「おや？」

ヘクトルが首を傾《かし》げた。不可解そうに古代樹の森を指さす。

「見えるか、ユリア」

「……はい」

樹冠の上にキラキラと光るものが浮いている。虹色《にじいろ》の被膜、透き通った球体、どう見てもシャボン玉だ。大小様々なシャボン玉が樹海の中から湧《わ》いてくる。

「なぜあんなところにシャボン玉が？」

「シャボン玉ではない。あれは泡虫《あわむし》だ。とても珍しいもので、レーエンデでも滅多《めった》に見かけることはないとイスマルは言っていた。が、奇遇だな。前回もこの見返り峠で泡虫を見た」

「泡虫――ということは、あれは生き物なのですか？」

「わからない」ヘクトルはにやりと笑う。「泡虫の正体を知る者はいない。世間の常識は通用しない。レーエンデはそういう場所だ」

泡虫の群れが動き出した。ゆるゆると見返り峠に向かって流れてくる。ひとつやふたつならば可愛《かわい》いが、百とも二百ともつかない大群だ。身の危険を感じ、ユリアは父に身体を寄せた。ヘクトルは左手でユリアの肩を抱き、剣の柄に右手を添えた。

押し寄せる泡虫。それは二人の目前で左右に分かれた。そのまま二人の横を通り過ぎ、後方へと流れ去っていく――かと思いきや、弧を描いて戻ってきた。ユリアとヘクトルを中心に泡虫の群れが大きく緩《ゆる》やかな渦を巻く。透き通った球体がくるくると舞い、ふわふわと踊る。淡く儚い刹那《せつな》の円舞。そこには歌も音楽もない。歓声も言葉もない。なのにユリアは感じていた。溢れんばかりの歓喜を。舞い上がるほどの感動を。

おかえり、おかえり、待っていたよ。貴方《あなた》が来るのを待っていたよ。

声なき声を響かせて泡虫達が消えていく。

最後に残った一泡が、まるでキスをするように、ユリアの眼前でぱちんと弾《はじ》けた。

柔らかなものが唇に触れた。鼻の奥に海が薫った。懐かしい。恐ろしい。恐ろしいのに愛《いと》おしい。愛おしいのに悲しくて、なのに嬉しくてたまらない。心が震える。琴線がかき鳴らされる。涙がぽろぽろとこぼれてくる。

「どうしたユリア？　なぜ泣いている？」

ヘクトルが尋ねる。心配そうに娘の顔を覗《のぞ》き込《こ》む。だがユリアは答えられない。なぜ泣いているのか、彼女自身にもわからない。

しかし確信していた。狂おしいほどに確信していた。

私はレーエンデにやってきたのではない。

レーエンデに還《かえ》ってきたのだ。


見返り峠を下り、二人は古代樹の森に入った。

森の中はひんやりとして肌寒い。しかし思っていたほど暗くはなかった。木漏れ日に照らし出された羊歯《しだ》の葉は瑞々《みずみず》しく、苔生《こけむ》した大岩や倒木は淡い緑に輝いている。競い合うように伸びた木々、絡み合った枝には青々と葉が生い茂っている。湿った土の匂い、清々《すがすが》しい新緑の香り、初夏の日差しに若葉が煌《きら》めき、風や空気さえも鮮やかな緑に染まって見える。

ヘクトルは慎重に森の奥へと進んだ。時折足を止め、何かを探すように木々を見上げた。

さわさわと枝葉が揺れる。銀色の小鳥が梢を行き交い、葉陰《はかげ》から楽しげな囀《さえず》りが聞こえてくる。それに紛《まぎ》れ、遠くのほうから冴えた鈴の音が響いてきた。かすかに聞こえる音をたどり、ヘクトルは足を速めた。ユリアは足の痛みを堪《こら》え、父を追いかけた。

「見ろ、ユリア！」

嬉々《きき》としてヘクトルが叫んだ。

「あれが古代樹林。ウル族の集落、古代樹林のマルティンだ！」

森が切れ、広い空間に出た。斜めに差し込む光の中、幾本もの巨木が聳《そび》えている。どっしりとした根は大地を隆起させ、大岩をいくつも抱え込んでいる。窓や扉が埋め込まれた太い幹を螺旋《らせん》状の階段が取り巻いている。枝は通路になっているらしく、梯子《はしご》や吊り橋が複雑に絡み合い、隣の巨木と繋《つな》がっている。枝の間には幾重にも細い綱が張り巡らされ、無数の細長い金属片が吊るされている。それらが風に揺れるたび、チリン、リリンと涼やかな音色が響いてくる。

呆然《ぼうぜん》としてユリアは古代樹林を見上げた。乳白色の幹が樹冠を突き抜け、はるか蒼天《そうてん》へと伸びている。予想以上の高さだった。想像を絶する大きさだった。圧倒されて声も出なかった。

「おおい、イスマルはいるか？」

口の横に右手を当て、ヘクトルが声を張る。

「俺だ、ヘクトルだ。約束通りやってきたぞ！」

それに応じるように一番手前の巨木の扉が開かれた。

「おう、よく来たな！」

陽気な声とともに壮年の男が出てくる。灰色の髪を首の後ろで三つ編みにした大男だ。ごつい肩、厳《いか》つい顎、赤ら顔にはいくつもの傷痕《きずあと》が浮いている。右脇《みぎわき》に挟んだ松葉杖《まつばづえ》を器用に操り、岩階段を下りてくる。下衣の裾から突き出た鉄の義足を見てユリアは気づいた。この人がイスマル、シユライヴァ騎士団の危機を救い、その代償として右脚を失った父上の戦友なんだわ。でもちょっと待って。ウル族は本物の妖精のようだと父上は言っていた。けれど彼は少しも妖精らしくない。どちらかというと山賊団の頭領だわ。

「久しいなイスマル。しばらく見ないうちにずいぶんと貫禄《かんろく》がついたな」

「そういうお前さんは変わらんなぁ。今年でいくつになるよ？」

「三十五だ」

「そうか、お前さんもついに第三の人生を始める歳《とし》になったか！」

ヘクトルとイスマルは互いの肩を抱き合い、再会を喜んだ。

「紹介しよう。俺の自慢の娘、ユリアだ」

「ようこそ、お嬢さん」

山賊顔の元傭兵《ようへい》は白い歯を見せて笑った。

「俺はイスマル。イスマル・ドゥ・マルティンだ」

名乗りを上げ、肩の高さに左手を掲げる。初対面の相手には左手の掌《てのひら》を見せる。それがウル族の正式な挨拶《あいさつ》なのだと、事前にヘクトルから聞かされていた。

ユリアはおずおずと左手を挙げた。

「初めまして、ユリア・シュライヴァです。その節は父がお世話になりました」

「いやいや、世話になったのは俺のほうさ」

戯《おど》けた様子で手を振って、イスマルは背後を振り返った。

「じゃあ、俺の家族も紹介しようか」

扉の前に数人の女性が立っている。ウル族の民族衣装なのだろう。独特な模様が刺繍《ししゅう》された長衣《ながぎぬ》に幅広のベルトを巻き、裾を絞った下衣をつけている。

「一番大きいのが長女のプリムラ。プリムラにくっついてるのが双子の孫娘、右がペル、後ろにいるのがアリー。その隣にいるのが次女のリリスだ」

「いらっしゃい。お待ちしておりました」

二十代半《なか》ばの女性、プリムラが左手を掲げた。白雪の肌に春空の瞳、金糸のような髪を背に垂らしたその姿は聖典の挿絵に描かれた慈愛の天使そのものだ。双子の少女は三、四歳。綿菓子のような金の巻き毛と、ぷっくりとした薔薇色の頬を持っている。顔立ちは瓜二《うりふた》つだが性格は異なるらしい。ペルは興味津々な目でユリア達を見つめているが、アリーはプリムラの後ろに半ば隠れてしまっている。最後の一人、リリスはユリアと同年代の少女だった。白い肌や青い目はプリムラ達と同じだが、豊かに波打つ髪の毛はヤバネカラスのように真っ黒だった。

シュライヴァにおいて黒髪は叡智《えいち》の証《あかし》、賢者の印と呼ばれている。美しい黒髪に憧れて髪を染める娘も多い。ユリアの金髪は亡き母から譲り受けたものだったから、染めたことは一度もない。だが染めたいと思ったことなら実のところ何度もある。しかもリリスの黒髪は天鵞絨《ビロード》のように艶《つや》めいて、惚《ほ》れ惚《ぼ》れするほど美しい。あの黒髪を持って生まれていたら悪口を言われることも陰口を叩かれることもなかったかもしれない。ユリアは羨望《せんぼう》の眼差《まなざ》しで彼女の髪を凝視した。するとリリスはあからさまに唇を歪《ゆが》め、不機嫌そうにそっぽを向いた。

「長旅で疲れただろ。話の続きは中で聞こう。リリス、ペル、アリー、客人達の馬を頼む」

イスマルが先に立って階段を上っていく。入れ違いに階段を下ってきた黒髪の少女に、ユリアは手綱を差し出した。

「お願いします」

リリスはひったくるようにそれを奪い取った。

「あんた、さっきからなんなの？　あんまりジロジロ見ないでくれる？」

棘《とげ》のある声で言われ、ユリアは思わず首を縮めた。すみません――と小声で詫《わ》びて、急いで父の後を追った。

古代樹の中は木の洞とは思えないほど広かった。床には毛織物《けおりもの》が敷かれ、木製の椅子《いす》とテーブルが置かれている。丸窓からは光が差し込み、奥には暖炉《だんろ》までしつらえてある。乳白色の壁面はつるりとして、樹木というより波紋石のようだった。

「狭くて驚いたかい？」

暖炉前の揺り椅子に腰掛け、イスマルが問いかける。

ユリアは慌てて首を横に振った。

「い、いいえ。幹の中なのに、壁が石みたいだなと思って……」

「古代樹ってのは化石だからな。樹よりも石に近いんだ。階段の上り下りにはちと苦労するが、慣れてしまえばけっこう暮らしやすいところだよ」

イスマルはユリアに座るよう促《うなが》した。彼女が長椅子の端《はし》に腰を下ろすと、イスマルは改めてヘクトルへと向き直る。

「じゃ、さっそく聞かせて貰おうか。シュライヴァの首長は、なぜお前さんに交易路を造るよう命じたんだ？　シュライヴァとレーエンデを結ぼうとする彼の真意はどこにある？」

「主目的は通行税を得るためだ」

膝の上に肘《ひじ》をつき、ヘクトルは身を乗り出した。

「レーエンデで作られる農耕具は質がいい。レイム州やフェルゼ州でも需要は高い。レーエンデとシュライヴァを繋ぐ道が出来て、多くの商人がそれを利用するようになれば市場は活性化する。交易が盛《さか》んになればシュライヴァの財政も潤《うるお》う」

「けどシュライヴァには騎士団がいるじゃねぇか。無敵のシュライヴァ騎士団を貸し出して、さんざん荒稼ぎしてきたじゃねぇか。なのに今になって『通行税を稼ぐために交易路を造りたい』とか言われても、信憑性《しんぴょう》に欠けるんだよ」

「兄上は吝《しわ》い屋だ。相応の見返りが望めないものに大金を投じることはない」

「相応の見返りってなんだ？　しみったれた通行税じゃねぇよな？　まさかとは思うが、道を造って騎士団を送り込んでレーエンデを支配するとか、ンな馬鹿なこと考えてねぇだろうな？」

「その可能性は否定出来ない」

「おいおい、お前さんはどっちの味方なんだ？」

「俺は外地の者達にレーエンデの魅力を知ってほしいんだ。レーエンデに対する偏見を払拭《ふっしょく》し、ゆくゆくは医者や学者を招聘《しょうへい》し、銀呪病を根絶したいんだ。そのためには道が要《い》る。外地とレーエンデを繋ぐ安全な交易路が要る。兄上と俺は考え方も目的も違うが、交易路が必要だとする点では意見が一致している」

「けど、その交易路のせいでレーエンデが戦場になるんじゃ元も子もねぇ」

「交易路には関所を造る。攻めにくく守りやすい難攻不落の砦《とりで》を造る」

ヘクトルは肩の高さに右手を掲げた。

「真問石に手を置いて誓う。シュライヴァ騎士団はレーエンデとは戦わない。レーエンデを戦場にするようなことは一切しない」

「お前さん、騎士団長の肩書きは返上したんじゃなかったのか？」

「そのつもりだったんだがな。兄上が許可してくれなかったんだ。俺が騎士団長を辞めたらシュライヴァ騎士団の値打ちが下がるってな。よって俺は休職中だ。今はあの堅物クラヴィウスが団長代理を務めている。『自分には代理など務まりません』と固辞するから、『引き受けないと例のことを奥方にバラすぞ』と脅してやった」

「相変わらず、えげつねぇことをしやがる」

「俺もそう思う」

ひっそりと笑って、ヘクトルは両手を組んだ。

「前にも言ったが、俺はレーエンデが好きだ。いずれはこの地でのんびり暮らしたいと思っている。その夢をかなえるためならば兄上の野望も利用する」

「まったく、お前さんの考えにはいつも驚かされるよ」

呆《あき》れたというように、イスマルはぐるりと目玉を回した。

「わかったわかった、信じよう。銀呪病の根絶なんつう話は壮大すぎてピンとこねぇが、交易路が出来ればここの暮らしもちったぁ楽になるだろうし——」

そこで何やら言いよどみ、不満げな顔で頬杖《ほおづえ》をつく。

「けどなぁ、言っちゃあなんだがウル族の連中は頭が固い。外地と交流することを快《こころよ》く思わない者も多い。頷かせるのは至難の業だぞ？」

「それについては心配していない」

ヘクトルは自信たっぷりに右目を閉じた。

「俺がよく知るイスマル・ドゥ・マルティンは不可能を可能にする男だからな」

「よせやい」

「やってくれるか？」

「対価として塩一袋を所望する」

「土産《みやげ》に持ってきた」

「ありがたい！」イスマルは手を叩いた。「外地の飯《めし》に舌が慣れちまうと、レーエンデの飯は味気なくてなぁ」

「聞こえたわよ？」

明るい声が割って入った。上の階の厨房《ちゅうぼう》からプリムラがお茶を運んでくる。

「私が作るご飯が気に入らないなら、お父さん、自分で作ればいいじゃない」

「違う違う、誤解だ、プリムラ！」イスマルは慌てて両手を振る。「お前の作る飯が気に入らねぇだなんて一言も言ってねぇ！」

「あらそう？」

「ああそうだとも。塩がふんだんに手に入るようになったら、料理にもっと幅が出るだろ？　小麦が手に入りやすくなったら、毎日真っ白なパンが喰えるようになってチビどもも喜ぶだろ？　俺が言いたかったのはそういうことだよ」

「はいはい、じゃあ、そういうことにしておきます」

プリムラはくすくす笑い、ユリアに湯飲みを差し出した。

「さぁどうぞ。疲れが取れるわよ」

礼を言い、ユリアはそれを受け取った。湯飲みには白茶色の液体が入っている。表面に黄色い油膜が張っている。立ち上る湯気から、甘いような渋《しぶ》いような馴染《なじ》みのない匂いが漂ってくる。口に含むのが恐ろしい。しかしせっかくのおもてなしだ。飲まないわけにもいかない。覚悟を決め、ユリアはそれを口に運んだ。心地よい茶の渋みが口の中に広がる。滑《なめ》らかなバターの香りが鼻に抜ける。少し苦くてとても甘い。夢中で半分ほど飲んだ。優しい温もりに緊張が緩み、気持ちが和らぐ。

「美味《おい》しい？」

「はい」

「クリ茶って言うのよ」

プリムラは嬉しそうに花の顔《かんばせ》をほころばせた。

「ユリアさん、ヘクトルさん、よければ一緒に夕食を食べていきません？」

「お誘いはありがたいが、先に案内人に会っておきたい」

目礼して湯飲みを受け取り、ヘクトルは視線をイスマルへと戻した。

「今夜中に段取りを説明して、明日から調査を開始したい」

「大丈夫、もう話はつけてある」

イスマルはクリ茶を一口飲んだ。

「トリスタンって若者だ。腕も立つし土地にも詳しい。けどちょいと変わりモンでなぁ。昼過ぎには顔を出せと言っといたんだが、あの野郎、まだ来やがらねぇ」

「その男、今どこにいる？」

「まだエルウィンにいるんじゃねぇかな。ああ、エルウィンってのはここから十五分ほど東に行ったとこにある一本立ちの古代樹だ。トリスタンはそこで一人で暮らしてる」

クリ茶を飲み干し、イスマルは膝を打って立ち上がった。

「案内しよう。どのみち連れてくつもりだったんだ。エルウィンなら邪魔も入らねぇし、拠点にするにはうってつけだ」

「待ってくれ」ヘクトルは眉間《みけん》に縦皺《たてじわ》を寄せた。「一人暮らしの男の家にユリアを同居させろというのか？」

「トリスタンは変わりモンだが、お嬢さんに手を出すような真似《まね》は絶対にしねぇ。そいつは俺が保証する。だがマルティンの若造達はやんちゃだからな。連中が狩りから戻ってきたら、それこそ大騒ぎになるぜ。しばらくは調査どころじゃなくなっちまうぜ」

「そうか、わかった」

一息にクリ茶を呷《あお》り、ヘクトルも立ち上がった。

「案内は必要ない。東に十五分の距離なら俺だけでもたどり着ける」

それに——と言って、片目を閉じる。

「鉄足の歩く速度に合わせていたら到着前に陽が暮れる」

「ぬかせ」イスマルはヘクトルを小突いた。「じゃあ明日の朝、様子見がてらウチの若《わけ》ぇモンにヤギの乳を届けさせる。トリスタンによろしく伝えてくれ」

「了解だ」

ヘクトルが扉へと動き出すのを見て、ユリアは急いでクリ茶を飲み干した。礼を言って立ち上がり、父を追って外に出た。

階段の下ではペルとアリーが石蹴《いしけ》りをして遊んでいた。すぐ傍には黒髪の少女が立っている。ヘクトルが声をかけると、リリスは頷き、納屋から馬を引いてきた。

「ありがとうございます」

ユリアが礼を言っても、リリスは鼻を鳴らしただけで、目を合わせようともしなかった。

二人は古代樹林マルティンを離れ、森の小道を東へ向かった。

太陽は西の山頂に近づきつつある。遠くからヤバネカラスの鳴き声が聞こえてくる。朱を帯びた光を浴び、広葉は赤銅色に輝いている。紫色に染まった森、美しく謎めいた夕闇《ゆうやみ》、気を許したらふらふらと道を外れ、森の奥へと迷い込んでしまいそうだった。

「ごめんなさい、父上」

闇から目を逸《そ》らし、ユリアは隣を歩くヘクトルを見上げた。

「あんなに深いお考えがあったとは思っていませんでした」

「ということは、ユリアも俺のことを、考えなしの戦馬鹿だと思っていたんだな？」

そこまでは言わないが、狡猾《こうかつ》な兄に踊らされるお人好《ひとよ》しの弟ぐらいには思っていた。

「すみません」

「謝ることはない。そう思われても仕方がない。だが安心しろ。俺には俺の考えがある。兄上のことは尊敬しているが、だからといって妄信追従しているわけではない」

ヘクトルは愉快そうに笑ったが、ユリアはとても笑う気にはなれなかった。

「ですが、もしヴィクトル様からレーエンデを攻め落とすよう命じられたら、父上は――」

突然ヘクトルが立ち止まった。ユリアを背にかばい、前方の木立を見上げる。冷え冷えとした眼光、引き締まった唇、空気がピリリと張り詰めるのがわかった。肌が粟立《あわだ》つような寒気を感じ、ユリアは両手で自分の肘を抱きしめる。

父上は何を見ているの？　あの木の上に何かいるの？

生い茂った枝葉は陰に沈んでいる。目をこらしても何も見えない。ざわざわと梢がざわめく。それはどこか潮騒《しおさい》に似て、ユリアの心をかき乱す。

「怪しい者ではない。ここにはイスマルの紹介で来た」

ヘクトルは一歩前に出た。左胸に手を当て、正式な騎士の礼をする。

「俺はヘクトル・シュライヴァ。後ろにいるのは娘のユリアだ」

木の葉が揺れた。かと思うと、一人の男が飛び降りてくる。

斜めに差し込む赤い光、大地に落ちる斑《まだら》の陰影、そこに降り立った青年は長弓と矢筒を背負っていた。肌は浅黒く、束《たば》ねた髪は黒く、切れ長の目は琥珀《こはく》色だった。ウル族の衣装を身に着けているが、天使のようなプリムラとは似ても似つかない。悪相だが人好きのするイスマルとも違う。

ユリアは青年を見つめた。疑惑と困惑が頭の中を駆け巡る。この人、あの高さから飛び降りて、どうして平気な顔をしているの？　なぜ父上は怖い目で彼を見ているの？　この人はいったい何者なの？

「すみません。夕食の準備をしていたら出遅れてしまいました」

涼やかな声音で青年は言った。

「僕はトリスタン・ドゥ・エルウィン。イスマルから団長の案内人を務めるよう言われています」

どうぞよろしく――と言って左手を掲げる。彼の掌は白く、その微笑みは三日月のようだった。細面の顔は整然として冷たく、なのにどこか寂しげで、ぞくりとするほど妖艶《ようえん》だった。夜を思わせる浅黒い肌、闇を思わせる昏《くら》い瞳。恐ろしいのに心惹《ひ》かれる。美しく謎めいていて目が離せない。

ユリアは思った。

ああ、この人はまるでレーエンデそのものだ。

第二章　英雄と弓兵

《グァイ族》

東方砂漠に住む遊牧民。収穫期に現れ、略奪を行う。東の大海を越えてディコンセ大陸に来たといわれている。

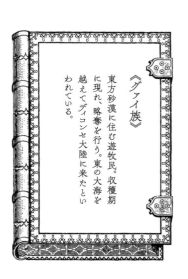

聖イジョルニ暦五三三年七月、十八歳になったトリスタンは古代樹の森を出た。

未練も迷いもなかった。マルティンの住人達から浴びせかけられる罵詈雑言《ばりぞうごん》。度重なる揶揄、嘲笑《ちょうしょう》、嫌がらせ。もうたくさんだと思った。ここに自分の居場所はない。もう二度と戻らない。

決意を胸に、彼はレーニエ湖畔にある都市ノイエレニエに向かった。そこにはトリスタンと同じく今年十八を迎えた若者が集まっていた。金を稼ぎたい、外地に行きたい、自分の力を試したい。目的は違えども彼らの望みはただひとつ。名高きレーエンデ傭兵団の一員になることだった。

グァイ族の襲撃以降、法皇庁は帝国十二州に武力強化を求めた。その結果、報酬を得て戦働きをする傭兵団が生まれた。とはいえ、その多くはならず者の寄せ集めだった。ひとたび帝国領に戻れば強盗略奪を繰り返す無法者の集団でしかなかった。だがレーエンデ傭兵団は違った。彼らは主君の命令に従い、一致団結して任務を遂行した。仲間の大半が戦死しようとも怯《ひる》むことなく戦った。違反した者は一切の例外なく、同胞達の手によって粛清された。

「レーエンデ傭兵団は騎士の魂を持つ」

その評判は瞬く間《またた》に帝国内に知れ渡った。各州の首長達はこぞって彼らを雇い入れた。結果レーエンデ傭兵団の傭兵同士が戦場で対峙《たいじ》するという悲劇が起きた。以来、彼らは『我らは一団、雇用主もただ一人』を標榜《ひょうぼう》し、ここ百年はクラリエ教の歴代法皇と契約を結び続けている。

帝国軍と行動をともにするレーエンデ傭兵団には帝国兵と同等、もしくはそれ以上の働きが求められる。任務をこなせる胆力なくしてレーエンデ傭兵団には入れない。ノイエレニエに集まった多くの若者達、そのほとんどは『基準に達せず』として追い返された。入団が認められたのはわずか二十名。その中にはトリスタンも含まれていた。

最初に配属されたのは帝国軍第六師団レーエンデ部隊だった。主な任務は法皇庁に所属する最高司祭の身辺警護。東方砂漠で哨戒《しょうかい》任務にあたる辺境守備隊に較《くら》べれば、はるかに危険の少ない部署だった。

しかし同年一月に法皇の座についたアルゴ三世は近年まれに見る好戦家だった。彼は「グァイ族の殲滅《せんめつ》に我が身命を賭《と》する」と宣言し、東方砂漠への大遠征を断行した。

西ディコンセ大陸の中央に横たわる大アーレス山脈と小アーレス山脈。これにより聖イジョルニ帝国は北方と南方に二分されている。帝国軍の本隊——第一から第五師団は山脈の西を迂回《うかい》し、東方砂漠と境を接するレイム州を目指した。だがトリスタンが所属する第六師団は先発隊としてアルモニア州の港町から船に乗り、アラル海を渡って東ディコンセ大陸へ送り込まれた。目的地はヤウム。帝国領レイム州から二百サガンも東にある東方砂漠の古代都市だった。

はるか昔に遺棄された都市は見る影もなく荒れ果てていた。崩落した煉瓦《れんが》の家に住んでいるのはスナトカゲとサバクネズミだけだった。ヤウムを取り巻く岩石砂漠は荒涼として、人影はおろか家畜の姿さえ見当たらなかった。

第六師団は岩山に立つ城砦《じょうさい》の遺構に陣取った。街道沿いの要所に信号所を設け、本隊の到着を待った。が、ことは計画通りには運ばなかった。召集された傭兵団が合流し、本隊は大きく膨《ふく》れあがっていた。戦闘経験の少ない騎士団に身勝手な傭兵団が加わったことで指揮系統は大混乱に陥《おちい》っていた。

合流予定日を迎えても本隊は現れなかった。五日が過ぎ、十日が過ぎても友軍の姿は見えなかった。援軍と兵站《へいたん》を求め、伝令兵を送っても、戻ってくるのは「ヤウムを死守せよ」という無情な命令だけだった。

やがて持ち込んだ食糧が底をついた。信号所も破壊された。伝令兵の未帰還が相次ぎ、ついには本隊と連絡を取ることさえままならなくなった。街道を制圧するどころかヤウム城砦を守るだけで手一杯、いつ陥落してもおかしくはなかった。

緊迫した状況下、第六師団の師団長は決断した。

「私は部隊を率いて西へ向かう。信号所を奪還し、本隊と合流し、援軍を連れて戻ってくる。その間レーエンデ部隊はヤウムに残り、城砦を死守せよ」

つまり『私は任務を放棄して逃げる。しかし全部隊が撤退したら私が命令違反に問われる。ゆえにレーエンデ部隊は砦に残ってここで死ね』ということだった。

第六師団の師団長が部隊を引き連れてヤウム城砦を離れた後、レーエンデ部隊隊長ロマーノ・ダールは晴れ晴れとした顔で言った。

「どんなクソったれな命令にも従う。それがレーエンデ傭兵団の掟《おきて》だ。お前達、運がなかったな。気の毒だが、ここで死んで貰うぞ」

もし自分達が逃げ出したら、先人達が築き上げてきたレーエンデ傭兵団の信用が失われてしまう。他方で働いている仲間達にも迷惑をかけることになる。傭兵達は覚悟を決めた。百人にも満たない手勢でヤウム城砦の守りを固めた。

翌日グァイ族の猛攻が始まった。東の地平から無数の騎馬が押し寄せてくる。

グァイ族は捕虜など取らない。

降伏しても命はない。

籠城《ろうじょう》しても援軍は来ない。

「迎え撃つぞ！」

ダール隊長は戦斧《せんぷ》を担ぎ、獣のように歯を剝《む》いた。

「一人でも多くの敵を道連れにして、胸を張って天国の門をくぐろうじゃないか！」

トリスタンは城壁の上に立った。ゆっくりと狙《ねら》いを定め、確実に敵兵の急所を射貫《いぬ》いていく。敵陣からの飛矢が耳朶《じだ》をかすめても、隣の弓兵が喉に矢を受けて倒れても、彼は怯まなかった。流れ出る血を拭《ぬぐ》うことも忘れ、次々と矢を放った。

レーエンデ部隊は奮闘した。大波のように襲い来る敵と半日近くも戦い続けた。だが夕刻が近づくにつれ、さすがのレーエンデ兵にも疲れの色が出始めた。生き残った兵達が城壁へと追い詰められていく。日暮れ前に決着をつけようとグァイ族はさらなる猛攻を仕掛けてくる。トリスタンがいる城壁に飛矢が驟雨《しゅうう》のごとく降りそそぐ。そのうちの一本が彼の左腕に突き刺さった。

「クソ……っ」

矢を引き抜き、袖《そで》を裂いて傷を縛る。痛みは感じなかった。朝から弓弦《ゆづる》を引き続けた指は痺れて感覚がない。残り矢はあと一本。生きて帰れる可能性は万にひとつもない。

望むところだと思った。どうせ行くあてのない根無し草。生きる目的もなく、目指すべき場所もない。ここで砂漠の塵芥《じんかい》になったとしても悲しむ者など誰もいない。トリスタンは舌先で唇を舐《な》めた。上着に手を擦《なす》りつけ、血と汗を拭った。最後の矢を抜き出し、弓弦につがえる。

その時だった。夕陽に染まった西の大地に砂煙が見えた。赤く燃える夕焼けに人馬の影が浮かび上がる。砂塵《さじん》の中、真紅の軍旗が翻《ひるがえ》る。中央に描かれているのは両翼を広げた大鷲《おおわし》。それはシュライヴァ家の紋章だった。帝国最強と謳《うた》われるシュライヴァ騎士団の軍旗だった。

疾駆するフェルゼ馬、雄叫《おたけ》びを上げる白銀の騎士達、シュライヴァ騎士団は獰猛《どうもう》な白虎《びゃっこ》のごとくグァイ族へと襲いかかった。槍《やり》の穂先が敵兵の喉を突き、大剣が馬を薙《な》ぎ倒《たお》す。背後を突かれたグァイ族は浮き足立った。立ち尽くす者もいれば、馬の首を返そうとして落馬する者もいる。混迷を極める戦場に一人の騎士が躍り出た。彼は城砦の正面に斬《き》り込《こ》むと、兜《かぶと》を脱いで投げ捨てた。

「我こそは汝《なんじ》らの宿敵、シュライヴァ騎士団団長ヘクトル・シュライヴァである！」

赤焼けの空に素顔を晒し、彼は高々と槍を掲げた。

「腕に覚えのある者は、この首を取って名をあげよ！」

後になってわかったことだが、この時ヘクトルが率いてきた騎兵はわずか三十騎だった。少数精鋭とはいえグァイ族の大軍を蹴散《けち》らすには少なすぎる。ヘクトルが名乗りを上げたのは敵にそれを悟らせないためだった。敵の目を自分に集中させ、その間に城砦に残されたレーエンデ兵を逃がす作戦だったのだ。

グァイ族の指揮官が異国の言葉で何かを叫んだ。敵兵がヘクトルに殺到する。騎士達が団長を守って応戦する。剣戟《けんげき》の音、馬の嘶《いなな》き、悲鳴と怒号が入り交じる。

トリスタンは城壁から身を乗り出した。瞬《まばた》きもせずに目をこらした。グァイ族は総じて黒髪、肌は浅黒く、顔の下半分は濃い髭で覆われている。しかも見えたのは一瞬だけ。しかし彼にはそれで充分だった。入り乱れる騎兵、濛々《もうもう》と立ちこめる砂煙、その中に目的の顔を見つけた。グァイ族の指揮官はヘクトルに近づいていた。背後から彼に斬りかかろうとしていた。

トリスタンは弓弦を引いた。周囲はすでに薄暗い。長弓の射程範囲も超えている。

乾いた唇を舌で湿らせた。目を見開いて息を止める。

敵将の喉笛《のどぶえ》を狙い、最後の一矢を放った。

矢は右下に逸れ、敵将の右腕に突き立った。その瞬間、ヘクトルが気づいた。振り返りざまの一撃でグァイ族の敵将を斬り倒す。悲鳴にも似た声が上がった。次いで角笛が鳴り響く。それを聞いたグァイ族は馬の腹を蹴り、いっせいに遁走《とんそう》を開始した。

「追撃の必要なし！」

赤銅色の砂漠にヘクトルの大音声が響いた。

「帝国兵士よ、勝ち鬨《かどき》を上げよ！」

団長の声に騎士達が呼応する。頭上に剣や槍を掲げ、おう、おおうと雄叫びを上げる。レーエンデの兵士達は疲れ切り、声もなく大地に座り込んでいる。シュライヴァの騎士達が馬を降り、労《ねぎら》いの言葉をかけながら彼らを助け起こしていく。

トリスタンは声もなく胸壁にもたれた。すぐ傍に弓兵の遺骸《いがい》が転がっている。床は血に塗《まみ》れている。しかし自分は立っている。満身創痍《そうい》だが、まだ生きている。

「おおい、壁上の射手！」

腹に響く声が聞こえた。見ればヘクトル・シュライヴァが城壁に向かって槍を振っている。

「いい腕だ！　助かった！　ありがとう！」

トリスタンは目を瞠《みは》った。混乱の中、一瞬の出来事だった。何があったのかなんて死んだ敵将にさえわからなかっただろう。だがヘクトルは見ていたのだ。大勢の敵を相手に戦いながらも、トリスタンが放った矢が敵将の腕を射貫いたことに気づいていたのだ。

胸の奥に火が灯《とも》った。冷え切った手足に熱い血潮が巡っていく。トリスタンは力任せに弓を振った。ヘクトルは高々と槍を掲げ、それに応えた。槍の穂先が緋色に輝く。夕陽が彼の頭髪を冠のように縁取っている。

「ああ……」

ひび割れた唇から感嘆の息が漏れた。

「かっこいい……かっこいいなぁ」

ずっと探し求めてきた。生きる目的を。生まれてきた意味を。それをついに見つけた。生涯をかけて目指すべき理想、比類なき英雄ヘクトル・シュライヴァ。彼のように生きたい。自分もあんな男になりたい。

しかし、その願いはかなわなかった。

昨年の晩秋、トリスタンはレーエンデ傭兵団を除隊処分となった。失意の中、古代樹の森に戻った彼に、イスマルは「マルティンに戻ってこい」と言った。だがトリスタンはそれを断り、一本立ちの古代樹エルウィンへと向かった。

長らく空き家となっていたエルウィンは見るも無残な有様だった。窓は割れ、木樋《もくひ》は壊れ、中は水浸しになっていた。トリスタンは枝の間に縄を張り、鉄鈴を吊るした。傷んだ木樋を修理し、床板を打ち直し、壁のひび割れを塞《ふさ》いだ。

やがて大地の雪は溶け、森の木々には若葉が芽吹いた。暖かな春の陽差しが降りそそぎ、薫風が新緑を揺らす五月半ば。一人の少年がエルウィンにやってきた。トリスタンの従兄弟《いとこ》ホルト・ドゥ・マルティンだった。

「イスマルから伝言を預かってきた」

アレスヤギの乳が入った革袋を差し出し、ホルトは言った。

「頼みたいことがある。近いうちマルティンに顔を出せ、とのことだ」

トリスタンは曖昧《あいまい》に頷いた。気乗りはしないがイスマルには恩がある。頼みを引き受けるかどうかは別として、用件ぐらいは聞いておくべきだろう。

その日の午後、トリスタンはマルティンに向かった。

「おう、よく来たな」

イスマルが笑顔で出迎えた。トリスタンに「座ってくれ」と言い、自分は暖炉の前の揺り椅子に座った。前に投げ出された鉄の右足。イスマルが脚を失ったのはシュライヴァ騎士団を救うためだったと聞いている。彼は英雄を助けた英雄なのだ。だからというわけではないけれど、トリスタンはイスマルが苦手だった。

長居をするつもりはない。戸口近くに立ったまま、単刀直入に問いかける。

「なんですか、僕に頼みたいことって」

イスマルは苦笑し、無精髭に覆われた顎を撫でた。

「来月ここに客が来る。しばらくの間、エルウィンに住まわせてやっちゃくれねぇか」

「レーエンデに来ようだなんて、ずいぶんと物好きな人ですね」

「ヘクトル・シュライヴァと彼の娘だ」

一瞬、目の前が真っ白になった。

忘れたはずだった。なのに彼の名を耳にした途端、あの光景が鮮やかに蘇《よみがえ》った。

地平に沈みゆく太陽、燃えるような夕焼け、鮮血に染まった荒野に散乱する骸《むくろ》。死を覚悟した彼の前に、颯爽《さっそう》と現れた英雄ヘクトル・シュライヴァ。

諦めたはずの夢、忘れたはずの理想。

その象徴であるヘクトルがレーエンデにやってくる。

「シュライヴァの英雄がレーエンデに何の用ですか？　しかも娘を連れてくるなんて、団長はレーエンデの呪いをご存じないんですか？」

「知ってるよ。知ってるくせに、あいつはレーエンデが好きなんだ」

「まさかここに移住するつもりじゃあないですよね？」

「いつかは俺もレーエンデで暮らしたいって、冗談みたいなことを真顔で言うやつだ。そのまま居着いたとしても別段驚かねぇけどな。今回の目的は下調べだそうだ。ヘクトルのやつ、大アーレス山脈をぶち抜いて、レーエンデとシュライヴァを結ぶ交易路を造りたいんだとよ」

トリスタンは絶句した。咄嗟に次の言葉が出てこなかった。

「——なぜですか？」

ようやく尋ねた。

イスマルはとぼけた仕草《しぐさ》で首を傾げた。

「詳しい理由は知らねぇ。けど正直な話、大アーレス越えの街道が欲しいって、前々から俺も思ってたんだ。道さえあれば塩も小麦も簡単に手に入るようになるからな」

トリスタンの顔色をうかがうように、右の眉を吊り上げる。

「お前は地形に詳しい。頭もいいし腕も立つ。お前の他に適役はいねぇ。どうだ、ヘクトルに力を貸してやっちゃあくれねぇか？」

外地暮らしが長かったせいか、イスマルの考えは革新的だ。保守的なウル族の中では浮いた存在だ。だがそれゆえにウル族の村長《むらおさ》達は彼に一目置いている。イスマルとシュライヴァの英雄が手を組めば交易路の建設も夢物語ではない。道が出来ればレーエンデは変わるだろう。ウル族だけでなく、ティコ族やノイエ族も変化せずにはいられないだろう。けれど——

「そんなことはどうでもいい」

怒りを込めてトリスタンは吐き捨てた。

「交易路が欲しけりゃ造ればいい。その結果、レーエンデがどうなろうと僕の知ったこっちゃない。僕が知りたいのは、なぜ彼なのかということです。シュライヴァの英雄が、なぜそんな役目を引き受けたのかってことです」

彼の剣幕に気圧《けお》されて、イスマルは目を瞬《しばた》いた。

「その問いに答えられるのはヘクトル本人だけだろうよ」

トリスタンは唇を噛んだ。

いいだろう——と心の中で呟く。ならば訊《き》いてやる。ヘクトル・シュライヴァは今も鋭利な剣なのか。それとも錆《さ》びたなまくらに成りはてたのか。彼の命に訊いてやる。

「客人に部屋を貸して、飯を喰わせて、交易路の下調べを手伝えばいいんですね？」

「ああ、そうだ。プリムラやリリスにも手伝うように言っておく。着る物とか食べ物とか、足りないものがあればなんでも言ってくれ」

「ではお言葉に甘えて、新品のベッドをふたつ、エルウィンに運んでください。帝国最強シュライヴァ騎士団の団長を、床に寝かせるわけにはいきませんから」

「それなんだが、ヘクトルは騎士団から身を退くつもりらしいぞ」

おっとりと顎を撫で、イスマルは独《ひと》りごちる。

「ま、騎士団長でなくたって、あいつが英雄であることに変わりはないけどな」

トリスタンは応えることなく、冷ややかに笑った。

約束の日はすぐにやってきた。受け入れ準備を整えて、トリスタンはエルウィンを出た。夢にまで見た英雄との再会。なのに少しも嬉しくない。ヘクトルはなぜ戦場を離れたのか。第二の人生を終えて命が惜しくなったのか。それでレーエンデに逃げてきたのか。だとしたら許せない。堕落した英雄の姿が世に知れ渡る前に、僕がこの手で射殺してやる。

トリスタンは傍の木に登った。枝葉の間に身を隠す。自分がマルティンに行かなければ、誰かがヘクトルをエルウィンまで案内する。日暮れ前にはこの道を通る。

息を殺し、気配を消して、彼は待った。

夕陽が差し込む道の先にふたつの影が現れた。背の高い男と小柄《こがら》な少女だ。それぞれに馬を引きながら、こちらに向かって歩いてくる。

ヘクトル・シュライヴァは変わっていなかった。精悍《せいかん》な顔立ちも引き締まった体軀《たいく》も、ヤウム城砦で見た時のままだった。怪我《けが》をして戦場に立てなくなったわけではない。鈍《にぶ》って身体の自由がきかなくなったわけでもない。やはり彼は逃げてきたのだ。命が惜しくなったのだ。シュライヴァの英雄も、所詮《しょせん》はその程度の俗物だったということだ。

失意と怒り、行き場のない絶望が冷たい殺意となって凝縮していく。

トリスタンは矢筒から矢を抜いた。息を吐き、弓弦を引き絞り、ヘクトルの胸に狙いをつける。

もう一歩近づいたら射る。

そう思った瞬間、ヘクトルが足を止めた。

「怪しい者ではない。ここにはイスマルの紹介で来た」

思わず声が漏れそうになった。鼓動が速くなる。冷や汗が吹き出してくる。はったりだと胸の中で毒づいた。あの位置から僕の姿が見えるはずがない。

「俺はヘクトル・シュライヴァ。後ろにいるのは娘のユリアだ」

名乗りを上げ、胸に手を当てて敬礼する。

だがトリスタンは弓弦を緩めなかった。ヘクトルは剣の柄から手を離している。どんなに素早く抜刀しても、矢を叩《たた》き落《お》とすことは不可能だ。今ならば確実に殺せる。

その時、光の加減か風のいたずらか、ヘクトルの後ろにいる少女の姿が目に入った。娘はひどく青ざめていた。怯《おび》えたように周囲を見回していた。この矢を放ったら、彼女は父親の死を目の当たりにしてしまう。トリスタンは舌打ちをした。娘の前では殺せない。だが諦めたわけじゃない。機会はまだある。次こそは必ず殺す。

彼は矢を筒に戻した。長弓を背負い、小道へと飛び降りた。娘は驚いたように一歩退いたが、ヘクトルは眉ひとつ動かさなかった。

「すみません。夕食の準備をしていたら出遅れてしまいました」

素知らぬ顔でトリスタンはうそぶいた。

「僕はトリスタン・ドゥ・エルウィン。イスマルから団長の案内人を務めるよう言われています」

どうぞよろしく——と言い、唇だけで笑ってみせる。

「エルウィンに案内します。ついてきてください」

そして二人に背を向け、返事も待たずに歩き出した。

薄暮の空、夕闇に沈む森の中に古代樹エルウィンは立っていた。

四方八方へと伸びた枝は滑らかに石化している。葉を持たない枝先から清水が滴っている。ぴた、ぱた、ひた、ぱた、水滴が地面に落ちて砕《くだ》ける。小枝に吊るした虫籠《むしかご》には、蜜《みつ》の匂いに誘われた光虫《ひかりむし》が集まっている。はぐれた光虫が一匹、二匹、淡い光の弧を描き、薄闇の中に消えていく。

トリスタンは玄関前の石段に客人達の荷物を下ろした。「先に入っていてください」と言い残し、二頭の馬を厩舎《きゅうしゃ》に引き入れる。鞍《くら》を外し、水と飼い葉を与えてから外に出ると、父娘はまだそこにいた。うっとりとした眼差しで古代樹エルウィンを見上げていた。

「遠慮せずどうぞ。狭苦しいところですけど」

謙遜《けんそん》ではなかった。一本立ちの古代樹は背が低い。マルティンのそれと較べ、エルウィンは三分の一ほどの高さしかない。しかも幹が細いため、部屋は各階にひとつしかない。一階は居間兼厨房、二階は寝室、三階は物置だ。根の下には半地下の厩舎がある。裏手には水車と粉挽《こなひ》き小屋がある。庭の片隅《かたすみ》には薪置き場もあるが、柱に屋根を載せただけの粗末《そまつ》な代物だ。

「一階と二階の部屋を通らないと三階には行かれないので、ご面倒でしょうが、お嬢さんには三階を使って貰います」

荷物の中から衣装箱と女物の旅行鞄《かばん》を選び出し、トリスタンは奥の階段を上った。

「団長の部屋は二階です。ベッドは新しいのを入れておきました。机と戸棚は空っぽにしてありますので自由に使ってください」

そこで二人を振り返る。

「何か質問は？」

「今は、ない」

歯切れ悪くヘクトルが答えた。含みのある言い方だったが、尋ね返しはしなかった。トリスタンはさらに階段を上り、三階の床に衣装箱と旅行鞄を置いた。

「お嬢さんの荷物はこれだけですか？　他にもあれば運んできますけど」

「いえ、これで全部です。ありがとうございます」

娘は丁寧に頭を下げた。俯いたまま目を合わせようとしない。首から下げた白い守り石を両手で握りしめている。怯えているように見えた。無理もないと思った。ここはレーエンデ、銀の悪魔が支配する呪われた土地だ。

「すぐ夕食にします。荷解《にほど》きがすんだら下りてきてください」

トリスタンは階段を下った。二階にいるヘクトルを無視し、一階へと降りる。串《くし》に刺したシジマシカの肉を炙《あぶ》っていると、ヘクトルが腕まくりをしながらやってきた。

「何か手伝おう」

「けっこうです」素《そ》っ気《け》なくトリスタンは答えた。「邪魔ですから座っていてください」

ヘクトルは不本意そうに顔をしかめたが、黙《だま》って椅子に腰を下ろした。

トリスタンは無言で料理を並べていった。焦《こ》げ目のついたシカ肉の串焼き、貴重な小麦粉を使った白いパン、木の実と茸《きのこ》をアレスヤギの乳で煮込んだシチューを椀《わん》によそい、木の匙《さじ》を添える。

クリ茶を淹《い》れていると娘が階段を下りてきた。蜂蜜《はちみつ》色の髪は結い上げたままだったが、旅装を解き、飾り気のないドレスに着替えている。

トリスタンは湯飲みをテーブルに置いた。「座ってください」と言い、自分も椅子に腰掛けた。白いパンを千切り、シチューに浸してから頬張《ほおば》る。腕によりを掛けて作ったご馳走《ちそう》だ。間違いなく旨《うま》いはずなのに、味がよくわからない。

「早く食べないと冷めますよ」

そう促すと、ヘクトルはようやく匙を手に取った。用心深くシチューを口に運び——

「……旨い」

意外そうな顔でトリスタンを見る。

「お前、どこで料理を習った？」

「自己流ですよ。ウル族は自給自足が基本です。これぐらい出来て当然です」

「そうなのか？」ヘクトルはシカ肉にかぶりつき、満足そうに微笑んだ。「これほどの料理、フェデルでもそうそうお目にかかれないぞ」

彼はパンを半分に割ると、片方を娘に差し出した。

「お前も食べろ。長旅で腹が減っただろう？」

娘はおずおずと頷いて、パンの欠片《かけら》を受け取った。消え入りそうな声で「いただきます」と言い、慎《つつ》ましやかに食べ始める。

二人の様子を横目で見て、似ていない父娘だなとトリスタンは思う。ヘクトルの妻はレイム州の出身だと小耳に挟んだことがある。母が余所者《よそもの》であれば娘は苦労しただろう。目立たぬよう逆《さか》らわぬよう息を殺して生きてきたのだろう。気の毒に——と思いかけ、彼はふっと息を吐く。彼女の境遇などどうでもいい。僕には関係ないことだ。

重苦しい空気の中、夕食は続いた。薪《まき》のはぜる音が聞こえる。鉄鈴の涼やかな音が途切れることなく響いてくる。隙間風《すきまかぜ》にランプの明かりがゆらゆら揺れる。

コトリ……と小さな音がした。娘が木の匙を落としたのだ。

「ご、ごめんなさい」

匙を拾おうと身を屈《かが》め、彼女は椅子から転げ落ちた。

トリスタンは驚いた。咄嗟に立ち上がり、娘に駆け寄ろうとする。

「触るな！」

ヘクトルが一喝した。それだけでトリスタンは動けなくなった。殺気が張り詰めている。喉元に見えない刃が押し当てられている。少しでも動けば斬《き》り殺《ころ》される。

「ユリア、立てるか？　歩けるか？」

ヘクトルは娘を助け起こした。父の手を借り、娘はふらふらと立ち上がった。「大丈夫です」という声が聞こえたが、とてもそうは見えない。

「無理をさせてしまったな。気づかなくて悪かった」

ヘクトルは娘を抱き上げた。弱々しい抵抗の声を無視し、そのまま階段を上っていく。

二人の姿が見えなくなった途端、トリスタンは静止の呪縛《じゅばく》から解き放たれた。テーブルに両手をつき、喘《あえ》ぐように息をする。悔《くや》しかった。恥ずかしかった。なのに頭の片隅でもう一人の自分が「これぞ英雄だ！」と快哉《かいさい》を叫んでいる。

トリスタンは頭を振って、その声を追い払った。食器を集め、皿を洗い、後片づけをすませる。灰を被せて竈《かまど》の火を落とし、ランプを片手に外に出た。冷たい夜風が頬を撫でる。月は下弦、時化《しけ》の心配はしなくていい。立てかけてあった箒《ほうき》を手に取り、彼は厩舎に入った。

二頭の馬は大人しく飼い葉《は》を食んでいた。物言わぬ馬を見て、少しだけ心が和《なご》んだ。

「山越え、お疲れ様でした」

天井の鉤《かぎ》にランプを吊るし、トリスタンは二頭の馬の背を撫でた。木樋の仕切り板を抜き、清水を桶《おけ》へと流し込む。濡《ぬ》らした古布で黒毛の背中を拭《ふ》いてやる。馬は目を細め、ひくひくと耳を動かした。それを見た栗毛の馬は、私も私もというように、せわしなく前足を踏みならす。

「はいはい、お待たせしました」

言いながら振り返ると――

「お前は馬と話が出来るのか？」

扉の前にヘクトルが立っていた。

トリスタンは硬直した。いつ来たのだろう。いつからそこにいたのだろう。まったく気づかなかった。もし彼が敵だったら、声を上げる間もなく斬り殺されていただろう。やはり彼は別格だ。そう思うほどに羨望と失望が泥濘《でいねい》のように入り交じる。腰帯に挟んだナイフの重さを意識しながら、トリスタンは答えた。

「馬の言葉はわかりませんが、何を欲しているのかはわかります。彼らの世話は僕がしますから、どうぞ先に休んでください」

「ああ、そうさせて貰う。が、その前にひとつ訊いておきたい」

ヘクトルは腕組みをして、古代樹の根に背中を預けた。

「なぜ俺を殺そうとした？」

「何のことです？」

「ここにいるのが俺だけならば放置してもよかったんだがな。万にひとつでもユリアを危険な目に遭わせるわけにはいかない。お前が何を考えているのか、何を思って俺に殺意を向けたのか、本当のところを聞くまでは眠れない」

口調は飄々《ひょうひょう》としているが、その眼差しは氷のように冷たい。

「前にどこかで会ったか？」

「四年前、ヤウム城砦で」

「ああ、あれはひどい戦いだった。助けに行くのが遅れたせいでレーエンデ兵が大勢死んだ」

ヘクトルは眉間に皺を寄せた。

「それで、お前は俺を恨んでいるのか？」

「違います！」

苛立《いらだ》ちが胸を灼《や》く。激しい怒りが熱い塊《かたまり》となってこみ上げてくる。

「僕は貴方に命を救われました。窮地に駆けつけ人々を救う。そんな貴方に憧れました。貴方のように生きたいと、ヘクトル・シュライヴァのような英雄になりたいと、ずっと夢見てきました」

かなうことのない夢。手の届かない理想。現実に打ちのめされ、自暴自棄になって死を望んでもなお、忘れることは出来なかった。

「今も戦いは続いている。多くの兵士が貴方の助けを求めている。なのに貴方は彼らを見捨てた。英雄ならば英雄らしく、命尽きるまで戦場に立ち続けるべきだったのに、貴方はそうしなかった。僕は貴方が許せない。今でも貴方のことを尊敬しているから、どんなに望んでも貴方のようには生きられないから、仲間を裏切り、天命を放棄し、このレーエンデに逃げ込んだ貴方のことが、どうしても許せない」

絞り出すように思いを吐露し、トリスタンは目を伏せた。これだけの暴言を吐いたのだ。怒りを買わないはずがない。いっそひと思いに殺してくれと思った。もう終わらせてくれと思った。

「ありがとう」

そんな声にトリスタンは顔を跳ね上げた。

ヘクトルは微笑んでいた。穏やかな目をしていた。

「言いにくいことをよく話してくれたな」

一瞬、息が詰まった。言い返そうとしたが、漏れたのは吐息だけだった。

「お前は誠意を見せてくれた。誠意には誠意で応えるのが騎士の礼儀だ。ゆえに俺も真実を話そう。あらかじめ断っておくが、自慢出来るような話ではない。お前を余計に失望させてしまうかもしれない。それでも聞いて貰えるか？」

ヘクトルの瞳の中でランプの明かりが揺れていた。

トリスタンは両手を握りしめた。掌に爪《つめ》が喰い込む痛みを感じた。

「聞きましょう」

「では話そう」

長く深い息を吐き、ヘクトルは口を開いた。

「昨年の秋のことだ。国境の哨戒《しょうかい》中にクラン村の傍を通りかかった。煙突からは白煙が上り、村人達は畑で働いていた。何の疑問も抱かず、俺は彼らの前を通り過ぎた。だがこの時、クラン村は盗賊団に占拠されていた。村人達は子供を人質に取られ、助けを求められずにいたんだ。彼らは盗賊達の目を盗み、必死に合図を送っていた。なのに俺は気づかなかった。結果クラン村の女子供は攫《さら》われ、男達は殺された。生き残ったのは数人の老人だけだった」

そんなはずはない――と言いかけて、トリスタンは言葉を飲み込んだ。ヘクトルは言った。誠意には誠意で応えるのが騎士の礼儀だと。ゆえに俺も真実を話そうと。

「見えなかったんだ」

悔しそうにヘクトルは左目を押さえる。

「三年ほど前になる。頭に手痛い一撃を喰らって以来、左目の視界に霞がかかっているんだ。右目のほうも少しずつ見えづらくなってきている」

トリスタンは意味を成さない呻《うめ》き声を上げた。戦場では一瞬の判断が命を分ける。視力が失われるということは騎士としての能力を失うに等しい。

「でも僕を見つけたじゃないですか。枝の上に隠れていた僕を、貴方は見つけたじゃないですか」

「見えなくても殺気は感じる」

「気配は消していました」

「だとしたら修行が足りないな」

トリスタンは唇を引き結んだ。返す言葉もなかった。

自嘲《じちょう》するように微笑んで、ヘクトルは癖《くせ》のある髪をかき上げた。

「俺は勘がいい。異変があれば察知出来る。そう思い込んでいた。視力の低下を隠して哨戒任務を続けたのは、自分を過信していたからだ」

それが間違いだったと、唸《うな》るように呟く。

「俺の慢心がクラン村の悲劇を招いた。責められて然《しか》るべきなのに、誰も俺を責めなかった。ヘクトル・シュライヴァは英雄だから、英雄の機嫌を損《そこ》なうわけにはいかないから、クラン村の老人達は怒りを腹の底に押し込め、『貴方のせいではない』と言うしかなかった」

ヘクトルは眉間を押さえた。顔に影が落ちる。睫毛《まつげ》がかすかに震えている。

「俺は戦う以外に能のない男だ。戦場に身を置かなければ自身の価値を見失う。だがこのまま任務を続けたら、俺は同じ過ちを繰り返す。守るべき民や大切な部下を危険に晒してしまう。身を退《ひ》く時が来たのだと、俺はもう戦場にいてはいけないのだと、その時になってようやく気づいた」

息を吐き、彼は呼吸を整えた。

「俺は兄上に理由を話した。騎士団から身を退きたいと申し出た。兄上は言ったよ。『お前はシュライヴァの英雄だ。英雄は戦場に身を置いてこそ価値がある。もう戦えないというのであれば華々しく戦死してこい。死して英雄の伝説を完成させてこい』とな」

トリスタンは息を止めた。絞った喉がグゥと鳴った。さっき僕が口にした言葉、それよりもっと辛辣《しんらつ》な言葉を、彼はすでに聞かされていたんだ。しかも相手は実兄だ。赤の他人である自分が口にするのとはわけが違う。

「ずいぶんと冷たい兄上ですね」

「兄上の言い分もわからなくはないんだ。俺が戦場から逃げ出したとあっては、シュライヴァ騎士団の価値も士気も下がってしまうからな」

惚《とぼ》けた顔をして、さりげなく目元を拭う。

「とはいえ俺にも意地がある。シュライヴァのためだとしても無駄死には御免被りたい。命を賭すならば価値ある目的が欲しい。俺がそう言うと、兄上は俺に交易路の建設を命じた」

「レーエンデに行って、銀呪病に罹《かか》って死んでこいってことですか？」

「まあ、それもなくはないんだろうが――」

ヘクトルは気まずそうに顎をかいた。

「兄上は聖イジョルニ帝国の皇帝になりたいんだよ」

「……は？」

トリスタンは眉根を寄せた。

帝国十二州を統率する皇帝の選帝権は、クラリエ教会の長たる法皇とクラリエ教の最高司祭達から成る法皇庁が握っている。しかしここ百年あまり、皇帝の座は空位のままだった。法皇庁は十二州の首長達が国政に口を出すことを嫌った。建国の祖ライヒ・イジョルニの教義に則《のっと》り、十二州の首長から皇帝を推戴《すいたい》することもやめていた。

「皇帝制度って、まだ存在しているんですか？」

「事実上は消滅しているが、始祖イジョルニが定めた教義だ。法皇庁とて無視は出来まい」

「そりゃそうですけど」

「フェルゼ産の軍馬があれば小アーレスは越えられる。大アーレスを越える道があればシュライヴァ騎士団は北から法皇庁領に攻め込める。聖都シャイアを奇襲し、法皇の首級を掲げることも不可能ではない。その事実を突きつけ、皇帝への推戴を迫れば、法皇も頷かざるを得なくなる」

もし法皇庁に「シュライヴァ首長を皇帝とする」と宣言させることが出来たなら、聖イジョルニ帝国の勢力図は一変する。法皇の権威は地に落ち、皇帝が覇権を握ることになる。けれど——

「そう簡単にいくでしょうか？」

レーエンデ傭兵団の一員として聖都にいた頃、トリスタンは法皇庁内の権力争いを目の当たりにした。傲慢《ごうまん》で強欲で人を人とも思わない醜悪な人間達を嫌というほど目にしてきた。

「アルゴ三世は負けず嫌いです。脅迫に屈するくらいなら一戦交えてやるって、レーエンデに帝国軍を送り込んでくるかもしれませんよ」

「法皇直下の王騎隊はフェルゼ馬を持たない。無理に小アーレスを越えようとすれば多くの犠牲者を出す。レーニエ戦役の際にもレーエンデに攻め込んで撃退されているんだ。よほどの馬鹿でない限り、同じ愚行は繰り返すまい」

それに——と言い、ヘクトルはにんまりと笑う。

「手が出せないのは兄上も同じだ。脅しをかけることは出来ても、実際にシュライヴァ騎士団を動かして、聖都を強襲することは出来ない」

「どうして？」

「俺がシュライヴァ騎士団の団長だからだ。シュライヴァ騎士団は団長の命令にしか従わない。騎士団が動かなければ、法皇庁を倒すどころかアルゴ三世の首さえ落とせない」

「ああ、なるほど」

それでようやく腑《ふ》に落ちた。

ヴィクトル・シュライヴァは安寧の時代に逆らい、騎士団の増強に努めた。シュライヴァ騎士団は法皇庁の要請に応じ、東ディコンセ大陸に乗り込んではグァイ族の拠点を叩き潰してきた。その対価として多額の金を得ることで、ヴィクトルはこれといった特徴のないシュライヴァを最強の権力を持つ州へと押し上げたのだ。だが相手の懐《ふところ》具合によって報酬をつり上げるというやり方は、法皇庁だけでなく周辺諸州の首長からも嫌われた。しかも報酬のほとんどが軍備強化に費やされるため、シュライヴァの民はいまだ貧しかった。身を粉にして働いても楽にならない暮らしを嘆き、首長に恨み節を唱える者達も少なくなかった。

一方ヘクトル・シュライヴァは身分や階級に関係なく、すべての兵士を家族のように扱った。先頭に立って敵陣に斬り込み、最後まで戦場に留まった。民衆を守り、民衆のために戦う無敵の英雄はシュライヴァのみならず、他州の民からも愛されていた。

そんな現状にヴィクトルは危機感を抱いたのだ。彼が弟にレーエンデ行きの特務を命じたのは、ヘクトルから活躍の場を奪い、人心から彼を遠ざけるためでもあったのだ。

「そこまでわかっていて、なんで兄上の言いなりになってるんですか！」

腹に据えかねてトリスタンは叫んだ。

「貴方は最強の騎士団を掌握している。民衆も貴方を支持している。冷酷非道な兄上を倒し、自分がシュライヴァの首長になろうって、どうして考えないんですか！」

「兄弟で争っても民のためにはならない。だがレーエンデとシュライヴァを繋ぐ道が出来れば、救える命がきっとある。ならば迷うことはない。たとえ故郷の人々から忘れ去られることになっても、レーエンデで病を得て倒れることになっても悔《く》いはない――」

声が途切れた。ヘクトルは眉尻《まゆじり》を下げ、ゆるゆると首を横に振った。

「いや、違うな。ひとつだけ後悔していることがある」

「娘さんのことですね」

「銀呪病のことを考えるとな。連れてくるべきではなかったと今でも思っている」

銀呪病には治療法も特効薬もない。発症したら最後、数年のうちに死に至る。しかもこの病にはレーエンデで生まれ育った者よりも、外地からやってきた者を狙うという特徴があった。

「ユリアをフェデルに残してくれれば、兄上は彼女を政治の駒《こま》に使おうとする。ユリアの優しさにつけ込んで彼女の人生を支配しようとする。ユリアは俺の良心、俺の希望、俺に残された光のすべてだ。ユリアを私利私欲のために利用するなど到底許せることではない」

ヘクトルの目に怒りが閃《ひらめ》いた。骨が軋みそうなほど強く、剣の柄を握りしめる。

「俺は呪いなど信じない。銀の悪魔も信じない。だが忠義者の使用人にレーエンデ行きを拒絶された時、不意に恐ろしくなったんだ。俺は判断を間違えたかもしれない。やはり連れてくるべきではなかったのかもしれない。もしこの先、ユリアが銀呪病に罹るようなことになったら、俺は死んでも死にきれない」

「大袈裟《おおげさ》ですねぇ」

トリスタンは鼻先で笑った。

「銀呪病が不治の病であることは否定しませんが、時化は満月の夜にしか発生しないし、幻の海に飲まれなければ銀呪を受けることもありません。たとえ幻の海に飲まれたとしても、すぐに発症するわけではありません。それこそ生涯、発症しない者だっています」

ヘクトルは喰い入るようにトリスタンを凝視した。

「その話は本当か？」

「ええ、なんならイスマルにも訊いてみてください。きっと同じことを言いますよ」

「――そうか」

ヘクトルは安堵《あんど》の息を吐いた。張り詰めていた緊張が緩む。

「ならばもう何の憂《うれ》いもない。あとは全力で交易路の建設に邁進《まいしん》するのみだ」

晴れ晴れと笑う彼を見て、トリスタンは思った。この人は完全無欠な英雄じゃない。悩みもすれば後悔もする一人の人間なのだ。だとしても、もう裏切られたとは感じなかった。焦《こ》げつくような怒りも、凍《ここ》えるような殺意も消えていた。あとに残ったのは純粋な憧憬《しょうけい》、ヘクトル・シュライヴァに対する信頼と敬愛だけだった。

失敗した。もっと早く気づくべきだった。

トリスタンは心の底から後悔した。しかし、もう手遅れだった。

「ひとつだけ忠告させてください。いい案内人を雇ってください。調査には時間がかかります。やむを得ず、野外で満月の夜を迎えることだってあるかもしれない。幻の海はどこに現れるかわかりません。時化の匂いを嗅《か》ぎつけられる者でないと、幻の海を回避することは出来ません」

ヘクトルは怪訝《けげん》そうに首を傾げた。

「お前が案内人になってくれるのではなかったのか？」

「自分の命を狙った者を案内人に指名する人間がどこにいます」

「ここにいる」英雄が手を挙げた。「俺はお前がいい。お前に案内人になって貰いたい」

　トリスタンは鼻白んだ。

「馬鹿なこと言わないでください。僕は貴方を殺そうとしたんですよ。案内すると見せかけて、貴方を森の中に置き去りにするかもしれない。貴方を時化の中に導くかもしれない」

「お前はそんなことをする人間ではない」

「どうして言い切れるんです。貴方に僕の何がわかるっていうんです」

「お前のことはわからないが、自分のことはよくわかっている。お前は信じるに足る人間だと判断した、俺の直感を俺は信じる」

　それに――と言い、ヘクトルは胸に手を当てた。

「お前の言う通り、俺は戦場から逃げ出した。守るべき民を捨て置き、このレーエンデにやってきた。その決断が正しいものであったのか。これからの俺の行動を見て、お前に判断してほしい」

　トリスタンは困惑した。額に手を当て、天井を見上げた。

　シュライヴァの英雄がこれほど実直で真正直な人間だとは思わなかった。それこそが彼の強さの根源であり、最大の魅力でもあるのだと思った。反論の言葉はもう出てこなかった。そもそも敬愛してやまない英雄にぜひにと乞《こ》われ、無下に断ることが出来る人間がいるだろうか？

「わかりました」

　トリスタンは右手を差し出した。

「案内人の役目、お引き受けします」

「よろしく頼む」

ヘクトルは彼の手を握った。力強く引き寄せて、トリスタンの肩を親しげに叩く。

「で、さっそくなんだが、ひとつ頼みがある」

「なんでしょう？」

「俺の目のことは誰にも言わないでくれ。特にユリアには黙っていてくれ」

そうきたかと思った。まったくこの人らしいと思った。

「承知しました」

両手を上げて降参を示し、トリスタンは右目を閉じた。

「誰にも言いません。ユリアさんにも話しません」

英雄は弱みを見せない。人々の笑顔を守るためならば自身を犠牲にすることも厭《いと》わない。弱きを助けるは騎士の誉れと言い切って、少しもそれを疑わない。誰でも一度は憧れる。けれどそう生きられる者は皆無に等しい。イスマルは正しかった。ヘクトル・シュライヴァは英雄だ。戦場を離れ、前線を退いてもなお、唯一無二の英雄なのだ。

静かに拳《こぶし》を握りしめ、トリスタンは心に誓った。

ここからが僕の第二の人生。一秒たりとも無駄にはしない。全身全霊をかけて団長を補佐する。

持てるすべてを燃やし尽くし、後には何も残さない。

一滴の血、一欠片の骨、一握りの灰さえも。

第三章　幻の海

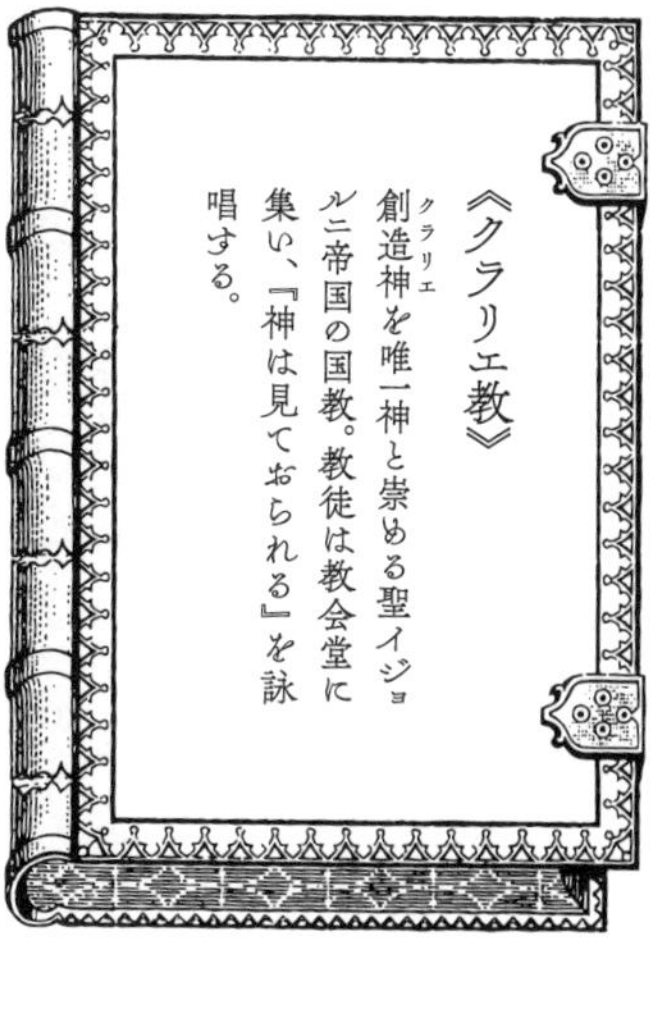
《クラリエ教》
創造神《クラリエ》を唯一神と崇める聖イジョルニ帝国の国教。教徒は教会堂に集い、『神は見ておられる』を詠唱する。

鉄鈴の音が聞こえる。丸窓から朝陽《あさひ》が差し込んでいる。

深い眠りから目を覚まし、ユリアはぼんやりと天井を見上げた。

ああ、そうだ。昨日レーエンデに到着したのだ。夕ご飯を食べていたら急に眠くなって、椅子から転げ落ちた私を父上が抱き上げて……そこから先の記憶がない。

「!!」

ユリアは飛び起きた。慌てて毛布を撥《は》ね除《の》ける。昨夜のドレスを着ていることを確認し、大きく安堵の息をつく。夕食の最中に眠ってしまっただけでも大失態なのに、寝間着に着替えさせられていたら、もう恥ずかしくて父上の顔を見られなくなるところだった。

皺《しわ》だらけのドレスを脱ぎ、急いで別の服に着替えた。髪をほどいて結い直そうとするが、埃塗《ほこりまみ》れの髪はもつれて櫛《くし》が通らない。悪戦苦闘していると、コツコツという音がした。丸窓の外に小鳥がいる。小さな嘴《くちばし》で器用に窓を叩いている。

忍び足で近づき、慎重に窓を押し開けた。小鳥は逃げずにそこにいる。右手を差し出すと、ぴょんと指に乗ってきた。すべすべとした風切り羽、ふわふわとした胸の羽毛、彼女の指をしっかと摑《つか》む二本の足、そのすべてが銀色だった。ユリアは感嘆の息を漏らした。なんて綺麗《きれい》なのかしら。まるで精緻《せいち》な銀細工のようだわ。

銀の小鳥は首を傾げた。彼女を見上げ、チヨチヨと鳴いた。エルウィンの枝に飛び移り、振り返って、チチチ……と囀る。出ておいでよと誘っているようにも見えた。

ユリアは部屋を出て、階段をくだった。眠っているヘクトルを起こさないように二階をすり抜け、そろりそろりと一階に下りる。暖炉には熾火《おきび》が残っている。だがあの青年は見当たらない。彼はどこで寝ているのだろう。そう思いながら外に出た。

朝陽を浴びて新緑が輝いている。生い茂った羊歯《しだ》は朝露に濡れている。大地を覆う地衣類は天鵞絨《ビロード》のようにつややかだ。ユリアは庭に降り、そこから古代樹エルウィンを眺めた。乳白色の滑らかな幹。四方八方に伸びた枝。その枝先からは清水が滴っている。絶え間なく流れ落ちる水滴が朝陽を浴びて宝石のように煌《きら》めいている。

それを受け止め、顔を洗った。袖をまくって肘と腕を洗った。濡らした指で髪を梳《す》く。埃を洗い流し、もつれた髪を解きほぐす。冷たい清水が心地よい。清々《すがすが》しい緑の匂いに心が弾む。ついにレーエンデに来たのだという実感がふつふつと湧《わ》き上《あ》がってきた。こうなったら足も洗ってしまおうと、ユリアは靴を脱ぎ捨て、ドレスの裾《すそ》を大胆にたくし上げた。

コケコオオォ……ッ！

すぐ近くでカケドリが鳴いた。

仰天してユリアは飛び上がった。

古代樹の根元に小さな木の扉がある。その前に手籠《てかご》を抱えたトリスタンが立っている。朝陽の下にいるせいか、昨夜とは印象が違った。風に揺れる長い黒髪、透き通った琥珀の瞳、その姿は森の精霊のようだった。目を離したら消えてしまいそうで、瞬きすることも出来なかった。

「すみません」

トリスタンが目を逸らした。顔の前に右手を掲げ、ユリアの姿を遮《さえぎ》る。

「足を隠して貰えませんか」

ユリアは我に返った。ドレスの裾をまくりあげていることを思い出し、あやうく悲鳴を上げそうになった。

「し、失礼しました」

裾を戻し、靴を履き直す。それでも動悸《どうき》が治まらない。恥ずかしくて顔から火を噴《ふ》きそうだ。

「お見苦しい姿をご覧に入れてしまい、申し訳ございません。そ、それと、許可なく勝手に外に出てしまったことも、重ねてお詫び申し上げます」

「そんな謝らないでください。庭に出るくらいなら平気ですから」

トリスタンは微笑んだ。目を細め、エルウィンを見上げる。

「獣は古代樹の匂いを嫌います。ヒグロクマもヤミオオカミも近寄らないので、エルウィンが見える範囲なら出歩いても大丈夫です。でも冬眠直前の晩秋や、獲物が乏《とぼ》しくなる冬の間は奴《やつ》らも必死になって餌《えさ》を探しますから、その時期だけは用心してください」

ユリアは真摯《しんし》に頷いた。彼が怒っていないことがわかって少し気持ちが落ち着いた。それで思い出した。昨夜の大失態のこと、今のうちに謝っておかなければ。

「あの」「あのですね」

声が重なった。同時に話し出してしまったことに気づき、ユリアは首を縮めた。

「ご、ごめんなさい」「あ、すみません」

またしても声が被った。ユリアは後じさって頭を下げた。

「わ、私は後でけっこうです。どうぞ先におっしゃってください」

「いえ、ここは淑女優先で。僕は騎士じゃないけれど、礼節はわきまえているつもりです」

お先にどうぞとトリスタンが促す。そう言われたら引くに引けない。ユリアはドレスを握りしめ、か細い声で切り出した。

「昨夜は食事の最中に寝てしまって、申し訳ございませんでした。父上から、自分のことは自分でするようにと言われておりましたのに後片づけもせず、なおかつあのような醜態までお見せしてしまって、お恥ずかしい限りです」

「ああ、気にしないでください。大アーレスを越えてきたんです。疲れているのは当然です。なんならもう一眠りしてください。その間に朝ご飯を作っておきますから」

「いえ、大丈夫です。もう充分に休ませていただきました」

本当だった。足の痛みは残っているけれど、重石《おもし》を背負っているような疲労感は消えている。

「それで貴方は、何をおっしゃりかけたのですか？」

「僕は、その――」

トリスタンは視線を落とした。気まずそうに耳の後ろをかく。

「昨夜は態度悪くてすみませんでした」

そう言うや、深々と頭を下げる。

「東方砂漠で命を救われた時から団長は僕の憧れの人でした。団長にはずっと英雄でいてほしくて、彼が戦場を離れたことが許せなくて、つい刺々《とげとげ》しい態度を取ってしまいました。大人げなかったと反省しています。どうか許してください」

「そんな……顔を上げてくださいませ」

ユリアはおろおろと手を振った。

「貴方のお気持ちはよくわかります。父上が騎士団を離れ、レーエンデに行くと聞いた時は、私も憤りましたから。ですが父上は心からレーエンデを愛し、この土地のために人生を捧げる所存でおります。交易路を建設することで救える命があると信じております。その心根に嘘偽《うそいつわ》りはありません。それだけはどうか信じてください」

トリスタンは面喰《めんく》らったように目を瞬いた。

「ユリアさんは、団長のことが大好きなんですね」

「い……いけませんか」

彼女は頬を赤らめ、俯いた。故郷の人々にも同じことを言われた。「ユリアさんは本当に父上を愛していらっしゃるのね」と、「でも愛しすぎてはいけませんよ。彼は貴方の父親であって恋人ではないのですから」と、揶揄を込め、嘲笑とともに、さんざんからかわれてきた。

けれど、トリスタンは違った。

「いけないわけがありますか！」

少年のように朗笑し、嬉しそうに続ける。

「僕も団長が大好きです。もう二度と会うことはないだろうと諦めていた英雄に、このレーエンデで再会出来るなんて夢のようです。こんな奇跡、そうそうあるもんじゃない。意地を張ってる場合じゃない。素直に喜ばなきゃもったいない」

だから——と言い、彼は胸に拳を当て、騎士風の敬礼をしてみせた。

「エルウィンの名にかけて誓います。この先、何があろうとも僕が団長を守ります」

「守る？」

ユリアは首を傾げた。

「誉れ高く、誰よりも強い最高の騎士である父上を、守る？」

「おっしゃる通り、団長は誰よりも強い。痛みも苦しみも押し隠し、勇敢に敵に立ち向かい、身を挺《てい》して多くの命を守ろうとする。僕は団長ほど強くはないので、数多《あまた》の民を守ることは出来ません。でも団長一人なら守れます。たとえ命に代えてでも絶対に守り通してみせます」

「ああ、わかります。その気持ち、とてもよくわかります！」

ユリアはトリスタンに駆け寄り、彼の手を握った。

「私も父上をお守りしたいのです。父上のお役に立ちたいのです。とはいえ世間知らずな未熟者ゆえ、恥ずかしながら、出来ることはそう多くありません。なので……ご迷惑かとは思いますが、いろいろご指導いただけましたら幸いです。どうか、よろしくお願いいたします」

トリスタンは瞠目《どうもく》した。が、すぐにいたずらっぽい笑みを浮かべ、茶目っ気たっぷりに右目を閉じた。

「じゃあ、まずは敬語で話すのをやめてみましょうか？」

「え、ええっ？」

ユリアは口を押さえた。そのまま数秒間静止した後、意を決して頷いた。

「わか、わかりまし……わかりまった」

緊張しすぎて舌を噛んだ。

トリスタンが吹き出した。堪《こら》えようとしても抑えきれず、くつくつと笑い続ける。

「わ、笑わないでください！」

真っ赤になってユリアは叫んだ。

トリスタンは唇に拳を当て、なんとか息を整えようとする。

「ごめんなさい……ちょっと、油断しました」

「もう、まだ笑いますか！」

「だって、まさか、そこで噛むとは思わなくて」

ガサリと庭先の繁《しげ》みが揺れた。風の悪戯《いたずら》ではない。何かがいる。

ユリアはびくりと身体を震わせた。左右を見て、隠れられそうな場所を探す。

「これ、持っててください」

トリスタンが手籠をユリアに押しつけた。彼女を背にかばい、灌木《かんぼく》の繁みに向き直る。

「誰です。姿を見せなさい」

舌打ちが聞こえた。藪《やぶ》をかき分け、一人の青年が現れる。ウル族の衣装を着て、右手にアレスヤギの乳を入れた革袋を吊るしている。淡い金色の髪に透き通るような白い肌、端整な顔立ちをした美青年だが、その眼差しには棘がある。

「お前が声を上げて笑うなんて、珍しいこともあるもんだ」

揶揄と侮蔑を含んだ声、あからさまな挑発にトリスタンは薄い唇を歪めた。

「なんで貴方が来るんです？　ホルトはどうしました？」

「さぁね。寝坊でもしたんじゃないのか？」

「また殴ったんじゃないでしょうね？」

「だとしてもお前には関係ない」

「そこまでしたのに残念でしたね。団長ならまだ寝てますよ」

「別にいいさ。目的はそれだけじゃない」

青年はトリスタンの肩越しに、ユリアの姿を覗《のぞ》き見る。

「君、団長の娘だろ？　俺はサヴォア・ドゥ・マルティン。隠れてないで出てきなよ。マルティンを案内するよ」

「おかまいなく」

ユリアに代わってトリスタンが答えた。ヤギの乳が入った革袋を奪い取り、冷ややかに言う。

「ご苦労さま。もう帰っていいですよ」

「半端《はんぱ》者のくせに俺に命令する気かよ」

「命令じゃありません。警告です」

トリスタンは腰の鞘《さや》からナイフを抜いた。その切っ先をサヴォアの喉に突きつける。

「サヴォア・ドゥ・マルティン、十秒以内に僕の視界から消えなさい。でないとあんたの尻《しり》に穴がひとつ増えますよ」

ユリアはぶるっと身を震わせた。マルティンの無礼な若者より、トリスタンの目が怖かった。迷いなく人に刃物を突きつける。必要とあれば躊躇《ちゅうちょ》なく殺す。これは戦場を知る兵士の目だ。父へクトルと同じく、過酷な戦いを生き延びてきた者の目だ。

サヴォアは後じさった。ゴクリと唾《つば》を飲み、さらに一歩退いた。くるりと背を向け、一目散に走り出す。

ユリアは安堵の息を吐《は》いた。まだ足が震えている。指先がひどく冷たい。

目を閉じて、月光石のお守りを握りしめた。月光石は月の守護石、災禍を招く運命から天満月生まれの娘を守ると信じられている。ユリアが肌身離さず身につけているそれは亡き母の形見だった。天満月の生まれであったという祖母から天満月に生まれた母レオノーラへ、そして天満月の乙女であるユリアへと、代々受け継がれてきた由緒正しき守り石だった。

「大丈夫ですか？」

トリスタンの問いかけに、ユリアはおずおずと頷いた。

「はい、大丈夫です。少々驚いただけです。ご配慮いただきありがとうございます」

「ユリアさん、敬語に戻ってる」

ああ、本当だ。ユリアは頬を押さえ、改めて言い直した。

「あの人を追い返してくれて助かった……ぞ？　ん、違いますね？　何か違いますね？」

「違うけど、面白いから許します」トリスタンはくすくすと笑った。「それにサヴォアを追い返したのはユリアさんを助けるためではありません。彼に身内ヅラされるのが気に入らなかったからです」

「身内？　彼がですか？」

「イスマルの姉の娘が僕の母で、イスマルの兄の二番目の妻の弟がサヴォアの父親です。血縁をたどっていくと、マルティンの住人はどこかしらで繋がっているんです。森の生活は厳しいですからね。結束しないと生きていけないんです」

「でも貴方は一人でエルウィンに住んでいるって、イスマルさんが言っていました」

「母が人嫌いだったもので。子供の頃は母と二人、このエルウィンで暮らしていたんです」

だが彼の母親はここにはいない。どこに行ったのだろう。別の場所に移ったのだろうか。

「母はレーエンデ部隊の弓兵でした」

三階の丸窓を見上げ、トリスタンは独《ひと》り言《ごと》のように言う。

「僕が七歳の時、軍務に復帰して、東方砂漠に派遣されたきり戻ってきませんでした」

「それは――」

お気の毒にと言いかけて、ユリアは口を噤《つぐ》んだ。

ヘクトルが言っていた。東方砂漠への派遣部隊には未帰還兵が多いのだと。まだどこかで生きているという意味ではない。戦いが激しすぎて遺体を回収することがかなわなかっただけなのだと。だからといって彼の母親が戦死したとは限らない。しかし生きているのに戻ってこなかったのだとしたら、それはそれで辛い話だ。

「一人で暮らすのは寂しくないですか？」

「いいえ、そこだけは母に似たようで騒がしいのは苦手なんです。あ、でも団長とユリアさんは例外です。団長は僕の英雄で、貴方は僕の同志ですから」

ユリアはひゅっと息を呑んだ。まじまじと彼を見つめた。

ヘクトルを敬愛する者は多い。感謝する者はさらに多い。しかし命に代えてもヘクトルを守ると言ったのはトリスタンが初めてだった。生まれて初めて真の理解者に巡り会えた気がした。私達は同志――そう思うと、感動で胸が熱くなってくる。

「さて、そろそろ朝ご飯を作りましょうか」

乳が入った革袋を手に、トリスタンはエルウィンへと歩き出す。

「その籠、卵が入ってるんで気をつけて運んでください」

「はい！」

ユリアは手籠を抱えた。自然と笑みが浮かんできた。石段を上る足もついつい弾んでしまう。

「この卵はどうするのですか？　よろしければ私が何か作りましょうか？」

「気合い入ってますね。じゃあ、目玉焼きは作れます？」

「作れます」

「それでは――」

トリスタンはエルウィンの扉を開いた、片手で扉を押さえ、優雅に一礼する。

「お手並み拝見いたします」


その日の午後、トリスタンはヘクトルとユリアを森の中へと連れ出した。

「まず森の歩き方を覚えて貰います」

宣言して、小道の端にある木を指さす。

「あそこ、幹に打ちつけられた扇形の目印がありますよね？　あれは幻魚の鱗《うろこ》です。あの目印をたどっていけば、いずれかの古代樹林にたどり着けるようになっています」

では行きましょうと言って、トリスタンは小道を外れた。倒木や大岩をものともせず、木々の奥へと進んでいく。繁茂《はんも》する羊歯、蔓《つる》を巻きつかせた木の幹、乱立する樹木で先が見通せない。ユリアは背筋が寒くなった。こんな所に一人残されたら、二度とエルウィンに戻れない。

「古代樹の森の北側には大アーレス山脈があります。東には尖《とが》った頂《いただき》が特徴の青峰バルバ山、西には白い貴婦人アンセム山があります。山脈の形や目印となる山頂までの距離、太陽や影の角度も考慮して現在地を類推する。それが森歩きの基本です」

「森の歩き方を習うのはやぶさかではないが――」

ヘクトルは剽《ひょう》げた仕草で肩をすくめる。

「お前という案内人がいるんだ。歩き方を教わる必要はないのではないか？」

「油断は禁物です。森では何が起こるかわかりません。僕がヒグロクマに襲われて、案内出来なくなる可能性だってあります」

「お前が襲われる前に、俺がヒグロクマを倒す」

「さすが団長、頼もしいです。じゃ、団長がヒグロクマと戦っている間に僕は全力で逃げますね」

「冷たいな、加勢してくれないのか？」

「僕は弓兵です。接近戦は苦手なんです」

少し開けた場所に出た。枝葉の間から万年雪に覆われた大アーレス山脈が見える。鋸《のこぎり》歯《ば》のような稜線《りょうせん》に三角形の頂が飛び出している。大アーレス山脈の最高峰エンゲ山の山頂だ。

「さて問題です」

人差し指を立て、トリスタンは問いかける。

「エルウィンはどっちにあるでしょうか？　これと思う方角を指さしてみてください」

二人はそれぞれに違う方向を指さした。ユリアは右、ヘクトルは後ろだ。

「ユリアさん、正解です」トリスタンが拍手を送る。「お見事です」

「おかしいな」

ヘクトルは顔をしかめた。目を細め、太陽の位置を確かめる。

「よし、もう一度だ」

「その意気です」

トリスタンは再び森に分け入った。同じような光景が続く。次第に方向感覚がなくなってくる。進んでいるように思えて、実は同じ場所をぐるぐる巡っているような気もする。

自然の迷路を歩き続けた後、また別の小道に出た。

「先程と同じ質問です。エルウィンがあると思う方角を指さしてください」

ユリアは周囲を観察し、今度は正面を指さした。ヘクトルは正反対の方角を指している。

「今回もユリアさんの勝ちです」

トリスタンは感心したように手を叩いた。

「団長はこれで二連敗ですね。で、どうします？　まだやりますか？」

「無論だ」ヘクトルは即答した。「次こそは当てるぞ」

森の中を歩き回り、同じことを繰り返した。そのたびユリアは正解し、ヘクトルは見当違いの方角を指し示した。

「おかしいな」ヘクトルは首を傾げた。「もう一回やろう。次こそは当ててみせる」

「さっきもそう言いましたよね」

げんなりとした顔でトリスタンは肩を竦める。

「今日はここまでにしましょう。そろそろ戻らないと陽が暮れます」

「頼む、あともう一度だけ」

「続きは明日」

ヒラヒラと手を振って、トリスタンは歩き出す。

「昼間でも迷うんです。夜の森歩きなんて団長にはまだまだ早い」


次の日も、その次の日も、森歩きの特訓は続いた。

恐怖心が薄れてくると、それまで見えなかったものが見えるようになってきた。木々は場所によって種類が異なる。小川や隆起した岩山などの手がかりもある。たとえ目印となる山頂が見えなくても、ユリアは自分がどこにいるのかわかるようになってきた。エルウィンのある方角を間違いなく指し示せるようになってきた。

しかしヘクトルはいまだ一度も正解を言い当てられずにいた。

「ここまで方向音痴だとは思いませんでした」

一ヵ月が過ぎた頃、ついにトリスタンが音を上げた。

「もういいです。団長が外出する際は必ず僕が同行します」

「いや待ってくれ」ヘクトルが慌てて口を挟んだ。「諦めるにはまだ早い。もう少しでコツが摑めそうなんだ。もう少しだけつき合ってくれ」

「寝言は寝てから言ってください」

「せめてあと三日……いや、二日でいい」

「何日費やしても無駄です」

「もしお前がヒグロクマに襲われたらどうするんだ」

「僕が襲われる前に倒してくれると言ったじゃあないですか」

「お前こそ、俺を置き去りにして逃げると言っただろうが」

やれやれと、トリスタンは大袈裟なため息を吐いた。

「わかりました。逃げません。エルウィンの名にかけて誓います。団長を置き去りにはしません」

なおも喰い下がるヘクトルを鬱陶《うっとう》しそうに振り払い、彼はユリアに目を向けた。

「ユリアさんは合格です。明日からは食材集めを手伝って貰います」

ウル族の生活は自給自足。アレスヤギとカケドリを飼い、野菜を育て、森の獣を狩り、木の実を集めて生きている。主食は黒パンだ。原材料は小麦ではなくオプストの実だ。硬い殻を叩き割り、中身を取り出し乾燥させ、水車小屋の石臼《いしうす》に入れる。出来たオプスト粉に水とミツカエデの樹液を足し、よく練って形を整え、じっくりと窯で焼く。焦げ目のついた黒パンはとても美味しそうに見えた。だが食してみると咽《む》せそうなほど酸味が強い。それを初めて口にした時、ユリアは思わず呻いてしまった。

「この見た目でこの味は、詐欺《さぎ》だと思うわ」

「文句言わない」黒パンを咀嚼《そしやく》しながらトリスタンは言い返した。「お二人を歓迎するために、うちの小麦は全部使ってしまいましたからね。当分、小麦のパンはお預けです」

ユリアは周辺の地形を覚え、木の実や果物が採れる場所を覚えた。エルウィンの厩舎にいる二羽《わ》のカケドリとも仲よくなった。畑仕事にも慣れてきた。煮炊《にた》きや洗濯、家の掃除すら楽しかった。明日は何をしよう、何に挑戦しよう、そんな思いに胸を膨らませながら目を閉じる日々が続いた。

ヘクトルとトリスタンは大アーレス山脈の調査を開始した。毎日、夜明けとともに出かけていき、日暮れ直前になってようやくエルウィンに戻ってきた。

「さて――」

夕食を食べ終え、ヘクトルは立ち上がった。

「今日の調査結果をまとめておこう。トリスタン、手伝ってくれるか?」

「承知しました」

トリスタンはヒラヒラと右手を振った。

「先に進めててください。後片づけを終わらせてから行きます」

わかったと応え、ヘクトルは階段を上っていった。

鍋《なべ》を磨《みが》くトリスタンの隣で皿を洗いながら、ユリアは彼に問いかけた。

「調査は順調?」

「残念ながらまだまだです。候補地は見つからないし、地図も空白だらけです」

調査に際し、ヘクトルは言った。交易路の建設には資材と人員が必要だと。ウル族だけでなくノイエ族やティコ族にも計画を説明し、協力を仰がねばならないと。そのためには地図が必要だ。ウル族が日頃使っているような絵図ではなく、文字と数字を用いた正確な地図が必要だ。

「ウル族は文字を持たないんでしょう？　なのに、なぜ貴方は帝国文字が読めるの？」

「以前、最高司祭の護衛をしている時に覚えました」

ユリアは手を止め、トリスタンを見た。

「貴方、聖都にいたことがあるの？」

クラリエ教の最高司祭達によって構成される法皇庁は、聖イジョルニ帝国の行政執行機関であり、諍《いさか》いを調停する最高法廷でもある。その法皇庁が置かれているのが政治と信仰の中心地、聖都シャイアだ。シャイアには文化や技術の粋《すい》が集まる。珍しい商品が売り買いされ、娯楽と芸術が花開き、夜になっても明かりが消えることはないという。北方七州に暮らす若者達は聖都に憧れ、一度でいいから行ってみたいと想《おも》いを募《つの》らせる。無論ユリアも例外ではなかった。

「私、まだ行ったことがないの。シャイアってどんなところ？」

「美しい街ですよ。街全体が赤い煉瓦《れんが》で出来ていて、夕陽を浴びると薔薇色に輝いて見えるんです」

でも——と言って、トリスタンは眉をひそめる。

「中身はどろどろで真っ黒でしたね。特に最高司祭の連中は本当に醜悪で、始祖イジョルニの血筋を手に入れるためなら人殺しも厭いませんでした。政略結婚や略奪婚は当たり前。もっと卑劣な連中になると、イジョルニの血を引く娘を——」

不意に彼は口を閉ざした。目を伏せて頭を横に振る。

「すみません。女の子に聞かせる話じゃありませんでした」

ユリアは唇を尖らせた。私だって来年の二月には十六歳になる。世間知らずなのは認めるけれど、子供扱いされるのは心外だわ。

「気分を害したのなら謝ります」

竈の火を落とし、膝についた灰を払って、トリスタンは立ち上がった。

「お詫《わ》びに明日はとっておきの場所に案内しますよ。だから機嫌直してください」

ユリアは答えず、ゴシゴシと皿を洗った。トリスタンは二十二歳、従兄弟のヴァラスと同じ歳だ。でもトリスタンはヴァラスのように命令しない、高圧的な態度を取ることもない。それには感謝しているけれど、ここまで気を遣われると軽んじられているように思えてしまう。

「もういいわ」

素っ気なくユリアは言った。

「あとは私がやっておくから、貴方は父上の手伝いに行って」

トリスタンは動かなかった。数秒間、沈黙した後「明日の午後、空けといてくださいね」と言って、ようやく踵《きびす》を返した。彼の足音が階段を上っていくのを聞いて、ユリアはため息を吐いた。胸の奥がモヤモヤする。それが何なのかわからない。どうすればいいのかもわからない。

ユリアは下唇を噛み、力任せに皿を洗い続けた。

翌日、地図の作成に没頭しているヘクトルをエルウィンに残し、トリスタンはユリアを森へと誘《さそ》った。

「晴れてよかったですねぇ」

晴天を見上げ、呑気《のんき》な声でトリスタンが言う。しかしユリアの胸中には暗雲が垂れ込めていた。手籠を抱えて黙々と歩く。トリスタンが話しかけてきても曖昧な返事しかしなかった。彼女に気を遣ったのか、それとも呆れてしまったのか、やがてトリスタンも何も言わなくなった。

夏空を刷毛《はけ》で掃いたような筋雲が流れていく。爽《さわ》やかな風に吹かれ、青葉はさわさわと歌っている。鳥の囀りを聞きながら、折り重なった倒木を乗り越える。清水流れる小川を渡り、小一時間ほど歩いただろうか。前方に小さな岩山が見えてきた。苔生した岩場を細い滝が流れ落ちている。傍には藪があり、艶々《つやつや》としたスグリの実がたわわに実っている。

スグリの実は一日かけて探し回っても手籠に半分集めるのがやっとという稀少《きしょう》な果実だ。しかも真っ黒に熟している。まさに食べ頃だ。スグリの甘酸っぱい味が口の中に蘇り、ユリアはごくりと喉を鳴らした。

「こんなにたくさんのスグリの実、初めて見たわ」

「言ったでしょう、とっておきの場所だって」

トリスタンは自慢げに微笑んだ。スグリの実を一粒、口の中へと放り込む。

「今夜はこれでジャムを作りましょう」

「食後のデザートの分も欲しいわ」

「じゃあ、籠いっぱい集めてください。僕は川菜を採りに行ってきます」

「わかったわ。任せて！」

「近くにいます。何かあったら呼んでください」

そう言うと、トリスタンは身軽に岩山を登っていく。

ユリアは左手に手籠を抱えた。

「あ、これ大きい！」

ひときわ大きな一粒を口に運ぶ。薄い皮がぷつりと破れ、甘酸っぱい果汁が溢《あふ》れてくる。やわらかな果肉、芳醇《ほうじゅん》な香り、瑞々しい甘み。ユリアはうっとりと目を閉じた。胸のモヤモヤはいつの間にか消えていた。手玉に取られているようで少し悔しい気もしたけれど、スグリの美味しさにはかなわなかった。鋭い棘を避け、大粒の実を選んで摘《つ》んでいく。果汁で指が青黒く染まるのも気にならなかった。楽しくて楽しくて時間が経《た》つのも忘れてしまった。

「ふう……」

一息ついて、ユリアは額の汗を拭った。手籠はスグリの実でいっぱいだ。トリスタンを呼ぼうと岩山を見上げると、繁みがガサガサと揺れた。藪を割り、大きな獣が飛び出してくる。

「きゃ！」

ユリアは飛《と》び退《の》いた。苔生した岩に踵《かかと》が滑る。手籠をかばい、地面にぺたんと尻餅《しりもち》をつく。

その間に獣は小川を横切り、対岸の岩の上で立ち止まった。シジマシカだった。一般的なシジマシカとは異なり、立派な角から蹄《ひづめ》の先まで、全身が銀色に輝いている。その神々しさにユリアは心奪われた。銀細工の角、銀糸の毛皮、どこから見ても銀の彫像としか思えないのに、その身体は柔らかくしなやかに動く。この世のものとは思えない、まるで神様のお使いだ。

銀のシジマシカはぴくぴくと耳を動かした。銀の瞳で彼女を見つめる。一緒に来いというように優しい仕草で首を振り、ニィイウウゥと甘えた声を出す。

「ユリア！」

声とともにトリスタンが飛び降りてきた。着地と同時に矢をつがえ、シジマシカに向けて引き絞る。その時にはもう銀の獣は走り出していた。羊歯を踏み分け、倒木を飛び越え、鬱蒼《うっそう》とした藪の中へと消えていく。

トリスタンは弓と矢を背中に戻し、ユリアの前に膝をついた。

「怪我はありませんか？」

「大丈夫、ちょっとびっくりしただけ」

トリスタンに手籠を預け、ユリアは立ち上がろうとした。

「痛っ」

スグリの棘に髪が絡みついている。引っ張ってもほどけそうにない。仕方がない。ユリアはその場に座った。ピンを抜き、結い上げた髪をほどいていく。

「立派なシジマシカだったわね。全身が白銀色に輝いていた。あんな美しい獣、シュライヴァでは見たことがないわ」

「でしょうね」

素っ気ない口調でトリスタンが応じる。

「あのシジマシカは銀呪病なんです」

手を止めて、ユリアは彼を見上げた。

「動物も銀呪病に罹るの？」

「動物だけじゃありません。虫や植物も銀呪病に罹るんです。でも彼らは全身を銀呪に冒されても生き続ける。なぜかはわからないけれど、人間だけが命を落とすんです」

銀呪病。レーエンデ特有の風土病。特効薬も治療法もない不治の病。レーエンデに来て間もない頃、トリスタンはユリアに言った。幻の海は満月の夜にしか現れません。幻の海に飲まれなければ銀呪病に罹ることはありません。だから満月の夜には屋内にいること。決して外に出ないこと。それさえ守っていれば何の心配もいりません――と。

「貴方は銀呪病に罹った人に会ったことある？」

「もちろんあります」

トリスタンは傍《かたわ》らの岩に腰掛けた。

「怖がらないでください。銀呪病はうつりませんから」

「わかっているわ。怖がってなどいないわよ」

ようやく棘から解放された。ユリアは髪を手で梳いて、再び結い上げようとする。

「そのほうが似合いますよ」トリスタンが言った。「綺麗な金髪なんですから、見せびらかさなきゃもったいない」

「からかわないで」

ユリアは彼を睨《にら》んだ。怒った顔をしようとしたが、上手《うま》くいかなかった。

彼女は肩をすくめた。いいわ、認める。悪い気はしない。

「そういう貴方はなぜ髪を伸ばしているの？」

「ウル族の習慣なんですよ。髪を束ねることで首の後ろ側を守っているんです」

「前髪を三つ編みにしているのは？　それも習慣？」

「これをやるのは僕だけですね。こうしておくと弓を引く時、邪魔にならないんだって母が教えてくれたんです」

彼の母……レーエンデ部隊の弓兵だった人だ。幼《おさな》い彼を置いて東方砂漠に向かい、そのまま帰ってこなかった。そんな母親のことを、彼はどう思っているのだろう。

「貴方のお母さんってどんな人だったの？」

尋ねてしまってから少し後悔した。無神経な質問だったかしら？

しかしトリスタンは気を悪くした風もなく、スグリの実を摘まんでは口へと運んでいる。

「無口な人でした。優しくされた記憶もない。母は僕を産んだこと、後悔してたんじゃないかな」

「そんなことないわよ！」

強い口調でユリアは言い返した。

「いらない子なら産んだりしない。後悔してたなら育てたりしないわ！」

「ああ……うん」彼女の剣幕に押され、トリスタンは頷いた。「言われてみれば、そうかもしれません」

「そうよ！　きっとそう！」

ユリアは傍らの石に座り直した。顔を見られたくなくて彼に背を向ける。

「ユリアさんのお母さんはレイム州の人なんですよね？」

流れ落ちる滝の音にトリスタンの声が重なる。

「どんな方なんですか？」

「よくは知らない。母上は私を産んだ直後に死んでしまったから」

「そうだったんですか。すみません。失礼なことを訊いてしまいました」

「ううん、いいの。思い出がないのは寂しいけれど、悲しいと思ったことはないわ」

本当よ、と念を押す。

「私には父上がいてくれたし、父上は今でも母上を愛している。だからきっと、母上は幸せだったに違いないって、ずっと、そう信じていたから」

「ん？」トリスタンは怪訝そうに首を傾げた。「それ、今は信じてないってことですか？」

「もちろん信じているわ。でも母上のことに関しては、父上の言葉を信じていいのか、わからなくなってしまったの」

「なぜ？」

彼は膝に肘を乗せ、身を乗り出した。

「その理由、話してみませんか？」

ユリアは俯いた。自覚もないままに月光石の首飾りを握りしめる。

「貴方には関係のない話よ」

「そうですね。僕はシュライヴァ家とは何の関係もありません。恩も恨みもしがらみもありません。つまりどんなに訳《わけ》ありな事情を聞かせても、何の問題もないってことです」

「簡単に言わないで。楽しい話じゃないんだから。聞いたら貴方も嫌な気分になるわよ」

「それは奇遇ですね。実は今、最高に嫌な気分に浸りたいって思っていたところなんです」

トリスタンは額に指を当て、深刻そうな表情を作った。それがおかしくて、ユリアはつい笑ってしまった。少し気分が軽くなる。本当はずっと誰かに打ち明けたいと思っていた。軽蔑《けいべつ》されるかもしれない。馬鹿にされるかもしれない。それでもいい。吐き出してしまおう。

「マルモア州の首長ベロア・マルモア卿《きょう》には、ゼロア様という嫡子がいらしてね。ヴィクトル伯父は前々から、彼と私を結婚させたがっていたの。ゼロア様とは新年のご挨拶で幾度か顔を合わせたことがあるだけで、よくは存じ上げないのだけれども、笑顔が優しそうな方だから、悪くはないわって思っていたの」

「悪くない？　幾度か顔を合わせただけなのに？」

「仕方がないわ。領主の家に生まれた者にとって政略結婚は宿命だもの」

ユリアは視線を足下に落とした。

「今年三月のことよ。父上の留守中にヴィクトル伯父が言ったの。『マルモア卿がお前に会いたいとおっしゃっている。今夜の晩餐会《ばんさん》にはお前も出席するように』って。それを聞いて、いよいよゼロア様と婚約するんだわって思ったわ。そんな大切なお話、なぜ父上がいない時にするのかしらって不思議にも思った。でも深く考えることなく晩餐会に向かったの。そうしたらゼロア様はいらっしゃらなくて、ベロア・マルモア卿だけが座っていて、その時点ですごく嫌な予感がしたのだけれど、逃げるわけにもいかなくて、諦めて席に着いたの」

「僕も嫌な予感がしてきました」

呟いて、トリスタンは眉間に皺を寄せた。

「で、何があったんです？」

「食事中、マルモア卿はずっと私のことを見ていたわ。視線が纏わりつくようで、とても居心地が悪かった。というのも、もちろん偶然でしょうけれど、前に何度か彼に抱きすくめられたことがあって、挨拶のキスをする時にも、悪ふざけなのでしょうけれど、手の甲を舐められたことがあって、もしかしたら彼は、その、私に興味があるのかもしれないって、思ってしまって」

「気持ちの悪い男だ」

「ええ——そう、そう思ったけれど、晩餐会が終わるまでと思って我慢したわ。でも食事が終わって、ようやく解放されるという時になって、ヴィクトル伯父が言ったの。『マルモア卿はお前を後《のち》添《ぞ》えに迎えたいとおっしゃっている。これはお前にとってもシュライヴァ家にとっても名誉な話だ。よもや異存はあるまいな』って」

「ちょっと待ってください。マルモア卿って、確か団長よりも年上でしたよね？」

「そうだけど、ヴィクトル伯父の目的はマルモアとの関係を強化することだから、マルモア卿の年齢も、私との年齢差も、これが彼にとって三度目の結婚であることも取るに足らない問題なのよ」

屈辱に声が震えた。それがまた悔しくてユリアは下唇を噛む。冷淡な伯父の声。マルモア卿の好色な笑み。思い出すだけで冷や汗が出る。

「十二州の首長達は婚姻を結ぶことで同盟の強化を図る。いつかは私も近隣州に嫁《とつ》ぐんだって覚悟はしていた。でも受け入れられなかった。息子より年下の女性を後添えに望むマルモア卿も、父上の留守中に縁談を進めようとする伯父上も、勝手すぎると思った」

「まったくです。騙《だま》し討ちもいいところだ！」トリスタンは掌に拳を打ちつけた。それでも怒りが収まらないらしく、「汚い真似をしやがる！」と乱暴に吐き捨てる。

そんな彼を見て、ユリアは力なく笑う。

「貴方のように言い返せたらよかったのだけれど、私は動転してしまって、その場から逃げ出してしまったの。そしたら従兄弟のヴァラスが——ヴィクトル伯父の一人息子ヴァラス・シュライヴァが追いかけてきて、『広間に戻れ。マルモア卿に非礼を詫びて恭順を示せ』って怒《ど》鳴《な》ったの。もちろん断ったわ。『いくら政略結婚とはいえ、これはあまりに非道です』って。するとヴァラスは言ったの。『異国女の娘の分際でシュライヴァ首長の決定に逆らおうというのか！』って、『女は世継ぎを産む道具にすぎぬ。生意気を言う舌など不要。今すぐ切り落としてやる！』って、剣を抜いて恫喝してきたの。怖くて、でも悔しくて、必死に言い返したわ。『こんなこと父上がお許しになるはずがありません』って」

心臓が暴《あば》れている。嵐《あらし》のように荒れ狂っている。月光石を握りしめ、ユリアは声を絞り出す。

「ヴァラスは鼻で嗤《わら》ったわ。『これを非道と言うのなら、お前の父も同罪だ』って。『お前の父はレイム州を守護する見返りとして、レイム家に娘を差し出させたのだ』って」

あの時のヴァラスの顔が忘れられない。彼の声が耳にこびりついて離れない。父を疑いたくはない。なのにヴァラスの言葉を否定しきれない。そんな自分が嫌で嫌でたまらない。

「私は母のことを知らない。周囲の者達に尋ねても、みんな気まずそうに口を閉ざすばかりで、多くを語ってくれなかった。だから私が知っている母の姿は、すべて父から聞かされたものなの」

ユリアが母の話をせがむと、ヘクトルはいくつもの思い出話を聞かせてくれた。金色に輝く小麦畑で初めてレオノーラと出会ったこと。彼女の歌声はクロウタドリのように美しかったこと。レイム卿に彼女との結婚を願い出た時は、足の震えが止まらなかったこと。

「あの話が全部嘘だとしたら？」

自分の声が陰々《いんいん》と胸に響く。

「たとえ政略結婚でも父と母のように互いを愛し、幸せになることは出来る。それだけが心の支えだったのに、もしヴァラスの言う通り、父上が力尽くで母上をシュライヴァへ連れてきたのだとしたら、私は何を……これから何を信じて生きていけばいいの？」

「団長がそんな卑怯《ひきょう》なことをするはずがありません」

きっぱりとトリスタンは断言した。

「そんな馬鹿男の言うことに耳を貸しちゃあいけません」

ユリアはのろのろと顔を上げた。目が合うと、彼は真顔で頷いた。

「少し時間をください。折を見て、団長にそれとなく尋ねてみますから」

「駄目よ！」咄嗟にユリアは叫んだ。「貴方にそんなことさせられない、そんなことして貰うために話したんじゃない！」

「わかってます。でも団長は僕の英雄です。英雄の名を貶《おと》める嘘を看過するわけにはいきません。それに僕は部外者だから、ユリアさんには言いにくいことでも聞き出せると思うんです」

「そうかもしれないけれど――」

「その代わりと言ってはなんですが、ユリアさん、ひとつ約束してください」

トリスタンにしては珍しく、真剣な眼差しで彼女を見つめる。

「シュライヴァの繁栄のために自分が犠牲になるのは当然だとか、州民の安寧のためなら意に添わない相手に嫁ぐのも致し方ないだとか、そういうこと、もう考えないでほしいんです」

「おかしなことを言うのね」

ユリアはひっそりと笑った。

「言ったでしょう？　領主の家に生まれた者にとって政略結婚は宿命なんだって」

「嫌なんですよ、そういうの！」

語気を強め、トリスタンは自分の膝を拳で叩いた。

「望みもしない結婚を強要するとか、嫌がる相手を力尽くで従わせるとか、そういうことする奴は異常者ですよ。人としてどうかしてますって！」

「けど私は英雄の娘だもの。父上の名を辱めることのないよう、価値ある生き方をしなくちゃいけないの。愛する民のため、困窮している人々のため、生涯を捧げなければいけないの」

「ユリアさんは真面目《まじめ》すぎる」

ため息を吐いて、トリスタンは立ち上がった。

「団長のような英雄になりたい。ずっとそう思ってきました。でも気づいたんです。歴史に名を残すような特別な人間は、ほんの一握りしかいないんだって。残念ながら、僕はその一握りには選ばれなかった。歴史に埋もれていく有象無象の一人にしかなれなかった。それが悔しくて自暴自棄になった時もありました。けど最近、そういう人生も悪くないなって思ったんです。取るに足らない、おおよそ無価値な人生でも、僕にとって価値があるなら、それはとても幸せなことなんじゃないかって」

訥々《とつとつ》とした口調。強がりではない。負け惜しみでもない。彼の真摯な想いが伝わってくる。

「僕の望みは、何ものにも縛られることなく自由に生きること。自分が正しいと思う道を進むこと。悔いのない人生を生き尽くし、満足して笑って死ぬこと。それだけです」

ユリアは両手で胸を押さえた。心臓の鼓動が速くなる。羨望と絶望がない交ぜになって喉元へとせり上がってくる。無理やりそれを飲み下し、彼女はかすれた声で言う。

「マルモア卿と結婚するのが嫌で私は城から逃げ出した。でも今はすごく後悔しているの。だってシュライヴァ家の娘であることは私の唯一の誇りだもの。その役目を果たすために、これまで生きてきたんだもの。レーエンデで過ごすこの夏は、父上が私にくれた最後のご褒美《ほうび》。だから秋が来たら、私はフェデルに戻るわ。伯父上の意向に従って、マルモア卿と結婚するわ」

「それがユリアさんの本心なら、僕は何も言いません。でも、もしそうでないのなら、戻らなくたっていいじゃないですか。レーエンデは法皇ですら手を出しかねる呪われた土地です。シュライヴァの家名も、英雄の娘という肩書きも、レーエンデでは意味を持ちません。ここでなら貴方は貴方が欲するまま、自由に生きることが出来る」

「勝手なこと言わないで！」

シュライヴァ家の娘は政治の駒だ。自由など望んではいけない。個人の幸福など求めてはいけない。ずっとそう言われてきたのだ。それが唯一の正義だと信じてきたのだ。なのに辛くて息が詰まる。堪えようとしても堪えきれず、目の縁から涙がこぼれ落ちる。

「シュライヴァ家の人間は、みんなシュライヴァのために生きているの。自分のために生きるなんて、そんなの卑怯よ。無責任すぎるわよ」

「責任なんて感じる必要ありません。ユリアさんが自分の幸せを見つけることで、不利益を被る人間がいたとしても、それはユリアさんのせいじゃない」

トリスタンは彼女の前に跪く。

「貴方を利用しようとする人の言いなりにはならないでください。そんな人達のために自分の人生を犠牲にしないでください。団長はどんなことよりも貴方の幸せを望んでいます。だから貴方は真っ先に、自分を幸せにしなきゃいけないんです」

それでもユリアは言い返そうとした。シュライヴァ家の娘として、英雄の娘として、正しい答えを返そうとした。しかし——

「本当にいいの？」

唇から漏れたのは、むせぶような問いかけだった。

「幸せを求めていいの？　思いのままに生きてもいいの？」

止まらない。胸の奥に押し込めてきた想いが堰《せき》を切って溢れ出す。

「私も自由になっていいの？　ずっとここにいていいの？　このレーエンデで生きる道を見つけて、レーエンデの民になってもいいの？」

「その問いに答えるのは貴方です」

飄々《ひょうひょう》と答え、トリスタンは笑った。

「自由に生きるってそういうことです」

ユリアは呻いた。彼の言う通りだった。自由に生きるということは、自分で自分の進むべき道を選ぶということ。自分以外の人間にその答えを求めてはいけない。

「本当は、わかってたの。私は空っぽだって。シュライヴァの家名がなかったら、何の価値もないんだって。それを認めるのが怖かった。だから何を言われても逆らわなかった。これまで何ひとつ、自分で選んでこなかった。今さら自由に生きたいと思っても、改めるのは難しいわ。自分で答えを見つけられるようになるまでには、長い長い、気が遠くなるくらい長い時間が必要だわ」

袖で目元を拭い、ユリアは顔を上げた。

「でも、見つけてみせる。私の価値を、私の役目を、私が生まれてきた意味を、自分の頭で考えて、答えを出してみせるわ。だから――」

息を吐き、半泣きの顔で笑ってみせる。

「もうしばらく、エルウィンにいてもいい？」

「ええ、もちろん」

「秋が来て、父上がフェデルに帰ることになっても、私は戻らなくていい？」

「好きなだけ滞在してください。歓迎しますよ」

大らかに微笑んで、トリスタンは立ち上がった。右手に籠を抱え、もう一方の手をユリアに差し出す。

「……ありがとう」

彼の手を借りてユリアも立ち上がった。ずっと息を詰めていたせいか、少し足がふらついた。

「大丈夫ですか？」

「ええ、平気。木の根を踏んじゃって、それでよろけただけ」

「なら、ちょっとだけ急ぎましょうか」

一息分の間を置いて、トリスタンは続けた。

「今夜は満月ですから」

ユリアはあっと声を上げた。そうだった。すっかり失念していた。ヘクトルとトリスタンが調査に出かけなかったのは、今宵《こよい》が満月だったからだ。

月は二十五日周期で満ち欠けを繰り返す。四年周期で極大期と極小期を繰り返す。今年は極小期なので幻の海の出現範囲が狭いのだという。そのせいか、ユリアはこれまでに二度レーエンデで満月の夜を迎えたが、いまだ幻の海に遭遇したことはなかった。

「もしかして時化が来るの？」

声を潜めて尋ねると、トリスタンは小さく首肯した。

「ええ、今夜は近くに出そうです」


スグリの実でいっぱいの手籠を抱え、二人はエルウィンに戻った。

「おお、戻ったか」

扉の前でヘクトルが出迎えた。

「帰りが遅いので心配したぞ。まさに捜しに行こうとしていたところだ」

「こんな日に自ら遭難しに行くのはやめてください」

「帰ってくるなりひどい言い草だな」

「だったら自重してください」

トリスタンはヘクトルの横をすり抜けた。

「時化が来ます。急いで窓を閉めてください。僕は鉄鈴の様子を見てきます」

言い残して階段を駆け上っていく。ユリアとヘクトルは手分けしてすべての窓、すべての扉を閉じ、蝶番《ちょうつがい》を下ろして回った。

やがて陽は西に傾き、夜の帳《とばり》が降りてきた。紫紺の空に銀砂の星々が瞬く。天空に望月《もちづき》が昇ってくる。皓々《こうこう》と輝いて、森を青く照らしている。まだ銀の霧は見えない。それでも何かがおかしかった。虫籠が暗い。光虫が一匹も見当たらない。

オイルランプの明かりの下、夕食の準備が整った。ウサギ肉と茸のスープ、ヤギ乳のチーズを挟んだ黒パン。「いただきます」と言って、木の匙を手に取った時だった。

カタカタと音がした。クリ茶の表面に波紋が生じる。

「来た」

トリスタンが低く呟く。

ユリアは丸窓に駆け寄った。月明かりの中、鉄鈴が揺れている。澄んだ音色が幾重にも響く。風に揺れる梢の音。潮騒に似たざわめき。コツンと何かが窓に当たった。コツン、カツン、コツン、粒状のものが窓にぶつかる。よくよく見れば庭一面に銀色の粒が落ちている。黒々と湿った庭土に銀色の星が散らばっている。

「枝から落ちる清水が銀呪の影響で結晶化しているんです」

彼女の肩越しに外を見て、トリスタンがささやいた。

「今だけです。幻の海が去れば元の水に戻ります」

月白の森の中、銀色の霧が流れてくる。それは絹の光沢を帯びていた。手触りさえ感じられそうなほど濃厚で滑らかだった。銀色の薄衣《うすぎぬ》がうねり、たゆたい、渦を描く。大蛇のように地を這《は》い、身悶《みもだ》え、鎌首《かまくび》をもたげる。一時たりとも同じ姿を取ることはない。まるで滔々《とうとう》と流れる大河、飛沫《しぶ》き逆巻《さかま》く急流のようだった。

奇怪な影が地面に落ちた。半透明の異形《いぎょう》の魚が幻の海を泳いでいく。背中に並んだ無数の棘、帯状に垂れ下がった鰭《ひれ》、幻魚の群れが満月の前を横切っていく。

「綺麗……」

思わずユリアは呟いた。

「本当に海の底にいるみたい」

上空から一匹の巨大魚が降りてきた。背中の棘を揺らめかせ、エルウィンに向かって進んでくる。咄嗟に身をすくめるユリアの肩に、ヘクトルが手を置いた。

「案ずるな。あれは幻影だ。目に映っても触れることはかなわない」

「それに幻魚は鉄鈴の音を嫌いますからね。古代樹の中にいれば安全です」

トリスタンの言う通り、幻魚はエルウィンの直前で進路を変え、幹の横を通り過ぎていった。大きな鰭に煽《あお》られて銀色の霧が舞い上がる。月光と夜気を巻き込んで、ゆるゆるゆると渦を巻く。渦の中に何かが見える。人影のような動物のような、ぼんやりとした影が揺らめいている。

あれは何？　霧のいたずら？　幻魚の群れ？　もっと別のものかしら？

見極めようとユリアは目をこらした。が、霧の薄衣が邪魔をする。渦が崩れ、銀の波濤《はとう》が押し寄せてくる。集中しすぎたせいか目が回ってきた。瞼を閉じて眉間を押さえると、今度は音が聞こえてきた。はるか遠く、森の深い深いところから、途切れ途切れに聞こえてくる。

ユリアは耳の後ろに手を当てた。

聞こえる。確かに聞こえる。

これは――赤ん坊の泣き声だ。

頭から血の気が引いた。ユリアは窓辺を離れ、玄関扉に向かおうとする。

その手首をトリスタンが摑んだ。

「どうしたんですか、ユリアさん」

「放して！」ユリアはキッと彼を睨んだ。「外に赤ちゃんがいるの。泣き声が聞こえるの。早く助けに行かないと、銀呪病になってしまうわ！」

トリスタンの顔色が変わった。

「赤ん坊の、泣き声？」

呻くように反芻《はんすう》する。瞬きも忘れてユリアを凝視する。血の気の引いた頬を汗が滑《すべ》り落《お》ちていく。

「……なんなの？」

震える声でユリアは尋ねた。

「ねぇ、手を放して。早く赤ちゃんを助けに行かなきゃ――」

「行っちゃ駄目です！」

トリスタンが遮った。ユリアが下げている月光石を見て、再び彼女に目を戻す。

「ユリアさんは、天満月生まれ、なんですよね」

「ええ、そうよ」

「その赤ん坊の声は幻聴です。天満月の乙女にしか聞こえないものなんです」

「どういう意味？」

答えずにトリスタンは目を閉じた。大きく息を吐いてから、意を決したように彼女を見る。

「ウル族の伝承にはこうあります。『満月の夜、天満月の乙女は銀の悪魔に導かれ、幻の海の底にある銀の褥《しとね》に眠り、悪魔の子供を受胎する。悪魔の子供は絶望を得て瓦解《がかい》し、生きとし生けるもの一切を焼き尽くし、この世界を暗黒に沈める』」

「な――なによそれ？」

怒りと恐れに声がうわずる。ユリアは彼の手を力任せに振り払った。

「罰当たりなこと言わないで。私は熱心なクラリエ教徒じゃないけど、聖典の内容ぐらい覚えているわ。『第十三章、第一節。神の御子の誕生。満月の夜、天満月の乙女は創造神に導かれ、始原の海の水底にある銀の天蓋《てんがい》に眠り、神の御子を受胎する。神の御子は光を得て始原の海へと帰還し、世界と生命を育《はぐく》む新たな創造神となる』。これが正解よ。ウル族には間違って伝わったのよ」

「逆かもしれないぞ」

横からヘクトルが口を挟んだ。

「クラリエ教の聖典は始祖ライヒ・イジョルニが残した予言書を元に、後に編纂《へんさん》されたものだ。イジョルニはレーエンデの文化に敬意を抱いていた。ウル族とも交流があったかもしれない。ウル族の不吉な伝承を親しみやすい形に改変し、それを予言として書き残したのかもしれない」

「あり得ません」すぐさまトリスタンが否定する。「ウル族は血縁を尊重し、余所者を嫌います。他民族であるイジョルニに、ウル族の伝承を教えるはずがありません」

「イジョルニの出自は解明されていない。もしかしたらウル族だったのかもしれないぞ」

「それもあり得ません。嵐に呑まれ、未来視の力を得て戻る以前、ライヒ・イジョルニは漁師だったんです。レーエンデに海はありません。百歩譲ってイジョルニがレーエンデの民であったとしても、漁師である彼と古代樹の森に暮らすウル族に接点があったとは思えません」

ヘクトルはむぅと唸った。

「では聖典に書かれた神の御子と、ウル族の伝承にある悪魔の子、その誕生にまつわる物語が酷似しているのは単なる偶然だというのか？」

「わかりません。興味ありません。予言も伝承も所詮は作りものです」

苛々《いらいら》と爪先《つまさき》で床を叩き、トリスタンは早口に続ける。

「そんなことより、もっと現実的な問題に目を向けてください。第一に、幻の海に赤ん坊の泣き声を聞く天満月生まれの女性が実在するということ。第二に、ユリアさんがその赤ん坊の泣き声を聞いたということ。第三に、これが一番の問題なんですが、ウル族はとても迷信深いということです」

「まさか、ユリアの身に危険が及ぶというのか？　幻聴を聞いたというだけで？」

「そうです。大半のウル族は、銀の霧は悪魔の吐息だと信じています。銀の悪魔が銀呪病をばらまくのは、悪魔の吐息を吸っても死なない『天満月の乙女』を探すためだと考えています。そんな連中が、悪魔の子の声を聞いた娘を歓迎すると思いますか？」

「それは――」

「懸念はもうひとつあります。満月の夜、屋内にとじこもるのは幻の海を避けるためですが、その際、扉や鎧戸に鍵《かぎ》をかけるのは、年頃の娘が銀の悪魔に誘い出されないようにするためです。悪魔の子の泣き声を聞いた女性は、我が身の危険も顧みず、幻の海に飛び込もうとするからです」

ユリアはあやうく悲鳴を上げそうになった。自分がまさにそうだった。森には銀の霧が満ち満ちている。外に出るのは危険だとわかっていたはずなのに、赤ん坊の泣き声を聞いた途端、居ても立ってもいられなくなった。

「ですから、今夜のことは決して誰にも話さないでください。もちろんイスマルにもです」

いつになく険しい表情で、トリスタンはユリアへと向き直る。

「ユリアさん、今後は決して幻の海を覗き込まないでください。霧の中から何が聞こえても無視してください。銀の悪魔の誘いに乗らないでください」

わかりましたね？　と念押しする。

恐怖に顔を強《こわ》ばらせ、ユリアはこくんと頷いた。


その夜は眠れなかった。

聞こうとしなければ赤ん坊の声は聞こえない。しかし聞いてはいけないと思えば思うほど、意識が外に向かってしまう。かすかに聞こえる赤子の声。悲しげで哀れを誘う泣き声だった。禍々《まがまが》しくも恐ろしくもなかった。悪魔の子と呼ばれるほど悪いものだとは思えなかった。

幾度となく寝返りを打っているうちに、窓の外が明るくなってきた。ユリアは寝台を降りた。丸窓から外を眺める。木立に朝陽が差している。あんなにも濃く深く立ちこめていた銀の霧は跡形もなく消えていた。地面に散らばっていた無数の銀の粒もすべて真水に戻ったらしく、庭の土はしっとりと濡れ、そこここに水溜《みずた》まりが出来ている。

着替えてから一階に下りた。いつもは朝の遅いヘクトルが起きていた。トリスタンはすでに平服を着て、大きな布鞄を肩に掛けている。

「どこに行くの？」挨拶するよりも先に尋ねた。

「おはようございます」トリスタンが答えた。「時化の後には幻魚の鱗が落ちているんです。窓に填《は》まっている丸くて透明なやつですよ。あれを拾いに行ってきます」

「一緒に行ってもいい？」

「駄目です。外にはまだ海の匂いが漂っています。外地から来た二人には毒が強すぎます」

「銀呪病はレーエンデで生まれ育った者よりも、外地から来た者を狙うと言うからな」

ヘクトルはユリアの肩に手を置いた。

「今日のところは大人しく留守番をしていよう」

父にそう言われては、ユリアも引き下がるしかない。

「ということは、今日も調査はお休みですか？」

「そうなるな」

「じゃあ、私が朝ご飯を作ります」

「それは楽しみです。僕の分も残しておいてくださいね」

にこりと笑ってトリスタンは出ていった。ヘクトルは「着替えてくる」と言い、自室へと戻っていった。それから数秒もしないうちに扉を叩く音が聞こえた。トリスタンが忘れ物を取りに戻ってきたのだろうか。ユリアは扉を開いた。そこにいたのは見知らぬ少年だった。右手にヤギ乳の袋を抱えている。髪は艶《つや》のない枯草色、瞳は暗い灰色だ。まだ幼さが残る顔立ちをしているが、切れ長の目元が少しトリスタンに似ている――ような気がする。

少年はユリアに向かい、無言で革袋を差し出した。

「あ、ありがとう」

ユリアはそれを受け取った。

「ええと、ごめんなさい。彼は今、家を空けていて――」

「知ってる」遮って、少年は続ける。「戻ったら伝えてくれ。たまにはマルティンに顔を出せと、イスマルが言っていたと」

「わかったわ」

「じゃ」少年は踵を返した。

「あ、待って！」急いで彼を呼び止める。「私はユリア・シュライヴァ。貴方、もしかしてホルトさん？　あの人の従兄弟の？」

「あの人？」足を止め、彼は振り返った。「トリスタンのことか？」

「ええ、そう」

少年は面倒臭そうに左手を挙げる。

「俺はホルト・ドゥ・マルティン。トリスタンの母親の妹の息子だ」

「ああ、やっぱり」

目元が似ていると思ったのは気のせいじゃなかった。

「もういいか？」愛想《あいそう》なくホルトが言う。「鱗拾いを手伝わなきゃならないんだ」

「あ、ごめんなさい」

「いや、別に、謝らなくてもいいけど」

ぼそぼそと呟いて、ホルトは去っていった。

彼を見送って、ユリアは思った。

無愛想《ぶあいそう》だけれど優しい。そんなところもトリスタンに似ているわ。


レーエンデの季節はゆっくりと、しかし確実に移り変わっていった。

秋の気配が漂う十月。ヘクトルとトリスタンはファスト渓谷より東側、大アーレス山脈の東半分を調べ尽くしていた。地図には古代樹林や目印となる川や岩山、中央高原地帯や東部丘陵地帯にあるティコ族の村、レーニエ湖周辺の様子も描き込まれている。が、肝心要《かなめ》である交易路建設に適した場所はいまだ見つかっていなかった。

「範囲を広げましょう」

エルウィンの二階、机上に広げた地図の空白部分を指先で叩き、トリスタンは切り出した。

「雪が降って行動が制限される前に、西部一帯を調べに行きましょう」

「かなりの長旅になるな」

ヘクトルは難しい顔をして地図を睨んだ。

「例年よりも早く雪が降る可能性もある。となると出立の前に、ユリアをフェデル城へ送り届けておくべきか」

「その必要はありません」

ツンと顎を上げ、ユリアは強気に言い返す。

「私はシュライヴァには戻りません」

「レーエンデにいるのは夏の間だけ、という約束だっただろう？」

「それは父上が秋までに答えを出すと言ったからです。父上が調査を続ける限り、私もレーエンデに残ります」

「しかし雪が降ればファスト渓谷は通れなくなってしまう。下手をすれば俺だけでなく、お前まで戻る機会を逸《いっ》してしまう」

「望むところです」

「おい、今の聞いたか？」

呆《あき》れ顔でヘクトルはトリスタンを振り返る。

「ユリアはレーエンデで冬を越すつもりらしいぞ？」

「本当ですか？　そりゃあ、ありがたい！」

トリスタンは破顔した。

「例年なら実り豊かなこの時期に冬備えを始めるんです。今年は団長の案内をしなくちゃならないから、けっこう厳しいなって思ってたんです。でもユリアさんがエルウィンに残って、先に冬支度を進めておいてくれるなら、僕も安心して旅に出かけられます」

「おい待て、おい待て、なんでそうなる？」

「え？　何か問題でも？」

「大ありだ。ユリア一人に留守番をさせるなんて、いくらなんでも危険すぎる」

「では明るいうちはエルウィンで冬支度をして貰って、それ以外の時間はイスマルの家族と一緒にマルティンで過ごして貰うってのはどうです？」

「名案だわ！　それでいきましょう！」

喜々としてユリアは手を打った。

「二人の留守中、エルウィンは私が守るわ。心配しないで。二人が戻るまでに貯蔵庫をいっぱいにしておくから！」

数日後、ヘクトルとトリスタンはレーエンデ西部へと旅立っていった。

ユリアは身の回りの品々を鞄に詰め、マルティンに向かった。

古代樹林マルティンでは十六本の古代樹に百人あまりのウル族が暮らしている。すっかり顔馴染《かおなじ》みになった者もいるが、外地から来た彼女のことをいまだ白眼視する者も少なくない。以前のユリアなら不安に押し潰されていただろう。

しかし今は不思議と心が落ち着いていた。自分のことは自分で決めるのだという決意、一通りの仕事はこなせるという自負、それが彼女を支える柱となっていた。

「いらっしゃい！」

プリムラが出迎えた。相変わらず天使のように美しい。双子の母親だということがいまだに信じられない。

「部屋に案内するわね」

そう言うや、ユリアの鞄を奪い取る。反論の機会も与えず奥の階段を上っていく。

「今日は髪を下ろしているのね」

「最近は結っていないんです。結わなくても誰も気にしないし――」

見せびらかさなきゃもったいないと、トリスタンに言われたから。

「そっちのほうがいいわ。とても素敵よ。でもドレスじゃ梯子は上りにくいでしょう？　よければウル族の服を着てみない？」

「いいんですか？」ユリアは目を輝かせた。「ぜひお願いします！」

案内された三階の部屋でユリアはウル族の民族衣装に着替えた。生成《きな》りの生地《きじ》で出来た下衣、鮮やかな赤い刺繍が施された上着、仕上げに幅広の革ベルトを巻く。袖丈《そでたけ》は少し短いが、肩幅はちょうどいい。

「ユリア、綺麗だねぇ！」

ペルが無邪気に喜んでユリアの周囲を駆け回る。

「ほんと素敵。とってもよく似合うわ」

惚《ほ》れ惚れとして、プリムラはユリアの全身を眺めた。

「これは絶対、マルティンの男の子達が放っておかないわね」

「そ、それは困ります」

「いいじゃない。いっそ誰かと結婚して、このままウル族になっちゃいなさいよ」

「なっちゃえ、なっちゃえ！」

ペルがユリアの右手を掴んで、元気よく振り回した。

双子の片割れ、アリーはおそるおそる手を伸ばし、ユリアの左手を掴んだ。

「遊ぶの？」

上目遣いにユリアを見上げ、小声で尋ねる。

「ユリアは、アリーと遊ぶの？」

澄んだ瞳で見つめられ、ユリアは喉の奥がむずがゆくなった。幼い双子が愛しくて、ぎゅっと抱きしめたくなった。衣服を替えただけでウル族になれるとは思っていない。それでもやっぱり嬉しくて、お腹《なか》のあたりがぽかぽかと温かくなってくる。

彼女はその場に膝をついた。双子の顔を交互に見つめ、にっこりと笑った。

「ユリアはアリーと遊ぶよ。ペルとも遊ぶよ。さあ、何をしようか？」

第四章　竜の首

《風運人《ふううんじん》》
外地とレーエンデを行き来する商人および商隊の通称。主な交易品は鉄製品、小麦、塩など。

レーエンデと外地を繋ぐ道はふたつある。

ひとつはシュライヴァ州へと繋がるファスト渓谷。だが渓谷の岩盤は風化が進み、少しの加重で脆《もろ》く崩れる。荷馬車の通行に耐える道路や橋を築くには莫大《ばくだい》な金と長い年月が必要になるだろう。ヴィクトル・シュライヴァは四十二歳。いまだ壮健とはいえ、工期に長年を要する建設計画を了承するはずがなかった。

もうひとつの道はレーエンデ南西部、小アーレス山脈のラウド渓谷だ。難所の多い山道だが、崖を掘削すれば幅員を広げることは可能だろう。しかしラウド渓谷を抜けた先にあるのはロベルノ州だ。同じ帝国十二州でも北方七州——レイム、オール、ツィン、フェルゼ、シュライヴァ、マルモア、グラソンは独立色が強い。だが南方五州——ロベルノ、ゴーシュ、アルモニア、エリシオン、ナダは法皇寄りだ。法皇庁に圧力をかけ、自身を皇帝に推戴させることがヴィクトルの本懐であるならば、親法皇派のロベルノ州に繋がる交易路を建設することに意味はない。

現存する道はどちらも交易路建設には適さない。とはいえ手がかりは与えてくれる。レーエンデを流れる大河の多くは西部山麓《さんろく》を水源としている。川は山を浸食《しんしょく》し、渓谷は山脈の懐深くに入り込む。しかも大小のアーレス山脈は西に行くほど低くなる。よって「大アーレス山脈と小アーレス山脈がひとつになるレーエンデ最西端から調査を始めよう」ということになった。

ヘクトルとトリスタンは旅装を整え、馬に荷物を積み、古代樹の森を出て西に向かった。

西の森には木々が鬱蒼と生い茂っている。古代樹の森とは異なり、小道も目印もない。しかしこの季節、ウル族の若者達は連れ立って西の森へと出かけていく。迷路のように入り組んだ地形も跋《ばっ》扈《こ》する肉食獣も恐るるに足らず。長い時には一ヵ月以上、枯れ葉を寝床に狩りを続ける。そんな命知らずの狩人達《かりゅうど》も満月の夜の野宿は避ける。銀の呪いから身を守るため、西の森に点在する狩猟小屋で一夜を明かすのだ。

エルウィンを出て三日後、二人は狩猟小屋のひとつに到着した。簡素な丸太小屋だ。板張りの屋根から煙突が突き出している。屋根の端に吊るされた鉄鈴がリン、リリンと鳴っている。人語は聞こえないが、小屋の周囲には真新しい人馬の足跡があった。先客がいるのかもしれない。トリスタンは用心深く小屋の扉を開いた。

「……なんだこれ」

中はひどい有様《ありさま》だった。土間は水浸し、板間も泥に塗れている。汚れた椀や酒瓶《さかびん》が転がり、鉄鍋《てつなべ》には残飯がこびりついている。暖炉には灰が堆積《たいせき》し、薪は数本しか残っていない。飼い葉桶《おけ》も水樽《みずだる》も食料庫も空っぽだ。

狩猟小屋はいわば避難場所だ。身ひとつで逃げ込んでも数日間はしのげるよう水や非常食、薪や飼い葉などが揃《そろ》っている。次に小屋を訪れる者達のため、使ったものは補充しておく。食器や毛布を洗い、部屋を清めてから出立する。それがウル族の慣例であり、厳守すべき掟《おきて》でもあった。

トリスタンは毛布を拾い上げた。強烈な悪臭が鼻を突く。誰かがここで小便をしたのだ。

怒りが頂点に達した。毛布を投げ捨てて叫んだ。

「誰だ！　こんなことしやがったのは！」

「どうした？」

ヘクトルが馬を引き入れてきた。小屋の中を見回し、驚いたように目を瞠る。

「誰かが酒盛りでもしたようだな」

「あり得ない。ウル族はこんなこと絶対にしない！」

「ああ、そうだな」

ヘクトルは困ったように顎をかいた。

「だが怒るのは後にして、先にここを片づけよう。じき陽が暮れる。その前に薪を集めておかないと、明け方に寒い思いをすることになる」

正論だった。深呼吸をして怒りを静め、トリスタンは空の水桶を手に取った。

「水を汲《く》んできます」

「では俺は薪を集めて――」

「団長は小屋から出ないでください」

「しかし――」

「迷子になられたら困ります。ここで大人しく待っていてください」

水桶を抱え、彼は小屋を飛び出した。近くの小川と小屋との間を往復し、水樽を清水で満たした。星明かりの中、馬の餌となる川菜を集め、枯れ枝を拾いながら小屋に戻った。

「おかえり」

ヘクトルが立ち上がった。小屋の中をぐるりと見回し、服の袖で汗を拭う。

「こんなものかな」

泥だらけだった板間は拭《ふ》き清《きよ》められていた。棚には洗い終えた鍋と椀が並んでいる。空の酒瓶と汚れた毛布はまとめて土間の隅《すみ》に積み上げられている。

「すみません。シュライヴァの英雄に床掃除をさせてしまって」

「なに、寝る場所を確保しただけだ」

手を洗い、ヘクトルは朗らかに笑った。

「何もかもお前任せでは肩身が狭い」

そう言われると何も言い返せない。トリスタンは集めてきた川菜を飼い葉桶に移した。二頭の馬は先を争うように桶に頭を突っ込んだ。

枯れ枝を並べ、暖炉に火を入れる。湯が沸くのを待つ間に荷袋から乾燥肉と堅パンを取り出した。旅はまだ始まったばかり。いざという時のために携帯食は温存しておきたかった。そう思うと、またもや怒りがこみ上げてきた。

「どこのどいつだ。荒らすだけ荒らして後片づけもしないなんて、礼儀知らずにもほどがある」

「ウル族ではないと言ったな」

枯れ枝を適当な長さに整えながら、ヘクトルが問いかける。

「では何者の仕業だと思う?」

「たぶんラウド渓谷を通って外地からやってきた商隊だと思います。西の森の恐ろしさを知らず、街道を外れ、森の中を突っ切ろうとした馬鹿がいたんだと思います」

「しかし連中は森の歩き方を知らない。不用意に西の森に踏み込めば遭難は避けられない。方角を見失い、森の中をさまよったあげく、運よくこの狩猟小屋にたどり着いたのであれば、まず守りを固めようとするのではないか? 少なくとも酒を飲んでの馬鹿騒《ばかさわ》ぎはしないのではないか?」

トリスタンは言葉に窮した。認めたくはないが認めるしかない。小屋を荒らした無法者の中には森歩きに精通した人間がいる。

「ハグレ者の仕業かもしれません」

「ハグレ者？」

「……身内の恥です」

出来ることならヘクトルには知られたくなかったが、こうなっては話すほかない。

トリスタンは重い口を開いた。

「森の暮らしは厳しいものです。団結しなければ生きていけない。それでも輪から外れる者は少なからず存在します。我欲のままに大罪を犯し、一族に甚大な被害をもたらした者は左の掌に罪人の証し――直交する二本の傷が刻まれます。ウル族が初対面の人間に左手を見せるのは、自分が罪人ではないことを証明するためなんです」

肩の高さに左手を挙げ、右の指で掌に十字を描く。

「左手に証しを持つ者は古代樹の森への立ち入りが禁じられます。すべての古代樹林から永久追放されます。集団から外れた者を生き存《なが》えさせてくれるほどレーエンデの森は優しくない。生きるためには森を出ていくしかありません」

「それがハグレ者か」

「そうです」

トリスタンはぎゅっと左手を握りしめた。

「ハグレ者はウル族の恥です。出来れば黙っておきたかったんですけど、団長はお人好しだから、相手がウル族ってだけで安易に信用してしまいそうだし」

「おやおや、言ってくれるじゃないか」

鷹揚《おうよう》に笑ってヘクトルは言い返す。

「お前を信じると決めた男だぞ？　人を見る目は充分にある」

「逆ですよ。だからお人好しだって言ってるんです」

トリスタンは堅パンを割り、乾燥肉を挟んでヘクトルに突き出した。

「さっさと食べて、早いとこ休みましょう」

「そう照れるな」

「照れてなんかいません」

簡素な夕食を食べ、熱いお茶を飲み、暖炉の前に横になった。赤々と燃える火のおかげで寒さに悩まされることはなかったが、小屋を荒らしたハグレ者が戻ってくるかもしれないと思うと熟睡は出来なかった。

翌朝早く、トリスタンは汚れた毛布を抱えて小屋を出た。洗濯を終え、薪と飼い葉を補充し、食料庫を木の実で満たした後、二人は西に向かって出立した。

西の森は深くて暗い。乱立する木々が視界を遮り、生い茂る枝葉が頭上を覆う。手がかりを見落とせば自分の居場所さえわからなくなる。トリスタンは慎重に馬を進めた。狩猟小屋の近くを通ることはあっても、立ち寄ろうとは思わなかった。被害に遭ったのが自分だけならまだしも、ヘクトルまで巻き込んだことが許せなかった。英雄にまた馬鹿騒ぎの後始末をさせるくらいなら、野宿したほうがましだった。

幸いなことに晴天に恵まれた。野宿もさほど苦にならなかった。だが満月の夜だけは屋内に退避する必要がある。時化の気配はしなくとも万が一ということがある。陽が暮れる前に狩猟小屋にたどり着こうと、トリスタンは馬を急がせた。

「煙の臭《にお》いがする」

ヘクトルが呟いた。

トリスタンは顔をしかめた。目指す狩猟小屋はもう目と鼻の先だ。おそらく先客がいるのだろう。しかし別の小屋を目指している時間はない。

仕方なく馬を進めると、今度はけたたましい笑い声が聞こえてきた。

「下手クソ！　どこ狙ってやがる！」

「早くしねぇと逃げられちまうぞ！」

「黙ってろ！　気が散るだろ！」

狩猟小屋の前に三人の男がいる。茶色の髪や小麦色の肌色から察するに三人ともティコ族だろう。一番若い男が慣れない手つきで弓をかまえている。放たれた矢が数歩先の地面に突き立つ。

「ったく、トチウサギ一匹、狩れねぇのかよ！」

「うっせぇ！　お前らがやいやい言うからだろうが！」

大笑いする二人に、弓を持った若者が言い返す。三人とも顔が赤い。呂律《ろれつ》も回っていない。

「オレに貸せよ。手本を見せてやる」

一番の大男が若者から弓を奪った。矢をつがえ、弓弦を引き絞る。狙っているのは数歩先にいるトチウサギだ。後ろ脚の付け根に矢が刺さっている。足を引きずりながら、必死に森に逃げ込もうとしている。

「ヤッ！」

気合いとともに飛んだ矢がトチウサギの背中に突き刺さった。

「よっしゃ！　当たった！」

大男が気勢を上げる。だがトチウサギはまだ死んではいなかった。弓弦が緩かったせいで致命傷には至らなかったのだ。立ち上がろうともがいているトチウサギを見て、トリスタンは馬の腹を蹴った。長弓を手に取り、素早く矢をつがえる。放った矢は狙い違わず、トチウサギの心臓を貫《つらぬ》いた。

「恥を知れ、愚か者！」

絶命したトチウサギの傍に降り立ち、トリスタンは三人の荒くれ者を睨みつけた。

「生命を冒瀆《ぼうとく》する者に狩りをする資格はない！」

「なんだぁ、お前？」大男が眉を吊り上げた。「その服、ウル族か？」

「ウル族にしては毛色が変わってンな」

「チビのくせに、オレ達に喧嘩《けんか》売ろうってのか？」

頬に傷のある男がすごんだ。威嚇するように上着の袖をまくりあげる。

彼らは腰に剣を佩《は》いていた。鞘はぼろぼろ、柄は手垢《てあか》で真っ黒だ。まっとうな暮らしをしているティコ族ではない。傭兵崩れか、傭兵になり損なった半端者だろう。

「動くな」

トリスタンは三本の矢を一度につがえた。

「でないとお前達、全員片目を失うぞ」

「やれるもんならやってみやがれ！」

野太い声で大男が吠《ほ》えた。そうだそうだと他の二人が囃《はや》し立《た》てる。

「ウル族のチビがイキがるんじゃねぇ」

「いい暇つぶしだ。叩きのめしてやンぜ！」

「面白そうなことになってるな」

飄々とした声が聞こえた。いつの間にかトリスタンの隣にヘクトルが立っていた。腰に剣を吊るしているが、着ているのは質素な平服だ。鎧《よろい》兜《かぶと》や紋章など身分を表すものは身につけていない。それでも彼がただ者でないことは伝わるらしい。荒くれ者達の顔から余裕が消えた。

「どうした？　来ないのか？」

不敵な笑みを浮かべ、ヘクトルは両の拳を眼前に掲げた。

「数的有利はそちらにある。さあ、かかってこい」

挑発的な台詞《せりふ》、面白がっているような口吻《こうふん》、それを聞いてトリスタンは気づいた。まずい。怒っている。この人、僕以上に本気で怒っている。

「おい、ソール」

ヘクトルに目を向けたまま、大男が呼びかけた。

「シーヴァさんを呼んでこい」

お、おう――と応え、ソールと呼ばれた若者が後じさる。小屋の中にも仲間がいるらしい。助けを呼ばれては厄介だ。トリスタンは身体の向きを変え、ソールの喉元を狙った。

「待て、トリスタン」

ヘクトルが制するのと同時に狩猟小屋の扉が開いた。現れたのは二人の男。一人はまだ年若く、豪華な外套《がいとう》を羽織《はお》っている。丸い顔立ちに丸い鼻、レーエンデにはあまり見られない風貌《ふうぼう》だ。もう一方は三十歳前後、白い肌に短く刈り上げた枯草色の髪、色の薄い青い瞳を持っていた。外地風の服を着ているが、容姿は典型的なウル族だ。

「君達ぃ、騒ぎすぎだよぉ？」

間延びした口調で丸顔の青年が言った。

「森の中にいる時は、飲みすぎちゃ駄目だって言ったでしょ」

「シーヴァさん、違うんですよ」

「あいつらが絡んできたんです」

「うん？」

シーヴァはヘクトルとトリスタンを見た。眠たげな目がパチパチと瞬く。

「おやぁ、こんなところで人に会うとは思わなかった」

おっとりと胸に手を当て、彼は貴族風のお辞儀をした。

「私はリシャール・シーヴァと申します。ノイエ族の風運人で、この商隊の隊長です」

それと――と言い、横に立っているウル族の男を指さす。

「彼は副隊長のガフ。そっちの三人はナルガ、リオ、ソール。我が商隊の荷物持ち兼用心棒です」

シーヴァはヘクトルを見て、邪気のない声音で尋ねた。

「外地の人ですよね？　名家の方とお見受けしましたが、ご尊名を伺ってもよろしいですか？」

「俺はクラウド・ウィルヘルム。シュライヴァ北部を根城に傭兵団を率いている」

拳を下ろし、ヘクトルは騎士風の礼を返した。

偽りの名と肩書きを使うことは事前に決めてあった。ヘクトル・シュライヴァは名の知れた英雄だ。レーエンデにいることが法皇の耳に入れば不必要な詮索《せんさく》を招く。交易路の建設にも支障が出かねない。せめて計画が軌道に乗るまでは隠しておきたい――というのがヘクトルの意向だった。歩きやすい山裾《やますそ》を避け、迷路のような森を抜けてきたのも、余人との接触を避けるためだった。

「傭兵団の隊長さんでしたか。どうりで迫力があると思った」

ヘクトルの言葉を疑いもせず、シーヴァは人懐《ひとなつ》っこく笑う。それからトリスタンに目を向け、不思議そうに首を傾げる。

「えっと、そちらは？」

「俺の副官だ。名をトリスタンという」

「でもその服、ウル族ですよね？」

ウル族は他民族との交流を嫌う。外地の人間に使われることを嫌う。シュライヴァ騎士団と行動をともにしていたイスマルは例外中の例外だ。外地の傭兵団に属するウル族とは、すなわち帰る場所を持たない者、古代樹の森を追われたハグレ者であることを意味している。

「僕が何者であろうと貴方には関係ない」

トリスタンは吐き捨てた。左手を挙げての挨拶もしなかった。ハグレ者だと思われてもいい。狩猟小屋を汚し、レーエンデの森を荒らす無法者に払う礼儀など持ち合わせていない。

「大の男が寄ってたかってウサギをいたぶるなんて、隊長さん、飼いイヌの躾《しつけ》がなってませんね」

「誰がイヌだ、誰が！」

「ざけんなよ、てめぇ！」

用心棒達が色めき立つ。顔を真っ赤にしてトリスタンに詰め寄る。

「まぁまぁ落ち着いて」猛獣使いよろしくシーヴァは男達を宥《なだ》めた。「君達、酔っ払いすぎだよ。水でも飲んで頭を冷やしなさい」

ほらほらと追い立てられ、ティコ族の三人は渋々《しぶしぶ》と小屋の中へ引き揚げていく。

「すみませんねぇ」

シーヴァはトリスタンに向き直った。

「ティコ族の男は腕は立つんですけど、どうにも血の気が多くってねぇ。ここには娯楽もないものだから、つい悪さが過ぎました。よく言って聞かせます。どうか許してやってください」

「狩猟小屋はウル族のものです。使用するならウル族の掟に従うべきです」

「おっしゃる通りです。今後は気をつけます。お約束します」

「……そうしてください」

まだまだ言いたいことはあったけれど、ヘクトルの手前、ここは我慢することにした。

「もういいかな？」

ウル族の男――ガフが尋ねた。

「そろそろ夕食の準備に戻りたいんだけど」

その言動にトリスタンは激しい怒りを覚えた。

こいつ、ウル族のくせに弁解も謝罪もしないつもりか？

「さあ、ウィルヘルムさん。中にどうぞ」

シーヴァが笑顔でヘクトルを促す。

「こうして出会ったのも何かの縁、友好の証しに夕ご飯をご馳走します。ガフの作る料理はね、ほっぺたが落ちそうなくらい旨いんですよ」

「そうか。ではご馳走になろうか」

如才なく答え、ヘクトルは小屋へと入っていく。だがトリスタンは躊躇した。連中と食事をともにするなんて、考えただけで反吐《へど》が出る。

しかし今夜は満月だ。野宿するわけにはいかない。

諦めて、馬を連れて小屋に入ろうとした。

「馬は外に繋いでよ」

腕を伸ばし、ガフが出入り口を塞いだ。

「中は人間だけでいっぱいだから。僕らの馬も外に出すからさ」

馬を外に繋げばヒグロクマやヤミオオカミの群れに狙われる恐れがある。とはいえ、男七人が馬とともに一夜を明かすには狩猟小屋は狭すぎる。トリスタンは仕方なく小屋の横にある柵《さく》に馬の手綱を結んだ。荷物を下ろし、鞍を外していると、ガフが二頭の馬を引き連れて小屋から出てきた。

「樽の水を使うといいよ。飼い葉もまだあるからさ、君らの馬にも食べさせてやりなよ」

「偉そうに言わないでください」

冷ややかな声でトリスタンは言い返した。

「水も飼い葉も貴方が用意したものじゃないでしょう」

「そりゃそうだけど」あっけらかんとガフは笑った。「後から割り込んできたのは君達なんだから、少しは遠慮してもいいんじゃないの」

「この小屋は狩りをするウル族のためのものです。それを勝手に使っている商人に、あれこれ言われる筋合いはありません」

「旅の情けは互いを助くっていうの、聞いたことない？　ウル族ってほんと物知らずだよね」

「そういう貴方もウル族じゃないですか」

「あれ、わかっちゃった？」

「当たり前です」腹に据えかねてトリスタンはガフに向き直った。「貴方、さっきから左手を隠してますよね？　もしかして人には見せられない傷でもあるんですか？」

「そういう君はどうなのさ。君だって挨拶しなかったよね？」

トリスタンは言葉に詰まった。ガフは勝ち誇ったように笑う。

「そうツンケンしないでさ、ウル族同士、仲よくやろうよ。ひとつ屋根の下で夜明かししなきゃならないんだし、いがみ合ってちゃ疲れるだけだよ」

喧嘩を売ってきたのはお前だと、言いたかったが我慢した。今夜ばかりは逃げ場がない。狭い小屋の中で争いになればヘクトルに迷惑がかかる。

「飼い葉を取ってきます」

荷物と鞍と哀れなトチウサギを抱え、トリスタンは小屋に入った。

シーヴァが自慢するだけあって、ガフが作ったウサギ肉のシチューは旨かった。ティコ族の三人は飲み足りなそうな顔をしていたが、シーヴァに酒瓶を取り上げられ、ふて腐れて寝てしまった。暖炉の前に陣取り、ちびちびとお茶を飲みながらシーヴァは尋ねた。

「ウィルヘルムさんはなぜレーエンデに？」

「前の戦で団員の数が減ってしまってな。腕の立つ者を探しにきたのだ。今は客人として、狩りを楽しんでいる最中だがな」

すらすらと嘘を吐き、ヘクトルは人好きのする笑みを浮かべた。

「してシーヴァ殿、なぜ街道を行かないのだ？　森の中は危険も多かろう？」

「森を突っ切ったほうが早いからですよ」

愛想よく答え、シーヴァは隣に座るガフを見た。

「ガフのおかげです。ガフが道案内してくれるから、私達は他の風運人よりも早く荷を運ぶことが出来るんです」

「その通り！」ガフは剽げて肩をすくめた。「しっかり貢献してるんだからさ。俺の取り分、もう少し増やしてくれてもいいいと思うなぁ」

「わかってる。考えておくよ」

「ほら、またそれ。考えるだけ。もう聞き飽きたよね」

ガフはヘクトルに向き直り、媚《こ》びるような笑みを浮かべた。

「腕のいい傭兵を探しているって言いましたよね？　俺、剣も弓も使えますよ。けっこう自信ありますよ」

「ええっ、それは困る。君がいてくれないと困るよ、ガフ！」

慌てふためくシーヴァを横目で見て、ガフはやれやれと息を吐く。

「もう冗談だって。なにムキになってんの」

「だって、本当に困るんだもの」

シーヴァは俯いた。親に縋《すが》る子供のようにガフの袖を摑んでいる。まったくどちらが隊長なんだか。馬鹿らしくなってトリスタンは立ち上がった。

「そろそろ寝ます。ご馳走さまでした」

「ああ、俺も寝る」ヘクトルはシーヴァに向かって会釈する。「失礼、先に休ませて貰う」

ヘクトルに板間を譲り、トリスタンは土間に降りた。扉近くの壁際で毛布をかぶって横になる。毛布の下、右手でナイフの柄を握った。彼らは信用がおけない。目を閉じても警戒は怠らなかった。

小屋の隅からひそひそと話し声が聞こえてくる。会話の内容まではわからなかったが、シーヴァとガフの話し合いは真夜中近くまで続いた。

夜明け前、誰かが起き上がる気配がした。トリスタンは薄く目を開いた。足を忍ばせ、ガフが小屋から出ていく。トリスタンは上体を起こした。板間で眠るヘクトルに目を向ける。薄暗がりの中、目が合った。ヘクトルは無言で頷いた。トリスタンは頷き返し、ガフを追って小屋を出た。

外には四頭の馬がいた。朝靄《あさもや》の中、思い思いの格好で休んでいる。そのうちの一頭、ヘクトルの黒毛の傍にガフがいた。眠っている黒毛の首に、用心深く手を伸ばす。

「触らないで貰えます？」

ガフは手を引っ込めた。トリスタンの姿を認め、気まずそうな笑みを浮かべる。

「これ、いい馬だねぇ。もしかしてフェルゼ馬？」

トリスタンは答えなかった。無言で睨みつけていると、ガフはわざとらしく手を打った。

「ねぇ、君のご主人様ってヘクトル・シュライヴァだよね？」

不意を突かれた。一瞬、返事が遅れた。

「違いますよ」

「いやいや、違わないでしょ。俺、前に一度、シュライヴァの英雄を見たことがあるんだ。遠目にちらっと見ただけだから自信なかったんだけど」

やっぱりね――と言って、探るように目を細める。

「シュライヴァの英雄がレーエンデでいったい何してるのかな？」

トリスタンは沈黙した。この男は怪しい。これ以上、手の内を明かすわけにはいかない。

「誰にも言わないから教えてよ」ガフはさらに問いかける。「ウル族である君がどうやってシュライヴァの英雄に取り入ったの？　英雄は色を好むっていうけど、彼って男色家なの？　君、どんな技を使ってたらし込んだの？」

「そんなんじゃない！」

思わず言い返してしまった。乗せられたと気づいたが、もう遅い。

してやったりとガフは笑った。

「彼、ここで何してるの？」

「知人を訪ねてきただけです」

不承不承、トリスタンは答えた。

「僕は案内を頼まれた。それだけです」

「外地の人間を受け入れるなんて、ウル族にしちゃずいぶんと変わってる——って、そうか！」

わざとらしくポンと手を打ち、にやりと笑う。

「その知人っての、誰のことだかわかっちゃったかも？」

自分の迂闊《うかつ》さにトリスタンは舌打ちしそうになった。レーエンデに外地の人間が入ってくることをウル族は快く思っていない。イスマルのように革新的な考えを持つ者は珍しい。ガフはウル族だ。イスマルのことを知っていたとしてもおかしくはない。

落ち着け——トリスタンは自分に言い聞かせた。交易路の建設予定地が見つかれば、イスマルはそれを族長会議にかける。ヘクトルの所在も目的も広く知られることになる。まだ公言すべきではないというだけで、知られて困ることではない。小さな商隊の案内人にすぎないガフが、ヘクトルのことを吹聴《ふいちょう》して回ったとしても、計画に支障が出るような大騒ぎにはならないはずだ。

「君は恵まれてるよね」

厭《いや》みたらしく呟いて、ガフはトリスタンを横目で睨んだ。

「シュライヴァの英雄にもウル族の生ける伝説にも一目置かれてるなんて、ほんと羨《うらや》ましいよ」

「貴方だってシーヴァさんに頼りにされているじゃないですか」

「うん、頼られてるよ。俺がいなくちゃシーヴァは何も出来ないからね。なのに儲《もう》けの大半は彼の懐に収まる。どう考えたって、これ不公平でしょ？」

「なら他の仕事を探せばいい」

「やっぱり？　君もそう思う？」

ガフはトリスタンに擦り寄ると、彼の耳朶にささやいた。

「ねぇ、君からヘクトルに頼んでよ。ガフは役に立ちますよって、どうか雇ってくださいって」

嫌悪に肌が粟立った。

「お断りです。絶対に嫌です」

「冷たいなぁ。同じウル族なのに」

「こういう時だけウル族を持ち出すなんて卑怯《ひきょう》ですよ」

「どうしてそんなにウル族の肩を持つのさ？　ウル族の頭の固さには君も嫌気が差してるだろ？」

「そんなことありません」

「そんなことあるって。君の容姿、どう見ても生粋のウル族じゃないし、トリスタンって名前もウル族っぽくないし、絶対苦労してるでしょ」

わかるよ——と言い、ガフはトリスタンの肩に腕を回した。

「俺もさ、父がハグレ者になってから、ずっと肩身の狭い思いをしてきたんだ。だから君の気持ちはよくわかる。ただでさえ浮いた存在なんだから、せめて名前ぐらいウル族っぽいのにしてほしかったよね。てか誰よ、君にそんなひどい名前をつけたのは？　お父さん？　お母さん？　どっちがウル族じゃなかったの？」

ねっとりと纏わりつくような声。トリスタンは身震いし、ガフの腕を振りほどいた。

「貴方には関係ない」

「そんな嫌うことないでしょ。俺達、似た者同士なんだから」

黙れ――と怒鳴りそうになるのを懸命に堪えた。怒ればガフはますますつけあがる。惑わされるな。巻き込まれるな。彼の言葉に踊らされるな。

「油断しましたね」

トリスタンはガフの左手を指さした。

「貴方の左手、拝ませて貰いましたよ。掌に火傷《やけど》の痕《あと》がありますね。それ、ハグレ者の印を隠すために自分で焼いたんじゃないですか？」

ガフの顔から笑みが消えた。左手を握りしめ、剣呑《けんのん》な目でトリスタンを睨む。

「ゲスな勘ぐりしてると友達なくすよ？」

「なくす以前に友達なんていませんよ。貴方と友達ごっこをするつもりもありません」

「って、いきなり自分語り？　自己憐憫《れんびん》はかっこ悪いよ？」

「ハグレ者であることがばれた途端、口が悪くなる貴方も相当かっこ悪いですけどね」

「うるさい！」

ガフはトリスタンの襟元を摑み、乱暴に引き寄せた。

「俺はハグレ者じゃない。俺をハグレ者と呼ぶんじゃない！」

「手を離せよ、ハグレ者」

トリスタンは負けじとガフを睨み返した。

「古代樹の森に戻ったら、すべての古代樹林に触れ回ってやる。ハグレ者のガフが森に戻っている。狩猟小屋を荒らし回っている。見かけ次第、半殺しにして叩き出せとね」

「ハグレ者じゃないッ！」

ガフは拳を振り上げた。

トリスタンは動じることなく、正面から彼の顔を睨んだ。

「殴っても僕の口は塞げないぞ」

ガフの手が止まった。襟から手を離し、拳でトリスタンの胸を小突く。

「お前は俺と同じ臭いがする。どんなに媚びてみせても無駄だ。ウル族はお前を仲間とは認めない。憎まれ、嫌われ、排斥される。寄ってたかって足蹴《あしげ》にされ、左手に罪人の印を刻まれて、古代樹林から追い出される」

「ご忠告、ありがとうございます」

襟を正し、トリスタンは冷笑した。

「負けイヌの遠吠《とおぼ》えとして、記憶しておきますよ」


翌朝、まだ陽も昇りきらないうちにシーヴァ一行は出立した。朝食も食べず、こそこそと荷をまとめ、逃げるように去っていった。

彼らを見送った後、トリスタンは薪と木の実を集め、飼い葉を揃え、水汲《みずく》みを終わらせた。

正午近くになって、ようやくヘクトルが起きてきた。彼のために遅い朝食を用意して、トリスタンは切り出した。

「シーヴァ達はまっとうな商隊じゃありませんね」

「同感だ」

熟れたウルクの実を齧《かじ》り、ヘクトルは興味深そうに問い返す。

「お前の目には、どのあたりが奇妙に映った？」

「荷箱が軽そうだったんです」

今朝見た一行の姿を思い出し、トリスタンは答える。

「レーエンデの商人はノイエレニエで仕入れた鉄製品を外地で売り、外地で買い付けた塩や小麦をレーエンデの民に売ることで収益を得ています。『なぜ街道を行かないのか』という問いかけに、シーヴァは『森を突っ切ったほうが早いから』と答えました。だから僕は彼らの目的地は古代樹の森か中央高原地帯だと、そこに住むウル族やティコ族に塩や小麦を売りに行くんだと思っていました。でも彼らの荷箱は軽かった。塩や小麦が入っているようには見えませんでした。あれほど軽い商品といえば装飾品や宝飾類ぐらいしか思いつきません。けどそんなものに興味を示すのはノイエ族だけです。ノイエ族の大半はノイエレニエに住んでいます。ラウド渓谷路とノイエレニエは西街道で繋がっています。にもかかわらず、街道を避けて森の中を行くのは人目につきたくないから。人に詮索されたくないものを運んでいるからです」

「なるほど、よく見ている」

感心したようにヘクトルは腕を組んだ。

「荷が軽かったか。それは俺も気づかなかった。さすがだな、トリスタン」

「何言ってるんです。朝寝坊しなきゃ団長だって気づいてましたよ」

「まったくだ。お前がいてくれたおかげで俺はゆっくり休めたよ」

論点がずれている。けれど、あえて指摘はしないでおいた。

「それとあのガフって男、やっぱりハグレ者でした」

「そうか」驚いた様子もなくヘクトルは首肯する。「それで奴と何を話した？」

「……別に何も」

「何もないという顔ではないぞ」

「個人的なことです。あまり言いたくありません」

「本当に言いたくないなら詮索はしないが、気鬱は心身の健康を損なうと言うからな。お前に倒れられては俺が困る。話して楽になることなら遠慮はするな」

トリスタンは力なく笑った。まったく何もかもお見通しだなと思った。

「ガフに言われたんです。お前は俺と同じ臭いがするって。ウル族はお前を仲間とは認めない。足蹴にされて、左手に罪人の印を刻まれて、集落から追い出されるって」

「そんなわけがあるか。お前と奴とは似ても似つかん」

「だといいんですけどね。マルティンにとって、僕が厄介者であることは否定出来ません」

「俺はそうは思わないが」ヘクトルは身を乗り出した。「お前がマルティンに居づらいと言うのであれば、ぜひシュライヴァに来てほしい。騎士団の教官として、シュライヴァの騎士達を弓の名手に育ててほしい」

「いいですね、それ」

トリスタンは笑った。かなわぬ夢だとわかっていても嬉しかった。少しだけ心が軽くなった。

「でも、まずは街道の建設です。食べ終わったら出かけましょう。急げば今日中に西の森を抜けられます」

「ああ、それなんだが、俺にひとつ考えがある」

「聞きましょう？」

「レーエンデと外地を繋ぐ道には関所がある。ファスト渓谷路のルード、ラウド渓谷路のアルトベリ、どちらも警備は厳重で審査も厳しい。出入りの際には積み荷をすべて検《あらた》められる。もし荷の中に禁制品が見つかれば死罪となる。どうやって関所をすり抜けているのか、ずっと疑問に思っていたのだ」

トリスタンは首を傾げた。話が読めない。彼の意図がわからない。

まあ待て――と手を上げて、ヘクトルは続ける。

「思うにシーヴァ一行は密輸団ではあるまいか。彼らの荷箱に入っていたのは銀夢草だったのではあるまいか。しかし俺やお前の目にも怪しいと映る一行が、はたして関所を抜けられるだろうか？」

「あ……！」

ようやく繋がった。

「密輸団なら関所を通らずに外地とレーエンデを結ぶ道を、ラウド渓谷でもファスト渓谷でもない第三の道を、知っているかもしれない」

「だが尋ねたところで教えてはくれまい。ならば案内して貰おうと思ってな。それで朝寝坊したんだ。すぐに追いかけては連中に気づかれてしまうからな」

ヘクトルは片目を閉じ、トリスタンを指さした。

「お前なら距離を置いても奴らの足跡をたどれるだろう？」

「もちろんです！」

トリスタンは大きく頷いた。

「いや、驚きました！　団長、そういう悪知恵も働くんですね！」

「それは褒めているのか？　それとも腐しているのか？」

「褒めてるに決まってるじゃないですか！」

「そうなのか？」

ううむ……と唸って、ヘクトルは腕を組んだ。

「なぜだろうな？　いまいち褒められている気がしないのは？」


二人は小屋を片づけた。荷物をまとめ、半日遅れで商隊の後を追った。追跡はたやすかった。湿った落ち葉に人馬の足跡が残っている。東に向かっていたそれは、やがて北へと方向を変えた。

夕暮れ前になって西の森を抜けた。沈みゆく太陽、赤く染まった空、薔薇色に輝く大アーレス山脈に、ひときわ目を引く山頂が飛び出している。大アーレスの西の貴婦人、アンセム山の頂だ。

アンセム山の雪冠は一年中消えることがない。白く凛《りん》とした姿には孤高の佇《たたず》まいがある。だがこの時期、夕暮れ前のひととき、白き貴婦人は突如として別の顔を覗かせる。

「アンセムの虹《にじ》が出てますね」

西の貴婦人を見上げ、トリスタンは目を細めた。

丸みを帯びた山頂が淡く虹色に輝いている。虹色の衣を纏った貴婦人が赤き山脈を従え、太陽さえも額《ぬか》ずかせ、黄昏《たそがれ》の空に君臨している。あの見事な虹色はどこから来るのか。なぜ西の貴婦人だけが虹の衣を纏うのか。知る者はいない。しかしながら年に数回、ほんの数分しか見ることの出来ない貴婦人の虹色は真夏の暑さを和らげ、初秋の慈雨をもたらすものとしてレーエンデの民に親しまれてきた。

「虹の貴婦人が見られるなんて僥倖《ぎょうこう》です。いいことありそうな予感がします」

「レーエンデでは吉兆なのか？」

虹色の山頂を横目で見て、ヘクトルは渋い顔をする。

「アンセムの虹が出ると大雨が降る。シュライヴァでは水害をもたらす凶兆だ」

「あんなに美しいのに？　シュライヴァの人間は偏屈ですね」

「美しいものが災厄をもたらすことなど珍しくもない。初めて幻の海を見た時は、なんて美しいんだろうと思ったぞ。棘の鰭を持つ幻魚だって格好いいと思ったぞ」

「アンセムの虹は幸運の印です。幻の海と同列に語らないでください」

「さすがウル族。迷信深いな」

「クラリエ教の祈りの言葉さえ覚えていない帝国騎士に言われたくないです」

ぞんざいに手を振ってトリスタンは夕陽を仰いだ。貴婦人の虹色が薄れていく。山頂が夜の帳に包まれていく。不意に切なくなった。僕はあと何回、虹色の貴婦人に会えるだろうか。

「ここから先は山道だな」

ヘクトルはアンセムの裾野に広がる岩場を眺めた。

「足場はかなり悪そうだ。夜間の登攀《とうはん》は危険だな。今夜はここらで休むとしよう」

異論はなかった。トリスタンは野営の準備に取りかかった。

携帯食を食べ、岩陰《いわかげ》で眠り、夜明けとともに起き出して追跡を再開した。

アンセム山の裾野には大小の岩が折り重なる砂礫の斜面が広がっていた。残された足跡をたどり、急斜面を登っていく。一歩ごとに足下の砂岩が砕ける。砕けた岩が斜面を転がり落ちていく。ひどい悪路だった。一歩間違えば崖下《がけした》へと滑落する。そうなれば万にひとつの命もない。

昼過ぎになってようやく急斜面を抜けた。泥に残った靴跡をたどり、小川が流れる渓谷へと入った。両岸の崖はひび割れて、少し触れただけでもポロポロと崩れてくる。浸蝕《しんしょく》された崖の上部は岩が庇《ひさし》のように張り出している。いつ崩落してもおかしくはない。

トリスタンは違和感を覚えた。関所を避けるためとはいえ、毎回ここを通るのはさすがに危険すぎやしないか？

「なんかおかしくないですか」

先を行くヘクトルに問いかける。

「上手く説明出来ないんですけど、なんだか気持ちが悪いんです。不自然というか、意図的というか、わざと足跡を残していってるような気がするんです」

「俺達を誘い込むための罠《わな》、ということか？」

「その可能性は否定出来ません」

「だとしてもだ」

ヘクトルは額の汗を拭った。目を細め、渓谷の先を見つめる。

「この足跡がどこに向かっているのか、この先に抜け道があるのか、確認しておく必要がある」

「……そうですね」

人が通った形跡がある以上、追わずに諦めるわけにはいかない。

「では気を抜かずに行きましょう」

「お前は――」

ヘクトルは何かを言いかけた。しかし、後が続かない。

「なんです？」

トリスタンが先を促すと、彼は首を横に振った。

「いや、なんでもない」急ごうと言って、ヘクトルは歩き出した。

先に行くほど渓谷は狭くなっていった。広間ほどあった幅員が廊下ほどになり、ついには馬一頭がようやく通れるほどの割れ目になった。狭窄《きょうさく》した谷間を抜け、急坂を登り切った先には――

「うわ……」

青白く輝く大氷原が広がっていた。

アンセム山の西側に氷河があることはトリスタンも知っていた。しかしこれほど大きいとは思わなかった。秋の日差しを照り返す白銀の大氷河、向こう岸までゆうに一サガンはある。その表面はなだらかに見えて、あちこちに深い亀裂《きれつ》が出来ている。

トリスタンは馬から下りて痕跡《こんせき》を探した。照りつける太陽光のせいで氷が溶けている。これでは足跡は残らない。彼方に目をこらしても青白い氷塊が見えるばかり。人馬の影は見当たらない。

「どうします？」

彼はヘクトルを振り返った。

「対岸まで行ってみますか？」

「無駄だ」

ヘクトルは踵を返した。馬の手綱を引き、登ってきたばかりの坂を下り始める。

「ちょっと待ってください！」トリスタンは慌てて後を追った。「向こう側を見ておかなくていいんですか？」

「連中は氷河を渡っていない。向こう岸に道はない」

「なぜそう言い切れるんです！」

トリスタンはなおも喰い下がった。

「せっかくここまで来たんです。念のため、確かめておいたほうがよくないですか？」

「時間がない」苛立たしげにヘクトルは言い捨てた。「たとえ向こう岸に道が続いていたとしても、ここに交易路は造れない。冬には雪嵐《ゆきあらし》が吹き荒れる。春には渓谷に濁流が渦を巻く。気候によって通行が制限される場所は交易路には適さない」

その通りだと思った。だがヘクトルらしくないとも思った。

もうじき雪が降る。冬はすぐそこまで近づいてきている。調査が来年に持ち越されれば、交易路の完成もそれだけ遅れる。ヘクトルにはそれを待てない理由がある。

「団長――」

何気ない風を装い、トリスタンは尋ねた。

「最近、目の調子はどうですか？」

「よくはない」渋い声でヘクトルは答える。「右はまだ見えるが、左はもう昼か夜かの区別しかつかない」

やはりそうか。トリスタンは唇を噛んだ。だからヘクトルは焦っているのだ。一刻も早く適地を見つけ、建設工事にかからなければ、彼は交易路の完成を見ることが出来なくなってしまうのだ。

「トリスタン！」

緊迫した声でヘクトルが叫んだ。同時に大地が震えた。地鳴りが響く。渓谷の両側、張り出していた岩の庇が崩れ落ちてくる。

「突っ切るぞ！」

ヘクトルの声に、トリスタンは馬に飛び乗った。崖崩《がけくず》れに突っ込むなど狂気の沙汰《さた》だ。しかし道は一本だけ。谷が埋まれば閉じ込められる。岩盤ばかりの山中では薪も食料も手に入らない。待っているのは緩慢な死だ。

足場の悪い坂道を二頭の馬が転げ落ちるように下っていく。瞬時に足下を確認し、正確に手綱を捌《さば》く。しくじれば馬が転ぶ。蹄を滑らせただけでも落馬する。臆《おく》して速度を落としたら巨大な落石に潰される。バラバラと砂礫が降ってくる。砂煙で前が見えなくなる。轟音《ごうおん》が鳴り響き、拳ほどの石が頭をかすめる。頭の片隅でトリスタンは死を覚悟した。

地響きが収まってきた。土煙のせいで視界が悪い。周囲の様子がわからない。だが落石の嵐は一段落したようだ。どうやら逃げ切ったらしい。そう思った瞬間、冷や汗が吹き出してきた。

あやうかった。ギリギリだった。本当に間一髪だった。

「油断するな、トリスタン」

ヘクトルは用心深く周囲を見回している。馬の歩は緩めているが、まだ緊張は解いていない。

「すぐに次の一手が来るぞ」

「次の一手？　まさか今の崖崩れ、誰かが引き起こしたって言うんですか？」

「矢音がした。直後に崖が崩れた。この渓谷の崖は脆い。あらかじめ仕掛けを作っておけば、一本の矢で崖崩れを引き起こすことも出来なくはない」

「仕掛けって、簡単に言いますけど――」

「来た」ヘクトルは前方を指さした。「見えるか？」

土煙が風に流される。徐々に視界が戻ってくる。目の前には岩場が広がっていた。苦労して登ってきた岩と砂礫の急斜面だ。その岩陰を縫うように三人の男が近づいてくる。

「ティコ族の用心棒が三人こちらに来ます。シーヴァはいません。ガフの姿も見えません。でも矢を射たのはガフでしょうから、彼もきっと近くにいます」

「馬を頼む」ヘクトルは馬を降り、斜面に向かって歩き出す。「用心棒の三人は俺が引き受ける。お前は飛矢を警戒しろ。ガフの隠れ場所を突き止めて反撃しろ」

「了解です」

トリスタンは渓谷の崖下、深く抉《えぐ》れた窪《くぼ》みに二頭の馬を待避させた。ヘクトルは不安定な岩場を一足飛びに駆け降りる。ティコ族の用心棒が得物を手に彼を取り囲む。真っ先に仕掛けたのはソールだった。ナイフをかまえ、上から下、右から左、流れるような連続技を繰り出してくる。ヘクトルはソールの攻撃をかわし、近くの大岩に飛び乗った。着地と同時に半回転し、ソールの側頭部に踵《かかと》を叩き込む。ティコ族の若者は声もなく倒れ、そのまま動かなくなった。

「さて」

ヘクトルは立ち上がった。すらりと剣を引き抜き、残る二人を交互に見る。

「ここは足場が悪い。手加減はしてやれない。かかってくるなら死ぬ気で来い」

「舐めンじゃねぇ！」

リオが斬りかかった。背の高さを活《い》かし、上段から剣を振り下ろす。ヘクトルは自身の剣でその攻撃を受け止めた。ここぞとばかりにリオは体重を乗せてくる。動きを封じられたヘクトルに、今度はナルガが斬りかかる。渾身《こんしん》の一撃でヘクトルの脛骨《けいこつ》を叩き折ろうとする。

「なにッ！」

大剣が空を切った。ヘクトルの姿が消えていた。リオの剣を受け止めたまま、素早く膝を折ったのだ。支えを失い、リオがつんのめる。ヘクトルは手をついて身体を捻《ひね》り、彼の腹を蹴り上げた。リオの身体が半回転し、背中から岩の上に落下する。

「さすがは傭兵隊長、喧嘩慣れしてやがる」

ナルガは唇を歪め、好戦的な笑みを浮かべた。

「そうこなくちゃ面白くねぇ！」

彼は大剣を振り上げた。次々に繰り出す重い攻撃を、ヘクトルは受け流し、時に斬り結んだ。大剣を振り回しているにもかかわらずナルガには隙《すき》がない。鋼鉄の刃が空をなぎ払うたび、ヴヴン、ヴヴヴンと不吉な音色が響く。いかにヘクトルといえど、これでは近づけない。横なぎの一撃をかいくぐった瞬間、ヘクトルの足下の岩が崩れた。踏ん張りがきかず上体が泳ぐ。

「もらったあ！」

ナルガは大剣を振りかぶった。それを待っていたかのようにヘクトルはナルガに向かって突進した。大剣が振り下ろされる。巨大な刃がヘクトルの頭蓋《ずがい》を打《う》ち砕《くだ》く直前、ヘクトルの剣がナルガの胸を貫いた。大剣が手を放れ、岩の間に斜めに突き立つ。ヘクトルが剣を引き抜くと、ナルガは前のめりに倒れた。鮮血を撒《ま》き散《ち》らし、周囲の岩石を巻き込みながら斜面を滑り落ちていく。

「貴様あああァッ！」

ヘクトルにリオが飛びかかった。彼の身体を持ち上げ、大岩に叩きつける。

「このクソが！　よくもナルガをやりやがったなぁ！」

ヘクトルに馬乗りになり、なりふりかまわず拳を振り下ろす。その一瞬の隙をつき、ヘクトルは勢いよく上体を起こした。頭突きがリオの顔面を強打する。鼻を押さえてのけぞるリオの喉元に、肘を叩き込み、拳で顎を打ち抜く。リオはもんどり打って倒れた。急斜面を転がり、崖の縁から飛び出した。断末魔《だんまつま》の悲鳴が奈落《ならく》の底へと飲み込まれていく。

ヘクトルは息を吐いた。自分の剣を拾って立ち上がる。服の裾で血を拭い、鞘に収める。

「シーヴァ！　ガフ！」

大アーレスの山々にヘクトルの声がこだまする。

「出てこい！　話がある！」

数秒後、馬の嘶《いなな》きが響いた。大岩の陰《かげ》から馬が飛び出してくる。その背にしがみついているのは丸顔の青年リシャール・シーヴァだ。

トリスタンは弓をかまえた。馬の鼻先を狙って矢を放った。鼻をかすめた飛矢に驚き、馬が竿立《さお》ちになる。シーヴァは投げ出され、岩場に落ちた。ギャッという悲鳴。背中を強打し、呻くシーヴァの横にヘクトルが立った。その剣呑な眼差しに、ノイエ族の商人は震え上がった。

「お願いです、殺さないで！　なんでもします、どうか殺さないで！」

「俺が斬るのは敵兵だけだ。戦意なき者を殺害することは騎士道精神に反する」

だが——と言い、ヘクトルは剣を抜いた。

「今の俺は最高に虫の居所が悪い。正直に答えなければ容赦なく斬り捨てる」

剣先をシーヴァの喉元に突きつけ、尋ねる。

「お前達は禁制品を外地に運ぶ密輸団だな？」

「そ……そうです。ええ、そうです」

「関所を通らずとも外地に抜ける道を知っているな？」

「知ってます。知っています。『竜の首』です。竜の首で岩山を越えればシュライヴァ州に出られるんです」

「竜の首？」

ヘクトルは目を眇《すが》めた。知っているかと目顔でトリスタンに問いかける。

トリスタンは頭を振った。聞いたことのない地名だった。

「その竜の首というのはどこにある？」

低い声でヘクトルが訊く。

シーヴァはゴクリと唾を飲んだ。目に涙を浮かべ、咳《せ》き込《こ》むように言い返す。

「そ、それは、言えません。言ったら、ガフに、こ、殺されてしまいます！」

「傀儡《かいらい》の隊長よ」ヘクトルは剣先で彼の顎をつついた。「お前が恐れるべきは、ここにはいない副隊長ではない。眼前にいるこの俺だ」

「あ、貴方も怖いけど、で、でもっ、ガフはもっと、怖いんですっ！」

「言わなければ耳を削《そ》ぐ」

ヘクトルはシーヴァを引き起こした。泣きじゃくる青年の頬を刃の腹でヒタヒタと叩く。

「耳の次は鼻、それから両眼だ」

「い、いやだ……やめて……お願いだからやめてください」

「ならば言え」

刃を耳朶の下に当てる。

「竜の首はどこにある？」

「い、い、イーラ川の――」

上方の岩陰で何かが動いた。大岩の陰に人がいる。逆光で顔は見えないが間違いない。ガフだ。

「伏せて、団長！」

トリスタンは崖下から飛び出した。同時にシーヴァめがけて矢が飛んでくる。ヘクトルは素早く剣を撥《は》ね上げ、それを叩き落とした。

「ひいッ！」

シーヴァは頭を抱えて尻餅をつく。彼の体重を支えきれず、周囲の岩が崩落する。

「いあああああ……！」

甲高《かんだか》い悲鳴とともにシーヴァが急斜面を転げ落ちていく。一瞬遅れてヘクトルが彼を追う。

トリスタンは弓弦を引き、ガフを狙って矢を放った。呻き声が聞こえた。ガフがよろめくのが見えた。右肩に矢が突き立っている。ガフは長弓を捨て、岩陰から馬を引き出した。

「逃がすか！」

トリスタンは次の矢をつがえた。今度は外さない。射落としてやる。下唇を舐め、弓弦を引き絞り、まさに放とうとした瞬間――

「トリスタン！」

ヘクトルの声にピクリと指が震えた。放たれた矢が見当違いの方向へと飛んでいく。

「手を貸せ！」

切迫した声に振り返る。ヘクトルは崖っぷちにうつ伏せていた。崖下に手を伸ばし、シーヴァの後ろ襟を摑んでいる。周囲の砂礫が崖下へと落ちていく。今にも崩れ落ちそうだ。トリスタンは弓を背負い、斜面を滑り降りた。崖から身を乗り出し、シーヴァに向かって手を伸ばす。

「摑まって！」

シーヴァがトリスタンの手に縋りつく。それを見て、ヘクトルが言った。

「三で引き上げるぞ。一……二……三！」

二人はシーヴァを引っ張り上げた。急斜面をよじ登り、平坦《へいたん》な岩盤の上まで戻ってくる。

「ありがとうございます……ありがとうございます！」

シーヴァは声を上げて泣き伏した。

「このご恩は決して忘れません！　ありがとう、ありがとうございます！」

「もういい」うんざり顔でヘクトルは右手を振った。「これで懲《こ》りただろう。密輸からは手を引け。二度と禁制品を持ち出さないと誓うのであれば、この場は見逃してやってもいい」

「ほ、本当ですか？」

シーヴァは喜色を滲《にじ》ませる。

「約束します！　二度としないと誓います！」

「甘すぎますよ、団長」

棘のある声でトリスタンが抗議する。

「情けをかける必要はありません。関所の役人に引き渡しましょう。犯した罪の対価、きっちり支払わせましょう」

「だがなトリスタン、禁制品の密輸は死罪だ。行き着く先は絞首台だ。それでは彼の命を助けた意味がなくなってしまう」

「そもそも助けたのが間違いなんです。なんならもう一度、突き落としましょう。そのほうが手間が省けます」

「うわあああ……待って……待ってくださいッ！」

シーヴァは必死に手を振った。

「話します。竜の首についてお話ししますから、命だけはお助けください！」

土下座して、額を岩盤に擦りつける。

「竜の首はイーラ川の上流にあります。川を遡《さかのぼ》ると滝があって、岩山を越えるとシュライヴァ州へと続く川辺に出られるんです」

イーラ川はレーエンデ随一の大河だ。支流はそれこそごまんとある。トリスタンはシーヴァの肩に手を置いて、剣呑な笑みを浮かべてみせた。

「その話が嘘でないことを証明してください。竜の首まで僕らを案内してください」

「それは、無理です。教えられないんです」

「もう一度、突き落とされたいですか？」

「勘弁してください！」シーヴァは再び平伏《ひれふ》した。「知らないんです。道案内はずっとガフに任せてきたから、竜の首がどこにあるのか、僕にはわからないんです！」

そういうことか。トリスタンはため息を吐いた。ガフも言っていた。シーヴァは自分がいなければ何も出来ないのだと。それでも収穫はあった。イーラ川の支流を片《かた》っ端《ぱし》から遡るのは途方もない作業だが、あてもなく西部山麓を探し回るよりははるかにましだ。

「質問は終わりだ。行っていいぞ」

ヘクトルはシーヴァの肩を叩いた。

「約束を違えるなよ。それと、あのソールとかいう若者を拾っていけ。あれはお前の最後の剣だ。生きてレーエンデを出たければ大切に扱うことだ」

シーヴァはよろよろとソールに歩み寄り、彼を助け起こした。まだ朦朧《もうろう》としているティコ族の青年を馬に乗せ、手綱を引いて山の斜面を下っていく。

遠ざかる人馬を見てトリスタンは思った。あの二人、迷わずラウド渓谷までたどり着けるだろうか。今は森の獣が一番活動的になる季節だ。血の臭いを漂わせ、西の森をうろつけば飢えた獣を引き寄せる。凶暴なヒグロクマや狡猾なヤミオオカミの群れに襲われたら、あの二人ではひとたまりもないだろう。

とはいえ、彼らがしてきたことを思うと、同情する気にはなれなかった。

イーラ川は大アーレス山脈を源とする大河だ。北部森林地帯を縦断し、中央高原地帯を通り抜け、レーエンデの南東に位置するレーニエ湖へと到達する。

二人はイーラ川の支流を遡った。湧水泉《ゆうすい》にたどり着いては引き返し、崖に突き当たっては引き返した。竜の首を探し続けること半月あまり、行く手にエンゲ山が見えてきた。エンゲ山は大アーレス山脈の最高峰だ。周辺の山々も険峻《けんしゅん》で、切り立った崖が行く手を阻《はば》む。抜け道などとても望めそうにない。暗鬱《あんうつ》な気分でトリスタンは支流の川辺を進んだ。

この時期の川は痩《や》せている。だが春には大量の雪解け水が押し寄せるのだろう。川辺には彼の背《せ》丈《たけ》ほどもある大岩がいくつも転がっている。迂回や後戻りを余儀なくされたりしているうちに、雲行きが怪しくなってきた。昼過ぎにはついに雨が降り出した。雨よけのマントを羽織っても氷雨《ひさめ》の冷たさが染みてくる。

「おや？」

前を行くヘクトルが馬を止めた。トリスタンを振り返り、小首を傾げる。

「聞こえるか？」

降り続く雨の音、さらさら流れる川の音。それに加え、かすかな地響きが伝わってくる。

「近くに滝があるみたいですね」

「そちらではない」ヘクトルは前方に目を向けた。「鉄鈴の音がする」

「僕には聞こえませんが」

「いいや、聞こえる。確かに聞こえる」

ヘクトルは上流へと馬を急がせた。進むにつれ、滝の音が大きくなる。やがて正面に堂々とした瀑布《ばくふ》が現れた。

「見ろ、トリスタン」

馬を止め、ヘクトルが滝の上方を指さした。右側の崖の上に黒い櫓《やぐら》が立っている。格子状に組み上げられた木製の構造物だ。梯子が斜め上に伸び、その突端には大きな滑車が取りつけられている。夕闇に浮かぶ黒い骨組みは、長い年月を経《へ》て石化した黒い竜骨のようにも見える。

「昇降機だ。あれで荷を上げ下ろししていたんだな」

「まさしく竜の首ですね」

昇降機の下、崖の半ばに大きな亀裂があった。張り巡らされた綱には鉄鈴が吊るされている。人が暮らしている証拠だ。しかし亀裂の奥は真っ暗で、中の様子まではわからない。

「不用意に近づくのは危険です。暗くなるのを待ちましょう」

「まだるっこしい」

ヘクトルは馬の腹を蹴った。河原の石を蹴散らして滝へと走る。

「だ、団長!?」

トリスタンは慌てた。ガフがいるかもしれないのだ。正面から突っ込むなんて、いくらなんでも無謀すぎる。

「ああもう、あんた、なに考えてんですかッ」

追って馬を走らせながらトリスタンは弓をかまえた。亀裂に狙いを定める。動く者があれば即座に射るつもりだった。しかし予想に反して攻撃はなかった。ヘクトルは馬を乗り捨てると、岩から岩へと飛び移り、洞窟《どうくつ》内へと乗り込んだ。

中は思っていたよりも広かった。天然の洞窟を掘削したのだろう。壁にも床にもツルハシの跡が残っている。奥は深く、先が見えない。トリスタンは明かりを探した。入り口近くの岩壁にランプが置かれている。それに火を入れ、頭上に掲げた。

右の岩壁に木戸がある。トリスタンはナイフを抜いた。ランプを持った左手で、慎重に扉を押し開く。

粗末なベッドが並んでいる。奥には暖炉がある。壁際には樽が積まれている。人の姿はない。だが彼は気を緩めることなく、寝台の下や樽の陰を確認して回った。

誰もいなかった。樽の中も空っぽだった。

「何か見つけたか」

背後から声がした。瞬時に振り返り、ナイフをかまえる。

戸口にヘクトルが立っている。トリスタンは緊張を解き、肩を落とした。

「危ないなぁ。気配消して近づかないでくださいよ」

「察知出来ないお前が悪い」

ヘクトルは床に膝を突き、落ちていた銀色の葉を拾い上げた。

「銀夢草だ」

銀夢草はレーエンデ特有の多年草カラヴィスの一種だ。強い鎮痛作用を持ち、古くから薬草として重宝されてきた。そのカラヴィスが銀呪病に冒され、銀色に変化したもの。それが銀夢草だ。銀夢草の葉巻は痛みを緩和するだけでなく絶大な多幸感をもたらす。依存性の高さはカラヴィス葉巻の比ではない。しかも毒性が高く、容易に中毒症状を引き起こす。常用すれば精神に異常を来して死に至る。ゆえにウル族の集落では銀夢葉巻を禁じている。銀夢草を採取することさえも厳禁とされている。

「持てる限りの銀夢草を持って、逃げ出したって感じですね」

ガフを逃がしてから半月が経過している。すでに手の届かないところへと逃れているだろう。

「僕のせいです。最初の一矢で射殺しておかなかったから——」

「気にすることはない」

ヘクトルは立ち上がり、トリスタンの肩を叩いた。

「俺達の目的は交易路の建設だ。密輸団の殲滅は外の連中に任せておけばいい」

ガフはレーエンデを去った。竜の首を押さえられたからには、もう二度と戻ってくることはないだろう。そう思ってもトリスタンの心は晴れなかった。

彼とはいずれまた会うことになる。

そんな予感がした。


河原の岩陰に馬を隠し、その夜は洞窟内で眠った。

翌朝、二人は外に出た。河原に立ち、崖を見上げる。昨日は気づかなかったが、昇降機は黒焦《くろこ》げになっていた。証拠隠滅をはかるためガフが火を放ったのだろう。トリスタンは憤った。なんて危険なことをするんだ。この季節、レーエンデには『大アーレスの山颪《やまおろし》』と呼ばれる強い北風が吹く。強風に煽られて炎が森に広がったら大惨事になりかねない。

崖下には駕籠《かご》の燃え殻と焦げた綱が散らばっていた。傍には縄梯子《なわばしご》も落ちていた。丈夫なイシヅルを撚《よ》り合わせた梯子は古代樹林でも重宝されている。密輸団の連中はこれを使って崖を上り下りしていたのだ。

「切り口が新しい」

縄梯子の一端を手に取り、ヘクトルは言った。

「追撃を遅らせるために切り落としていったんだろう」

「周到綿密ですね」

「当然の処置だな」

縄梯子を投げ捨てて、トリスタンへと向き直る。

「お前、岩登りは好きか？」

「って、登る気ですか？　命綱もないのに？　この崖、五十ロコスはありますよ？」

「怖いなら無理にとは言わない。お前はここで馬番をしていろ」

ヘクトルはフフンと笑った。

わかりやすい挑発だったが、あえて乗ることにした。

「馬鹿言っちゃあいけません。目の悪い団長を一人で行かせるわけにはいきませんよ」

「余計なお世話だ。誰かに手を引いて貰わねばならないほど耄碌《もうろく》はしていない」

「そういう台詞は一人で森歩きが出来るようになってから言ってください」

幸い雨はやんでいる。二人はマントを脱ぎ、崖を登り始めた。岩肌はざらついていた。亀裂も多く、手がかりは豊富にあった。高さがあるので用心するに越したことはないが、古代樹の幹を登るよりははるかに楽だった。

崖を登り切ると岩盤の上に出た。崖の縁には焼け焦げた櫓と基礎部分の石組みが残っている。踏み分けられた獣道をたどり、二人は北へと歩き出した。

白く光る尾根筋と、雲を纏ったエンゲの頂を右に仰ぎながら、小一時間ほど歩いただろうか。

行く手に竜骨が見えてきた。断崖《だんがい》の縁に佇む昇降機はこれも真っ黒に焼け焦げていた。トリスタンは身を乗り出して崖下を眺めた。滑車から外れた縄と駕籠の残骸《ざんがい》が岩場に転がっている。岩肌には細い松の木が絡みついている。崖は反《そ》り返《かえ》っていて、降りることも登ることも出来そうにない。

「この崖は道具がないと降りられませんね」

「降りる必要はない」

ヘクトルは北の山間を指さした。

「見ろ」

折り重なる尾根と谷、生い茂った林の中を一筋の川が流れている。山裾に沿って蛇行《だこう》し、はるか彼方まで続いている。白く煙った地平には黒い影が滲んでいる。

「あの影はおそらくシュライヴァ南西部にある黒色林だ。林の北側にはフォルテという村がある。探してみてくれ。この時刻なら煙突から煙があがっているはずだ」

トリスタンは地平に目をこらした。ぼんやりとした黒い影、そこに白い筋が見える。細く頼りない煙がたなびいている。

「見えます。煙がひとつ、ふたつ、あがっています」

彼らが立つ岩壁から、地平に滲む黒色林まで目立った障害物はない。

「いけそうですね」

期待を込め、トリスタンは問いかけた。

「川沿いに行けばシュライヴァ州に抜けられそうです」

だがヘクトルはしかつめらしい表情で何やら考え込んでいる。

「何か気になることでも？」

「この岩山だ。昇降機があれば荷の上げ下ろしは出来るが、馬や馬車までは運べない」

「ここも駄目ってことですか？」

「いや、そうだな」

言葉を濁《にご》し、ヘクトルは踵を返した。

「少し考えさせてくれ」


二人は竜の首に戻った。時刻はすでに正午を回っている。

乾燥肉を齧りながらトリスタンは作成途中の地図を眺めた。レーエンデの北に横たわる大アーレス山脈。その最高峰であるエンゲ山は山脈のほぼ中央に位置している。ここから東の山々は西に較べて背が高い。大きな川も支流もない。交易路建設に適した場所が見つかる可能性は低い。

トリスタンはイーラ川を示す黒線を指でなぞった。竜の首から支流に沿って南下すれば、西の森を抜けられる。川沿いに東に向かえば古代樹の森を通ることなく中央高原地帯に出られる。そこまで行けばティコ族の村がある。ノイエレニエに続く道もある。

問題はこの岩山だけだ。諦めるにはあまりに惜しい。

「こちらの崖から向こうの崖まで、切り通しを造るわけにはいきませんかね」

「出来なくはないな」

茫洋《ぼうよう》とした口調でヘクトルが応じる。疲れているのか眠いのか、ぼんやりと滝を見上げている。手にした乾燥肉を齧るのも忘れている。

「上部から掘削を始め、削り出した土砂や岩を崖下へ下ろす。崖の高さはおよそ五十ロコス、北側の崖までは約一サガン。完成までには少なくとも二十年はかかるだろう」

それでは話にならない。交易路の建設にかけられる時間は十年、それが限界だろうと以前ヘクトルは言っていた。

「では崖を削って登攀道を造ってみては？」

「それには崖の幅が足りない」

「荷馬車も引き上げられるような巨大な櫓を設置するとか。でなければ川辺に石を積み上げて斜路を造るとか」

「春には川の水量が増える。櫓も斜路も押し流される」

「僕らには無理でもノイエ族なら可能かもしれませんよ」

ノイエ族は外地からやってきた学者や知識人の末裔《まつえい》だ。彼らの知恵と技術は聖都シャイアの大学院にも匹敵すると言われている。

「ノイエレニエまで街道を敷くとなれば、ノイエ族とも交渉しなきゃならないんです。今のうちに相談してみては？」

「斜路の建設が可能だとして、石材はどこから調達する？　五十ロコスの石積みとなれば重量も半端ではない。よほど丈夫な石材でないと自重で崩壊してしまう」

「レーエンデの東部には採石場もありますよ。あのあたりに住むティコ族には炭鉱従事者が多いから、石を運搬する方法も心得ていると思います」

「もうひとつ問題がある」

ヘクトルは思い出したように乾燥肉を齧った。

「ここには村を造る場所がない」

「村ですか？　交易路ではなく？」

「まずは村だ」

残りの乾燥肉を口の中に押し込んで、ヘクトルはペロリと指を舐めた。

「交易路の建設には時間がかかる。安心して暮らせる環境を整えなければ働き手は集まらない」

「あ、そうか」

月に一度、レーエンデには幻の海が出現する。満月が雲に隠れていても時化は来る。レーエンデに住む者達がもっとも恐れる事態、それは強風で家が壊れたり、雪の重みで屋根が落ちたりすることだ。身を守る建物がなければ銀の呪いは容赦なく人々に襲いかかる。大嵐《おおあらし》で古代樹林が破壊され、その直後に幻の海に飲み込まれ、住民全員が銀呪病に冒されたという事例もある。

「川辺の岩をどければ小屋が建てられるんじゃないですか」

「建てても春の大水に流される」

「数人ならこの洞窟で寝起き出来ます」

「数人だけでは大石は積み上げられない」

「文句ばかりつけてないで、団長も何か考えてくださいよ」

トリスタンはヘクトルを睨んだ。

だがヘクトルは眠たげな目で中空を見つめている。

「聞いてるんですか？」

答えはない。

トリスタンは岩の間に吹き溜まっていた落ち葉を摑み、ヘクトルへと投げつけた。

頭から枯れ葉を浴びても彼は微動だにしなかった。目を開けたまま眠っているとしか思えない。

嘆息し、トリスタンは立ち上がった、手を叩いて乾燥肉の粉を落とすと、岩の上に広げていた地図を巻き取る。

「お前、今、面白いことを言ったな」

おもむろにヘクトルが口を開いた。

「レーエンデには炭鉱があるのか？」

「なんですか、いきなり」

寝ぼけているんだろうか。トリスタンは胡乱《うろん》な目つきで彼を見た。

「ありますよ。軽くて丈夫な鉄製品を作るには木炭高炉が必要不可欠です。木炭高炉を動かすには質のいい石炭が欠かせません」

「よし！」

膝を叩いて、ヘクトルはトリスタンに向き直った。

「交易路はここに造る」

「どういうことです？」

「地図を見せてくれ」

ヘクトルは手を差し出した。悪戯を思いついた悪童のような顔をしている。さっきまであんなに眠たそうにしていたくせに。ひそかに憤慨《ふんがい》しながらトリスタンは地図を広げた。ヘクトルは地図に定規を当て、距離を測り、炭筆で線を書き込んでいく。

「洞窟は北に向かって延びている。これを掘り進めてトンネルを造る。炭鉱採掘と同じ要領で掘り進めて、ここと……ここだ」地図の中に丸印をふたつ書き入れる。「こちらと向こうの崖を隧道《ずいどう》で繋ぐ。この岩山は灰白石で出来ている。横穴を掘るには最適の地質だ。直線距離でおよそ一サガン。働き手さえ確保出来れば早くて三年、遅くても四年で荷馬車が通るに足るトンネルが完成する」

ヘクトルは立ち上がった。崖に開いた亀裂に向かい、大きく両手を広げる。

「トンネルに斜度を設ければ水攻めも火攻めも自由自在。隧道に大砲を撃ち込めばどんな大軍も一撃で粉砕出来る。廊下に隔壁、空調には水路、滝の水を取り込んで要石《かなめいし》で堰《せ》き止《と》める。いいぞ、実に面白い。まさに難攻不落だ。ダニエル・エルデの城砦と較べても遜色《そんしょく》がない。竜の首は歴史に名を残す大要塞《ようさい》になるぞ！」

声高らかに宣言し、空を仰いで大笑する。

トリスタンは戦慄《せんりつ》した。初めて見る英雄の異相に肌が粟立《あわだ》つ。

大砲は鉄製の大筒に火薬を込め、それを爆発させることで鉄球を撃ち出す破壊兵器だ。音と威力は凄《すさ》まじいが、命中精度は極めて低い。だがトンネルには逃げ場がない。鉄球を撃ち込まれたら何百何千という人馬が死ぬ。戦に人死にはつきものだが、身動きの取れない相手に鉄球を撃ち込むことを戦とは呼ばない。それは、ただの虐殺だ。

「団長……」

嫌悪感を堪え、トリスタンは身震いした。

「そういうえげつないこと、大笑いしながら語らないで貰えます？」

しゃっくりのような音がした。呵々大笑《かかたいしょう》がぴたりと止まる。ヘクトルは唇を歪め、目だけを動かして彼を見た。

「俺は、今、笑っていたか？」

「ええ、笑ってました。銀の悪魔も裸足《はだし》で逃げ出しそうな凶悪な高笑いでしたよ」

ヘクトルは言葉にならない呻き声を上げた。その場に座り込み、頭を抱える。

「すまん。お前といると気安くて、つい油断した」

「油断した？」トリスタンは首を傾げた。「どういうことです？」

「悪魔だ。俺の頭の中には悪魔がいる」

彼は髪に両手を突っ込み、乱暴に引っかき回した。

「子供の頃からの癖なんだ。旅行先で小高い丘を見かければ、築城に最適な土地だと思ってしまう。他州の都市を訪問するたび、どうすればこの街を攻め落とせるかを考えてしまう。罠や隠し通路を盛り込んだ城や砦の図面を見ていると、楽しくて飯を喰うのも忘れてしまう。それでよくレオノーラに怒られた。『二人きりでいる時ぐらい戦のことを考えるのはやめてください』とさんざん叱《しか》られた」

「まぁ、当然ですね」

「恥ずべき悪癖であることは自覚している。なのに止められない。レオノーラを腕に抱き、この上ない幸せを甘受している時でさえ、俺は頭の片隅で、どうすれば効率よく人が殺せるかを考えている。レオノーラは言ったよ。『貴方の中には悪魔がいます』と。『悪魔の誘惑から私が貴方を守りましょう』と」

彼の中の悪魔、英雄ヘクトル・シュライヴァの裏の顔。多くの命を救った英雄は、同時に多くの命を奪った殺戮者《さつりく》でもある。ひとつボタンをかけ違えれば彼は行く先々で砦を落とし、町を焼いていただろう。好奇心の赴くまま、無差別に人を殺し続けただろう。

ヘクトルの妻はそのあやうさを理解していた。良人《りょうじん》に英雄としての道を歩ませるために、ヘクトルの傍に寄り添った。もし彼が悪魔の誘惑に負けたなら、自分が真っ先に犠牲になるかもしれないのに、レオノーラはヘクトルとともに歩むことを選んだ。

「勇ましい女性ですね」

「まったくだ」

ヘクトルは力なく微笑んだ。

「人は俺のことを英雄と呼ぶが、俺に言わせればレオノーラこそが英雄だ。彼女は強く勇敢で、それでいて心の温かい尊敬すべき女性だった」

「大胆にノロケないでくれます？　独身男には刺さりますよ、それ」

「おお、すまない」

真顔で詫びて、頭を下げる。

トリスタンは傍らの岩に腰を下ろした。

「団長は奥方様のこと、とても愛してらしたんですね」

「無論だとも」

「だから脅したんですか。領地を守ってやるから令嬢を差し出せと、レイム家当主に迫ったんですか」

ヘクトルの顎がかくんと落ちた。

「いったい誰が、そんなことを言ったんだ？」

貴方の娘です——とは言えない。

「聖都にいた頃、小耳に挟んだんです。けっこう噂《うわさ》になってましたよ」

「そうだったのか」

ヘクトルは手元の地図に視線を落とした。

「しかし……いや、そうだな。そのように思われても致し方ないな」

「噂は本当だったってことですか」

「いいや、俺が脅迫したわけではない。脅されたのは、どちらかというと俺のほうだ」

「団長を脅した？　レイム家の当主が？」

「いや、レオノーラだ」神妙な顔でヘクトルは答えた。「レイム出身の彼女がシュライヴァに来ればきっと辛い思いをする。しかも俺は一年の三分の一を国境沿いで過ごすんだ。決して丈夫とはいえない彼女に苦労はさせられない。こうして会えるだけでいい。そう思っていた。すると、彼女がキレたんだ」

「キレた？」

「ものすごい剣幕で『花の命は短いのですよ。それなのに貴方ときたら、いつまで私を待たせるおつもりですか』と怒られた。俺が言い訳をすると、さらに眦《まなじり》を吊り上げてな。『私が傍にいなければ貴方はいずれ悪魔の誘惑に負けます。貴方には私が必要です。シュライヴァに赴くことより、貴方を一人にすることのほうが、私にとってはよほど恐ろしいことなのです』と、まぁ、そのようなことを怒濤《どとう》のごとく捲《まく》し立《た》てた」

「強い……」

「言っただろう、強い女なんだよ」

　ヘクトルは懐かしそうに目を細めた。

「レオノーラと出会えなかったら、彼女と結ばれることがなかったら、彼女がユリアを残してくれなかったら、おそらく俺は悪魔の誘惑に負けていた」

　この世界に愛する者が存在している限り、ヘクトルは正しい道を選び取る。そう信じていたからレオノーラはユリアを産んだのだ。たとえ自分がいなくなっても彼が一人にならないように、決して絶望することのないように、ユリアを彼に残したのだ。

いらない子なら産んだりしない。そう言ったのはユリアだ。他でもない彼女自身がすでに答えを出していたのだ。

「噂なんて、やっぱり当てになりませんね」

トリスタンは静かに頭を垂れた。

「すみません。嫌な言い方をして」

「いいや、あながち的外れでもない。俺と結婚すればレオノーラが苦労するのは目に見えていた。親としては反対したかっただろう。でもレイム家当主はシュライヴァ騎士団を頼りにしていた。騎士団を率いる俺に『娘はやれない』とは言えなかったのだろう」

ヘクトルは彼らしくない、自嘲めいた笑みを浮かべた。

「俺はよき夫ではなかった。俺は心からレオノーラを愛していたが、それだけでは足りなかった。今さら言っても詮無《せんな》いことだが、それでも時折考えてしまうんだ。もし俺が彼女をシュライヴァに連れてこなかったら、レオノーラはもっと幸福な人生を送れていたのではないかと。心労で身を削ることも、早死にすることもなかったのではないかと」

「そう思うのは勝手ですけど、それはレオノーラさんの人生だけでなく、ユリアさんの存在さえも否定するってことですよ」

もしヘクトルが勇敢な妻の話をしていたら、ユリアが父を疑うことはなかった。冷酷な従兄弟の言葉に傷つくことも、母の愛を疑うこともなかった。

「団長が本当のことを話さないから、ユリアさん、悩んでましたよ。父上と母上は愛し合っていたんだろうか、自分は望まれて生まれてきたんだろうかって煩悶《はんもん》してましたよ」

「話せるわけがない」ヘクトルは両手で顔を擦った。「ユリアに嫌われたくない。失望されたくない。俺の中には悪魔がいるなんて話、ユリアには聞かせられない」

「団長はもうちょっとユリアさんを信用するべきです。そんなことぐらいで彼女は失望したりしません。団長のことを嫌いになったりしません」

トリスタンは立ち上がった。ヘクトルの肩に手を置き、諭《さと》すように続けた。

「話してください。すべて打ち明けて、ユリアさんを安心させてあげてください」

「しかし――」

「話すんです」肩に置いた手に力を込める。「ユリアさんのためを思うのであれば、包み隠さず話すべきです」

「ああ、そうだな」

ヘクトルはトリスタンを見上げ、眩しそうに目を細めた。

「戻ったら、ユリアにすべて打ち明けよう」

彼の決意を後押しするように、トリスタンは微笑んだ。

これで約束を果たせた。そう思うと少しだけ誇らしい気持ちになった。

「長い休憩になっちゃいましたね」

トリスタンはヘクトルに右手を差し出した。

「帰りましょう。エルウィンに、ユリアさんの元へ戻りましょう」


エンゲ山の近く、イーラ川流域の森には『歌う木《クラング》』と呼ばれる樹木が群生している。クラングは低木で建築資材には向かない。水分を多く含んでいるため薪にも使えない。春にはくすんだ色の葉を繁らせ、夏には薄黄色の地味な花を咲かせ、秋には煮ても焼いても食べられない実をつける。

およそ目立たない、役に立たないクラングだが、他に類を見ないある特徴を持っている。一年に一度、もっとも美しい秋晴れの日、クラングの実は八つに裂け、そこから小さな種を振りまく。クラングの種には羽根がある。薄くて透明な四枚の羽根だ。それで大アーレスの山颪《やまおろし》を捕まえ、高く、より高く、秋の空へと飛び立っていく。

幾千、幾万の種がいっせいに羽ばたく時、それは不思議な音色を奏《かな》でる。澄んだ音。まろやかな音。弦を爪弾《つまび》くような音。ガラスの器を弾《はじ》くような音。ピン、キィン、ポロン。リン、トォン、ロロン。森は音色で満たされる。それは故郷に別れを告げる子供達の歌声。子供達を送り出す父母の歌声。旅立ちを言祝《ことほ》ぐ調べ。永久の別れを歌う哀愁の旋律。

音はクラングの種とともに吹き散らされ、あえかな夕焼け空へと消えていく。その後、クラングははらはらと葉を落とし、長き冬の眠りにつく。

あとに残るは無音の寂寞《せきばく》――

その中を二頭の馬が行く。ヘクトルを乗せた黒毛馬とトリスタンを乗せた栗毛馬だ。忍耐強くて強靭《きょうじん》なフェルゼ馬は長旅の疲れも見せず、颯爽と川の畔《ほとり》を駆けてゆく。

晩秋のレーエンデは美しい。空は高く澄みわたり、山々は白い冠を戴《いただ》いている。赤茶けた山肌、青黒い裾野、灰色の岩の間を白糸の滝が落ちていく。山颪が赤や黄色の木の葉を散らし、ホウキグサの綿毛を秋晴れの空へと舞い上げる。

携帯食は残り少なくなっていたが、トリスタンは気にしなかった。秋の森は絢爛《けんらん》で豊潤だ。果実も木の実もたわわに実り、それらを食すトチウサギもレイルリスも丸々と肥えている。獲物を仕留めては、その場で捌いて焼いて食べた。森に生き、森に生かされる。それがウル族の生き方だ。

帰路について二日間は天候に恵まれた。だが三日目は朝から雲行きが怪しかった。昼過ぎになると雲が重たく垂れ込めて、あたりは日暮れ前の暗さとなった。

「まずいな」

嵐が来る。夜までは保《も》つかと思ったが、予想以上に雲の動きが速い。

「岩場に戻って洞窟を探すか？」

ヘクトルの提案にトリスタンは頭を振った。夜にはぐっと気温が下がる。風雨を避けるだけでなく、夜通し火を焚《た》ける場所でないと、凍えて動けなくなる恐れがある。

「もう少し先に狩猟小屋があります。そこまで行きましょう」

「了解した」ヘクトルは答えた。「ならば急ごう」

小屋を目指し、人馬は森の中を進んだ。風は強く冷たくなっていく。ぽつりぽつりと雨が降り出す。それはみるみるうちに勢いを増し、叩きつけるような豪雨となった。

狩猟小屋にたどり着いた時には二人ともずぶ濡《ぬ》れになっていた。トリスタンは馬を降り、小屋の中へと引き入れた。土間の片隅に薪が積まれているのを見て、安堵に胸をなで下ろす。助かった。これだけあれば凍えずにすむ。

「おお、寒い！」

ヘクトルが暖炉に火を入れた。薪を足して炎を熾《おこ》し、濡れた衣服を脱ぎ捨てる。革袋から油紙で包んだ毛布を取り出し、裸の身体に巻きつける。

「お前も早く脱げ。濡れたままでは凍えてしまうぞ」

「その前に馬を拭いてあげないと――」

「こいつらは極北フェルゼで育った馬だ。これぐらいの寒さ、びくともしない」

「でも――」

「いいから脱げ。お前の背中に銀の鱗があっても驚きはしないから」

トリスタンは瞬きするのも忘れ、ヘクトルの顔を凝視した。

「イスマルが話したんですか？」

「イスマルは関係ない。あれはお前の秘密を勝手に吹聴するような男ではない」

ヘクトルは油紙から毛布を取り出し、トリスタンに放った。

「お前は顔に似合わず剛胆で、なかなかに度胸も据わっている。命のやりとりに恐れをなして逃げ帰ったとは思えない。戦場で負傷して傭兵を続けられなくなったようにも見えない。となれば、レーエンデに戻る理由はひとつしかない」

「顔に似合わずは余計です」

トリスタンは渋い顔で言い返した。

「不祥事を起こして傭兵団を追い出されたって線は考えなかったんですか？」

「もちろん考えた。無能な指揮官に痛烈な厭みを言ったとか、薄汚い司祭に強烈な暴言を浴びせたとか、お前ならばやりかねない」

冗談めかした口調とは裏腹に、ヘクトルは寂しげに微笑んだ。

「だがお前の弓の腕前はたいしたものだ。不祥事を起こしてレーエンデ傭兵団にいられなくなったとしても、それだけの腕があれば雇い主はいくらでも見つかる。一度マルティンに戻り、イスマルの紹介を得て、シュライヴァ騎士団の門を叩くことだって出来ただろう」

ヘクトルの言う通り、除隊処分を受けた後もトリスタンは働き口を探した。商隊の護衛、要人の警護、弓の腕を活かせるならばどんな仕事でもかまわなかった。だが銀の呪いに蝕《むしば》まれ、いつ死ぬかもわからない男を雇う者などいるはずもなかった。

そこまで見抜かれているのなら、もう隠しても仕方がない。

トリスタンは濡れた上着を脱いだ。左右の肩の後ろ側、浅黒い肌に銀色の文様がある。重なり合う蔦《つた》の葉のような模様。それは銀の呪い、忌《い》まわしい銀呪病の証しだった。

「いつからだ？」

すぐには答えず、トリスタンは濡れた衣服を椅子の背にかけた。湿った毛布で身を包み、暖炉の前に腰を下ろす。

「銀呪が現れてから、そろそろ一年になります」

「あとどのくらい生きられる？」

「そういうことは、もうちょっと遠回しに尋ねるもんですよ？」

「五年、保ちそうか？」

やれやれ、聞いちゃいない。

「なんとも言えませんね。銀呪病の進行には個人差があるんです。銀呪が現れて一年経たないうちに死ぬ者もいれば、十年近く生きる者もいる。幸か不幸か、僕の銀呪はあまり広がっていません。けど、あと何年生きられるかは僕自身にもわかりません」

そうか――と答え、ヘクトルはトリスタンの隣に座った。

パチパチと火が燃える。ごごッと木枯《こが》らしが吹き抜ける。ひょうひょうと隙間風が咽《むせ》び泣《な》く。雨は強く激しく、絶え間なく屋根を叩き続ける。

トリスタンは膝を抱え、ヘクトルの横顔を眺めた。

この人は最初から僕が銀呪病であることに気づいていた。なのに安っぽい気休めは言わず、疎《うと》むことも敬遠することもなく、僕を案内人として使い続けた。誰にでも出来ることじゃない。やっぱり団長は格好いい。そう思うと、つい頬が緩んでしまう。

「何を笑っている？」

暖炉の火を睨んだままヘクトルが問いかける。

「お前は死が怖くはないのか？」

「どうなんでしょうね」

他人事《ひとごと》のように呟いて、トリスタンは肩をすくめた。

「僕の母は傭兵でした。東方砂漠で行方不明になって、誰もが死んだものと諦めていました。けどその三年後、彼女は戻ってきたんです。黒い髪と浅黒い肌をした乳飲み子を抱えてね」

グァイ族は捕虜を取らない。男は殺され、女子供は連れ去られる。攫《さら》われた女達がどのような目に遭わされるのか、マルティンの誰もが理解していた。

「僕は生まれてくるべきじゃなかった。だから銀呪が現れた時は、もちろん悔しかったけど、どこか納得もしていたんです。誰も救えず、何の役にも立てないまま、病に冒され死んでいく。それが僕に相応しい死に方なんだって——」

「納得するな、馬鹿者が」

ヘクトルが暖炉に薪を投げ入れた。火の粉が散り、炎が赤く燃え上がる。

「五年だ、トリスタン。五年以内に交易路を完成させるぞ」

彼の瞳に炎が映る。怒っている。焦っている。団長らしくないなと思い、トリスタンは気づいた。以前にも同じように感じたことがあった。密輪団の足跡をたどってアンセム山を登った時だ。

「団長、覚えてます？　大氷河を前にして『時間がない』って言ったこと？」

「——ああ」

「あれ、もしかして、僕のことだったんですか？　僕が銀呪病であることに気づいていたから、僕にはもう時間がないことを知っていたから、それで焦っていたんですか？」

「それは違う。焦っていたことは否定しないが、その理由はひとつではない。風は日々冷たくなっていくのに候補地は見つからない。自分の目のことも、一人残してきたユリアのことも気がかりだった。道草を喰っている暇などないのに、俺はまんまと連中の策に引っかかり、お前まで危険な目に遭わせて……いや、違う、違う違う。とにかくお前のせいではない。『時間がない』と言ったのは、己に言い聞かせるためだ。不甲斐《ふがい》ない自分に気合いを入れるためだ」

「団長は嘘が下手ですねぇ」

トリスタンはクスクスと笑った。

「銀呪病を発症して十年生きた者はいません。僕に残された時間もそう長くはないでしょう。でも大丈夫です。僕の手足はまだ動きます。自分の身は自分で守れます」

彼は毛布の上から左右の肩を撫でた。皮膚に浮き出た銀の模様。約束された死の証し。でも銀呪が現れなければレーエンデに戻ることはなかった。ヘクトルやユリアと出会うこともなかった。交易路の建設に携わることも、未来に希望を見出《みいだ》すこともなかった。このろくでもない人生の最後にこんな僥倖が待っているなんて想像もしなかった。

「それに僕、案内人っていうこの仕事、けっこう気に入ってるんです。他の誰かに譲るつもりはありません。というか、視野不明瞭《ふめいりょう》で方向音痴なのに好奇心旺盛《おうせい》で目を離すとすぐ迷子になる厄介な中年男の案内人なんて、僕以外には務まりませんよ」

だから――と言って、トリスタンはいたずらっぽく微笑んだ。

「あと五年、意地でも生きてみせます」

「可愛げのない男だ」

うそぶいてヘクトルはかすかに笑う。

「頼りにしているぞ、トリスタン」

その一言には万感の思いが込められていた。

死にゆく者への哀傷と残される者の愁嘆。宿痾に対する憤怒《ふんぬ》と運命に抗する闘志。同胞を得た喜悦とそれを失う悲憤。勇敢な友に抱く畏敬《いけい》と友を救えない自分への慙愧《ざんき》。渦巻く感情が押し寄せてくるようだった。ひたひたと胸に迫ってきて、気づけば息を止めていた。トリスタンは俯いた。嗚《お》咽《えつ》が漏れないように拳で唇を押さえた。泣いていると思われたくなかった。いつものように減らず口を叩いて、笑い飛ばしてしまいたかった。

咳払《せきばら》いをして、トリスタンは立ち上がった。

「心身ともに暖まったので、そろそろ夕食を作りますね」

小屋にあった鍋を借り、乾燥肉を茹《ゆ》で、堅パンに挟んで食べた。

片づけをすませた後は早々に横になった。

大アーレスの山颪が吹き荒れている。強風に煽られて小屋が軋んでいる。雨は途切れることなく降り続いている。騒々しくて寝つけないだろうと思っていたのに、目を閉じると同時にトリスタンは眠りに落ちていた。久しぶりに屋根のある場所で眠ったせいだろうか。秘密という重荷を下ろしたせいだろうか。ぐっすりと眠って、朝まで目を覚まさなかった。

第五章　夏至祭

《シオン絹》

シオン蜘蛛が繁殖時に出す糸をより合わせ、織り上げた布。滑らかで光沢があり、主に服飾に用いられる。

ヘクトルとトリスタンが大アーレス山脈の調査に出かけている間、ユリアはマルティンで寝泊まりしながら毎日エルウィンに通っていた。

カケドリ達に餌をやり、庭の畑の手入れをする。薪を集め、野菜の酢漬けを作り、オプストの実を挽いて粉にする。忙しく働いていれば寂しさはごまかせる。そう思っていたけれど、ふとした隙に孤独は忍び込んでくる。二人のいないエルウィンは静かすぎた。窓から差し込む優しい光も、カーテンを揺らす穏やかな秋風も、寂しさを慰めてはくれなかった。

だがマルティンに戻れば温かな声が迎えてくれた。ペルとアリーとはすぐに仲よしになった。食事の時も寝る時も、二人はユリアから離れようとしなかった。ユリアと一緒にエルウィンに通い、掃除や畑仕事を手伝ってくれた。プリムラは料理を教えてくれた。揚げ菓子の作り方、黒パンをふっくらと焼きあげるコツも習った。彼女の手を借りて綿入れの上着を仕立てた。毛糸を紡ぐ方法を覚え、それを使って靴下を編み始めた。

イスマルやプリムラが呼びかけてくれたおかげで、ユリアに声をかけてくれる者も増えてきた。馴《な》れ馴《な》れしく話しかけてくるサヴォアは今も苦手だけれど、ホルトと話が出来るようになったのは嬉しかった。とはいえ大半のマルティン達はいまだ彼女を余所者として扱った。「いつまで居座るつもりなの？」とあからさまに尋ねてくる者もいた。昨日まで仲よくしていたのに「貴方と話をするなって両親に言われたの」と離れていく者もいた。

イスマルの次女、リリスもその一人だった。

リリスは働き者で面倒見がいい。明るくて裏表がなく、よく喋《しゃべ》りよく笑う。なのにユリアに対しては栗《くり》のイガのように刺々しい。イスマルは「気にするな」と笑ったが、ユリアはとても笑えなかった。自分のせいで一家の団欒《だんらん》が台無しになっているのだと思うと心苦しくてたまらなかった。

マルティンに来て半月が過ぎても、リリスとの関係はぎくしゃくしたままだった。

この頃になると、エルウィンに行ってもすることがなくなってしまった。床や壁は磨き尽くした。収穫を終えた畑は来年の春まで休ませる必要がある。となれば、あとはカケドリへの餌やりと厩舎の掃除ぐらいしか仕事がない。暇な時間が出来ると余計なことを考えてしまう。父上やトリスタンは無事だろうか。調査は順調に進んでいるだろうか。心配しても詮無いことだとわかっていても、不安ばかりが募ってしまう。

鬱々と考え込むユリアを見かねたのか、ある日、プリムラが彼女を誘った。

「よければ一緒に『森の家』の手伝いに行かない？」

「森の家？」

「銀呪病患者の療養所よ。脅かすわけじゃないけれど、レーエンデで暮らしていくのなら、やっぱり知っておいたほうがいいと思うの」

銀呪病。レーエンデの銀の呪い。それにまつわる恐ろしい話はいくつも聞いたことがある。だが銀呪病とはどのような病なのか、実際に尋ねてみたことはない。知りたいという気持ちはあるが、聞けばきっと怖くなる。伯父と従兄弟が怖くてフェデル城から逃げ出したように、レーエンデからも逃げ出したくなってしまうかもしれない。

「ああ、大丈夫よ、ユリア！」

不安が顔に出ていたのだろう。プリムラはユリアを抱き寄せた。

「心配しないで、銀呪病は伝染しないから」

「……知ってます」

「ああ、そうよね。そうだったわね」

まるで慰めるかのように、ユリアの背中を優しく撫でる。

「もう知っていると思うけど、銀呪病に冒された人は身体に銀の模様が現れるの。銀の鱗が少しずつ全身に広がって、だんだん身体が動かなくなるの。手足が麻痺《まひ》してしまうと梯子の上り下りが出来なくなって、古代樹で暮らすのが難しくなる。森の家はそういう人達のための家なの」

プリムラは、くすんと洟をすすった。

「森の家では銀呪に対する恐怖や孤独をわかちあうことが出来る。もっと多くの人にそれを理解してほしいんだけど、生まれ育った古代樹林を離れたくないって言う人もまだまだ多くって」

「わかります」

以前トリスタンが言っていた。ウル族にとって古代樹は家であり母であり故郷そのものなのだと。

「家族と別れるのは辛いですよね」

「ええ、そうね」

プリムラはユリアから身を離し、悲しそうに目を伏せた。

「でもね、以前はもっと辛かったの。銀呪病で動けなくなった人は西の森に捨てられていたの。あの頃に較べたら、いい時代になったと思うわ」

ユリアは瞠目した。にわかには信じられない話だった。古代樹の森とは異なり、西の森にはヒグロクマやヤミオオカミが出る。そんな場所に自力では動けない人を置き去りにするなんて、想像するだけでも恐ろしい。

「私のお母さんも銀呪病だったの。腕にも足にも鱗が出てね。一人で動けなくなっちゃってね。しかもその年は冷夏で食糧の備蓄もままならなくて、まだ小さかった私を守るため、お母さんは言ったの。『私を西の森に連れて行け』って。お父さんは断ったわ。けど『このままじゃ冬を越せない』って、『プリムラを飢え死にさせるつもり？』って言われて、最後は泣きながらお母さんを背負って西の森に向かったの」

衝撃的な告白だった。しかし非難することは出来なかった。ウル族の生活は古代樹の森によって成り立っている。悪天候が続けば狩りも出来ない。不作の年は飢餓に直面する。

「だからお父さんは森の家を造ったのよ」

目を潤《うる》ませてプリムラは言う。

「ウル族には『第一の人生は十八歳まで、第三の人生は三十五歳から』っていう諺《ことわざ》があってね。これは『十八歳までは子供だから自由にしなさい。十八歳になったら一人前の大人として一族のために働きなさい。三十五歳を迎えたら、その先の人生は自分のために使いなさい』って意味なの。だから外地へ出稼ぎに行った人も、三十五歳になると家族の元に戻ってくる。けどお父さんは三十五歳を超えても戻らなかった。『第三の人生だ。俺の好きにさせろ』ってね。森の家の建設資金を稼ぐために、その後も傭兵として戦場を渡り歩いたの」

「そうだったんですか」

ユリアは感嘆の息を吐いた。

「すごい人ですね、イスマルさんって」

「それを言うならヘクトルさんもすごいわ。銀呪病は私達の宿痾。レーエンデに生まれ、ここで生きていく限り、逃れることは出来ない。受け入れるしかないんだって諦めていたわ。銀呪病を根絶しようだなんて、私、考えたこともなかったわ」

それを聞いて、ユリアは思った。

父上は知っていたのだ。イスマルの妻が銀呪病であったことも、妻を捨てざるを得なかった彼の無念も。知っていたからこそレーエンデに交易路を通そうと考えたのだ。知恵と技術をレーエンデに呼び込むことで、銀呪病を根絶しようと考えたのだ。

やはり父上は特別な人間だ。不世出の綺羅星《きらぼし》だ。彼の娘というだけで特別扱いされてきたけれど、本当の私は空っぽで何の価値もない。それでも諦めない。こんな私でもきっと出来ることがある。私はもう、私の可能性を諦めない。

「お手伝いさせてください」

意を決し、ユリアは顔を上げた。

「私も森の家に連れて行ってください」


森の家は大アーレス山脈の裾野、ホウキグサの金の穂がさわさわと揺れる丘の上にあった。

プリムラの背中に隠れるようにして、ユリアは森の家に入った。

「貴方が噂のユリアさんね！」

「会えて嬉しいよ！」

笑顔と喜びの声が弾ける。思いも寄らない歓待だった。ユリアは驚き、うろたえた。だがそれも長くは続かなかった。すぐに打ち解け、旧知の友のように話が弾んだ。悲愴《ひそう》感も諦観《ていかん》も感じさせない彼らの明るさに魅了され、その理由を知りたいと強く思った。

ユリアは森の家に通うようになった。ヘクトル達が戻らぬまま迎えた十一月。気持ちのいい秋晴れの朝。ユリアは部屋を出て、外階段を下った。厨房を覗くと、竈の前にかがみ込んでいるプリムラのお尻が見えた。どうやら掃除中らしい。

「森の家に行ってきます」

ユリアが声をかけると、プリムラは顔を上げた。鼻の頭が煤《すす》で黒くなっている。

「一人で大丈夫？」

「大丈夫です」元気よくユリアは答えた。「獣よけの鈴も古代樹の粉も持ちましたから」

「気をつけてね。暗くなる前に戻ってくるのよ」

「わかりました」

右手を上げて了解を伝え、ユリアは階段を駆け下りた。マルティンを出て、森の小道を北東へと向かう。

秋の森は美しかった。幹に絡みついた蔦の葉は赤く、木々の葉は黄色に染まっている。灌木の繁みは深紅に燃え、羊歯は茶色く縮れている。小道に積もった落ち葉を踏めば、サクサクと乾いた音がする。腰に吊るした獣よけの鈴がリンリンと鳴る。見上げれば枝の向こうに青い空、千切れた雲が風に乗って流れていく。

「おはようございます！」

森の家は干し草の匂いがした。空気は湿って暖かかった。こぢんまりとした居間には木の長椅子とテーブルが置かれている。暖炉には赤々と火が燃えている。窓辺では毛織物のカーテンが眠たげに揺れている。

「ああ、ユリア。ちょうどいいとこに来た」

奥から年配の女性がやってきた。苔綿《こけわた》の乾布を両手いっぱいに抱えている。彼女はヘレナ。薬学に精通した医師であり、森の家の所長でもある。

「今日はいい天気だからね。みんなで風呂《ふろ》に入ろうと思ってさ」

ヘレナはパチンと右目を閉じた。目元には皺が寄り、髪もすっかり白くなっているが、その瞳は生き生きとして、肌もつやつやと輝いている。

「さっそくで悪いけど手伝っておくれ」

「はい！」

首の後ろで髪を束ね、ユリアは作業に取りかかった。乾布や着替えを脱衣所に運び、患者が脱いだ衣服を洗濯場へ持っていく。渡り廊下でホルトを見かけた。銀の鱗に覆われた両足——通称『人魚足』の女性を抱きかかえ、浴室へと運んでいくところだった。

「お疲れ様」

声をかけるとホルトは目礼を返してきた。無言で歩き去る彼を見送って、ユリアは苦笑する。トリスタンのように何もかも笑ってごまかすのもどうかと思うけれど、ホルトはもう少し笑うべきだと思うわ。

昼過ぎになって、ようやく患者達の入浴が終わった。夕飯の準備にはまだ早い。今のうちに洗い物を片づけてしまおうと、洗濯場へ向かいかけた時だった。

「おおい、ユリアぁ」

居間のほうから声がした。所長のヘレナが顔を出し、こっちにおいでと手招きする。

「あんたも少し休みな」

「でも今のうちに洗濯を――」

「お黙り」ヘレナはにやりと笑った。「兵隊は喰うのも仕事、休むのも仕事のうちだよ」

若かりし頃のヘレナは『鬼殺し』と畏怖《いふ》される凄腕《すごうで》の傭兵だったという。稼いだ金で医術を学び、聖都で医者をしていたけれど、イスマルに乞われ、森の家の所長を引き受けたのだという。

ここではヘレナが隊長だ。隊長の命令には逆らえない。仕方なく居間に向かうと、そこには先客がいた。ホルトが椅子に腰掛け、足を床に投げ出している。

「二人とも、お疲れさん」

ヘレナがクリ茶の入った湯飲みを運んできた。そのひとつをユリアに渡し、もうひとつをホルトに差し出す。

「力仕事を押しつけて悪かったね。もう少し男手があると助かるんだけどね」

「すみません」姿勢を正し、ホルトは湯飲みを受け取った。「声はかけているんですけど、俺、人望ないから、誰も耳を貸してくれなくって」

「あんたが謝ることぁない」

どっこいしょと、ヘレナは椅子に腰を下ろした。

「ウル族は頑固で保守的だからね。病気と呪いは別モンだって、いくら言っても聞きゃしない。いまだ銀呪は恥だの穢れだの言ってる奴らも少なくないしね。けど、まあ、森の家を襲撃するような馬鹿どもが一掃されただけでもよしとするさ」

森の家を造ったのはイスマルだ。彼はマルティンだけでなく他の古代樹林のウル族からも尊敬されている。にもかかわらず四年前には若者の集団が森の家を襲い、五人の患者が犠牲になるという痛ましい事件があった。その首謀者が放逐されてからは反対行動も下火になったらしいが、森の家に対する風当たりは今も厳しい。マルティンにさえ「銀呪病に罹ったのは警戒を怠ったせいだ」とか、「死病を患う者を保護する必要はない」とか、声高に主張する者がいる。

「嫌悪は恐れの裏返し、銀呪病への偏見がなくなることはないだろうよ。連中を黙らせる方法はただひとつ。治療法を見つけることさ。だから街道の建設には大賛成さね。外からの風がレーエンデに変化をもたらせば、銀呪をやっつける方法だって、きっと見つかるはずだからね」

ヘレナの言葉に、ユリアは膝の上でぐっと拳を握りしめた。

ウル族は変化を嫌い、外地から来る技術や文化を拒《こば》む傾向がある。そんな現状に立ち向かっているのがイスマルでありヘレナなのだ。彼らには信念がある。銀呪病を根絶するのだという確固とした意志がある。ユリアは思う。私も強くなりたい。彼らのように胸を張って生きていきたい。

「私もお役に立ちたいです。私も銀呪と闘いたいです」

「おやおや面白いことを言うねぇ」ヘレナは喉の奥でくつくつと笑った。「ユリアはもう充分に役に立ってくれてるじゃないか」

「でも私には中身がないんです。信念も目的もないんです。いったい何がしたいのか、自分に何が出来るのか、何もわかっていないんです」

「自分の存在理由を求めるか。いいねぇ。若さゆえの葛藤《かっとう》だねぇ」

クリ茶をすすり、ヘレナは目を細めた。

「これはあたしの持論なんだけど、人間は誰でも役目を背負って生まれてくる。どんな人間にも生涯かけて成すべき仕事がある。自分には何もない、何もなかったって言う者は、まだそれを見つけていないか、見つけたのに目を逸らしているか、そのどちらかなのさ」

右手を胸に当て、目を閉じる。

「心の声に耳を傾けてごらん。きっと聞こえてくるはずだよ。自分が何を求めているのか。そのために何を選び、何を捨てるのか。あんたにならわかるはずだよ」

自分が求めているものは何か。ユリアは考えた。洗濯をしながら、掃除をしながら、ずっと考え続けていた。午後になってマルティンの女達がやってきた。夕食の支度《したく》は彼女達に任せ、ユリアは森の家を出た。物思いに耽《ふけ》りながら丘を下り、森の小道を進む。秋晴れの空、風にさざめく紅葉、光が透ける樹冠を見上げて思う。私はレーエンデが好き。私の役目が何なのかはまだわからないけれど、出来ればずっとこの森で暮らしたい。

呻き声が聞こえた。ユリアははっとして足を止めた。

傍らの灌木がガサガサと揺れ、一人の男が現れる。埃塗れの白い髪、泥で汚れた外地風の服、右肩に巻かれた布には古い血の染みがある。見知らぬ男は小道へとよろめき出ると、力尽きたようにその場に倒れた。

ユリアは男に駆け寄った。傍らに膝をつき、泥に汚れた頰を叩く。

「どうしました？　大丈夫ですか？」

男が身じろぎをした。ユリアを見上げ、弱々しい声で訴える。

「み……ずを……くれ」

「水ですね。ちょっと待ってください」

ユリアは鞄の中から水筒を取り出した。男を助け起こし、唇に水筒を押し当てる。男はごくごくと喉を鳴らし、水筒の水を飲み干した。

「ああ、生き返った」

彼は大きく息を吐いた。

「ありがとう、助かりました」

端整な顔立ち、魅力的な笑顔。なのに心がざわついた。今すぐ逃げ出したくなった。だが相手は怪我人《けがにん》だ。見捨てて立ち去るわけにもいかない。

「落ち着かれたようでなによりです」

不安を押し隠し、ユリアは微笑んだ。

「ここから十五分ほどのところに家があります。腕のいい医師もおります。そこまで歩けそうですか？　助けを呼んできましょうか？」

「ご親切に、ありがとうございます」

男は胸に左手を当てた。

「私はガエルフ・ドゥ・メイナスと申します。このような格好をして、ノイエレニエで商いなどしておりますが、正真正銘のウル族です」

言われてみれば彼の容姿は典型的なウル族のそれだった。とはいえノイエレニエで商いをしているウル族がいるなんて、誰からも聞いたことがない。

「貴方は命の恩人です。どうか恩返しをさせてください」

ガエルフはユリアの手を握った。予想外の力強さだった。力尽きて倒れ伏した人間のものとは思えない。ぞわりと鳥肌が立った。本気で怖くなってきた。

「私もウル族の一人です。森の暮らしが厳しいことは重々承知しております。充分な小麦の備蓄があれば、貴方も貴方の一族も安心して冬が越せることでしょう。どうかお礼をさせてください。貴方のお名前とお住まいを教えてください」

「あの……手を、放してください」

遠慮がちにユリアは言った。

「それだけの元気があれば大丈夫ですね。私は先を急ぎますので――」

「お答えいただくまでは放しません」

男は目を細め、ゆるりと笑う。

「お礼がしたいだけです。どうか教えてください」

「私はウル族ではないのです」根負けしてユリアは答えた。「私の名はユリア・シュライヴァ。今はエルウィンで生活しておりますが、外地の人間です」

「ユ、ユリア……シュ、ラ、イ、ヴァ？」

ガエルフは首を傾げた。彼女を見つめ、その胸元に揺れる月光石に目を向け、再びユリアの顔を見る。

「そうか、君がユリアかぁ」

楽しげに独りごち、ガエルフはくつくつと笑った。

「シュライヴァの娘が月に愛されし聖女とは、これは面白いことになってきたなぁ」

その言葉に背筋が凍った。この男と関《かか》わるべきではない。強烈にそう感じた。ユリアは彼の手を振りほどいた。飛び退くようにして立ち上がり、彼に背を向け、走り出す。

「逃げても無駄だよ！」

ガエルフの声が追ってきた。

「迎えに行くよ、聖女様！　きっと迎えに行くからね！」

ユリアは足を止めなかった。振り返りもしなかった。息を切らして走り続けた道の先、ウル族の青年がこちらに向かって歩いてくるのが見えた。

「ホルト！」

ユリアは彼に抱きついた。彼女のただならぬ様子を見て、ホルトは腰のナイフに手をやった。

「どうした？　ヘガラヘビでも出たか？」

「違う……違うの」

ユリアはおそるおそる振り返った。色鮮やかな紅葉、枝葉の間から金の光が差し込んでいる。木漏れ日の小道、そこにガエルフの姿はない。

「怖い人に会ったの」

ホルトから身を離し、ユリアは事情を説明した。

「外地の服を着た、ノイエレニエの商人？」

ホルトは眦を吊り上げた。

「そいつ、本当にウル族だったのか？」

「ええ、そう言っていたわ」

「左の掌を見せたか？」

「いいえ、でもガエルフ・ドゥ・メイナスって名乗ってた」

「メイナスなんて名前の古代樹林はない」

「そうなの？」

「ハグレ者かもしれない。聞いたことあるだろ。森の家を襲った連中のこと」

ユリアは無言で頷いた。

「追放されたはずだけど、また戻ってきたのかもしれない」

「大変、すぐにヘレナさんに知らせなきゃ」

「ああ、そうだな。明日、俺から伝えとく」

そこでホルトは眉根を寄せ、改めてユリアを睨んだ。

「ユリア、森の一人歩きはよせ。あんたの身に何かあったらどうする」

「でも獣よけの鈴もあるし、古代樹の粉も持っているし――」

「晩秋は勝手が違う」

そういえばトリスタンも同じようなことを言っていた。

「ホルト……一緒に帰ってくれる？」

「そのつもりで追いかけてきたんだ」

ユリアは安堵して微笑んだ。ああ、やっぱりホルトは優しい。

「ありがとう。よろしくね」

秋に色めく森の中を二人は歩き出した。やがて先程の場所まで戻ってきた。落ち葉の上に水筒が転がっている。それを拾い上げ、ユリアは周囲を見回した。

「いたのよ、ここに。本当にいたの」

「ああ、信じるよ」落ち葉の様子を観察し、ホルトは答える。「足跡が残ってる」

彼は立ち上がり、低い声で続けた。

「暗くなる前にマルティンに帰ろう」

「そのほうがよさそうね」

二人は先を急いだ。どちらも口を開かなかった。沈黙は気まずいものだが、相手がホルトだとあまり気にならなかった。

「ユリア、ひとつ訊いてもいいか？」

そろそろエルウィンが見えてくるという頃になって、ホルトが口を開いた。

「最近、森の家でリリスを見かけないけど、あいつ、どうした？」

「たぶん私がいるせい」ため息に乗せてユリアは答えた。「リリスは私と一緒に働くのが嫌なんだと思う。だから森の家に来るのを避けているんだと思う」

「あいつ、まだあんたのことを嫌ってるのか」

ユリアはこくりと頷いた。

「なんで嫌われてるのか、いくら考えてもわからないの。こんなに嫌われるなんて、私、彼女に何をしちゃったんだろう」

「あんたのせいじゃない。リリスが勝手にあんたを羨んでいるだけだ」

「私を羨む？　なぜ？」

「あいつは自分の髪を……黒髪のことを嫌ってるから」

ユリアはぴたりと立ち止まった。

「何よそれ。冗談じゃないわ！　あんな綺麗な黒髪をしているくせに、何が不満だって言うのよ！」

「俺に言われても困る」

それもそうだ。

「ごめんなさい」

「いいよ、別に」短く答え、小声で続ける。「俺も黒髪は綺麗だと思う」

「そうよ、本当にそう！　なんで黒髪が嫌いなのよ。まったく理解に苦しむわ！」

「だから俺に言うなって」

苦笑交じりに呟いて、ホルトは再び歩き出す。

「リリスはリリスだ。みんなと同じである必要はないんだ」

それを聞いて、ちくりと胸が痛んだ。シュライヴァ家の人々は、母が異郷人であるというだけでユリアを異物のように扱った。繰り返される揶揄と嘲笑、心ない言葉の数々が耳の奥に蘇る。ウル族に黒髪は珍しい。もしかしたらリリスの母も異郷の人だったのかもしれない。閉鎖的なウル族の中で、リリスも異物のように扱われてきたのかもしれない。

やがて小道の先にエルウィンが見えてきた。

「ここで待っていてくれる？　カケドリに餌をやってくるから」

ホルトが頷くのを見て、ユリアは厩舎へと入った。カケドリ達は今日も元気だ。バタバタと羽を広げ、早く餌を寄こせと催促する。

「はいはい、今、出しますよ」

水と餌を補充し、巣箱にある卵を鞄に収めた。

「それじゃ、また明日ね」

ユリアは外に出た。

ホルトは庭の中央に立ち、エルウィンを見上げていた。

「前に一度、『俺もエルウィンに住む』って言ったことがあるんだ」

断られたけど――と独白し、ホルトはユリアに目を向ける。

「トリスタンはいつも一人だった。弓を使わせたら向かうところ敵なしなのに、愛想がなくて仲間からも孤立してた。外地から戻ってきた後はますます気難しくなって、誰とも関わろうとしなかった。たった一人の従兄弟なのに、俺は何もしてやれなくて、ずっと歯痒《はがゆ》く思ってた」

意外だった。ユリアの知る限りトリスタンはいつも前向きだった。深刻な話をしている時でさえ、冗談を言ってユリアを笑わせようとした。そんな彼の明るさに幾度となく救われてきたのだ。

「あんた達が来てからだ。トリスタンが、あんな風に笑うようになったのは」

「そうなの？」

「だから、ちょっと悔しい気持ちもある。けど、あんたとあんたの親父《おやじ》さんがここに来てくれて、本当によかったと思ってる」

ありがとう——と言い、ホルトは少し寂しそうに笑った。その笑顔はトリスタンのそれによく似ていた。髪色も肌色も違うけれど、確かな血の繋がりを感じた。

「お礼を言うのは私のほう——」

「あ、ユリアだぁ」

元気な声が響いた。森の小道をペルとアリーが走ってくる。手に籠を持っている。どうやら茸採りの帰りらしい。

「ちょっと、そんなに走ると転ぶわよ！」

二人を追いかけてリリスがやってくる。彼女はユリアを見て、ぎょっとしたように立ち止まった。

「あんた、森の家の手伝いに行ったんじゃなかったの？」

「今日は忙しかったから、早めに戻ってきたの」

「つまり二人で抜け出してきたってことね」

「そんなんじゃない」ぼそりとホルトが言い返す。

しかしリリスは聞いていなかった。くるりと背を向け、森の中へと歩き出す。

「リリスぅ、どこ行くのぉ」

「一人で行っちゃだめだよぅ。もうすぐ暗くなっちゃうんだよぅ」

双子の声にも足を止めない。羊歯の繁みを踏み分け、木々の間へと消えていく。

「ホルト、ペルとアリーをお願い」

言い残し、ユリアはリリスを追いかけた。もうじき陽が暮れる。妙な男もうろついている。一人歩きは危険だ。

「待ってリリス」

「うるさいな。ついてこないでよ」

「一人じゃ危ないわ」

「いいからほっといて！」

リリスは振り返り、嚙みつきそうな勢いで言い返した。

「あたしがどうなろうとあんたには関係ないでしょ！」

「か、関係あるわよ！」

「へぇ、どんな関係よ？　仲間？　友達？　家族だとでも言うつもり？」

彼女は上目遣いにユリアを睨んだ。

「あんたはいいわよね。みんなにチヤホヤされちゃってさ」

「チ、チヤホヤなんて、されてないわよ」

動揺と屈辱で息が詰まる。頰が熱い。舌が干上がって、頭の中が真っ白になる。

「シュ、シュライヴァでは私みたいなのは『お人形さんみたい』って言われるの。褒め言葉じゃないわよ。頭も心も空っぽって意味なんだから。でも貴方のような黒髪の女性は、叡智《えいち》の象徴として敬《うやま》われる。綺麗ねって、素敵だわって、みんなに愛される」

不意にユリアは気づいた。今までずっと「なんでリリスは怒っているんだろう」と思っていた。でも違うのだ。怒っていたのは私だ。私はリリスが羨ましかったのだ。それを認めるのが悔しくて、彼女が悪いんだと決めつけていたのだ。

「認めるわ。私はリリスが羨ましかった。初めて貴方の黒髪を見た時からずっとずっと妬《ねた》ましかった。それについては謝るわ。嫌な思いをさせてごめんなさい」

一気に言って、ユリアは息継ぎをした。膝がガクガクと震えている。それが恥ずかしくて、ますます頬が熱くなる。ああ、もう心臓が爆発しそうだ。

リリスは何かを言いかけた。口を開いては閉じ、閉じては開いた。しかし漏れるのは吐息だけで、なかなか言葉が出てこない。

「ほんとなの？」

ややあってから、ようやく尋ねた。

「シュライヴァでは黒髪が叡智の象徴って、本当？」

「本当よ！」

「それであんた、あたしの髪のこと、羨ましいって思ってたの？」

「そうよ！」勢いに任せ、ユリアは答えた。「そんな綺麗な黒髪、シュライヴァでだって見たことないもの！」

「うわぁ、本当に本当なんだ」

リリスは視線を泳がせた。そうなんだ、本当なんだと繰り返す。なんだか馬鹿にされているような気がしてきた。言い返そうとして、ユリアが口を開いた時――

「あんた好きな人いる？」突然リリスが問いかけた。「サヴォアのこと、どう思ってる？」

「どうって……」

意表を突かれた。疑問と困惑が頭の中をぐるぐる回る。なんでそんなことを訊くのよ。それとこれと何の関係があるのよ。もう意味がわからない。

「サヴォアのことはちょっと苦手。妙に馴れ馴れしいし、あまり好きになれないわ」

「嘘！　あんたもサヴォアのこと、好きなんだと思ってた！」

「サヴォアは背も高いし、顔も整っていると思うけど、私の理想は父上だから、サヴォアは若すぎて恋愛の対象にはならないわ」

「わかる、それ。あんたの父さん、格好いいもんね」

「イスマルさんだって渋くって格好いいじゃない」

「あんたの前では格好つけてんの。あたしらの前じゃ全然ダメ。ハダカで家ん中うろつくし、食事中にオナラはするし」

ユリアはつい吹き出してしまった。

「笑ってんじゃないわよ！」

リリスは眉を吊り上げた。キッとユリアを睨みつけ――堪《こら》えきれずに笑い出す。

「ほんと困っちゃうよね。もう、どっちが子供なんだっての」

「私の父上もね、ああ見えてすっごい負けず嫌いなの。ゲームでもカードでも自分が勝つまで絶対にやめようとしないの。こっちは眠くてウトウトしてるのに、もう一勝負だって夜明けまでつき合わされるの」

「なにそれ、最高じゃない」

「うん、そうなの。父上のそんなところも好きなの」

「なんて言うか、可愛いんだよね！」

「そう！　可愛いの！」

嬉しくなって、ユリアは笑った。わかるわかると言いながら、リリスも声を上げて笑った。

「ごめんね。あたしツンケンして、すっごく感じ悪かったよね」

申し訳なさそうに肩を縮め、リリスはもじもじと指を組み合わせた。

「これまでのこと……その、許してくれる？」

「もちろん！」ユリアは前のめりに頷いた。「その代わり、私と友達になってくれる？」

リリスは目を瞬いた。ふっくらとした白い頰がみるみるうちに薔薇色に染まっていく。

「あ、あんた、なに言ってんの！」

うわずった声で叫び、手荒くユリアの肩を叩いた。

「そんなの当たり前じゃない！」

くるりと背を向け、ぎくしゃくと歩き出す。

「もう帰るよ！　早くしないと陽が暮れちゃう！」

あたりはもう薄暗い。二人は急いでマルティンに戻った。

「ただいま！」

「戻りました！」

仲よく入ってきたリリスとユリアを見て、プリムラは目を剝いた。

「貴方達、どうしたの？　いったい何があったの？」

「教えなぁい」とリリスが言い、「秘密です」とユリアも笑った。

「ずいぶん時間がかかったなぁ」

イスマルはガシガシと髪をかき回した。

「俺とヘクトルだって、もうちょっと早く和解したぞ？」

「和解したって、お父さん、ヘクトルさんと喧嘩《けんか》したことあるの？」

「したした。出会った直後に大喧嘩した」

イスマルはにんまりと笑った。

「詳しく聞きたいかい？」

「聞きたい！」とリリスが答えた。

「ぜひ聞かせてください」とユリアも言った。

「ペルも聞く！」「アリーもね、アリーも聞くの」

先に戻っていた双子が勢いよく立ち上がる。

「じゃあ夕ご飯を食べながら、ゆっくり聞かせて貰いましょう」

そう言って、プリムラは手を叩いた。

「夕食の準備をするわよ。さぁ、みんな手伝って！」


ユリアとリリスはすっかり打ち解けた。どこに行くにも肩を寄せ合い、小鳥のように囀り、子ネコのようにじゃれ合った。そんな二人を見て、マルティン達はこぞって目を丸くした。

サヴォアは鼻で笑った。「女ってのは嫉妬深《しっとぶか》いからな。すぐにまた仲違《なかたが》いするに決まってる」

ホルトはユリアにだけ聞こえるように「よかったな」とささやいた。ユリアは笑顔で頷いて、

「貴方のおかげよ」と答えた。

初めて得た親友と過ごす日々。楽しい毎日が続いた。唯一の懸念はヘクトルとトリスタンのことだった。十一月の半ばを過ぎても二人は戻ってこなかった。調査が難航しているのだろうか。まだ候補地が見つからないのだろうか。不安は募ったが、以前のように塞《ふさ》ぎ込《こ》むことは少なくなった。あの二人なら大丈夫だという確信めいた予感があった。

それは十一月下旬、痺れるように寒い日のことだった。

午前中はエルウィンに赴き、厩舎の掃除をした。午後はマルティンに戻り、リリスの部屋で編み物に励《はげ》んだ。ユリアの隣ではリリスが服の袖口《そでぐち》に刺繍《ししゅう》を施している。来年の夏至祭《げしさい》で着る晴れ着だという。夏至祭はその名の通り、毎年夏至の日に開かれるウル族のお祭りだ。

「ねぇ、ユリア。外地では毎月どこかでお祭りが開かれてるって本当？」

「ええ、本当よ」

編み物の手を止め、ユリアは答えた。

「聖イジョルニ帝国の十二州にはそれぞれ対応する月があるの。一月は法皇庁領、二月はロベルノ州、三月はナダ州というようにね。ちなみにシュライヴァ州のお祭りは十月。州都フェデルから地方の農村に至るまで、一ヵ月間お祭り騒ぎが続くのよ」

「いいなぁ。行ってみたいなぁ」うっとりとした声でリリスは呟く。「外地のお祭りってどんな風なの？　みんなで飲んで騒いで踊ったりするの？」

「ごめん……わからないの」

手元に目を戻し、編み目をみっつ作ってから続ける。

「私、お祭りには行ったことないから」

「どうして？」

「だって十月じゃ父上は国境警備から戻っていないもの。一人で行っても面白くないし、祭りに誘う友達も、誘ってくれる友達もいなかったんだもの」

「じゃあ、あたしと行こうよ」

「え？」

「交易路が完成したら、あたしと一緒にシュライヴァのお祭りに行こう」

ユリアは盛大な呻き声を漏らした。

「私、シュライヴァには戻りたくない」

「戻るんじゃないよ。遊びに行くの」

「どう違うの？」

「交易路が出来たらレーエンデとシュライヴァは繋がるんでしょ？　なら、だーっと行って、ぱーっと遊んで、その日のうちにレーエンデに戻ってくればいいんだよ。それならお城の連中にも見つからないでしょ」

言うほど簡単な話ではない。大アーレスの麓《ふもと》からフェデルまで、馬でも四日はかかるのだ。交易路が完成しても日帰りするのは不可能だ。それにフェデルまで出かけていって、もしヴィクトル伯父に見つかったら、捕らえられて軟禁される。二度とレーエンデには戻れない。

それでも心は揺れ動く。リリスと一緒にお祭りに行くなんて、絶対楽しいに決まっている。無数のランプで照らされたフェデルの町をそぞろ歩く。屋台でお菓子を買い、温めた葡萄酒《ぶどうしゅ》を飲む。お芝居を観《み》て、楽団の演奏に合わせて踊る。ああ、想像するだけで胸がときめく。

「そうね」

ユリアは微笑んだ。

「リリスが一緒に行ってくれるなら――」

言葉が途切れた。窓の外に白いものがちらついている。雪だ。初雪だ。とうとう降ってきてしまった。ユリアは編み物を置き、立ち上がって窓を開けた。

凍《い》てつくような青空。雲ひとつない晴天。そこに無数の花片《はなびら》が舞っている。薄く透き通った花片が、空の青を埋め尽くしている。

「なに、これ？」

半透明な花片を受け止めようと、ユリアは窓の外に手を伸ばした。だが花片は掌に触れる直前、跡形もなく消え失《う》せた。何度試しても同じだった。受け止めるどころか、花片に触れることすら出来ない。

「ねぇ、リリス」

ユリアは振り返って尋ねた。

「この花片は何なの？　どこから来たの？　どうして消えてしまうの？」

「ああ、それは氷雪花《ひょうせつか》っていうの。花片じゃなくて雪なんだよ。大アーレス山脈に降った新雪が山颪に煽られて、ここまで飛ばされてくるんだよ」

らしくないため息を吐き、リリスは寒そうに首を縮めた。

「あたし、氷雪花って嫌いだな」

「なぜ？」

「寂しいから」

ささやくように答えて、彼女は窓から目を逸らした。

「氷雪花って積もらないんだよ。地面に落ちる前に消えちゃうから。触ることも出来ないし、痕跡も残さない。それってすごく寂しくない？」

「ああ……うん」

「わかる気がする」

ユリアは目を細め、空を仰いだ。

遠く近くに花片が舞う。北風に散らされて、音もなく空に溶けていく。触れようとするだけで消えてしまう。傍にいたいと思っても、近づくことさえ許されない。

琴線が震えた。何かが心に共鳴した。これと同じ切なさを前にも感じたことがある。

いつ？　どこで？

思い出せない。

「おおい、戻ったぞ！」

下のほうから声が聞こえた。古代樹の石段の下に二頭の馬がいる。その傍らに立っているのはヘクトルとトリスタンだ。窓辺に娘の姿を見つけたらしい。ヘクトルは大きく手を振った。

「待たせたな。今、戻ったよ！」

ユリアは身を翻した。階段を一段抜かしで駆け下りて、矢のような勢いで外に飛び出す。

「おかえりなさい、父上！」

「ただいまユリア」

ユリアは父に抱きついた。ヘクトルもまた両手で娘を抱きしめる。

「その服、ウル族の衣装だな。よく似合うぞ。森の妖精かと思ったぞ」

「父上もお元気そうでなによりです。旅の成果はありましたか？　候補地は見つかりましたか？」

「ああ、見つけた。これ以上はないというほど最適な場所が――」

彼の鼻先で氷雪花が溶けた。ヘクトルは大きなくしゃみをした。二回、三回と連発する。

「だから言ったじゃないですか。絶対に湯冷めするって」

呆れ顔でトリスタンが肩をすくめる。

「馬は僕が預かります。団長は先に古代樹に入っていてください」

ヘクトルの手から手綱を奪い、蠅《はえ》を払うように右手を振る。

「ほら早く、行った行った」

「お前、最近俺の扱いが雑だぞ」

「おや、ばれました？　団長は大雑把だから気づかないと思ってました」

飄々と答えるトリスタンをヘクトルは横目で睨んだ。

「後で覚えてろ」

英雄にあるまじき捨《す》て台詞《ぜりふ》を残し、石段を上っていく。

「お疲れ様」

ユリアはトリスタンを見上げた。

「馬は私が連れて行くわ。貴方も中に入って休んで」

「ご心配なく」トリスタンは照れくさそうに微笑んだ。「実は森の家に立ち寄って一風呂浴びてきたんです。おかげで長旅の疲れも取れました。今は元気いっぱいです」

「でも貴方、少し痩せたわ」

ユリアは右手を伸ばし、トリスタンの頬に触れようとした。

「ほら、頬骨《ほおぼね》も目立ってるし――」

「気のせいですよ」

微笑んだまま、彼は一歩後じさった。

「ところでユリアさん、いつからウル族の衣装を着るようになったんです？」

「マルティンに来てすぐよ。プリムラが貸してくれたの」

「ああ、どうりで、馴染んでいると思った」

どこか突き放したような言い方だった。ユリアは腰に手を当て、上目遣いに彼を睨んだ。

「それは似合っていないってこと？」

「まさか、違いますよ。とても似合ってます。本物のウル族みたいです」

「でしょう？」ユリアはにっこりと笑った。「私はウル族になるわ。これからはユリア・シュライヴァじゃなくて、ユリア・ドゥ・エルウィンって名乗るわ」

トリスタンが吹き出した。咽《む》せたらしい。ゴホゴホと咳をする。

「大丈夫？」

「だ、大丈夫です」

胸に手を当て、深呼吸して息を整える。

「ユリアさん。それ人前で言っちゃ駄目ですよ」

「どうして？」

「どうしてって――」

「言ったじゃない。心が欲するまま、自由に生きていいんだって」

彼ならわかってくれると思っていた。まさか反対されるとは思わなかった。少なからず腹を立て、ユリアはさらに語気を強める。

「誰かのためじゃなくて自分の幸福のために生きろって、貴方が言ったのよ」

「確かに言いました」

トリスタンは表情を改めた。いつになく真剣な目で彼女を見つめる。

「ユリアさんが本気でウル族になりたいのなら、止めようとは思いません。でもエルウィンを名乗るのはおすすめしません。エルウィンを名乗るってことは僕の縁者になるってことです。そういう事実がなくても、みんなはそう解釈します」

ユリアは眉根を寄せた。彼が何を言っているのか、咄嗟に理解出来なかったのだ。

だが数秒後、その言葉の意味に気づいた。エルウィンを名乗るということはトリスタンの縁者になるということ。彼の類縁ではないユリアがエルウィンを名乗れば、皆はユリアがトリスタンの妻になったのだと思う。だからやめておけと彼は言っているのだ。

「ち、違うの。そういう意味で言ったんじゃなくて――」

「わかってます」

真っ赤になって弁解するユリアの頭を、トリスタンはポンと叩いた。

「名乗るならマルティンにしておきなさい。それなら問題ありませんから」

そう言い残し、厩舎へ向かって歩き出す。風に揺れる黒髪、肩に落ちる薄い花片、氷雪花の花吹雪が彼の姿を霞《かす》ませる。不意に締め付けられるような不安を覚えた。トリスタンが氷雪花のように消えてしまいそうな気がした。

呼び止めたい。振り向かせたい。でも、なんて声をかけたらいいのかわからない。

舞い散る氷雪花の中、ユリアは一人、悄然と立ち尽くした。

エルウィンに三人が戻った。

ヘクトルは地図の作成に取りかかった。ユリアはオプストの実を集め、臼で挽いて粉にした。スグリの実でジャムを作り、ミツカエデの樹液を煮つめて糖蜜《とうみつ》を作った。トリスタンは森へ出かけ、多くの獲物を持ち帰った。レイルリスやトチウサギだけでなく、シジマシカのような大物を担いで戻ることもあった。

十二月の半ばを過ぎると空は厚い雲に覆われるようになった。曇天《どんてん》に粉雪が舞い、吐く息は白く染まった。ファスト渓谷には雪が積もり、山越えの道も閉ざされてしまった。

古代樹の枝は白く凍った。木樋から氷柱《つらら》が垂れ下がり、夜ごと飛《と》び交《か》っていた光虫も姿を消した。寒さは厳しくなる一方だったが、古代樹の中は暖かかった。鎧戸と厚織りのカーテンが冬の冷気を遮断する。暖炉では火が赤々と燃えている。

「これ、よければ使って」

ユリアは二人に靴下を差し出した。マルティンにいる間に編みあげたものだった。

「なかなか目が揃わなくて、変な形になっちゃったけれど」

「ユリアの手編みか！　すごいな！　ありがとう！」

ヘクトルは躍り上がって喜んだ。さっそく穿《は》いてみようと言い、いそいそと靴を脱ぐ。

その隣ではトリスタンが固まっていた。靴下を見つめたまま彫像のように動かない。

「もしかしてこの色、嫌いだった？」

「い、いいえ！　違います違います！」

トリスタンはしっかと靴下を抱きしめる。

「とっても嬉しいです。でも手作りの贈り物なんて、今まで貰ったことがなかったから、こういう時、なんて言えばいいのかわからなくって」

「簡単よ。『ありがとう』って言えばいいのよ」

「あ……そうか」

彼はしみじみと靴下を見つめた。愛おしむように編み目を指でなぞった。

「ありがとうございます。大切にします」

ユリアは息を吞んだ。胸の奥で心臓が飛び跳ねている。顔が赤くなるのが自分でもわかった。

「た、大切にしなくていいのよ。く、靴下なんだから」

深呼吸して心臓を宥め、小声で続けた。

「そんな不格好なのでいいなら、いくらでも編んであげるから」


レーエンデに本格的な冬が来た。雪が厚く降り積もり、森歩きもままならなくなった。

エルウィンに閉じ込められてもユリアは退屈しなかった。吹雪の夜にはトリスタンと一緒にヤギ乳のチーズを作った。冬晴れの日にはヘクトルの薪割《まきわ》りを手伝った。小雪舞う中、三人は子供のように雪の上を転げ回った。雪人形を作り、雪玉をぶつけ合ったりもした。

エルウィンに戻り、凍えた手をぬるま湯に浸し、

「痛い！」

「かゆい！」

「むずがゆい！」

と言って笑った。

慎ましい夕食も三人で食べればご馳走になった。

長い夜、眠ってしまうのがもったいなくて、ユリアはヘクトルに話をせがんだ。トリスタンとともに暖炉の前に寝そべり、父が語る異境の物語に耳を傾ける。フェルゼ州の高原を走る野生馬の群れ、マルモア州の北に広がる大氷原、グラソン州の浜辺から見た燃えるような夕焼け、ゴーシュ州の丘から見下ろした黄金色の大海原——

その声が、ふと途切れた。

どうしたのだろう。ユリアは身を起こした。目が合うと、ヘクトルは唇に人差し指を押し当てた。もう一方の手でトリスタンを指さす。

彼は身体を丸めて眠っていた。閉じられた瞼、滑らかな頬、わずかに開いた唇は微笑んでいるようにも見えた。穏やかな寝顔だった。幼子《おさなご》のように無防備な姿だった。

ヘクトルはそっと立ち上がり、上掛けを持って戻ってきた。それを掛けてやってから、部屋に戻ろうと目顔で促す。

本音を言えば、もう少し彼の寝顔を見ていたかった。でもそうしないだけの分別はあった。ユリアは足音を忍ばせ、ヘクトルとともに階段を上った。

翌日、朝食の席でトリスタンは気まずそうに謝罪した。

「昨夜は話の途中で眠ってしまって、すみませんでした」

「ああ、そうだな。見事に熟睡していたな」

ヘクトルは勝ち誇ったように笑った。

「俺の声がよほど心地よかったとみえる。よしよし、今度は子守歌を歌ってやろう」

「そうですね。心地よく卒倒したい時にはぜひお願いします」

厭みたらしく言い返し、トリスタンは恨めしげにユリアを見た。

「どうして起こしてくれなかったんです？」

「ごめんなさい」ユリアはにっこりと微笑んだ。「貴方の寝顔があまりに穏やかだったから、起こしちゃ悪いと思ったの」

「ユリアの言う通りだ。幼子のように眠っていたからな。起こすに忍びなかったのだ」

「人の悪い父娘だなぁ」

トリスタンは唇を尖らせた。耳朶の後ろをガリガリとかいた。浅黒い頬が赤くなっている。そんな彼がとても可愛らしく思えて、ユリアはクスクスと笑い続けた。


新年を迎えるとヘクトルは物入れの奥から葡萄酒の瓶《びん》を出してきた。

「アルモニア州ダムラウ産の逸品《いっぴん》だ。この日のために取っておいた」

そう言って、湯飲みをみっつ用意する。

葡萄酒が注がれた湯飲みを受け取り、ユリアは困惑気味に父を見上げた。

「お酒は嗜《たしな》む程度にしか、飲んだことがないんですけれど」

「一杯だけ、いや、一口だけでいい。つき合ってくれ」

「じゃあ、僕も一杯だけにしておきますね」

トリスタンの言葉に、ヘクトルは怪訝そうな顔をした。

「まさかお前、下戸なのか？　樽酒《たるざけ》でも平気で飲み干しそうな顔をしているのに？」

「どんな顔ですよ、それ」

呆れたように呟いて、トリスタンは咳払いした。

「実は僕、酔えない体質なんです。いくら飲んでも酔っ払わないから、飲んでいても楽しくない。

楽しめない人間に、いいお酒を飲ませちゃもったいないです」

「ならば飲め」

「僕の話、聞いてました？」

「一人で飲んでもつまらん」

「飲む前から絡まないでください」

「では、まず乾杯しよう」

新年おめでとう——と、ヘクトルは湯飲みを掲げた。

ユリアとトリスタンも湯飲みを上げてそれに応えた。

冬の間は質素な食事が続いていたが、この日は特別だった。トリスタンが腕によりをかけてこしらえたご馳走が食卓に並んだ。チーズを挟んで焼きあげた塩漬け肉、スグリのジャムを練り込んだ小麦のパン、蜂蜜をかけた揚げ菓子はさくさくとして甘い。ふっくらとした卵焼きを頬張れば、芳醇なバターの香りが口いっぱいに広がる。

結局ヘクトルは一人で葡萄酒を飲み干した。すっかり酔っ払った英雄が椅子の背を叩きながら歌い出す。それに合わせてユリアが踊り始めると——

「それじゃあ僕も」

トリスタンはユリアの前で一礼し、右手を差し出した。

「一曲、お相手願えますか？」

「ええ、喜んで」

ユリアは彼の手を取った。トリスタンは優雅に踊った。無駄のない動きは流れる水のようだった。

「貴方、どこでダンスを習ったの？」

「聖都シャイアで最高司祭達の警護をしている時に覚えました」

「モテたでしょ？」

「まぁ、そこそこには」

トリスタンは右目を閉じ、自慢げに微笑んだ。

それが気に入らなくて、ユリアは彼の爪先を踏んづけた。

「いッ……何するんですか」

「知らない」

ユリアはくるりと身を翻した。

「よぉし、俺も踊るぞ！」

そこにヘクトルが乱入してきた。両腕を大きく広げ、二人をまとめて抱きしめる。

「父上、近い！　近いです！」

「ああ近いなぁ、幸せだなぁ、お前達が近くにいて、俺は今、最高に幸せだあぁ！」

「団長！　あんた酔ってるでしょう？　完全に酔っ払ってるでしょう⁉」

ヘクトルに振り回され、トリスタンは悲鳴を上げた。振り回されながらユリアは笑った。楽しくて楽しくて、涙が出るまで笑い続けた。


幸福な日々はチーズのように濃厚で、糖蜜のように甘かった。

この冬に経験したこと、そのひとつひとつが朝露のように輝いていた。

自分がこの世を去る時にはこの冬のことを思い出そう。

温かな思い出を胸に抱いて目を閉じよう。

そんな風に思えるほど、かけがえのない冬だった。


二月になると雪嵐の間隔が次第に長くなっていった。暖かな南風が吹き、木樋の氷柱からは雫《しずく》が滴るようになった。三月に入り、雪が溶け始めると、ついにヘクトルが言った。

「そろそろシュライヴァに戻ろうと思う」

彼は地図を完成させていた。交易路建設の計画書も書き上げていた。次の過程に進むには、それをシュライヴァに持ち帰り、ヴィクトルの許可を得なければならない。

「ユリア、頼む。一緒に戻ってくれ」

ヘクトルは両手を合わせた。

「約束する。絶対にお前を一人にしない。兄上にも手出しはさせない」

「嫌です」きっぱりとユリアは答えた。「私はもう二度とシュライヴァには戻りません」

「そう言わないでくれ。雑用を片づけるのに少なくとも半年はかかる。その間、お前を一人には出来ない」

「一人じゃありません」ユリアはトリスタンを指さした。「彼が一緒です」

「シュライヴァにはトリスタンも連れて行く」

「うええっ⁉」

素《す》っ頓狂《とんきょう》な声を上げ、トリスタンは目を剥いた。

「僕が案内出来るのはレーエンデだけです。シュライヴァじゃ何の役にも立ちませんよ？」

「謙遜するな。お前は腕が立つし頭も切れる。交易路の建設予定地をシュライヴァ側から検証する際、ともに地質や地形を見て回り、お前の意見を聞かせてほしいんだ」

「ありがたいお誘いですけど」トリスタンは目を伏せる。「一緒には行けません」

「なぜだ？」

「レーエンデの空気を吸っていないと死んじゃうからです」

ヘクトルはあからさまに顔をしかめた。

「たとえ冗談でも、そういうことは口にするな」

「半年は長すぎます。そんなに長い間、エルウィンを空にしてはおけません」

「ならばマルティンの誰かに留守を頼んで――」

「父上！」テーブルを叩き、ユリアは父を黙らせた。「エルウィンは大切な我が家です。母であり故郷でもあるんです。そう簡単に誰かに預けられるものではありません！」

それに――と厳しい声で続ける。

「私の決意は変わりません。二度とシュライヴァには戻りません。私はこのエルウィンで、父上のお戻りをお待ちしております」

「頑固者め」

ヘクトルは嘆息した。背もたれに身体を預け、天井を仰ぐ。

「そういうところもレオノーラにそっくりだ」

「ありがとうございます」ユリアは満面の笑みをたたえた。「母に似ているというのは、私にとって最高の褒め言葉です」

昨年、調査旅行から戻ったヘクトルは自分の中に棲む悪魔の話をしてくれた。強く勇敢だった母の話をしてくれた。「お前はレオノーラの愛の証し、俺の希望の光だ」と言ってヘクトルは涙を流した。父の告白に驚きはしたけれど、それ以上に誇らしかった。母は運命に翻弄《ほんろう》された薄幸の女性ではなかった。自分の役目を理解し、成すべき仕事をやり遂げた芯の強い女性だったのだ。

「トリスタン」

天井を見上げたまま、ヘクトルは呼びかける。

「ユリアのことを頼めるか？」

トリスタンは困惑したように眉根を寄せた。

「頼む相手を間違えてませんか？　僕も一応、男なんですけど？」

「ユリアを泣かせたら殺す」

ヘクトルはテーブルに身を乗り出し、剣呑な目でトリスタンを睨む。

「遊びで手を出したら殺す。生半可な気持ちで言い寄っても殺す。だが心からユリアを愛してくれるなら遠慮はいらない。命懸けで口説き落とせ。それだけの価値はある」

「か……かっ、勝手なことを言わないで！」

ユリアは勢いよく立ち上がった。

「私の人生は私のものです！　どのように生きるかは自分で決めます！」

裏返った声で叫び、足音を響かせて三階へと駆け上がる。靴を履いたままベッドに突っ伏し、枕《まくら》に顔を埋《うず》める。頬が熱い。心臓が飛び跳ねている。耳の奥にドクン、ドクンと鼓動が響く。

「父上の馬鹿！」

足をばたつかせ、ぽすぽすぽすと枕を叩いた。

あんなことを言うなんて、この先、どんな顔をして彼と話せばいいのよ！

三月の終わり、塩と小麦を買いつけに行くという一団とともに、ヘクトルはシュライヴァへと戻っていった。

ユリアは庭の畑を耕し、種を蒔《ま》いた。トリスタンは冬の間に壊れた木樋や鉄鈴を修繕して回った。これまでと変わらない毎日。なのにユリアもトリスタンも気づけばため息を吐いている。

「私には『自分のことは自分でしなさい』って言ったくせに、父上は自分のこと、何もしなかったわよね」

「時々ですけど厩舎の掃除はしてくれましたよ」

「あんなの手伝ったうちに入らないわよ」

ユリアは再びため息を吐く。

「父上がいないと気が抜けちゃう」

「同感です」

ヘクトルの不在に慣れることが出来ないまま、時間だけが過ぎていった。

六月に入ると、にわかに周囲が騒がしくなった。この時期、故郷を離れていたウル族がレーエンデに戻ってくる。その中にはプリムラの夫、ペルとアリーの父親ギジェの姿もあった。彼が傭兵団に入ったのは三年前、当時ペルとアリーはまだ乳飲み子だった。見覚えのない男の出現に双子は驚き逃げ回った。しかし時が経つにつれその距離は縮まっていき、今度はどちらが父の膝に座るかで揉《も》めるようになった。

喧噪《けんそう》を嫌ったリリスに誘われ、ユリアは古代樹の幹を巡る螺旋階段を上った。縄梯子を登り、見張り台の上に出る。眼下には瑞々しい新緑の海が広がっていた。梢を揺らす初夏の風が汗ばんだ肌に心地いい。

「ギジェって律儀だよね」

見張り台の手摺《てす》りに頬杖をついて、リリスは甘いラクルッツェの葉を齧《かじ》っている。

「彼の故郷はヤルカなんだ。南のほうにある古代樹林で、道筋からいってもここより全然近いんだ。なのに彼、真っ先にマルティンに帰ってくるんだもん。ほんと、いい父親だよね」

「優しそうな人よね」

相槌《あいづち》を打って、ユリアはふと首を傾げた。

「ヤルカ出身のギジェさんと、プリムラはどうやって知り合ったの？」

「聞いたことない？　ウル族の男はね、十八歳になると故郷を離れるもんなの。傭兵団に入って外地に出ていく人もいるけど、古代樹の森に残った人もね、別の集落に働きに行くもんなの」

「そうなの？　なんでそんな面倒臭いことするの？」

「お嫁さんを探すため」決まってるでしょ、とリリスは言う。「同じ集落の人間はどっかで血が繋がってる。余所の血を入れないと血が濃くなりすぎちゃうんだよ」

「血が濃くなるって、どういう意味？」

「わかんない。でもよくないことみたいだよ」

リリスは指に髪を巻きつける。くるくると捻ってはほどき、ほどいてはまた巻きつける。

「夏至祭の夜、女は髪に花を飾るの。で、男は意中の女を誘う。プリムラとギジェは五年前の夏至祭で結ばれて、それで双子が生まれたってわけ」

「え……ちょっと待って」

ユリアはこめかみを押さえた。なんか今、ものすごいことを聞いた気がする。

「つまり、ウル族はみんな、夏至祭の夜に結婚するってこと？」

「結婚する人は少ないかな。子作りはするけどね」

「で、でも、たとえ相手を愛していなくても、女の人とそういうことをしたがる男の人って、いるでしょ？　することだけして逃げちゃう人だって、いるでしょ？」

「いるよ。若い男はいろんな古代樹林を渡り歩くから、次はいつ戻ってくるのか、戻ってくるのかどうかもわからない。けどウル族はみんなで子供を育てるから、父親がいなくても困らないよ」

「けど、好きになった人が戻ってこないなんて、寂しくない？」

「そうだね。ギジェを送り出した時はプリムラも泣いてた。でもプリムラは強いから『ウル族の使命はウル族の血を守ること。だからギジェの子は私が守る。立派に育ててみせるわ』って言って、今も一生懸命頑張ってる」

格好いいよねと呟いて、リリスはラクルッツェの葉をシャクシャクと齧った。

「プリムラやチビ達を見てると、あたしも早く子供が欲しいなって思っちゃう」

ユリアは答えられなかった。ペルとアリーは可愛いし、プリムラのようなお母さんになりたいという、リリスの気持ちもよくわかる。しかしユリアの常識では、見知らぬ男と一夜限りの関係を持つことも、二度と戻らない男の子供を産むことも、あってはならないことだった。

「サヴォアは今年で十八歳になるんだ。十八になったらマルティンを出て、傭兵団に入るんだって子供の頃から宣言してた。でもレーエンデの傭兵はさ、東方砂漠に送られることが多いんだ。あそこに行った人達の約半分は帰ってこない。だからあたし、今年は赤い花を髪に飾ろうと思ってる。たぶん今年が最後の機会になるから、白じゃなくて赤にしようと思ってる」

「白じゃなくて、赤？」

「そっか、ユリアは知らないよね」

ごめんごめんとリリスは屈託なく笑う。

「白い花飾りは『私を見ないで。私を誘わないで。私に恋をしないで』ってこと。だから男は白い花飾りの女には声をかけない、かけちゃいけないって決まりがある。赤い花飾りはその逆。つまり『私を見て。私を誘って。私と恋に落ちましょう』ってこと」

ラクルッツェの葉を唇に挟んだまま、リリスはユリアに目を向けた。

「でも、あたしまだ十六だし、赤い花はまだ早いって言われるかな。生意気だって思われるかな」

ユリアは言葉に詰まった。彼女が生きてきた世界では十六歳の花嫁など珍しくもなかった。だからリリスが赤い花をつけることにも抵抗はない。問題は相手だ。外地の華やかな世界を知ったらサヴォアはリリスのことなど忘れてしまう。おそらく二度と戻ってこない。子供を育てることに不自由はなくても、彼に捨てられたという記憶はリリスの心を苛むだろう。どうしてそこまでサヴォアに夢中になれるのか、ユリアには理解出来ない。それでもリリスが本気である以上、「あの男はやめておけ」とも言えない。

「正直に言っていい？」

「もちろん」

「大切なのは他人がどう思うかじゃなくて、リリスがどうしたいかなんだと思う」

偉そうに聞こえたらごめんね――と挟み、ユリアは続ける。

「前に話したことあったよね。私は父上よりも年上の人に嫁がされそうになって、それが嫌でレーエンデに逃げてきたんだって。だけど私、ここに来たばかりの頃は『シュライヴァ家の義務を投げ出すなんて私は駄目な人間だ』って自分を責めてばかりいたの。今でこそ来てよかったたって思えるけれど、それは運がよかっただけで、こうなるとわかっていてレーエンデに来たわけじゃないの」

「……うん」

「だから正しい道を選んだつもりでも、よくない結果を生むことだってあるだろうし、私みたいに後悔してても、結果としてはよかったって場合もある。どっちに転ぶかわからないなら、自分がしたいようにすればいいと思う。しなかったことを後悔するよりも、してしまったことを後悔するほうがいいって、私は思うから」

ユリアは頷いて、正面からリリスの目を見つめた。

「それにリリスがどんな道を選んでも、私はリリスを応援する。リリスが考え抜いた末に下した決断なら、それがどんなものであっても、私は全力で支持する」

半開きになったリリスの唇から、ラクルッツェの葉がぽろりと落ちた。

「ユリアって……時々思いがけないことを言う」

「え？　そう？」

「やっぱ外地の人だから？　それとも家柄？　育ちがいいからかな？」

「そんなこと、ないと思うけど」

「頭がいいっていうか、思慮深いっていうか、ちょっと感動しちゃって悔しいっていうか」

ああ、もう！　と叫んで、リリスは頭を抱えた。

「いっそあたし、男に生まれればよかった！　そしたら悩むことなんてなかったのに！　あんたを口説いて口説いて口説き落として、絶対誰にも譲らなかったのに！」

ユリアは困惑した。そう言われても困る。いろいろな意味で困る。

「リリス、もし貴方が男だったら、私達、友達にはなれなかったわ。ここに来たばかりの頃、私は父上以外の男の人が怖くて怖くて仕方がなかったの。だから貴方にぐいぐい言い寄られたら、きっと逃げ出してしまったと思うわ」

「でも、でもトリスタンからは逃げなかったじゃない！　最初から仲よしだったじゃない！」

「それは彼が同志だからよ。出会った日の翌日に約束したの。二人で父上を支えようって。力を合わせて父上を助けていこうって」

ねぇ、リリス――とユリアは彼女の手を握った。

「夫婦の絆《きずな》だけが永遠じゃないわ。私達の友情だって永遠のはずよ。そうでしょ？」

「……永遠？」

小さな声で反芻《はんすう》する。ユリアを見つめる青い瞳がみるみるうちに潤んでいく。

「ごめん」と鼻声でささやいた。「そうだね……嫉妬《しっと》してごめんね」

「だから彼とはそういう仲じゃなくて――」

「あたし頑張る」

涙をぐいっと拭い、リリスはユリアの手を握り返した。

「見てて！　あたし、頑張るから！」


ウル族には言い伝えがある。

夏至の日に雨は降らない。なぜなら夏至は恋人達の祭りの日だから。皆が希望に溢れ、喜びに胸を膨らませているから。しかし夏至の翌日には雨が降る。それは一夜限りの逢瀬《おうせ》を終えて、別れる者達の涙雨。悲しみに暮れる恋人達を慰めるように、青く透き通った雨が降る。

その伝承の通り、夏至祭当日は晴天だった。朝から清々しい青空が広がっていた。

「行ってきます！」

ユリアは外に出た。階段下ではリリスが待っている。

「行ってらっしゃい」

エルウィンの扉の前でトリスタンが手を振った。

「リリス、ユリアさんには白い花を用意してあげてくださいね」

「それでいいの？」リリスは意味ありげに彼を見上げた。「あんたはお祭りに来ないの？」

「騒がしいのは苦手なんです」

彼はユリアを見て、再びリリスに目を戻した。

「適当な時間に迎えに行きます。二人とも、くれぐれも羽目を外さないようにね」

「わかってる。子供扱いしないでよ」リリスは唇を尖らせた。「行こう」とユリアを促す。

二人はエルウィンを離れ、川辺へと向かった。清流の畔には色とりどりの花が咲き乱れていた。

何種類もの赤い花を前にして、リリスは迷いに迷っていた。

「どれにしよう」

ためつすがめつ赤い花々を吟味する。

「ううん、迷うなあ」

「これはどう？　形もいいし、色も綺麗よ」

「ツバイマルは駄目。それは『再婚』って意味だから」

「花の名前にも意味があるの？」

「うん。たとえばこれはリーベ。ウル語で『愛情』って意味。こっちのブルートは『血』って意味。赤か白かだけじゃなくて、どの花を選ぶかも重要なんだよ」

むむぅとユリアは唸った。奥が深い。深すぎてついていけない。

「決めた！　やっぱりカハイネスにする！」

リリスが選んだその花は五枚の花片を持っていた。情熱的な赤色は中心にいくほど濃くなっている。白い雌蕊《めしべ》を黄色い雄蕊《おしべ》が王冠のように取り囲んでいる。

「カハイネスにはどんな意味があるの？」

「……秘めた恋」

なるほど。まさしくリリスのための花だ。

「ユリアはこれね」

リリスは純白の花を差し出した。薄く繊細な花片が幾重にも重なり、雌蕊と雄蕊を慎ましく覆《おお》い隠《かく》している。

「この花はエールデ。ウル語で『希望の光』って意味。ユリアにぴったりでしょ」

ヘクトルがユリアをそう呼んでいることをリリスは知っている。だからこその選択なのだろうが、『希望の光』という看板を頭につけて歩くことを思うと、かなり、いや相当に恥ずかしい。

しかし迷っている時間はなかった。二人は急いでマルティンに戻った。湯を沸かし、髪と身体を丁寧に洗う。リリスはこの日のために仕立てた晴れ着を身に着けた。布を織ったのも、縫い上げたのも、精緻《せいち》な刺繍もすべてリリス自身の手によるものだ。ユリアはリリスの髪に花油をつけ、艶が出るまで丹念に梳いた。最後の仕上げに赤いカハイネスの花を飾る。

「リリスも赤い花が似合う歳になったのね」

プリムラが感慨深げに頬に手を当てる。姉というより我が子を送り出す母親のような顔をしている。夏至祭に既婚者は参加しない。十五歳以下の子供も参加出来ない。そう何度言い聞かせても、ペルとアリーは納得しなかった。広場から聞こえてくる笛や太鼓に興味津々、先程から「見たい」

「行きたい」とぐずっている。

「お前達にはまだ早い」

ギジェは左右の腕に一人ずつ、双子の娘を抱きかかえた。

「ほらほら泣くな。お父さんが遊んでやるから」

階段を上っていくギジェの背中を見送って、プリムラは再びリリスに向き直る。

「広場には知らない人もたくさんいるからね。二人とも気をつけるのよ？　もし誰かに絡まれたりしたらすぐに助けを呼ぶのよ？」

「うん、わかった！」

「わかりました！」

元気な返事を残し、リリスとユリアは中央広場に向かった。

すでに陽は落ち、あたりは夕闇に包まれている。蜜の匂いに誘われて虫籠に光虫が集まっている。黄色い虫灯《あか》りの下、広場は大勢の若者で賑《にぎ》わっていた。愉《たの》しげな笛の音、軽快な太鼓の響き。それに合わせ、マルティンの娘が見知らぬ若者と踊っている。絡みつく視線、誘うような腰つき、祭りはまだ始まったばかりだというのに濃密な色気が漂っている。つい一年前まで、若い男性と言葉を交《か》わすことさえ禁じられてきたユリアには、少し刺激が強すぎた。

「どうしよう、リリス。目のやり場がないんだけれど」

「えっと……じゃ、とりあえず、なんか飲もっか？」

二人は飲み物を貰い、広場に点在する椅子に座った。音楽に合わせて踊る男女、夜空を飛び交う光虫、ゆらゆらと揺れる虫灯り。幻想的な光景だった。不思議な夢を見ているようだった。

「あっ！」

リリスが声を上げた。視線の先にはサヴォアがいる。カイサの腰に両手を回し、抱き合うようにして踊っている。カイサは金色の髪に赤い花を挿していた。彼女が声を上げて笑うたび、赤い花片が挑発的に揺れている。

「リリスも踊りに行く？　それともサヴォアを呼んでくる？」

「い、行かない……行かないで」

楽しげに踊るサヴォアとカイサを見つめたまま、リリスはユリアの手を握った。

「ここにいて。一人にしないで」

訴えかけるような眼差しでリリスはサヴォアを見つめている。白い頬は血の気を失い、ますます白くなっている。緊張しすぎて倒れるのではないか。ユリアは心配になってきた。

「ここ、座っていいか？」

横合いから声がした。振り返るとホルトが立っていた。彼はユリアの隣の椅子を指さし、同じ台詞を繰り返した。

「座ってもいいか？」

「どうぞ」ユリアは答えた。リリスの邪魔をしないよう小声で問いかける。「ホルトも今年で十八歳よね？　貴方も傭兵団に入るの？」

「俺は傭兵にはなれない。お前は身長が足りないってイスマルに言われた」

確かにホルトは背が低い。無口で無表情で愛想もない。でもこうして夏至祭に参加しているところを見ると、意中の人がいるのかもしれない。

「誰かを誘わなくていいの？」

ユリアが尋ねても、彼は無言で蜂蜜酒を飲んでいる。

「うわ！」

リリスが小さく叫んだ。同時にユリアの手をぎゅっと握る。慌てて目を戻すと、不満顔のカイサを引き連れて、サヴォアがこちらにやってくるのが見えた。整った顔立ち、全身に漲《みなぎ》る生気と自信、ひときわ目を引く堂々とした姿。マルティンの娘達が夢中になるのも無理はない。

サヴォアはユリアの前で立ち止まり、彼女に右手を差し出した。

「踊ろうぜ。座ってるだけじゃつまらないだろ？」

ユリアは面喰らった。私よりもリリスを誘いなさいよと目顔で訴える。

「いいから来いって」彼はユリアの腕を掴んだ。「せっかくの夏至祭だ。楽しもうぜ！」

腕を引かれ、ユリアはつんのめった。転びそうになる彼女をサヴォアが抱き止める。彼の身体からは汗と酒の臭いがした。ユリアは顔を背け、抱擁《ほうよう》から逃れようとした。だがサヴォアは彼女の腰に手を回したままニヤニヤと笑っている。

「ふざけないで、手を放して！」

「本当は嬉しいくせに、照れるなよ」

「やめろ、サヴォア」ホルトが立ち上がった。「ユリアの花飾りは白だ。強引に誘い出すのは礼儀に反する」

「礼儀なんてクソ喰らえ」

サヴォアはホルトの肩を小突いた。しかしホルトは一歩も退かず、逆にサヴォアの手首を掴む。

「ユリアを放せ」

「チビは引っ込んでろ！」

サヴォアの拳がホルトの鳩尾《みぞおち》に入った。ホルトはよろよろと後じさり、鳩尾を押さえて膝をつく。

「ホルト！」

「……大丈夫だ」

ホルトは立ち上がろうとした。その顔面をサヴォアの前蹴《まえげ》りが襲った。のけぞるようにホルトは倒れた。鼻を押さえた指の間から鮮血が滴る。

「ちょっとサヴォア！　やりすぎだよ！」

「うるせぇ！　男の喧嘩に女が口を出すんじゃねぇ！」

頭ごなしに怒鳴られ、リリスが怯《ひる》んだ。泣きそうな顔でサヴォアを見上げる。だがサヴォアはリリスには一瞥《いちべつ》もくれず、大声でホルトを嘲弄《ちょうろう》する。

「どうした？　立てよホルト！　男だろ！　悔しかったらかかってこいよ！」

「聞かないで、ホルト」

サヴォアの拘束を逃れたユリアは、ホルトの前に膝をつき、彼の肩に手を置いた。

「挑発に乗っちゃ駄目」

「下がってろ」

彼女を押しのけ、ホルトは立ち上がった。鼻血を拭い、サヴォアに殴りかかる。サヴォアは身を捻ってホルトの攻撃をかわした。力任せに繰り出される拳を、軽やかな身のこなしで避け続ける。

「なんだなんだ、喧嘩かぁ？」

騒ぎの臭いを嗅ぎつけて若者達が集まってきた。

「避《よ》けてばっかじゃ面白くねぇぞ！」

「反撃しろ！　やり返せ！」

サヴォアとホルトを取り囲み、無責任に煽《あお》り立《た》てる。

「お遊びは終わりだ！」

獣のように歯を剝いて、サヴォアが拳を振りかぶった。

とても見ていられない。ユリアは両手で顔を覆った。

「はい、そこまで」

飄然《ひょうぜん》とした声が聞こえた。いつ来たのだろう。どうやって割って入ったのだろう。サヴォアとホルトの間にトリスタンが立っていた。両腕を広げ、二人の眼前に左右の掌をかざしている。

「子供の喧嘩に口を挟むのもどうかと思ったんですけどね。せっかくの夏至祭に流血沙汰《ざた》はよろしくない」

そこで彼はホルトを見た。

「顔を洗ってらっしゃい。ついでに頭も冷やしてきなさい」

右目を閉じ、早く行けと指を振る。ホルトは鼻を押さえ、何度も振り返りながら、泉のほうへと去っていく。それを見届けた後、トリスタンはサヴォアに向き直った。

「いくら夏至祭でも、白い花飾りの娘さんを誘うのは無粋《ぶすい》ですよ」

「誘ったのはユリアだ」

サヴォアはいまいましげに吐き捨てる。

「ユリアのほうから誘ってきたんだ」

「おや？」

トリスタンはユリアを振り返った。

「そうなんですか？」

「違います」屈辱に身体を震わせ、ユリアは頭を振った。「誘ってません。私は誰も誘ってなんかいません」

「嘘言うな！　物欲しげな目で俺を見てただろ？　誘ってくれって合図しただろ⁉」

「誤解です！　貴方が勝手にそう思い込んだだけです！」

サヴォアは鼻白んだ。赤い頬が白くなり、すぐにまた赤くなった。

「ふざけんな！」彼はユリアの肩を摑んだ。「思わせぶりな態度をしやがって、俺に恥をかかせようってのか！」

「サヴォア、手を離しなさい」

冷ややかな声でトリスタンが命じた。

「今すぐユリアさんから離れなさい。でないと容赦しませんよ」

「うるせぇ！」

サヴォアはトリスタンの胸ぐらを摑んだ。

「死にかけのグァイ族が偉そうに指図するんじゃねぇ！　引っ込んでろ、この銀呪持ちが！」

広場の空気が凍りついた。

野次も挑発も聞こえない。もう誰も笑わない。喧嘩に熱狂していた若者達が軽蔑の眼差しでサヴォアを見る。先程まで彼と踊っていたカイサでさえ、目に侮蔑の色を浮かべている。

「どういうこと？」

ユリアはサヴォアに詰め寄った。彼の腕を摑んで揺さぶる。

「ねぇサヴォア。今のはどういう意味？」

彼女に気圧《けお》され、サヴォアはトリスタンから手を離した。一歩、二歩と後じさる。

「どういうって、そのまんまの意味だよ。こいつは銀呪病に罹って、それで傭兵団をクビになったんだ」

そうだよな——と周囲を見回す。

「今さら驚きゃしないよな？　みんな知ってることだもんな？」

「ああ、みんな知ってる」見知らぬ男が吐き捨てた。「銀呪病のことを言いふらす奴は、薄汚ぇ恥知らずだってな」

「そうだ、このクソ餓鬼が！」

「恥を知れ、恥を！」

怒号と罵声《ばせい》が乱れ飛ぶ。悪《あ》し様に罵《ののし》る者、蜂蜜酒の杯を投げる者もいる。

「だって本当のことだろうが！」真っ赤になってサヴォアは叫ぶ。「銀呪持ちを銀呪持ちと呼ぶことの何が悪いんだよ！」

「悪いもクソもねぇ！」

「そんなこともわかんねぇなら、もっぺん一の人生やり直せ！」

「なんだとッ！」

サヴォアが男に摑みかかった。それに対し、数人の男が応戦する。勃発《ぼっぱつ》した大乱闘に、娘達が逃げ惑う。騒然とする広場、その片隅でユリアはトリスタンを見上げた。

「本当なの？」

自分の声が遠くに聞こえた。周囲の喧噪も耳に入らない。

「本当に、貴方は銀呪病なの？」

否定してほしかった。嘘だと言ってほしかった。

しかし、トリスタンは首肯した。

頭の天辺《てっぺん》がすうっと冷たくなった。目の前が暗くなる。足下の地面に穴が開き、どこまでも落ちていくような感覚――

「危ない！」

倒れかかるユリアをトリスタンが支えた。

「大丈夫ですか？」

琥珀色の瞳が心配そうに彼女を覗き込んでいる。

初めて彼を見た時に思った。この人はレーエンデそのものだと。夜の森のように妖《あや》しくて、冬の嵐のように冷たい。朝の風のように爽やかで、夏の雨のように優しい。意外な顔を見つけるたび、もっと彼のことが知りたくなった。なかなか本音を言わないけれど、それでも彼を信じていた。私達は仲間だと、同志なのだと信じていた。なのに――

「なぜ言ってくれなかったの？」

こんなにも大切なことを、私だけが知らされていなかった。

「どうして打ち明けてくれなかったの？」

「それは――」

「嘘つき！」

トリスタンを突き放し、ユリアは走り出した。中央広場を飛び出し、古代樹林を駆け抜ける。

夜空に半月が浮いている。葉陰から月光が差し込んでいる、暖かな夏至の夜、原始の闇が息づく森、湿った空気を虫の羽音が震わせる。光虫の淡い光が瞬いて闇の中へと消えていく。

ユリアは森の小道をひた走った。悔しかった。情けなかった。憤怨《ふんえん》と憤激が膨れあがり、胸腔《きょうこう》を真っ黒に塗《ぬ》り潰《つぶ》していく。

「待ってください」

肩を摑まれ、引き戻された。

「放して！」

ユリアは身体を捻り、トリスタンの手を振り払った。

「私のことはもう放っておいて！」

「そうはいきません。ユリアさんの身に何かあったら――」

ぱぁン、とトリスタンの頰が鳴った。右手が熱くなる。生まれて初めて人を叩いた、その後悔と驚愕《きょうがく》を、激しい怒りが凌駕《りょうが》する。

「貴方は卑怯よ。私の心配はするくせに、私のことは頼ってくれない。優しい言葉を吐くくせに、大切なことは何も言わない。苦痛を共有するつもりも、悩みを打ち明けるつもりもないのであれば、もう私を甘やかさないで。優しくしないで。僕達は同志だなんて、もう二度と口にしないで！」

「返す言葉もありません」

トリスタンは肩を落とした。

「黙っていて、すみませんでした」

「今さら謝っても遅いわよ！」

もう騙されない、騙されるものかと思った。彼の言動はまやかしだ。厚意も誠意も偽物だ。私が英雄の娘だから上手く調子を合わせていただけ。耳触りのいい言葉を並べてご機嫌取りをしていただけ。そう思うほどに胸が痛くて、じわりと涙が滲んでくる。

「なんで今まで隠していたの？　なんで私だけが知らなかったの？」

「失いたく、なかったんです」

俯いたままトリスタンは答える。

「僕にとって、ユリアさんと過ごしたこの一年は何ものにも代えがたい、宝物のような日々でした。でも僕の病気のことを知ったら貴方は変わってしまう。この幸福な日々は壊れてしまう。それが嫌だったんです」

「馬鹿にしないで！」

髪を振り乱してユリアは叫んだ。

「私が変わる？　貴方が銀呪病であることを知ったら、私が怖がるとでも思ったの？　銀呪病患者だからって、貴方を嫌悪するとでも思ったの？」

「いいえ、ユリアさんはそんなことはしません。貴方は勇敢で献身的で、銀呪病からも銀呪病患者からも決して目を逸らさない。だからこそ貴方は変わってしまう。たとえば一緒に道を歩いていて、僕が何かに躓《つまず》いて転んだとして、今までのユリアさんなら『気をつけて』と言って笑ってくれたでしょう。でもこれからの貴方は、僕に駆け寄り、僕の足に銀の鱗を探す」

「それの何がいけないの？」

「いけなくはありません。僕がそれを望まないだけです」

闇に沈む浅黒い顔、光を失った暗い瞳、どこか投げやりな口調でトリスタンは続ける。

「貴方は僕の一挙一動に死の影を見るようになる。貴方の目には死にゆく者への同情が宿るようになる。貴方は優しい。優しいからこそ変わらずにはいられない。僕の病のことを知ってもなお、変わらないなんてあり得ない」

私は変わったりしない。そう言ってやりたかった。でも言えなかった。銀呪病は不治の病だ。治療法も特効薬もない。症状は徐々に進行し、十年以内に死に至る。平静ではいられない。見て見ぬふりなんて出来ない。今まで通りの生活にはもう戻れない。

「だったら、なぜ銀呪病になったりしたのよ！」

滅茶苦茶《めちゃくちゃ》なことを言っている。その自覚はあった。言うべきではない。言ってはいけない。わかっていても抑えられない。

「貴方が言ったのよ！　銀呪病は怖くないって、防げる病なんだって！　なのにどうして、貴方みたいに注意深い人が、どうして満月の夜に外に出たりしたのよ！」

「それは……」

言いかけて、彼は目を逸らした。

「人に聞かせるような話じゃありません」

「それでも私は話したわ！」

トリスタンの腕を摑み、ユリアは彼を揺さぶった。

「貴方は私を助けてくれた。真実を話すようにと父上を説得してくれた。今度は私が貴方を助ける番よ。私だって貴方の役に立ちたい、貴方の力になりたいのよ！」

トリスタンはゆるゆると首を振った。それは無理だというように、もう訊かないでくれというように。

「お願い、話して」

ユリアは引き下がらなかった。怒りなのか、罪悪感なのか、何が自分を突き動かしているのか、わからないままに懇願する。

「私のことを同志だと思っているなら、本当にそう思ってくれているなら、どうか話して。貴方に何があったのか、なぜ幻の海に飲まれたのか、すべて話して」

トリスタンは息を吐いた。根負けしたように、ようやくユリアに目を向けた。

「僕の母が、まだエルウィンにいた頃の話です」

ひゅうっと風が吹き抜けた。頭上で梢がざわざわと揺れる。雲が月を隠したのだろう。闇が濃くなった。汗ばんだ首筋に夜風が冷たい。

「森で木の実を集めていた僕は、時化の気配を感じてエルウィンに戻りました。でも扉には鍵がかかっていて、中に入ることが出来ませんでした。この時点で諦めて、マルティンに避難しておけばよかったんですけどね。僕は信じていたんです。僕が外にいることに母は気づいていないんだって。僕の声を聞いたらすぐに扉を開けてくれるって」

小さく息を吐き、自嘲するように肩をすくめる。

「僕は扉を叩き、母を呼びました。そのうち夜が来て、ランプの明かりがカーテンに人影を映しました。母は三階の窓辺に立っていました。彼女はカーテンの隙間《すきま》から、ずっと僕を見下ろしていたんです」

「まさか――」隠しきれない驚きがユリアの口を突いて出た。「お母さんが、貴方を閉め出したというの？　満月の夜に？　時化が来るとわかっているのに？」

トリスタンは三日月のように微笑んだ。

「徐々に濃くなっていく銀の霧が恐ろしくて、僕は必死に助けを求めました。でもカーテンの影は動きませんでした。扉が開かれることもありませんでした」

悲鳴が漏れそうになり、ユリアは両手で口を押さえた。常軌を逸している。満月の夜に我が子を閉め出し、幻の海に沈めるなんて、それが母親のすることだろうか。

「なんでそんな残酷なことを――」

「限界だったんでしょう」

恨みも怒りも感じさせない声、まるで同情しているような口吻でトリスタンは言う。

「僕の父親のことを母は誰にも話しませんでした。けど、この肌色と髪の色からして想像はつきます。僕はグァイ族の血を引いている。いくら母が変わり者でも、グァイ族の男に身体を許すはずがない。グァイ族の血を引く子供を望んだはずがないんです」

衝撃のあまり息が止まった。以前トリスタンは言っていた。『母は僕を産んだこと、後悔してたんじゃないかな』と。それをユリアは真っ向から否定した。ヴァラスの言葉に翻弄されて父を疑い、母の愛を疑い、だからこそ親は子を愛するものなのだと信じたくて、強い言葉で否定してしまった。

ユリアは両手で顔を覆った。私は馬鹿だ。愚鈍で卑怯な大馬鹿者だ。自分ばかりを哀れんで、彼の懊悩《おうのう》を知ろうとしなかった。私の言動が彼を傷つけていることに気づこうとさえしなかった。なのに今になって彼のことを助けたいだなんて浅薄すぎる。私のような人間が信用されるわけがない。同志と呼ばれる資格もない。

「でもユリアさん、前に言ってくれましたよね？『いらない子なら産んだりしない』って。あの言葉を聞いた時、考え方がひっくり返ったんです。望んでいなかったはずなのに、母は僕を産んでくれました。愛してはくれなかったけど、僕を殺さずにいてくれました。おかげで僕は生き存えて、団長やユリアさんと出会うことが出来ました」

「……嘘よ」

顔を隠したまま、ユリアはすすり泣いた。

「私は貴方を傷つけた。ひどいことをいっぱい言った。なのに、なんで貴方は怒らないの？　どうしてそんなに優しいの？　どうして優しい嘘をついてくれるの？」

「僕が嘘つきであることは否定しませんが、これは嘘じゃありません」

どうか信じてくださいと、トリスタンはささやいた。

「僕は自分が嫌いでした。自分自身に絶望して、命を絶とうとしたこともありました。でも団長やユリアさんと一緒に暮らすようになって、生きているって楽しいなと思えるようになりました。この命が燃え尽きる瞬間まで、二人の傍にいたいって――」

「やめて！」

ユリアは耳を塞いだ。聞きたくなかった。認めたくなかった。彼の命が燃え尽きる日が来るなんて信じたくなかった。

「貴方が銀呪病だってこと、父上は知っているの？」

「ええ、ご存じです」

「だからなのね。だから父上は貴方をシュライヴァに連れて行くと言ったのね。貴方をシュライヴァに連れ帰って、フェデルのお医者様に診《み》せようと――」

ユリアは愕然《がくぜん》と目を瞠った。トリスタンを引き留めたのは私だ。私がシュライヴァには戻らないと言ったから、トリスタンはこの地に残ることになったのだ。

「なんてこと」

顔から血の気が引いていく。頭の中が真っ白になる。恐慌に襲われ、泣き喚《わめ》きそうになった。自分を罵り、愚行を責め立て、泣き崩れてしまいたかった。それを踏みとどまらせたのは、彼を救いたいという、強い強い思いだった。

「来て！　急いで！」

ユリアはトリスタンの手を摑んだ。

「貴方をフェデルに連れて行く。私が貴方を連れて行くわ」

「気持ちは嬉しいですけど、それは無理なんです。聞いたことありませんか？　銀呪病患者がレーエンデの外に出ようとすると、全身が銀の鱗に覆われて幻魚になってしまうんだって」

その話なら以前、森の家でヘレナから聞かされたことがある。

「正確には幻魚になるわけじゃないんです。外地の空気に触れることで銀呪の増殖が早まるんです。僕がレーエンデに戻らざるを得なかったのは、そのためでもあったんです」

そうだ。ヘレナも言っていた。「銀呪病患者はレーエンデから出られないんだよ」と。「患者を診せたきゃ医者をレーエンデに呼ぶしかない。そのためにも交易路が必要なんだよ」と。

「命を惜しむつもりはありません。でも無駄にするつもりもありません」

トリスタンは、そっとユリアの手を解いた。

「何ものにも縛られることなく自由に生きること。自分が正しいと思う道を進むこと。悔いのない人生を生き尽くし、満足して笑って死ぬこと。僕が望むのはそれだけです」

同じ台詞を前にも聞いた。あの時は何も知らなかった。その言葉に秘められた意味も重さも、彼の覚悟も知らなかった。背筋が凍るような感覚とともに、ユリアはようやく理解した。トリスタンは銀呪病だ。その事実は覆せない。そう遠くない未来、彼はこの世界からいなくなってしまうのだ。

「何か方法はないの？」

「ありません」

「どうにかならないの？」

「どうにもなりません」

「でも、何かあるでしょう？」

「ユリアさん」トリスタンは微笑んだ。「銀呪病に罹患《りかん》して、十年以上生きた者はいません。それは貴方もご存じのはずです」

ああ、そうだ。彼の言う通りだ。

絶望が胸に突き刺さる。慟哭《どうこく》の声が迸りそうになる。その直前、ユリアは息を止めた。ぎゅっと目を閉じ、自分自身に言い聞かせる。泣くな、泣いている時間などない。彼の信頼を得たいのなら、もっともっと強くなれ。虚勢だってかまわない。彼の同志であるために精一杯の意地を張れ。

ユリアは顔を上げ、トリスタンを見つめた。

「さっきサヴォアが言ったこと。銀呪病に罹って、それで傭兵団を辞めさせられたって話、あれは本当なの？」

「はい」

「ということは、発症したのは二年前？」

「そうです」

「あとどのくらい生きられるの？」

トリスタンが吹き出した。堪えようとして堪えきれず、くすくすと笑い続ける。

「なにがおかしいの？」ユリアは眦を吊り上げた。「真面目に訊いているのよ！　笑ってごまかせると思わないで！」

「すみません。団長にも同じことを訊かれたもので、ああ、やっぱり父娘だなと思って」

笑いながら彼は右目を閉じてみせる。

「訊きにくいことをずばりと訊く。ユリアさんのそういうところ、大好きですよ」

「私は嫌い」ユリアは眉間に皺を寄せた。「大切なことも重要なことも笑ってごまかそうとする、貴方のそういうところが大嫌い」

「それは残念。じゃあマルティンに戻って好みの相手を探しましょうか。羽目を外さなきゃ団長も許してくれますよ。今夜は夏至祭ですからね」

「ええ、そうね。でも、もう充分」

今日はいろいろなことがありすぎた。身体も心も疲れ切っていた。少しでも気を緩めたら涙が止まらなくなってしまいそうだった。

「私はこのままエルウィンに戻るわ」

「そうですか？　なら僕も帰ります」

「心配しないで。もうすぐそこだもの。一人で帰れるわ」

銀呪は未知の病だ。突然悪化することだってある。トリスタンにとっては、これが最後の夏至祭になるかもしれないのだ。

「ウル族の使命は一族の血を残すことなんでしょう？　なら貴方はマルティンに戻って、お嫁さんを探さなきゃ駄目よ」

「無駄ですよ。銀呪病を発症した時点で詰んでますから」

それに――と言い、トリスタンは小さく肩をすくめる。

「僕の血の半分はグァイ族のものです。たとえ銀呪に冒されていなかったとしても、僕との子供を望んでくれる人なんて、いるはずがありません」

「だったら――」

私が産んであげる。

言いかけた言葉を、ユリアはごくりと飲み込んだ。

「……勝手にしなさい」

ささやくように答え、彼女は歩き出した。振り返らず、もう何も言わなかった。

数歩遅れてトリスタンがついてくる。

重苦しい沈黙の中、二人は暗い道を歩き続けた。


その夜、ユリアはなかなか寝つけなかった。浅い眠りと重い悪夢、何度も寝返りを繰り返しているうちに朝が来た。頭の芯が鈍く痛む。もう眠れそうにない。

諦めて寝台を降りた。着替えて部屋を出る。一階の暖炉の前でトリスタンが眠っていた。彼を起こさないようそっと部屋を横切り、外に出る。庭に降り、枝先から滴る清水で顔を洗う。それでも気分は晴れない。どんよりと頭が重い。身体はくたくたに疲れているのに、心はぴりぴりと張り詰めている。

「おはよ、ユリア」

声に振り返ると、庭先にリリスの姿があった。

「朝ご飯持ってきた」布包みを肩口で振る。「ね、ちょっとつき合ってよ」

ユリアは無言で頷いた。交わす言葉もなく、二人は朝の森を歩いた。

昨日、花を摘みに来た小川にたどり着き、畔の岩に腰を下ろす。

「はい、これユリアの分」

リリスが布包みを差し出した。布を解くと丸い黒パンが現れた。真ん中で割ってスグリのジャムが塗ってある。一口齧ると酸っぱいパンの間から甘い果汁が染み出してきた。

「昨夜はごめんなさい」

パンの欠片を飲み込んで、ユリアは小声で切り出した。

「リリスを応援するはずだったのに、私、先に帰っちゃって」

「ううん、いいの。気にしないで」

「あの後、サヴォアとは話せた？」

リリスは首を横に振った。

「彼、怒って帰っちゃったんだ。追っかけようとしたんだけど、なんか虚《むな》しくなっちゃって、結局あたしも家に帰った」

「虚しくなったって、どうして？」

んん――と唸って、リリスは下唇を突き出した。

「サヴォアはさ、いい奴だったんだよ。強かったし、優しかったし、みんなに慕《した》われてたんだ。ちょっと偉そうなところはあるけど、根はいい奴なんだって信じてた。あんな風にホルトを蹴ったり、殴ったりするとは思わなかった」

「酔っ払っていたせいよ。今頃サヴォアも後悔しているわよ」

「ていうか、あたしが後悔してる」

リリスは足下に咲く真っ赤なカハイネスの花に視線を落とした。

「サヴォアは女の子達に人気があったし、大人達からも一目置かれてた。だから彼の子供を産んだら、あたしの評価も上がるだろうって、そしたら母さんが余所者だってことも、この黒髪のことも馬鹿にされなくなるだろうって、頭の隅っこで考えてたんだ。サヴォアの嫌な面を見ても気づかないふりをして、あたしは彼のことが大好きなんだって、信じ込もうとしてたんだ」

食べかけのパンを膝に置き、重いため息を吐く。

「でもそんなの好きとは違う。そんな理由で生まれてくる子供は可哀想《かわいそう》だって、昨夜ようやく気づいたよ」

ああ――とユリアは呻いた。リリスのような賢い娘が、なぜサヴォアのような男にこだわるのか、ずっと不思議に思っていた。その理由がようやくわかった。

「それは辛いね」

「辛いというか、自分で自分が嫌になったよ。もう恥ずかしくってさ、ヒグロクマの巣穴に飛び込んじゃいたい気分だよ」

リリスは黒パンにかぶりついた。もぐもぐと咀嚼し、目だけを動かしてユリアを見る。

「で、ユリアはどうなの？　トリスタンとは仲直り出来たの？」

「……わからない」

歯切れ悪く答え、ユリアは恨めしげにリリスを見た。

「彼の病気のこと、リリスも知っていたんでしょ？　どうして教えてくれなかったの？」

「だって、とっくに知ってると思ってたし」

リリスは言葉を切った。ここには二人しかいないのに、ことさらに声を潜める。

「彼は銀呪病なんだよって、告げ口するのは、とても恥ずかしいことだから」

それが嘘でないことは、昨夜のサヴォアを見ていればよくわかる。

「ねぇユリア。トリスタンのこと許してやりなよ。悪気はなかったんだよ。病気のことを話さなかったのは、あんたに心配かけたくなかったから。彼にとって、あんたは特別な存在なんだよ」

リリスは肘でユリアの脇腹《わきばら》をつついた。

「よかったじゃない」

「よかったって、何が？」

「もしかして気づいてないの？」

「回りくどい言い方はやめて。ちゃんとわかるように話して」

「じゃ、思い切って訊いちゃうけど――」

リリスは口の横に手を当てて、ユリアの耳にささやいた。

「あんた、トリスタンのことが好きでしょ？」

ユリアはぽかんと口を開いた。リリスをまじまじと見つめ、呆然と呟いた。

「そんなこと……考えたこともなかったわ」

「でもユリア、トリスタンのことを名前で呼んだことがないんだよ。いつも彼とか、あ、の、人、とか言うの。それってトリスタンのこと、意識してる証拠でしょ？」

「リリスの思い違いじゃないの？　名前ぐらい呼んだことあるわよ」

「なら言ってみて。あたしの目を見て『トリスタンのことなんて、なんとも思っていません』って言ってみてよ」

いいわよ――と答え、ユリアは咳払いした。

「なんとも思っていないわ。彼……じゃなくてト……」

舌がもつれた。言い直そうとすると喉が詰まった。ユリアは焦った。そんなはずがない、何かの間違いだ。だが彼の名を言おうとするたび息が止まる。声が出なくなる。焦れば焦るほど目の周りが熱くなる。心臓がどくどくと脈打ち、耳朶がジンジンと痺れてくる。

「これは何？」

涙目になって、ユリアは両手で耳を押さえた。

「いったい私に何が起きたの？」

「だから、あんたはトリスタンのことが好きなんだって」

「違うわよ。これは好きとは違う。好きっていうのは、その人のことを考えるだけで幸せな気分になることでしょ。胸が温かくなって、自分も頑張ろうって力が湧いてくることでしょ。こんなに苦しくて、胸が痛くなるもの、好きとは違うわ」

「ユリア、自分の気持ちに正直になんなよ。でないと絶対後悔するよ？」

「私は彼のことなんて好きじゃないもの。好きになったりしないもの」

ユリアは自分の肘を抱きしめた。それでも身体の震えが止まらない。

「だって、どんなに好きになっても、絶対に報《むく》われないのよ。ずっと一緒にいたいと願っても、彼はあと数年もしたら……し、死んでしまうんだもの」

言ってしまってから後悔した。自分の口から出た言葉が鋭い刃となって突き刺さる。

トリスタンを失うのが怖い。明日が来るのが怖い。彼がいない世界を想像するだけで涙が溢れて止まらない。まるで深い海の底に沈んでいくように思えた。息をすることさえ出来なくなった。誰かを好きになることがこんなにも苦しいものならば、知りたくなんてなかった。自分の気持ちになど気づかなければよかった。でも、もうごまかせない。否定することなんて出来ない。

「私、どうすればいいの？　彼のことが好きなのに、大好きなのに、もうじき彼はいなくなってしまう。彼との幸福を望むことも、未来を思い描くことも出来ないなんて辛い――辛すぎる」

「ごめん。そうだよね。辛いよね」

リリスも泣いていた。ユリアの手を握り、ボロボロと泣いていた。

「あたし、ずっとトリスタンは冷たい人だって思ってた。でもあんたに会って彼は変わった。よく笑うようになったし、目つきも顔つきもすごく優しくなった。髪は黒いけど、すっごくいい男だもん。ユリアが好きになるのも当然だよ」

なのに――と言って、声を詰まらせる。

「銀呪病だなんて、そんなのないよ。あんまりだよ」

リリスはユリアを抱きしめた。

声を上げて泣く二人の肩に、ぽつり、ぽつりと雨粒が落ちてくる。

六月の雨は青かった。透き通るような青色をしていた。慈母の手のように優しくて、涙のように温かかった。降りしきる青い雨の中でユリアは泣き続けた。初めて知る恋の痛みを、胸が抉られるような悲しみを、吐き出すことも飲み込むことも出来ずに、全身を震わせて泣き続けた。

第六章　ティコ族とノイエ族

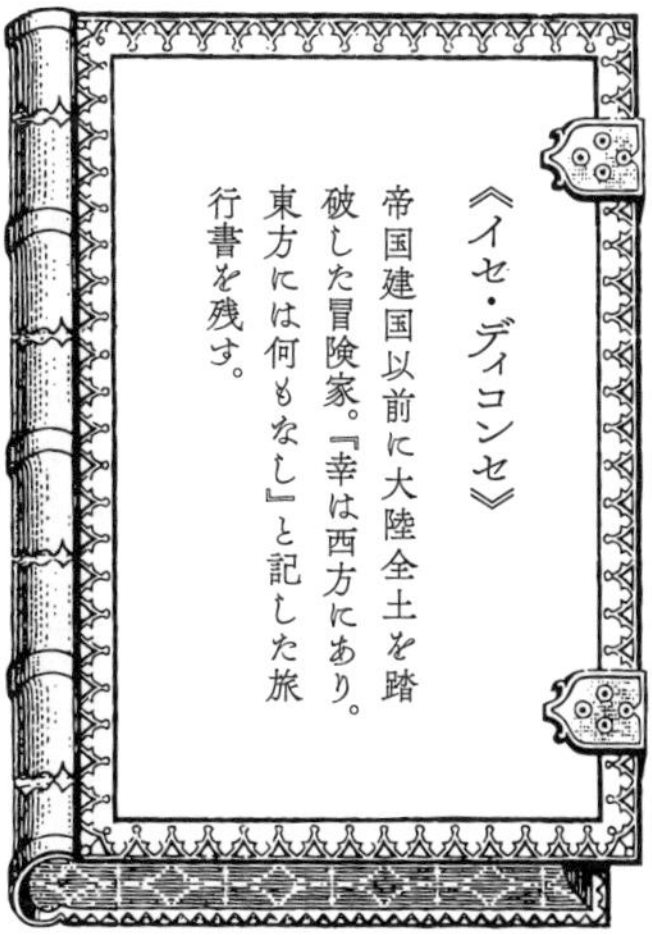

《イセ・ディコンセ》
帝国建国以前に大陸全土を踏破した冒険家。『幸は西方にあり。東方には何もなし』と記した旅行書を残す。

夏至祭の数日後、サヴォアは逃げるようにマルティンを出ていった。来訪者も帰省者もそれぞれの場所へと散っていく。ペルとアリーの父親も名残惜《なごりお》しそうに外地へと戻っていった。

祭りの後の寂寞に沈んでいたマルティンも、七月に入るといつもの喧噪が戻った。

しかし、すべてが元通りというわけにはいかなかった。

夏至祭以後、ユリアは変わった。一緒に食事もするし、会話もするが、以前のように笑ってはくれない。視線を感じて目を向けても気配だけしか残っていない。今朝も階段口でぶつかりそうになっただけで悲鳴を上げて逃げていった。

「こうなるだろうと思ってた」

トリスタンは呟いた。

「だから黙っていたのに、サヴォアの奴、まったく余計なことをしてくれるよ」

多くは望まない。今まで通りに接してほしいだけだ。拗《す》ねたり怒ったり、照れたり笑ったりする、ありのままの彼女でいてほしいだけだ。そんなささやかな願いさえかなわない。この状態はかなり辛い。それでも距離を置くわけにはいかない。ユリアを頼むとヘクトルは言った。団長との約束を反故《ほご》には出来ない。

ため息を吐いて、トリスタンは空を見上げた。

樹冠に縁取られた青空。細長い波濤雲がたなびいている。波濤雲はその名の通り、はるか東方アラル海からやってくる。浜に打ち寄せる波のごとく、後から後から押し寄せてくる。

ウル族は古代樹の森で生まれ育つ。その多くが森を出ることなく一生を終える。外の世界に憧れる若者達はこの深い森の底から波濤雲を仰ぎ見て、まだ見ぬ遠い世界へと思いを馳《は》せる。

幼い頃、トリスタンも波濤雲にはるか彼方の海を思った。いつか必ず本物の海を見に行くのだと胸を高鳴らせていた。奇《く》しくも願いは成就した。アルゴ三世の東方遠征。その先駆けとして東方砂漠に送り込まれる際、古い漁船に乗せられてアラル海を渡ったのだ。

狭くて暗い船倉、こびりついた生魚の臭気、絶え間なく襲ってくる揺れのせいで吐き気《はけ》が止まらなかった。しかもたどり着いたヤウム城砦で待っていたのは凄惨《せいさん》な負け戦だった。次々と倒れていく仲間達を見て、自分もここで死ぬのだと覚悟した。

そんな彼を一人の英雄が救ってくれた。

「団長……」

押し寄せる波濤雲を見上げ、トリスタンは祈るような思いで呟いた。

「早く戻ってきてください」

その祈りが届いたのは二ヵ月後、暑さも盛りを過ぎた九月半ばのことだった。

「ユリア！　トリスタン！」

騒々しい声とともに、リリスがエルウィンに駆け込んできた。マルティンから走ってきたのだろう。大きく肩を上下させている。

「ヘクトルさんが戻ってきた！　交易路建設の話をするから、あんた達を呼んでこいって」

窓を磨いていたトリスタンは雑巾《ぞうきん》を放り捨てた。

「リリス、ユリアさんと一緒に来てください。僕は先に行きます」

返事も待たずに外へと飛び出す。疾風のごとく森の小道を駆け抜ける。

マルティンの厩舎には堂々とした体軀の黒毛馬が繋がれていた。ヘクトルのフェルゼ馬だ。トリスタンは階段を駆け上がった。ノックするのももどかしく扉を開く。

暖炉の前にイスマルが座っている。奥の扉の近くにはプリムラが立っている。中央の長椅子に腰掛けていた男が腰を浮かせて振り返った。癖のある焦《こ》げ茶《ちゃ》の髪、曇りのない鳶色の瞳、引き締まった精悍な顔立ちが輝くような笑顔に変わる。

「おお、トリスタン！　健勝だったか！」

「おかえりなさい、団長」

抱きついてキスしてやりたいほど嬉しかったが、そうしないだけの分別はあった。

「迷子にならずによくたどり着けましたね」

「教えに従い、脇目《わきめ》も振らず、小道を抜けてきたからな」

そこでヘクトルは彼の背後に目を向ける。

「お前だけか？　ユリアはどうした？」

「リリスと一緒に後から来ます」

「どうした？　喧嘩でもしたのか？」

「実は、病気のことがバレちゃいまして」

トリスタンは苦笑した。痒《かゆ》くもないのに耳朶の後ろをかく。

「ずっと黙っていたこと、まだ怒っているみたいで、このところずっと避けられてるんです」

「あれは怒っているんじゃなくって――」

プリムラが何かを言いかけ、最後まで言わずに口を閉じる。何を言おうとしたのか、気にはなったが訊かずにおいた。ここにはヘクトルもイスマルもいる。彼らの前でユリアの話はしたくない。

「それで」トリスタンはヘクトルに向き直った。「兄上の了承は得られたんですか？」

ヘクトルは首肯し、椅子に座り直した。

「この夏の間、シュライヴァ側の山野を調査した。フォルテの黒色林から竜の首の崖下まで実際に歩いてみた。その上で確信した。交易路の建設にあれほど適した場所はない」

彼はテーブルに地図を広げた。

「これが最新の計画書だ。兄上の了解も得た。当面の資金も預かってきた。すべては順調に推移している。残る問題はこれだけだ」

地図の一点を指先でコツコツと叩く。

「竜の首、この最大にして唯一の難所を攻略するにはウル族だけでなく、レーエンデに住むすべての民の理解と協力が不可欠だ」

そこにユリアとリリスが入ってきた。

「ユリア！」

ヘクトルは立ち上がり、両手を広げた。ユリアは迷うことなく彼の胸に飛び込んだ。

「おかえりなさい、父上！」

「しばらく見ないうちにまた美しくなって、ますますレオノーラに似てきたな！」

父と娘は抱擁を交わし、互いの頬に再会のキスをする。

「座ってくれ。今から計画を説明する」

二人の少女は仲よく長椅子に腰を下ろした。トリスタンは扉の横、出窓の縁に腰掛けた。

全員が落ち着くのを待って、ヘクトルは再び口を開いた。

「州都フェデルからフォルテ村までの街道敷設、黒色林から竜の首までの開削工事はシュライヴァに任せる。だが竜の首におけるトンネル掘削作業に関してはレーエンデの民に協力を仰ぐ。レーエンデに不利な工事が行われることのないよう、俺が万事を取り仕切る」

いよいよだというように、楽しげに両手を擦り合わせる。

「測定や設計図の作成はノイエ族に頼むつもりだ。すでにノイエレニエの議会宛《あて》に書簡も送ってある。ウル族に話を通すのはイスマルに任せるとして、問題はティコ族だ。ティコ族は村ごとに独立した自治体を形成していて、一族の長と呼べる人物が存在しない。協力を求めるにはすべての村に書簡を送るか、直接足を運んで説得して回るしかない」

なにか良案はないか——とイスマルに尋ねる。

「んんん、そうさなぁ」

無精髭が浮いた顎をイスマルはザリザリと擦った。

「ティコ族の集落に書簡を送るってのはナシだ。大きな村ならともかく末端の小村にゃ帝国文字を解する者がいねぇ。一番いい方法はノイエレニエに向かう道すがら、出来るだけ多くの村に立ち寄るこったな。ティコ族の集落は緊密な協力関係で結ばれている。話を広めてほしいと頼んでおけば、いずれはすべての集落に伝わる」

「いい案だ。それで行こう」

パチンと指を鳴らし、ヘクトルはさらに続ける。

「竜の首とノイエレニエを結ぶ街道はイーラ川沿いに敷く。西の森を抜け、古代樹の森の南側を迂回する。古代樹の森にもウル族の集落にも一切干渉しない。この条件で長老達を説得してくれ」

「心得た」イスマルは拳で胸を叩いた。「次の族長会議で了解を取りつけよう」

「工期は四年を予定している。年内に協力態勢を整え、来年の春には着工する」

忙しくなるぞと言って、ヘクトルはトリスタンに目を向ける。

「ノイエレニエまでの道案内はお前に任せる」

「承知しました」

「それとユリア。来年の春まで俺達は戻らない。ともに来るか、それともマルティンに残るか、好きなほうを選べ」

ユリアは膝の上で両手を握りしめた。リリスが彼女の肩に手を回し、耳元で何かをささやく。するとユリアは俯いて、首を小さく横に振った。

「私は残ります。旅に不慣れな私が同行しても、邪魔になるだけですから」

「でも——」言いかけるリリスを制し、ユリアはイスマルに向き直った。「父の留守中、またマルティンに置いて貰えますか?」

「それはかまわんが——」

イスマルはユリアを見て、それからトリスタンに目を向ける。

「いいのか? 本当に?」

「なんで僕に訊くんです?」

トリスタンは眉を寄せた。

先日ホルトが教えてくれた。森の家の患者は皆、ユリアのことを慕っている。所長のヘレナはユリアを気に入り、後を継がせたいと思っている。自分の意志を持たなかった少女が自分の居場所を確立しつつあるのだ。一緒に来てほしいだなんて言えるはずもない。

「ユリアさんが残ると決めたんです。反対する理由なんて何もありませんよ」

「本当に何もないの？」嚙みつきそうな勢いでリリスが言い返す。「よく考えて。本っ当に、何ひとつ思い当たらないの？」

「だから、なんで僕に訊くんですか」

勘弁してくださいと手を振って、彼はヘクトルを振り返る。

「それで、いつ出発します？」

「可能ならば明日にでも」

「相変わらずせっかちですね」

久しぶりに会ったのだ。もう少し娘の傍にいてあげればいいのに。そう思ったが、またいろいろと突っ込まれそうなので言わずにおいた。

「わかりました」

トリスタンは立ち上がった。

「すぐに準備にかかります」


翌朝早く、トリスタンはヘクトルとともにエルウィンを出た。

馬上の二人を見上げ、ユリアは言った。

「道中、気をつけて。話し合いが上手くいくよう祈っています」

目が赤い。昨夜は眠れなかったのだろう。なのに心配をかけまいと必死に笑顔を作っている。そんなユリアが痛々しくて、トリスタンは目を逸らした。

「ユリア、お前も身体に気をつけるんだぞ」

「はい」

「では、行ってくる」

トリスタンとヘクトルは古代樹の森を南に進んだ。

森の木々はすでに秋めいている。道には枯れ葉が降り積もっている。色づき始めた葉の間から朝の光が降りそそぐ。苔が朝露に濡れ、天鵞絨のように艶《つや》めいている。レーエンデの夏は短い。秋は夏よりさらに短い。今年の冬はエルウィンとは別の場所で過ごすことになるだろう。三人で過ごした昨年の冬、楽しかった日々のことを思い出し、トリスタンはため息を吐いた。

「ユリアのことが気になるか？」

馬の歩を緩め、ヘクトルが問いかけてきた。

「なぜ一緒に来てほしいと言わなかった？」

「なんですか、藪《やぶ》から棒に」

「お前、さっきからため息ばかり吐いているぞ」

鋭い指摘にトリスタンは舌を巻いた。そうだった。この人はやたら耳聡《みみざと》いのだった。

「そりゃあ寂しくないと言ったら嘘になりますけど、彼女の意思をねじ曲げてまで同行を願うなんて、僕には出来ませんよ」

「本当のところ、お前はユリアをどう思っているんだ？」

耳聡い上に遠慮がない。余計なことを言わないよう、思慮しながらトリスタンは答える。

「もちろん好きですよ。何に対しても一生懸命だから、いろいろと世話を焼きたくなるし、ついつい応援したくなる。可愛い妹って感じですかね」

「妹だと？　あんなにも健気《けなげ》で優しくて、世界一美しい娘とひとつ屋根の下で暮らしておいて、恋心のひとつも抱かなかったというのか？　お前の心臓は鉄製か？　血が通っていないのか？」

額に手を当て、ヘクトルは大仰に空を仰いだ。

「わかっていないな、トリスタン。俺は本気だぞ？　お前にならユリアを任せてもいいと、本当に思っているんだぞ？」

「あのねぇ、団長」トリスタンは顔をしかめた。「僕は銀呪病なんですよ？　好いても好かれても、不幸な結末しか招きません」

「俺の妻も身体が弱かった」

寂しげにヘクトルは呟く。

「花の命は短い。それゆえに時間は貴重なものなのだ」

「団長の価値観を僕に押しつけないでください」

この手の話は苦手だ。議論しても意味がない。トリスタンは話を切り替えることにした。

「そんなことより教えてください。兄上の承認を得るのにずいぶん手間取ったじゃないですか。いったいシュライヴァで何があったんです？　兄上と喧嘩でもしたんですか？」

ヘクトルは顔をしかめた。どうやら図星だったらしい。

「俺達兄弟は幼い頃に両親を亡くした」

記憶を手繰《たぐ》り寄せるかのように、わずかに目を細める。

「あの頃のシュライヴァは脆弱《ぜいじゃく》だった。俺と兄上が力を合わせ、今あるシュライヴァを造り上げたのだ。正直、容易ではなかったよ。俺と兄上とでは性格も考え方も違う。俺はどんな命も見過ごしたくない。困っている民や兵士がいれば助けに行く。だが兄上はもっと包括的に物事を考える。必要に応じて民も兵士も切り捨てる。その非情さに憤ったこともあるが、情に流されない兄上を頼もしいとも感じてきた。兄上が皇帝になれば南方五州と北方七州の不均衡も是正される。そう信じていたからこそ、俺は兄上を支持してきた」

しかし――と言い、ヘクトルは拳で自分の額を叩いた。

「あの兄上でさえ、我が子のことになると目が曇る」

兄上の子、ユリアに嘘を吹き込んだヴァラス・シュライヴァのことだ。

「あの馬鹿息子、今度は何をやらかしたんです？」

「手柄《てがら》を挙げるため、レイムの村人達を囮《おとり》に使い、グァイ族を誘い出そうとした」

「えええッ!?」

突然の大声に驚いて小鳥の群れが飛び立った。枝が揺れ、紅葉がひらひらと舞い落ちる。

「なんですかそれ？　なんでそんなことになったんです？」

「昨年の夏のことだ。兄上は騎士小隊を率いてレイム州へ赴くよう息子に命じた。ヴァラスを現場に立たせ、実績を積ませようとしたんだろう。だがあの馬鹿は兄上の意図を汲み違えた。部下の忠告を無視して愚策を弄《ろう》し、臆面《おくめん》もなくそれを強行した。結果グァイ族に裏をかかれ、ヴァラスの小隊は背後を突かれた。事態に気づいたクラヴィウスが助けに向かわなければ小隊は全滅、村人達も殺されていただろう」

「あり得ない」トリスタンは眉間を押さえた。「守るべき村人を囮にするなんて、いったい何を考えてるんだ」

「ヴァラスは強いシュライヴァに生まれ、苦労を知らずに育った。あれには弱き者や持たざる者の痛みがわからない。為政者としての義務も重責も理解していないのだ」

ヘクトルは苛立たしげに首を左右に振る。

「レイム州の首長に糾弾されても、シュライヴァの軍事法廷に立たされても、ヴァラスは平然としていた。『何事にも犠牲はつきものだ』、『自分の身も守れないレイムの田舎者《いなかもの》が悪いのだ』と、反省した様子さえ見せなかった」

帝国最強を誇るシュライヴァ騎士団は軍規の厳しさでも有名だ。ヴァラスがしたことを思えば、よくて州外追放、最悪の場合、縛り首になってもおかしくはない。なのに弁明もせず、反省の言葉も口にしないとなれば、これはもう理解の範疇《はんちゅう》を超えている。

「それって、自分を死刑にしてくれって、言っているようなものですよね？」

おそるおそるトリスタンは問いかけた。

「まさか無罪放免になった——とか言いませんよね？」

「兄上はヴァラスに蟄居《ちっきょ》を命じた。事実上、放免したのと変わらない」

「団長はそれを許したんですか？　ヴァラスの横暴を容認したんですか？」

「容認などするものか！　休職中とはいえ俺はシュライヴァ騎士団の団長だ。軍規を曲げれば乱れが生じる。いずれ取り返しのつかないことになる。俺は兄上に抗議した。『身内だからと酌量《しゃくりょう》せず、軍規に則《のっと》った裁定を下すべきだ』と。それに対し兄上は言った。『ヴァラスの経歴に傷がつくのは好ましくない』と。『あれは私の後を継ぎ、帝国皇帝となるのだから』と」

「待ってください。皇帝って世襲制じゃありませんよね？　法皇庁に推戴されない限り、ヴァラスが皇帝になることはない、ですよね？」

「その通りだ」

苦いものを含んだかのように、ヘクトルは唇をねじ曲げた。

「ヴァラスを皇帝にするには、法皇庁に圧力をかけ続けなければならない」

「でもそれ、かなり難しいと思いますよ。他州の首長だって馬鹿じゃない。あのヴァラスが皇帝になるのを黙って見ているはずがない。反法皇派の北方七州だって、状況によっては立場を変えるかもしれない。境界を接する州からいっせいに攻め込まれたら、いくらシュライヴァだって対応しきれない――」

そこでトリスタンは気づいた。

北方七州においてシュライヴァの権勢は群を抜いている。『帝国の穀物庫』と呼ばれるレイム州はシュライヴァと同盟関係にあり、対立的立場を取るとは考えにくい。グラソン、フェルゼ、オール、ツィンの四州は領土も狭く立場も弱い。たとえ徒党を組んだとしてもシュライヴァの脅威にはなり得ない。問題なのは一州だけ。シュライヴァに次ぐ軍事力を誇るマルモア州だけだ。

「だからヴィクトルはマルモア卿にユリアさんを嫁がせようとしたんですね」

「ユリアを政治の駒になどさせない」

怒気を込め、ヘクトルは吐き捨てた。

「ベロア・マルモアに差し出すなんて、まったくもって論外だ！」

昨年の冬、ユリアはなぜ自分が帰郷を拒むのか、その理由を父に打ち明けた。ヘクトルは烈火のごとく怒り狂った。今すぐフェデルに舞い戻り、ヴァラスを斬り捨てると息巻いた。「大人げない真似はやめてください」とユリアが取りなさなければ、本当にそうしていたかもしれない。

「してやられたって感じですね」

トリスタンは唇を噛んだ。

「僕ら完全に出遅れてる」

悔しいが認めざるを得ない。すべてはヴィクトルの思惑通りに進行している。交易路が完成すれば、彼の野望は成就したも同然だ。

「団長」

意を決し、トリスタンは馬を止めた。

「今ならまだ間に合います。竜の首の岩盤が掘削に不向きだったとか、レーエンデの民が反対したとか、いくらでも理由はつけられます。交易路の建設を中止しましょう」

「それは出来ない」

「なぜです？　この期《ご》に及んでまだ『兄弟で争っても民のためにはならない』とか、呑気なことを言うつもりじゃあないでしょうね？」

「呑気を言ったつもりはない。俺と兄上が全面的に争えば、その影響は帝国全土に及ぶ。周辺諸州や法皇庁を巻き込んだ内戦に発展する可能性もある。そうなれば罪なき民が住み処《か》を失い、大勢が命を落とすことになる」

ヘクトルは目を閉じた。逡巡するように間を置いてから、再び前を見据えた。

「しかしながらヴァラスは皇帝の器ではない。あれが皇帝になれば間違いなく国は荒れる。結果として、より多くの民が苦しむことになる。もし兄上がどうあってもヴァラスを推戴させると言うのであれば、俺も考えを改める必要がある」

確固とした口調、だがその眼差しは暗い。不穏な気配を感じ取り、トリスタンは尋ねた。

「内戦を覚悟で兄上と一戦交えるってことですか？」

「不本意ではある。が、こうなってしまった以上、迷うつもりはない」

お前にだけは話しておこう――と言い、ヘクトルは続ける。

「ヴァラスの大失態は人々の記憶に新しい。兄上の外交手腕をもってしても、少なくともあと四、五年は直接的な行動には出られないだろう。その間に交易路を完成させる。俺の目がまだ見えているうちにシュライヴァ騎士団を率いて小アーレスを越え、聖都に乗り込んでアルゴ三世を締め上げ、俺を皇帝に推戴させる」

トリスタンは絶句した。

まさかそう来るとは思わなかった。

ヘクトルはシュライヴァの民だけでなく、他州の民からも敬愛されている。法皇庁が彼を皇帝に推戴したならば、帝国民は諸手《もろて》を挙げて歓迎するだろう。そうなればヴィクトルやヴァラスが何を言っても手遅れだ。皇帝に反旗を翻せば反逆者として粛清される。

これ以上の良策はない。

しかし、その代償は高くつく。

「本気ですか？　団長、本当にそれでいいんですか？」

皇帝の座につけば法皇や法皇庁とも渡り合わなければならない。覇権を狙う各州の首長達を牽制《けんせい》しながら、平和という薄氷の上を歩み続けなければならない。ヘクトルは名家の堅苦しさを嫌い、肩書きに縛られることを嫌った。民や部下達を家族のように愛し、自由闊達《かったつ》に生きることを望んだ。だが皇帝の冠は彼からそのすべてを奪う。レーエンデに移り住むことはおろか、自在に山野を駆け巡ることさえままならなくなる。

「皇帝になったら、団長はもう——」

「ああ、わかっている」

「もう二度とレーエンデには——」

「それ以上、言ってくれるな」

ヘクトルは左目を閉じ、唇に人差し指を押し当てた。

「とにもかくにもまずは交易路だ。今はそちらに集中しよう」

戯《おど》けて笑う彼を見て、トリスタンは悟った。ヘクトルはすでに心を決めている。たとえ自由を失っても彼は後悔などしない。翼を奪われ、鎖に繋がれても、自身を哀れんだりしない。口を挟む余地はない。彼の決意は変えられない。そうわかっていても、黙ってはいられなかった。

「諦めるんですか？」

鼻の頭に皺を寄せ、トリスタンはヘクトルを睨んだ。

「団長、言いましたよね。交易路が完成したら名実ともに騎士団長を引退して、レーエンデで悠々自適に暮らしたいって。その夢を諦めて、自身の自由を犠牲にして、貴方は何を得るんです？　世界の平和？　民草の平穏？　そんな曖昧模糊《あいまいもこ》としたものに生涯を捧げるんですか？　自己犠牲なんて欺瞞《ぎまん》です。ただの自己満足です。自分の魂を救えない人にどうして人が救えるんですか。自分自身さえ救えない人に、国や民が救えるわけないじゃあないですか！」

「ああ、まあ……うむ」

ヘクトルは唸った。思案顔で顎を撫でた。

「トリスタンよ」

ややあってから、ようやく口を開いた。

「誤解のないよう言っておくがな。俺は諦めるとは言っていない。そんな言葉、一度たりとも口にしていない」

「でもさっき『わかっている』って言いましたよね？　『それ以上、言ってくれるな』って言いましたよね？　あれは『レーエンデに戻れなくなることはわかっている。でも言われると悲しくなるから指摘してくれるな』って意味じゃないんですか？」

「あれはだな、『お前の言いたいことはわかっている』という意味だ。『言われなくても、それなりの対策は考えてある』と言いたかったんだ」

「嘘だ」

「嘘ではない」

ヘクトルはこめかみを指で叩いた。

「シュライヴァを含めた北方七州は法皇庁に軽んじられている。農作物は安く買い叩かれ、商品の運搬にも高い関税が課せられている。俺が皇帝になったら南北の格差を是正する。不当に搾取されることがなくなれば、北方七州の民の暮らしも豊かになる。心に余裕が生まれれば、人々は政治に目を向けるようになる。それを待って、俺は彼らに呼びかける。聖イジョルニ帝国から独立しよう、俺達の手で新しい国を創ろう、北方七州が団結すれば決して不可能な話ではない——とな」

トリスタンは呆気《あっけ》に取られた。

話が大きすぎて、とても理解が追いつかない。

「新しい国は北方七州の共同体だ。政《まつりごと》に関しては七州の首長が合議の上で決定する。七人の首長が平等に同じテーブルを囲むのだ。そうなればもう皇帝など不要、むしろ邪魔になるだけだ。すなわち俺はお役御免、大手を振ってレーエンデに戻れるというわけだ」

熱を帯びた口調、生き生きと輝く瞳。彼は本気だ。本当に新しい国を創るつもりでいるのだ。

「無謀というか、壮大というのか——」

トリスタンは両手を上げた。降参だ。もはや苦笑するしかない。

「相変わらず無茶苦茶なことを考えますねぇ」

「俺もそう思う」

素直に認め、ヘクトルは朗笑する。

「だがなトリスタン。たとえ世界中の人間が『不可能だ』と叫んでも、俺が諦める理由にはならない。俺が可能だと信じる限り、立ち止まる理由はないんだ」

「知ってます」

だからこそ憧れた。彼のようになりたいと思った。

「貴方はそういう人です」

胸が熱くなった。ヘクトルが創る新しい国を見てみたいと思った。人々の意識を変えるには長い時間が必要だろう。新しい国が生まれるまで、あと何年もかかるだろう。そこまで僕は生きられない。国の誕生には立ち会えない。それでも諦める理由にはならない。僕が可能だと信じる限り、立ち止まる理由にはならない。たとえこの身体が滅びても、魂だけの存在になっても、新しい国の誕生を見届けよう。すべてを成し遂げ、レーエンデに戻ってくるヘクトルを出迎えよう。その時まで僕は決して諦めたりしない。

「いつでも戻ってきてください」

決意を胸に、トリスタンは微笑んだ。

「エルウィンの二階は団長のために空けておきますよ」


出立から三日目、二人は古代樹の森を抜け、中央高原地帯に入った。

晴れ渡った空の下、緑の丘が連なっている。頭の黒い羊達が横一列に並んで草を食《は》んでいる。木《こ》陰《かげ》では牛の群れがのんびりと昼寝をしている。これらの家畜はティコ族の生ける財産だ。北部森林地帯に住むウル族が森の恩恵によって生活する狩人ならば、中央高原地帯に住むティコ族は酪農と農耕に勤《いそ》しむ酪農家だ。

ウル族とティコ族は帝国建国以前からレーエンデで暮らしている。とはいえ文化も気質も異なるため接点は少ない。互いの縄張りに踏み込まないというだけで、友好関係にあるわけでもない。大《おお》柄《がら》で陽気なティコ族はウル族のことを『陰気なチビ』とからかい、何事にも慎重で保守的なウル族はティコ族のことを『大雑把なお人好し』と揶揄する。だがトリスタンが知るティコ族の傭兵達は気さくで大らかで、彼の出自にもこだわらなかった。正直な話、ウル族よりもつき合いやすかった覚えがある。エルシー湖の畔にあるレイル村はティコ族の村だ。ティコ族は余所者にも寛容だ。部外者であるヘクトルとトリスタンが一夜の宿を求めても、無下に追い返したりはしないだろう。

日没前、二人はレイル村に到着した。

軒先で女達がお喋《しゃべ》りに興じている。木陰では老人達がうたた寝をしている。痩せたイヌがカケドリを追いかけ、そのイヌを子供達が追いかけていく。誰も二人に注目しようとしない。トリスタンは嬉しくなった。開けっぴろげで無頓着《むとんちゃく》。これぞティコ族だ。

蹄の音を聞きつけたらしい。昼寝をしていた老人が目を擦りながら起き上がった。彼は馬上のヘクトルをまじまじと見て、大地がひっくり返ったかのような大声を上げた。

「し、シュライヴァの英雄だあああ！」

レーエンデ傭兵団を立ち上げたのはティコ族だ。今でもレーエンデ傭兵団のおよそ八割はティコ族で占められている。傭兵経験者の数もウル族の比ではない。ヘクトルとともに戦った者や、彼に命を救われた者も多い。老人はヘクトルに駆け寄ると、ひれ伏さんばかりに彼を拝んだ。

「おおお、本物だぁ！　本物のヘクトル・シュライヴァだぁ！」

その声を聞きつけ、男が女が、老人が子供が、我先にと家屋から飛び出してきた。皆興奮の面持ちで、ヘクトルを取り囲む。

「団長、覚えてるかい？　俺、エスター戦役であんたと一緒に戦ったんだよ」

「ヘクトル様、息子の命を助けていただいてありがとうございます」

英雄の来訪にレイル村は沸き立った。村人達は総出でヘクトルを歓待した。彼らの求めに応じ、ヘクトルはいくつもの武勇伝を披露した。無論、交易路の必要性を説くことも忘れなかった。

「まことヘクトル様のおっしゃる通りです」

レイル村の村長は感心しきりに頷いた。

「レーエンデには新しい風が必要だと、我らも常々考えておりました」

ティコ族は新しもの好きだ。外地から来る技術や知識も進んで受け入れる。未知の文化や娯楽を生活に取り込むことにも抵抗がない。かつてレーエンデに逃げ込んできたノイエ族を自らが住む土地へ迎え入れたという史実からも、彼らの寛容さがうかがい知れる。

「銀呪病の治療法を探し、レーエンデを銀の呪いから解き放とうとするヘクトル様のご意志、大変感銘を受けました。銀呪病の撲滅は我らの悲願。そのためになら協力は惜しみません」

村長はヘクトルの手を握った。

「ただちに使いの者を走らせます。交易路の建設計画のこと、銀呪病の根絶を願うヘクトル様のこと、他の村々にも広く知らせて回りましょう」

レイル村を出た二人は馬車道を南へと進んだ。このまま道なりに行けば、五日ほどでノイエレニエに到着する。しかしヘクトルは先を急がなかった。時間をかけて高原を巡り、多くの村に立ち寄った。外地の旅装に身を包み、長剣を佩《は》いた彼の姿はどこに行っても人目を引いた。なぜ外地の騎士がこんなところを歩いているのか。最初は訝《いぶか》しげに首を傾げていた者達も、ヘクトル・シュライヴァの名を聞くと途端に目を輝かせた。

十月に入り、草原に乾いた北風が吹き始める頃、二人はオンブロ峠に到着した。ここまで来ればノイエレニエは目と鼻の先だ。急げば今日中にたどり着けないこともない。しかし――

「今夜はオンブロ村に泊めて貰いましょう」

ティコ族の集落、オンブロ村は古くから街道の要として栄えてきた。生活は豊かで住人も多い。シュライヴァの英雄がティコ族の村々を表敬訪問していることはすでに知れ渡っている。素通りしてはオンブロ村の住人に礼を欠くことになる。

トリスタンは手綱を引いた。馬の鼻先を北に戻し、轍《わだち》の上を歩き出す。丘の斜面には階段状の畑があった。レーエンデではあまり見ることのない葡萄《ぶどう》畑だ。納屋と家畜小屋の間を抜け、二人はオンブロ村に入った。

「ヘクトル様、お待ち申し上げておりました」

「ようこそオンブロ村へ！」

すぐに村人達が集まってきた。手に手にランプを掲げ、歓迎の意を示している。

オンブロ村の村長は目を潤ませ、ヘクトルの手を握りしめた。

「自分も傭兵として、東方砂漠に赴いておりました。名高いシュライヴァの英雄をお迎えすることが出来て、心から光栄に思います」

村の若者に馬を預け、村長の案内で二人は中央広場へと向かった。

煌々と篝《かがり》火《び》が焚かれている。中央には長テーブルが置かれている。勧められるままに椅子に座ると、待っていましたと言わんばかりに酒と料理が運ばれてきた。皮がカリカリになるまで炙ったカケドリの丸焼き、根菜と茸がたっぷり入ったスープ、潰して丸めて油で揚げた芋団子、蜜を塗って焼きあげた卵菓子、目にも鮮やかなご馳走でテーブルが埋め尽くされていく。

トリスタンは自らの舌で毒見をしながらヘクトルの皿に料理を取り分けた。歓談する彼の後ろに立って警戒に努めた。シュライヴァの英雄と言葉を交わそうと、村人達が入れ替わり立ち替わり、ヘクトルの杯に葡萄酒を注ぎに来る。あの勢いで飲み続けたら一時間と保たずに酔《よ》い潰《つぶ》れる。密輸団に用心棒として雇われていた傭兵崩れの例もある。浮かれ騒ぐティコ族の中に、ヘクトルに害をなそうとする者が潜んでいないとも限らない。

「僕が飲みます」

トリスタンはヘクトルの手から酒杯を奪った。異議を唱える暇も与えず一息に飲み干す。

周囲の村人達から歓声が上がった。

「兄ちゃん、イケるクチだね！」

「いいね、いいねぇ！　気に入ったよ！」

ヘクトルの代理として彼は献杯を受け続けた。夜が更けて、村人達が次々に酔い潰れていく中、一人平然と杯を空にし続けた。やがて祭りもお開きになり、案内された宿の一室でヘクトルは感心したように呟いた。

「いくら飲んでも酔わないというのは、本当だったんだな」

「ええ、因果《いんが》な体質だってずっと思ってきました」

けど――とトリスタンは苦笑する。

「初めて役に立ちましたね」

翌日、出立の準備をしているところに村長がやってきた。

「これを機に村長会議を開こうという意見が出ましてな」

今朝早く、伝令が届いたのだという。

「来月の五日、ロッソ村に各村の代表者が集まることになりました。お時間が許すようであれば、ヘクトル様にもぜひご出席願いたい」

ヘクトルは快諾した。必ず出席しようと約束し、二人はオンブロ村を出た。

オンブロ峠からレーニエ湖を見下ろすと、湖畔に並ぶ木炭高炉の煙突が見えた。湖に突き出した岬には灰色の街がある。ノイエ族が暮らす街、レーエンデ最大の都市ノイエレニエだ。

聖イジョルニ暦三二一年。時の法皇アッアリ一世は「クラリエ教の聖典に反する」として、天文学や錬金術などの学問を禁じた。哲学や医学の学舎は閉鎖され、医師や学者達は異端者として投獄された。彼らは弾圧を逃れ、始祖ライヒ・イジョルニによって保護された土地、レーエンデへと逃げ込んだ。

法皇庁はレーエンデの民に勧告した。

「異端者達を引き渡せ。応じぬ場合は汝らも同罪とみなす」

干渉を嫌うウル族はそれを無視した。気骨溢れるティコ族は逃亡者を村に招き入れた。怒り狂ったアッアリ一世はレーエンデに帝国軍を差し向けた。だがウル族とティコ族の連合軍は帝国軍に小アーレス越えを許さなかった。帝国軍は敗戦と遁走《とんそう》を繰り返したあげく、これ以上の追跡は無意味という結論に達した。アッアリ一世は「逃亡者達をレーエンデ地方に永久追放する」との宣言を発し、後に『レーニエ戦役』と呼ばれる戦いは終結した。

この時、レーエンデに逃げ込んできた知識人達は、自らを『ノイエ族』と称した。ノイエ族によってもたらされた知恵と技術により、中央高原地帯は黒麦畑へと姿を変えた。飢餓の恐怖から解放されたティコ族は、その返礼としてノイエ族のための街を築いた。それがノイエレニエだ。石造りの市街には病院や学校なども建てられた。湖畔には最先端技術の粋である木炭高炉が建設され、刀鍛冶《かたなかじ》や鎧兜の製作を請け負う工場が軒を連ねた。ノイエレニエで作られる精度の高い弩《いしゆみ》や切れ味の鋭い剣、軽くて丈夫な農耕具はいまやレーエンデの特産品となっている。

ノイエレニエへと続く道を下っていく途中、トリスタンはある変化に気づいた。岬の先端を囲むように堅牢《けんろう》な城壁が築かれている。湖岸近くに浮かぶ小島には尖塔《せんとう》を持つ城砦が建てられている。どちらも五年前にはなかったものだ。まだ建設途中らしく、大勢の人足が石を運んでいく様が見て取れる。

「なんか物々しいですね」

「あれは戦支度だ」うきうきとした様子でヘクトルは湖の島を指さした。「橋一本で陸と繋がっている。守りやすく攻めにくい。籠城戦にはもってこいだ。それにあの城壁、矢狭間の形が独創的だろう。あれは弓兵と弩兵《どへい》の双方が広い射角を得られるようにと、稀代《きたい》の建築家ダニエル・エルデが考案したものなのだ」

「団長」トリスタンは横目で彼を睨んだ。「顔が笑ってますよ」

「おうッ」ヘクトルは両手で頬を叩いた。「すまん、城のことになるとつい口元が緩んでしまう」

まったく油断も隙もない。トリスタンはため息を吐いた。戦好きの悪魔を刺激したくはなかったが、この状況では尋ねずにはいられない。

「何のための戦支度でしょうか。ノイエ族はいったい誰と戦うつもりなんでしょう」

「シュライヴァか、法皇庁か帝国軍か……」

またぞろ緩みかけた口元を引き締め、ヘクトルは渋面を作った。

「いずれにしろ、議長に会えばわかるだろう」

ノイエレニエでは市民に選ばれた議員達が議会を開いて政を行う。最終決定権を持つ議長の任期は五年で、それが過ぎると議長は元の職に戻り、議会は新たな議長を選出する。現在ノイエレニエの議長を務めるエキュリー・サージェスという男に会い、交易路建設への協力を取りつける。それが今回の旅の最終目的だ。ウル族やティコ族と同様、ノイエ族も銀呪病の根絶を願っている。難しい交渉にはならないだろうと思っていた。しかし、どうもきな臭い。トリスタンは小さく舌打ちをした。これは一筋縄ではいかないかもしれないぞ。

粗末な木造家屋が建ち並ぶノイエレニエの外縁を抜け、二人は工事中の城門にたどり着いた。逞《たくま》しい男達が一抱《ひとかか》えもある石を運んでいく。冷たい北風をものともせず、裸の上半身を晒している。そのうちの一人、ティコ族の若者がヘクトルを凝視し、素っ頓狂な声で叫んだ。

「へ……ヘクトル・シュライヴァだ！」

「何言ってんだよ、チャック。寝言は寝てから言え――って、本当だ！」

わらわらと男達が集まってくる。彫像のような体軀、丸太のような腕、手に鉄梃《かなてこ》を持っている者もいる。トリスタンはナイフの柄を握った。用心深く男達の動向を注視する。

「本当に本物の英雄さんなのかい？」

「記念に握手して貰えねぇかな」

沸き立つ歓声、溢れる笑顔。ヘクトルは朗らかに、その一人一人と握手を交わしていく。

「お前ら、何をしている！」

騒ぎを聞きつけ、現場監督がやってきた。厳《いか》つい顎に無精髭を生《は》やした強面《こわもて》の大男だ。

「まだ休憩時間じゃねぇぞ！　勝手に持ち場を離れるんじゃねぇ！」

監督が作業員達の尻を蹴る。その視線が馬上のヘクトルに釘《くぎ》づけになった。

「おい……おいおい！　おいおいおいおいおいイィ‼」

野太い声がひっくり返った。どすどすどすと足音を響かせ、ヘクトルに駆け寄ってくる。

「団長！　俺だよ俺！　十年前、リットー川で一緒に戦った第五師団レーエンデ部隊中隊長のファーロだよ！」

「おお、ファーロ・フランコか！　久しいな！」

ヘクトルは馬上から手を伸ばし、ファーロの肩を親しげに叩いた。

「奥方は息災か？　子供達はどうしてる？」

「おかげさんでカチュアも元気さ。ロッシは十歳、ナウルは十三になったよ。でも息子らはカチュアの両親ンとこに預けてきちまったから、もう二年も顔を見てねぇや」

顔をくしゃくしゃにしてファーロは笑う。

「ノイエレニエで命の恩人と再会出来るたぁ思わなかった。なぁ団長、あン時の礼をさせてくれ。一杯、俺におごらせてくれ」

「喜んで——と言いたいところだが、実は議長と会う約束をしているんだ」

「エキュリー・サージェスと？　じゃあ仕方がねぇな」

ファーロは残念そうに眉尻を下げた。

「市庁舎まで送ろうか？」

「いや、道筋を教えてくれるだけでいい」

「道筋も何も、レーニエ湖に向かってここをまっすぐだ」

強面の元中隊長は、まだ扉のない城門を指さした。

「道の突き当たり、湖畔に面した白い建物だ。でっかい丸屋根が目印だ」

「そうか。それなら俺でも迷いようがないな」

礼を言い、ヘクトルは馬の鼻面を城門へと向けた。

「用事がすんだらまた寄ってくれよな！」背後からファーロの声が追ってきた。「黙って外地に戻っちまうってのはナシだぜ！」

ヘクトルは振り返り、拳を挙げてそれに応えた。

城壁をくぐると風景が一変した。石畳が敷かれた道、両側に並ぶ石造りの建物。窓には板ガラスが塡《は》まり、玄関扉は彫刻で飾られている。瀟洒《しょうしゃ》で重厚な外地風の街並みだった。行き交う人々も垢抜《あかぬ》けている。仕立てのいい外套を羽織った紳士、髪を結い上げた貴婦人、ウル族ともティコ族とも異なる顔立ち。住人も建造物も街に漂う空気さえも、聖都シャイアにそっくりだ。

「まるで外地の都だな」

ヘクトルは物珍しそうに周囲を眺めた。

「とてもレーエンデとは思えない」

「シュライヴァの州都もこんな感じですか？」

「いや、フェデルはもっと古い。空も暗くて空気は重い」

「ここよりも？」

思わず問い返し、トリスタンは嘆息する。

「どうりでユリアさんが戻りたがらないわけですよ」

正面にレーニエ湖が見えてくる。紫紺の水面が太陽光を照り返している。湖畔に白い建物がある。翼を広げた白鳥を思わせる優美な館《やかた》だ。中央部分には丸屋根がのっている。ファーロが教えてくれた市庁舎だ。

門番に氏名と来訪の目的を告げると、すんなり中へと通された。前庭の馬留めに手綱を巻きつけ、市庁舎に足を踏み入れる。紺色の制服を着たティコ族の娘に案内され、無人の議事堂を横切った。長い廊下を抜けた先に議長の執務室はあった。

「ようこそ、ノイエレニエへ」

一人の男が出迎えた。歳は五十代後半から六十代前半、聖職者のような黒服を纏い、色の薄い髪を後ろになでつけている。

「私はエキュリー・サージェス。今はノイエ議会の議長など務めておりますが、本職は神歴史学者《しんれきしがく》です」

「サージェス議長、お会い出来て光栄だ」

ヘクトルはサージェスに歩み寄り、彼と握手を交わした。

「私はヘクトル・シュライヴァ。我が兄であるシュライヴァ州首長ヴィクトル・シュライヴァの名代としてここに来た」そこで背後を振り返る。「この男はトリスタン・ドゥ・エルウィン。レーエンデでの案内人を務めて貰っている」

「ほう？」

サージェスは物珍しそうにトリスタンを見た。

「ウル族の青年が案内人を務めるとは珍しい」

トリスタンは無言で左手を掲げた。右手はナイフの柄を握っている。執務室にいるのはサージェス一人だけだが、護衛もつけずにヘクトルと面会するとは思えない。奥の扉の向こう側に衛兵が隠れているに違いない。

「さっそくだが、交易路建設の話をさせていただきたい」

意気揚々とヘクトルが切り出した。トリスタンは矢筒から地図を取り出し、執務机の上に広げた。だがサージェスはそれを一顧だにせず、淡々とした口調で応えた。

「交易路の有用性は理解しております。銀呪病を撲滅したいという思いは我らも同じです。しかしノイエ議会は交易路の建設に懐疑的です。シュライヴァ州の首長がヴィクトル・シュライヴァである限り、交易路によってもたらされる恩恵よりも、我らが被る不利益のほうが大きいと考えているからです」

「それほどの不利益があるとは思えないが、いったい何を懸念しておられるのだろうか」

「ヴィクトル様は野心家です。レーエンデを足がかりにして法皇庁領に攻め込み、自らを皇帝に推戴させ、帝国の実権を法皇から取り上げようとするかもしれません。もしそのようなことになれば、レーエンデは戦場になります。これは我らにとって看過出来ない大問題です」

しかし――と言い、サージェスは細い目をさらに細めた。

「ヘクトル様がシュライヴァ州の首長になられるのであれば話は別です」

「では、その可能性は否定せずにおこう」

誘いには乗らず、ヘクトルは薄く笑った。

「ところで議長、聖都に潜らせた間者から先日知らせが届いたのだがな。どうやら法皇庁はレーエンデへの侵攻を画策しているらしいぞ」

トリスタンはぎょっとした。

聖都に間者がいるなんて話、今まで聞いたこともない。

「驚いていないようだな、サージェス議長」

ヘクトルはニヤリと笑い、挑発的に問いかけた。

「すでにご承知だったかな？」

「いいえ、初耳でございます」

サージェスはおっとりと答えた。

「実に信じがたいお話でございます」

「レーエンデの自由を容認し続けてきた法皇庁が動きを見せた。これには何か理由があるはずだ」

テーブルに両手をつき、ヘクトルは身を乗り出す。

「法皇アルゴ三世の好戦的な性格ゆえか、それとも交易路建設の動きに呼応したのか。いずれにしろこの方向転換はレーエンデにとって『看過出来ない大問題』なのではないかな？」

「おっしゃる通りでございます」議長は慇懃《いんぎん》に頭《こうべ》を垂れた。「法皇庁は我らの祖先を弾圧した宿敵です。帝国軍がこの地に侵入してくるのであれば、レーエンデの民は総力をあげて、それを阻止しなければなりません」

「そこにシュライヴァの力を加えたくはないか？」

鋭くヘクトルが切り込んだ。

「シュライヴァ騎士団は帝国最強だ。シュライヴァとレーエンデが同盟を結べば帝国軍の侵攻を抑止することも可能だ」

「帝国軍の侵攻を抑止するためにシュライヴァの支配下に入れと言うのですか？　それでは本末転倒です」

「シュライヴァはレーエンデを支配しない。レーエンデとは戦わない。俺の望みは交易路を建設し、レーエンデに新しい風をもたらし、銀呪病を根絶することだけだ」

「さすがはシュライヴァの英雄。そこまでレーエンデの民を思いやってくださるとは、まこと感服いたします。ですがそのお言葉、ただ信用しろというのは無理がございます」

「戦意を持たない証拠が欲しいか？　ならばこの右腕を切り落とそう。それともこの眼《め》をくれてやろうか」

トリスタンはヘクトルを凝視した。止めるべきかとも思ったが、下手に口を出せばヘクトルの作戦を損なう恐れがある。彼は歯嚙《はが》みした。敵襲に備えるだけでなく、団長を抑制する術《すべ》も考えておくべきだった。

「私はクラリエ教に帰依する神歴史学者です。流血は望みません」

サージェスは引きつった笑みを浮かべた。ヘクトルの言葉が冗談ではないことを彼も感じ取ったのだろう。とはいえ議長に選出されるだけあって、立ち直りは早かった。サージェスは執務机の引き出しから一枚の羊皮紙を取り出した。

「我らがヘクトル様に望むのはこれだけです」

羊皮紙を地図の上に置く。流麗な筆致で文章が記されている。ヘクトルの目のことを考え、トリスタンは一歩前に出て、その文面を読み上げた。

「――ノイエ族は交易路建設に全面的に協力する。ただし推戴される次期皇帝はヘクトル・シュライヴァであることを条件とする」

「これはまた……」ヘクトルは苦笑した。「ずいぶんと買《か》い被《かぶ》られたものだな」

「ノイエ族の総意でございます」

礼儀正しく、しかし一歩も引かず、サージェスは答える。

「この誓約書に署名していただけましたなら、ノイエ族は協力を惜しみません。滞りなく街道の敷設工事が進むよう、知恵と技術を提供させていただきます」

トリスタンは固唾《かたず》を呑んだ。ひそかにヘクトルの表情をうかがった。

交易路が完成し次第、彼は騎士団の精鋭を引き連れ、聖都に乗り込むつもりでいる。法皇アルゴ三世を脅し、自分が皇帝になるつもりでいる。利害は一致している。断る理由はない。

しかしこの誓約書はヴィクトルへの裏切りの証拠となる。法皇への反逆の証拠にもなり得る。暴露されたら逃げ場はない。自身を守るためにはノイエ族に従うしかなくなる。それを承知で誓約書に署名するのか。それとも署名せずにこの場を立ち去るのか。

「わかった」

あっさりとヘクトルは首肯した。サージェスから羽根ペンを受け取り、誓約書に署名した。その下にエキュリー・サージェスも署名を記す。

「至急、技術者を手配します」

サージェスは誓約書を引き出しにしまい、安堵の笑みを浮かべた。

「数日中には竜の首に一団を派遣し、正確な測量を行います」

「俺も同行していいか？」

「もちろんです。年内に測量を終わらせ、冬の間に計画を練り、来年の春には工事に取りかかりましょう」

「では俺はレーエンデの民に呼びかけ、働き手を集めるとしよう」

「それがよろしいかと」サージェスは戯けた仕草で肩をすくめた。「嫌われ者のノイエ族とは異なり、シュライヴァの英雄は多くの民に慕われていらっしゃいますので」

議長なりの冗談だったのかもしれないが、ヘクトルは意地悪く笑っただけで否定はしなかった。

「ところでサージェス議長」

彼はおもむろに窓の外を指さした。

「あの城はダニエル・エルデの設計によるものではないかな」

岸から延びた橋の先に島がある。切り立った岩壁の上に灰色の城壁が築かれている。

「城壁の形状にも回廊の造形にもエルデの建築美学が表現されているように見えるのだが」

「はて？」

いきなり飛び出た城砦談義に、サージェスは困惑の表情を浮かべた。

「私は建築物に明るくありませんので、誰の設計によるものかまではわかりかねます」

「ダニエル・エルデを知らないのか。手がけた建造物は大小合わせて百を超える築城の天才だぞ。かつては設計図を集めた図面集が存在していたらしいのだが、城の構造を知られることを恐れた城主達の手によって焼き尽くされてしまったのだ。もしやレーエンデには図面集の完本が残っているのではあるまいか。ノイエ族の祖先がレーエンデに逃げ込んだのは二百年前、まさにエルデが生きた時代だ。彼の著書が難を逃れていても不思議はない」

相手の顔色などおかまいなしにヘクトルは話し続ける。戦好きの悪魔が顔を出しかけている。トリスタンは地図を丸めて矢筒にしまい、厳しい声で呼びかけた。

「団長、そろそろおいとましましょう」

ヘクトルはそれを無視し、さらにサージェスへと詰め寄った。

「どうだろう議長、あの城を見学させては貰えないだろうか？」

「防衛上、それは難しいかと思います」

さすがのサージェスも渋い顔をする。当然だなとトリスタンも思う。

しかしヘクトルはあからさまに気落ちした。

「エルデの城の建設に立ち会える機会など二度とない。あの芸術的な石積みを、技巧に満ちた基礎構築を、この目で見られないとはなんたる無念」

がっくりと肩を落としてうなだれる。

その落胆ぶりに同情したらしい。サージェスが用心深く口を開いた。

「城砦の見学は無理ですが、市街を囲む城壁であればご案内することも可能かと」

「本当か⁉」

ぱっと顔を上げ、ヘクトルは満面の笑みを浮かべた。

「ありがとう！　ぜひともお願いしたい！」

「ヘクトル様は変わったご趣味をお持ちですね」

「ああ、よく言われる」

飾り気のないヘクトルの応えに、サージェスもまた相好を崩した。

「では失礼ついでにもうひとつ、お伺いしてもよろしいでしょうか？」

「俺に答えられることならば、なんなりと」

「ヘクトル様には今年十六歳になられるお嬢様がいらしたと記憶しているのですが――」

そこで言葉を切り、顎に手を当てて考え込む。

「すみません、お名前を失念してしまいました」

「ユリアだ。ユリア・シュライヴァ」

「ああ、そうでした！」意を得たりと議長は頷いた。「そのユリア様は、今いずこにいらっしゃるのでしょうか？」

「それを知ってどうする？」

「交易路を建設するとなれば法皇庁の不興を買いましょう。もしフェデル城に残っておられるのなら、ご令嬢の身に危険が及ぶのではないかと愚考する次第にございます」

「対策はしている。心配には及ばない」

「そうでしたか。差し出がましいことをお尋ねして申し訳ございませんでした」

サージェスは胸に手を当て、頭を垂れた。

「長旅でお疲れでしょう。お部屋をご用意いたします。測量団の準備が整うまで、ゆるりとご滞在ください。城壁の見学は明朝にでも案内役を迎えに行かせます」

「心遣い痛み入る」

「では――」

サージェスは手を叩いた。間を置かず、扉が開く。二人を執務室まで案内してくれたティコ族の娘が入ってくる。

「彼女はダリア、我が家の使用人です。御用の際には遠慮なく彼女にお申しつけください」

威厳《いげん》のある声でサージェスはダリアに命じた。

「お二人をお部屋にご案内しなさい」

「承知しました」

ダリアは膝を折って挨拶し、執務室の扉を開いた。

ヘクトルとトリスタンは市庁舎を後にした。向かったのは迎賓館だった。湖に面した客室には柔らかそうな長椅子と波紋石のテーブルが置かれていた。仕切りの奥には使用人の控え室があり、主寝室には天蓋《てんがい》つきの寝台がしつらえてあった。窓には模様織りの重厚なカーテンが垂れ下がり、外には小アーレスの山並みと紫紺の湖面が広がっている。

「すぐに湯浴みのご用意をいたします」

ダリアが退室した後、ヘクトルは長椅子に身を投げ出した。背もたれに身体を預け、だらしなく手足を伸ばす。

「あああ、疲れた！」

「お疲れ様でした」

トリスタンはサイドテーブルに置かれた水差しを手に取った。銀杯に少量の水を注ぎ、口に含んで毒見をする。怪しい臭いはしない。苦みも痺れも感じない。銀に変色も見られない。トリスタンは杯に水を満たし、ヘクトルへと差し出した。

「なかなか立派な名代でしたよ」

「お世辞はよせ」

顔をしかめ、ヘクトルは水を受け取った。

「あのような腹の探り合いは苦手だ。二度とごめんだ」

「でしょうね」

トリスタンは向かいの椅子に腰を下ろした。

「団長、なぜ建設現場を見学したいと言ったんですか？」

英雄の中の悪魔は油断を突いて顔を出す。だがサージェスを前にして彼が油断するとは思えない。

「好奇心だけじゃないでしょう?」

まぁな——と言って、ヘクトルは上体を起こした。

「エキュリー・サージェスは何かを隠している」

「それは僕も感じました」

「今は敵ではないが、いずれそうならないとも限らない。ゆえに弱みを握っておこうと思った」

窓の外、建設途中の孤島城を指さす。

「あの城はダニエル・エルデが設計したカレル城、フェルゼ州の幽閉城と同じ形をしている。もしあれがカレル城と同じ構造をしているのだとしたら——」

「城の弱点がわかる?」

トリスタンの問いかけに、ヘクトルはむっとしたように眉を寄せた。

「エルデの城は難攻不落だ。弱点などない」

「は?」

何を言っているんだ、この人は。

「弱点はないが抜け道ならある。俺はそれを熟知している」

「ああ、なるほど!」

ようやく合点《がてん》がいった。難攻不落の孤島城、その鉄壁の守備をすり抜ける術があれば、たとえこの先ノイエ族が敵に回ったとしても恐るるに足らず。上手くすればあの誓約書を盗み出し、燃やしてしまうことだって出来るかもしれない。それを計算した上でヘクトルは誓約書に署名したのだ。

怪しげな神歴史学者に己の命運を預けたわけではなかったのだ。

「さすが団長、お見事です。天晴《あっぱ》れです」

トリスタンは掛け値なしの賞賛を送った。

「おかげでもうクタクタだ」

背もたれに寄りかかり、ヘクトルは笑った。

「だがお前の賛辞は心地いい。いいぞ、もっともっと褒めてくれ」


翌朝、使用人の控え室でトリスタンは目を覚ました。上体を起こすと背中が鈍く痛んだ。柔らかすぎるベッドで寝たせいだろうか。彼は寝台に腰掛け、右肩を回した。

「――ッ」

肩甲骨のあたりに刺すような痛みが走った。今までに経験したことのない痛みだった。左手を背中に回し、痛んだ箇所に触れてみる。指先に触れるかすかな凹凸、銀呪の鱗だ。両肩に現れた銀呪が背中まで広がっている。

頭から血の気が引いた。こんな時にと歯噛みした。もし腕が動かせなくなったら僕の存在意義は失われる。団長の傍にもいられなくなる。全身を銀の鱗に覆われ、生ける屍《しかばね》と化して寝台に横たわる自分の姿を想像し、思わず声が漏れそうになった。

落ち着け、落ち着くんだ。

ゆっくりと息をして、自分自身に言い聞かせる。

大丈夫、僕はまだ動ける。手も指も問題なく動く。大丈夫だ。僕はまだ戦える。

息を整え、手早く服を身に着けた。主寝室の扉をノックする。ヘクトルは朝に弱い。返事を待つだけ無駄だ。トリスタンは扉を押し開けた。

「起きてください団長。そろそろ給仕が朝飯を運んできますよ」

答えはない。

「起き抜けの醜態を晒して、昨日の仕事を台無しにしたくはないでしょう？　早く起きて、顔を洗ってください」

呻き声とともにヘクトルが身じろぎした。ボサボサの髪をかき回し、大きなあくびをする。

「今朝の挨拶は、いつにもまして辛辣だな」

寝起きの顔でトリスタンを見て、ぼんやりと首を傾げる。

「どうした？　何かあったか？」

「団長の寝起きの悪さに呆れてるだけですよ」

椅子に置かれたシャツを摑み、ヘクトルへと投げつける。

「さっさと着替えてください」

背中の疼痛《とうつう》を無視し、トリスタンは寝室を出た。

身支度を調えたヘクトルが主寝室から出てくる。それと同時に給仕が朝食を運んできた。根菜のスープ、カリカリに炙ったハム、ぷっくりとした目玉焼き、真っ赤に熟れたカリスの実、チーズをのせて焼きあげた小麦のパン。トリスタンは黙々とそれらを口に運んだ。ヘクトルの食べっぷりからして決してまずくはないのだろうが、味がよくわからない。きっと給仕係が控えているせいだ。

街の暮らしは息が詰まる。早く森に還りたい。そんな弱音をパンとともに飲み込んだ。

朝食を腹に収め、食後のお茶を飲んでいると、ダリアがやってきた。

「城壁の建設現場にご案内するよう、サージェス様から言いつかって参りました」

「待ってました！」

勢いよくヘクトルは立ち上がった。

「よし、行こう！」

ダリアとともに二人は城門へと向かった。

昨日同様、力自慢の男達が働いている。まだ昼前だというのに、すでに汗だくになっている。

「おはよう、団長！」

強面の現場監督ファーロ・フランコが、いち早くヘクトルに気づいた。

「もうちょっと待ってくれ。一杯引っかけるにはまだ陽が高《たけ》ぇや」

「ヘクトル様は建設現場の見学をご所望です」

無表情にダリアが申し出た。ヘクトルを振り返り、「こちらへどうぞ」と先導する。

「そういうことなら俺に任せろ」

ダリアの前に立《た》ち塞《ふさ》がり、ファーロは悪相を歪めて笑った。

「団長は俺が案内する。お前は帰っていいぞ」

「そういうわけには参りません」

「いいから、俺に譲れ」娘の肩に手を回し、どすの利いた声で言う。「この城壁は俺達が汗水垂らして造ったもんだ。それをノイエかぶれの娘ッ子にしたり顔で案内されちゃあ、こちとら虫唾《むしず》が走るんだよ」

ダリアは青ざめた。しゃにむに右手を振ってファーロの腕から逃れようとする。が、うら若き娘が力自慢の男にかなうはずもない。

「わかりました」屈辱に声を震わせ、ダリアは応えた。「監督官にお任せします」

「おうよ。最初っからそう言やいいんだよ」

ファーロはダリアを解放した。ダリアは服の襟を正し、ヘクトルに向き直った。

「では夕刻の鐘が鳴る頃、お迎えにあがります」

「ありがとう、ダリア。無理を言ってすまない」

ヘクトルはユリアによくそうするように、ダリアの頭をぽんぽんと叩いた。

「心配するな。サージェスに何か訊かれても『ダリアはずっと俺の傍にいた』と答えるから」

はっとして顔を上げるティコ族の娘に、彼はいたずらっぽく微笑んだ。

「だからお前も見つからないよう、隠れて昼寝でもしていてくれ」

ダリアは何か言おうとした。しかし、何も言えずに頭を下げた。

「ささ、団長！」ファーロがヘクトルの袖を引っ張った。「俺達が造った城壁を見てくれや！」

促されるままに石段を上り、城壁の上に出た。まだ欠けている箇所はあるものの、壁の石組みはほぼ完成している。

「すげぇだろ、ここまで仕上げるのに五年もかかったんだぜ？」

ファーロは自慢げに両腕を広げた。

「この石はデレクの石切場《いしきりば》から運んできたんだ。こんだけの量だからな。苦労したぜ」

「素晴らしい」

ヘクトルは目を細めた。愛しそうに胸壁を撫でる。

「これは火矢のための油溝だな。それにこの三角形の矢狭間、なんて合理的で美しいんだ」

「さすが団長、わかってるねぇ！」

「あれは砲台か？　大砲を据えるのか？」

「ああ、そうだ。今、鉄砲《てっぽう》鍛冶が大急ぎで作ってるとこだ」

トリスタンは壁の両側を眺めた。レーニエ湖側はノイエ族の街だ。石造りの建物が整然と並んでいる。一方、内陸側には木造の小屋がひしめいている。ノイエレニエで働くティコ族達の住まいだ。ノイエ族が持ち込んだ貨幣経済はレーエンデに格差を生んだ。特にこのノイエレニエでは『金を持つノイエ族が貧しいティコ族を使役する』という図式が定着して久しい。

「気に入らないな」と独りごちる。こんな風に人間を区分けするのは好きになれない。ここに較べたら古代樹の森はまだ平和だ。そんなことを考えている自分に気づき、トリスタンは苦笑した。あんなに出て行きたいと思っていたのに、今はエルウィンが恋しくてたまらない。

「あとは大砲をのっけて、城門に扉を取りつけたら完成だ」

未完成の砲台に腰掛けて、ファーロは満足そうに城壁を眺めた。

「あともう一息だ。年内には完成した姿を拝めるぜ」

「見事な城壁だ。ここまで長く堅牢な壁は外地でもなかなか見られない」

三角形の矢狭間を覗き込み、ヘクトルはしみじみと呟く。

「これだけのものを造るには相当な資金が必要だっただろうな」

「俺達ゃ安く買い叩かれたけどな」

ファーロは分厚い唇をねじ曲げた。

「ノイエレニエで職に就けるってんで最初は大勢の若者が集まったんだ。傭兵やるより実入りは悪《わり》ィが、命を取られる心配はねぇし、休みにゃ家族の元に戻れる。いいことずくめに思えたんだ。けどこれが想像以上の重労働でさ。朝から晩まで働かされて、休みは月に一日だけ。飯もマズけりゃ酒も出ねぇ。こんなんわりに合わねぇよ。もっと賃金を上げろと言えば、だったら辞めろ、お前達の代わりはいくらでもいる——ときた！」

これだからノイエ族は信用ならねぇと、ファーロはぴしゃりと膝を叩いた。

「理不尽な話だな」

ヘクトルは顔をしかめ、彼の隣に腰掛けた。

「ところであの城門は巻き取り式か？　湖のほうから内陸側に開くのか？」

「そうだけど、それがどうしたよ？」

怪訝そうに首を捻るファーロにヘクトルは何やら耳打ちした。にやけた口元、いたずら小僧のような瞳。間違いない。あれは何かよからぬ知恵を授けている顔だ。

案の定、ファーロは息を呑んだ。

「どっ……本当か、それ？」

「同じ造りの城門をいくつも見てきた。エルデの設計はすべて頭に入っている」

「いや、すげぇな。さすがは団長だ。俺達の味方、俺達の英雄だ」

ファーロは立ち上がり、ヘクトルの手を握った。

「恩に着るぜ」

「礼には及ばない。お前達の働きはそれに値すると思っただけだ」

「おう、こうしちゃらんねぇ。門扉の取りつけ作業、しっかりと見ておかなきゃあな！」

ファーロは弾むような足取りで歩き出す。

トリスタンは小声でヘクトルに問いかけた。

「団長、彼にどんな悪知恵を授けたんです？」

「たいしたことではない。外側から城壁の門扉を開ける方法を教えただけだ」

「またそういうことを——」

「騒乱を望んでのことではない。悪魔に誘惑されたわけでもない」

苦言を遮って、ヘクトルは壁の左右を見渡した。

「この城壁はノイエ族の街だけを守る造りになっている。だが門扉を開く方法さえ知っていれば、有事の際、ティコ族も壁の中に逃げ込める」

有事の際——不穏な言葉だ。根拠もなく口にするには重すぎる言葉だ。

「団長はノイエレニエが戦場になると思っているんですか？」

「確証があるわけではない。だが昨日、帝国軍がレーエンデに侵攻してくると言った時、サージェスは驚かなかった」

「確かに平然としていましたね」

「ファーロの話では、この壁の建設が始まったのは五年前だ。その頃からノイエ族は帝国軍の侵攻を予期していたことになる」

五年前といえばトリスタンがレーエンデ傭兵団に入団した年だ。先代法皇マーカス二世が崩御し、好戦家のアルゴ三世が法皇になった年でもある。

「アルゴ三世が法皇になったことに何か関係があるんでしょうか」

「無関係ではなさそうだが、それが原因だとは考えにくい。法皇庁はレーエンデ傭兵団の働きを評価している。アルゴ三世がレーエンデに攻め込もうとしても法皇庁が制止するだろう」

「でも交易路建設の噂を聞きつけたら、さすがに法皇庁も動くのでは？」

「俺が交易路建設の命を受けたのは昨年、ノイエ族が城壁を造り始めたのは五年前だ」

「あ……」言われてみればその通りだ。「計算が合いませんね」

「ノイエ族は俺達が知らない何かを摑んでいる。それが何なのか、俺達は知る必要がある」

低い声で呟いて、ヘクトルは市庁舎の丸屋根を睨んだ。

「今年の冬は、このノイエレニエで越すことになりそうだ」

その十日後、サージェスが手配した測量団とともにヘクトルとトリスタンはノイエレニエを後にした。

十一月五日、ティコ族の村長達がロッソ村に集まる。ノイエレニエからロッソ村までは馬で三日の距離だ。余裕でたどり着けるだろうと思っていた。だが大アーレスの山颪が嵐を呼び、足止めを余儀なくされた。しかも測量機を乗せた馬車は進みが遅く、思った以上に時間がかかった。このままでは間に合わない。この機会を逃すわけにはいかない。二人はいったん測量団と別れ、一足先にロッソ村へと向かった。

到着したのは会議当日の昼過ぎだった。厩舎小屋の少年に馬を預け、二人は足早に集会所を目指した。家屋に囲まれた中央広場、その北側にひときわ大きな家がある。ノックをするのももどかしく、ヘクトルは扉を開いた。

「遅れてすまない」

薄暗い室内には五十人あまりの男が座っていた。その視線がヘクトルに集中する。不穏な静けさの中、ヘクトルは申し訳なさそうに眉根を寄せた。

「会議はもう終わってしまったかな？」

返答の代わりに拍手が響いた。オンブロ村の村長が立ち上がる。他の村長達も起立する。ティコ族の男は総じて大柄だ。肌は小麦色で髪の色は焦げ茶か黒色だ。そのせいかトリスタンを奇異の目で見る者も少ない。

「ようこそ、団長」

一同を代表し、ロッソ村の村長が握手を求めた。

「今まさに貴方の話をしていたところです」

村長達に促され、ヘクトルは部屋の奥へと進んだ。集会所に椅子はない。板張りの床には藁《わら》を編んだ円座が置かれている。一番奥の空の円座にヘクトルは腰を下ろした。トリスタンは彼の背後に片膝《かたひざ》をついて座った。

「さっそくで恐縮ですが、お話を聞かせていただきたい」

オンブロ村の村長の言葉を受け、ヘクトルは口を開いた。

「まずは皆に礼を言いたい。俺のような部外者を招いてくれたことに心から感謝する」

礼儀正しく目礼する。村長達をぐるりと見回し、よく通る声で続ける。

「すでに知っている者も多いと思うが、俺がここに来たのはシュライヴァとレーエンデを繋ぐ交易路を建設するためだ。レーエンデに外地の知恵と技術を呼び込むことで、銀呪病を根絶したいと考えたからだ。とはいえ俺は医者でも学者でもない。少しばかり剣の扱いが上手いだけの余所者だ。こんな俺が『レーエンデを救いたい』と訴えたところで、信用しろというには無理がある。ゆえに少々長い話になるが、俺がなぜ『人命を救うことは自分の天命である』と考えるようになったのか、その経緯を聞いてほしい」

村長達は顔を見合わせた。偉ぶって命令するでなく、財力に物言わせるでもない。そんな英雄の姿に誰もが戸惑っているようだった。

「どうぞ続けてください」

ロッソ村の村長が促した。

ヘクトルは礼を言い、再び村長達と向かい合った。

「俺が十歳の時だ。すでに両親は他界し、まだ十七歳の兄がシュライヴァの首長を務めていた。その年は長雨に祟《たた》られ、麦は腐り、シュライヴァは未曾有《みぞう》の饑饉《ききん》に襲われた。兄と俺は状況を把握するため州内を視察して回った。どの村もひどい有様だったよ。民は飢えて痩《や》せ細っていた。子供達は衰弱して、もう泣くことも出来なかった。俺はたまらなくなって、自分のパンを子供に与えようとした。それを兄に見つかって、こっぴどく叱《しか》られた。兄は俺に言ったよ。『よく見ておけ。この地獄を心に刻んでおけ。為政者たる私達は、このような悲劇を繰り返すことのないよう、シュライヴァを強い州に育てる義務がある』と」

黙禱《もくとう》するように彼は胸に手を当てた。

「あの時、気づいたんだ。俺は民によって生かされているのだと。俺のために民がいるのではない、民のために俺がいるのだと。ならば俺が救える命はすべて救う。誰一人、見殺しにはしない。そう心に誓って俺は剣を振るってきた。しかし――」

ヘクトルは目を伏せた。眉間に寄った縦皺がその懊悩を物語る。

沈思黙考の末、彼は思い切ったように顔を上げた。

「しかし俺は戦場で傷を負った。詳しくは言えないが、それは騎士として致命的なものだった。俺は戦うしか能のない男だ。失望は筆舌に尽くしがたかった。このままでは義務を果たせない。天命をまっとう出来ない。俺は活路を模索した。そして思い至ったのが、かつて一度だけ訪れたことのあるこのレーエンデだった」

彼は吐息を漏らし、懐かしそうに微笑んだ。

「正直に言おう。一目惚《ひとめぼ》れだった。我が妻レオノーラと出会った時と同様、俺は一瞬でレーエンデに心を奪われた。州都フェデルに戻ってからも毎夜レーエンデの夢を見た。いつか騎士団を辞す時が来たらレーエンデに移り住みたい。厳しくも美しい自然の中でこの生涯を終えたい。それは俺の秘めたる願いだ。だからこそ騎士としての人生が終わりを迎えた時、俺はレーエンデのことを思った。愛するレーエンデのために出来ることはないか、剣を振ること以外に出来ることはないか、考えに考え抜いた末、たどり着いた答えが銀呪病の根絶だった。そのために必要不可欠なのが交易路の建設だ。シュライヴァとレーエンデを繋ぐ交易路があれば、外地から大勢の人間がやってくる。新しい知恵や知識、最先端の医療技術も入ってくる。俺達の代には無理かもしれないが、俺達の子供や孫の代には、きっと銀呪病を克服出来る」

集会所は静まりかえっていた。吐息ひとつ、咳《しわぶき》ひとつ聞こえない。もう誰も目を逸らさない。ピンと張り詰めた緊張感の中、熱を帯びたヘクトルの声だけが響く。

「交易路の建設は容易ではない。工事は困難で危険も伴う。レーエンデの民に犠牲を強《し》いる権利は俺にはない。それでもあえて言わせて貰う。交易路の建設には皆の協力が必要だ。幻の海に怯える夜を終わらせるため、我が子や親を銀呪で失う悲しみに終止符を打つため、皆の力を貸してくれ」

頼む——と言い、ヘクトルは再び頭を下げた。

「ありがとう、団長さん。感動的な演説だった」

一人の男が口を開いた。右頬に傷がある目つきの鋭い男だった。見覚えのある顔だと思った。どこで見たのか思案すること数秒、トリスタンは声を上げそうになった。この人はレーエンデ傭兵団十七代目団長、クアボ・エステラだ！

「団長さんの熱意は伝わった。あんたが信用に足る人物であることもわかった。だがあんたの兄には別の狙いがあるはずだ。ヴィクトル・シュライヴァの目的は法皇庁に圧力をかけること、そして自身が帝国皇帝になること。そうだよな？」

「その通りだ」

ごまかす素振りさえ見せず、ヘクトルは即答した。

「北方七州の地位を向上させ、南北の格差をなくすために、必要なことだと思っている」

「そいつは歓迎出来ないな。皇帝の座を狙うシュライヴァと手を組めば、レーエンデは法皇庁を敵に回すことになる。レーエンデ傭兵団の雇用主は法皇だ。下手すればレーエンデ部隊がレーエンデを強襲するという皮肉な事態になりかねない」

「シュライヴァにはレーエンデ傭兵団と契約する用意がある」

「これはまた大きく出たな」

クアボは笑った。右頬の傷が歪み、三日月のような形になる。

「俺達は高いぜ？　シュライヴァ州に雇えるのかい？」

「吝嗇《りんしょく》家と揶揄されながらシュライヴァが金を貯《た》め込んできたのは、必要な時に必要なだけの金を使うためだ」

ヘクトルの回答にクアボは眉を吊り上げた。戦場では一瞬の判断が運命を分ける。そんな世界に身を置く十七代目は決断に時間をかけなかった。

「いいだろう。今期の契約が切れるのは四年後の六月だ。その時までに最低でも五万クロールを用意しておいてくれ」

「承知した」

村長達から安堵の声が上がった。難所は越えたと誰もが感じたようだった。レーエンデ傭兵団は外貨の稼ぎ手だ。その団長ともなればティコ族社会に多大な影響力を持つ。レーエンデ傭兵団の意志はティコ族の総意であると言っても過言ではない。

「まずはこれを見てくれ。交易路の建設予定地が書き記してある」

トリスタンから受け取った地図を、ヘクトルはロッソ村の村長に渡した。

「地図上にある赤い丸、そこには竜の首という岩山がある。岩壁に開いた洞窟を掘削して、まずは居住区を造る。それからシュライヴァに向かってトンネルを掘る」

地図が村長から隣の村長へ、さらに隣へと手渡されていく。

「トンネルを掘るためには掘削に長《た》けた働き手が必要だ。レーエンデには炭鉱があると聞いた。もし可能であるならば、熟練の炭坑夫に協力を求めたい」

「だったらウチのを使ってくれ」

末席に座っていた男が右手を挙げた。その顔を見てトリスタンは驚いた。彼はロマーノ・ダールだ。帝国軍第六師団のレーエンデ部隊を率いてヤウム城砦で戦ったダール隊長だ。頼りになる人だった。彼がいなければ生き残れなかった。レーエンデに戻っているとは思わなかった。ましてやダール村の村長になっていようとは想像もしていなかった。

「穴を掘る技術に関しちゃ、ダール村の炭坑夫の右に出る者はいない」

ダールは力強く請け合った。

「必要な数を言ってくれ。来年の春までに揃えておこう」

その後は細かな調整の話になった。働き手の数、彼らに支払う報酬の額、必要となる資材とその調達先などが出揃《でそろ》った。来年の四月までに準備を整え、またこのロッソ村に集まることを約束し、村長会議は終わった。

五十人を超える村長達はそれぞれの馬に乗り、各方面へと散っていく。その中にダールの姿を見つけ、トリスタンは彼に駆け寄った。

「ダール隊長！」

ダールが振り返った。その顔に浮かんだ驚愕は、すぐに満面の笑みへと変わった。

「トリスタン、久しぶりだな！　ヒヨッコ新兵が、すっかり一人前の顔になりやがって！」

「隊長もお元気そうでなによりです。驚きました。隊長もレーエンデに戻ってらしたんですね」

「ん、まあな」ダールは気まずそうに鼻の頭をかいた。「実はヤウムの一件の後、娘が生まれてな。もう外地には行ってくれるなと妻に泣きつかれたんだよ」

「そうだったんですか。それはおめでとうございます」

「おう、ありがとう！」

嬉しそうに笑って、ダールはトリスタンの胸を拳で突く真似をした。

「それでお前はどうして戻った？　嫁でも貰ったか？」

「えっと――」

トリスタンは言い澱《よど》んだ。幸福な話を聞いた後に銀呪の話は打ち明けにくい。

「俺の案内人になって貰うためだ」

声に驚いて振り返ると、すぐ後ろにヘクトルが立っていた。

「そうやって気配を消して近づくの、いい加減やめて貰えません？」

「お前の修行が足りないだけだ。文句を言われる筋合いはない」

「何年修行したって貴方の隠行を見破る能力なんて身につきませんよ」

「そう褒めるな。照れくさい」

「これは厭みです。いい歳してそんなこともわからないんですか？」

「俺はまだ三十六だ」

「充分いい歳じゃないですか」

二人の不毛な言い合いを笑い声が遮った。

「なるほど、そういうことか。これは悪かった。訊いた俺が悪かった」

ダールはトリスタンの肩に手を回し、正面からヘクトルを見た。

「トリスタンは性格に難ありだが、心根はまっすぐな男だ。大切にしてやってくれ」

「そのつもりだ」

ヘクトルは真顔で答えた。鷹揚に頷き返し、ダールはトリスタンに向き直った。

「シュライヴァの英雄は騎士としても人間としても最高の男だ。しっかり手綱を摑んどけ。逃がすんじゃないぞ？」

「隊長——」トリスタンは顔を引きつらせた。「なんか誤解してませんか？」

「よくある話だ。隠すことはない」

彼の肩を叩き、ダールは朗らかに笑った。

「憎まれ口もいいけどな、そればっかりじゃ嫌われちまうぞ？」

「なんですかそれ、違いますよ。そういうんじゃないですよ！」

「わかったわかった」ひらりと馬に飛び乗って、馬上から二人に敬礼を送る。「達者でな。春にまた会おう！」

ダールは颯爽《さっそう》と走り去った。

「気持ちのいい男だな」

わかっているのかいないのか、惚れ惚れとしてヘクトルが言う。

トリスタンは無言で地団駄を踏んだ。

誤解してる。あの人、絶対に誤解している！

それから三日後、測量団がロッソ村にやってきた。ヘクトルとトリスタンは測量団とともに竜の首を目指した。行く手に大アーレスの銀嶺《ぎんれい》が迫ってくる。山裾に広がる森林地帯が見えてくる。やがて一行は古代樹の森への玄関口、ティコ族の村レイルに到着した。

ウル族は客人を歓迎しない。この先は野宿になる。二日後の満月をやり過ごすため、測量団はレイル村に滞在することになった。レイル村の住人は一行を歓迎し、ヘクトルとトリスタンには空き家を提供してくれた。

滞在二日目。幸いなことに幻の海が来る気配はなかった。それでも用心するに越したことはない。日暮れ前、早い夕食をすませた後、トリスタンは言った。

「周囲を確認してきます」

「またか？」

木製の長椅子に寝そべったまま、ヘクトルは横目でトリスタンを見た。

「食事の前にも見て回ったじゃないか。それとも時化が来そうなのか？」

「気配は感じません。けど今夜は風が強いから、遠くから流れてこないとも限りません」

もう一度見てきますと、繰り返した時だった。

誰かが扉をノックした。トリスタンはナイフの柄を握った。もうすぐ陽が暮れる。満月の夜に出歩くなど尋常なレーエンデの民のすることではない。警戒しながら扉を開いた。外に立っていたのはウル族の衣装を身に着けた青年ホルト・ドゥ・マルティンだった。

「ホルト、なんでこんなところにいるんです？」

「団長がこの村にいると聞いて来た」

言葉少なに答える従兄弟を見て、トリスタンは不安にかられた。

「まさかユリアさんに何かあったんですか？」

「いや、イスマルから手紙を預かってきた」

「イスマルから？」

彼は文字を書けないはずではと、反論しかけて気がついた。

もう陽が暮れる。戸口で立ち話をしている場合じゃない。

「入ってください」

トリスタンは大きく扉を開き、ホルトを中へと招き入れた。

ホルトは肩掛け鞄から一通の封書を取り出し、ヘクトルへと差し出した。

「イスマルからだ。団長に渡せと言われた」

「おお、ありがとう」

ヘクトルは上体を起こし、封筒を受け取った。封を切り、数枚の紙を取り出す。天井から吊るしたオイルランプの下、目を細めて手紙を眺める。

「トリスタン」

「はい？」

ヘクトルは彼に手紙を差し出した。

「読んでくれ」

「……はい」

トリスタンが手紙を受け取ると、ヘクトルは再び長椅子に横になった。眉間を押さえて瞼を閉じる。目が痛むのだろうか。手紙の文字が読めないほど目が悪くなっているのだろうか。気にはなったが、ここにはホルトもいる。ヘクトルの目のことは誰にも知られてはいけない。

トリスタンは手紙を開いた。流暢《りゅうちょう》な筆致が目に入る。末尾には『代筆ユリア・シュライヴァ』という署名が記されている。

「ユリアさんが代筆してくれたみたいです」

そう告げて、彼は文面を読み上げた。

「――ウル族の族長会議で交易路建設の話をした。街道を敷く際には古代樹の森を避けること。これを条件に了解を得た。なお大アーレスの開削、街道の敷設は認めるが、ウル族は建設工事に一切干渉しない。食料や人員の提供もしない。ただし自主的な参加はそれに含まない」

「交易路に期待している者も多い」ホルトが口を挟んだ。「俺も工事に参加したい」

「君はユリアさんの傍にいてください」

「そんなに心配なら、お前がエルウィンに戻ればいい」

「僕には案内人としての仕事があります」

すげなく言い返し、トリスタンは手紙に目を戻した。

「イスマルからの報告はこれで終わりです。この先はユリアさんからの私信だそうです。ええと――二人ともお元気ですか？　また靴下を編みました。一緒に持っていって貰おうかとも思いましたが、恥ずかしいのでやめました」

「おお、ユリア！　何を恥じらうことがある！」

長椅子に寝転んだまま、ヘクトルは芝居がかった声で叫んだ。

「お前が編んだ靴下ならば、たとえ二股《ふたまた》に分かれていようとも穿きこなしてみせるのに！」

「僕は三つ股《また》でも穿いてみせます」

真顔で答え、トリスタンは手紙の先を読む。

「――私は今、エルウィンで暮らしています。リリスと一緒に住んでいます。ホルトも毎朝、アレスヤギの乳を届けてくれます」

「ありがとう、ホルト」

ヘクトルは長椅子に座り直し、ホルトに向かって頭を下げた。

「今後とも娘のことをよろしく頼む」

ホルトは無言で頷いた。頬が少し赤くなっている。手紙で口元を隠し、トリスタンは笑った。僕ほどじゃないけれど、ホルトもマルティンでは浮いた存在だ。誰かを頼ることも、誰かに頼られることも少ない。英雄に礼を言われて嬉しくないはずがない。

「――こちらのことはご心配なく。どうかお身体にお気をつけて。ご無事のお帰りをお待ちしております。代筆ユリア・シュライヴァ」

トリスタンは手紙を折りたたみ、ヘクトルへと差し出した。

「以上です」

「よし、返事を書こう」

ヘクトルは荷物から紙と炭筆を取り出した。机に向かい、慎重に文字を書き連ねる。時間をかけて文章を記し、四つ折りにしてトリスタンに差し出した。

「これを持ってホルトと一緒にエルウィンに戻れ」

「なに寝ぼけたこと言ってるんです」

トリスタンは眉を吊り上げた。

「今から竜の首に向かうんですよ？　僕がいなくて誰が道案内するんです？」

「ならば測量が終わって、このレイル村まで戻ってきたら、お前は引き返してエルウィンで冬を過ごせ。ノイエレニエに来るのは年が明けて、雪が溶けてからでいい」

「そうしろ」とホルトが言った。「ユリアはお前に会いたがってる」

「僕だって会いたいですよ。でも僕だけがエルウィンに戻ったら、ユリアさんに叱られます。彼女と約束したんです。団長は僕が守るって」

「お前が、俺を守る？」

ヘクトルは怪訝そうに首を傾げた。

しまったと思ったが、一度出てしまった言葉はもう取り戻せない。失言をごまかすため、トリスタンは早口に捲《まく》し立てる。

「これから法皇を敵に回し、兄上にも喧嘩をふっかけるんです。ノイエ族だって味方とは限らない、敵ばっかりの場所に身を置くんです。いつ誰が団長の命を狙ってくるか、わかったもんじゃありません。僕は未熟で気配も消せないし、団長の隠行を見破ることも出来ません。団長のように強くもないし、多くの民や兵士を救うことだって出来ません。でも——」

深い嘆息をひとつ。

「団長の背中だけなら守れます。絶対に守ってみせます」

「ヤウム城砦の時みたいにか？」

ヘクトルは感慨深げに呟いた。

「あの時、お前が敵将を射てくれなかったら、俺の命はあそこで尽きていたかもしれないな」

「——え？」

トリスタンはヘクトルを凝視した。

気づいていないと思っていた。忘れてしまったのだろうと思っていた。

「覚えていて、くれたんですか？」

「忘れるわけがないだろう」

ヘクトルは心外そうに眉をひそめた。

「前にヤウム城砦で会ったと聞いて、すぐにあの弓兵だとわかった」

「だったら最初にそう言ってくださいよ」

「……言わなかったか？」

「言ってません！」

「それはすまなかった」

赤面するトリスタンを見て、ヘクトルは微笑んだ。

「ではこれからも遠慮なく頼らせて貰うからな。覚悟しておけよ」

「承知しました」

拳で胸を叩き、トリスタンは応えた。

「団長は前だけを見て進んでください。貴方の背中は、この僕が守ります」

第七章　天満月の乙女

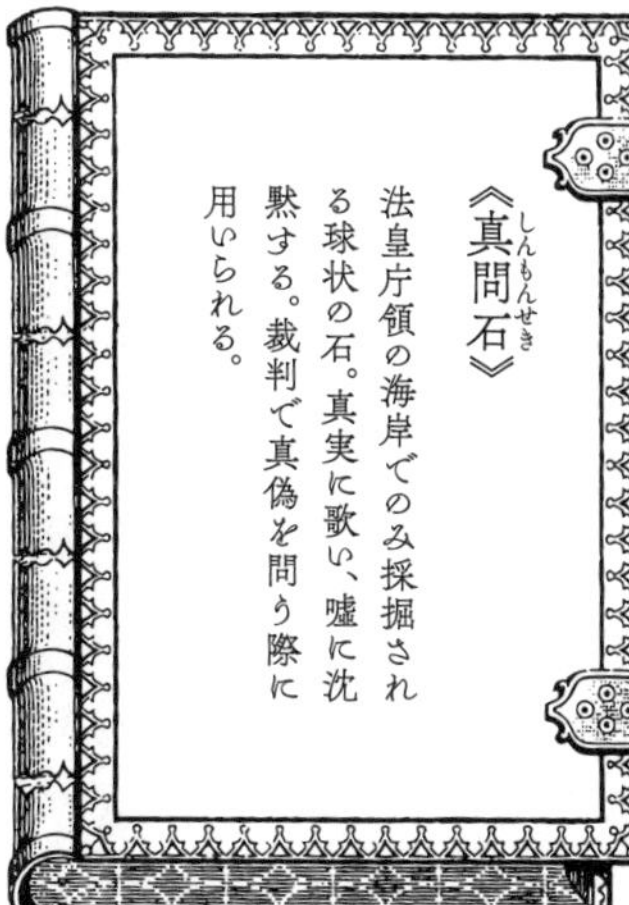
《真問石《しんもんせき》》
法皇庁領の海岸でのみ採掘される球状の石。真実に歌い、嘘に沈黙する。裁判で真偽を問う際に用いられる。

聖イジョルニ暦五三八年十一月。ユリアはヘクトルからの返事を受け取った。

「二人とも元気そうだった」

言葉少なにホルトは語った。

「トリスタンも変わりなかった」

それを聞いて、ユリアは少しだけ安堵した。二人が古代樹の森を離れて二ヵ月、寂しくないと言えば嘘になる。けれどここに残ることを選んだのは自分だ。その決断を後悔したくなかった。

ヘクトルの手紙には『話し合いは順調に終わった』と記されていた。『これから竜の首の測量に向かい、結果を持ってノイエレニエに戻る。それを基に技術者達とトンネルの掘削計画を練るので、今年の冬はエルウィンには戻れない』

手紙を読み終え、ユリアは封筒の中を確かめた。何度もしつこく見直した。だがヘクトルの手紙以外には何も入っていなかった。便りがないのは無事な証拠――と心の中で呟く。それに彼のことだもの。もし一筆添えるにしても『団長は元気です』とか、『団長のことは僕が守ります』とか、父上のことばかり書いて寄こすに決まっている。そういう人なのだ。それ以上のことを期待するのが間違いなのだ。

数日後、古代樹の森に初雪が降った。これからもっと寒くなる。森が雪に埋もれてしまったら今のようにリリスと二人、エルウィンで暮らすことも難しくなる。かといって、エルウィンを空にするなど論外だ。

「どうすればいいと思う？」ユリアはリリスに相談した。

「ううん、そうだねぇ」寝台に寝転んで、リリスは天井を見上げた。

エルウィンの三階には寝台がふたつ並んでいる。ひとつはユリアの、もうひとつはリリスの寝台だ。ユリアとリリスで木材を集め、二人で組み上げたものだ。

「ホルトに頼んでみようか？」

ややあってから、リリスが答えた。

「冬の間だけ彼にエルウィンの番人になって貰うってのはどう？」

「悪くはないけど、そしたらその間、私はどこに行けばいいの？」

「そりゃあマルティンに戻るのが一番なんだろうけど、冬は男達も古代樹に籠《こ》もるからなぁ。あいつら臭いし、うるさいし、鬱陶しいし——」

サヴォアのことを吹っ切って以来、リリスは男性に対して辛辣《しんらつ》だ。

「そうだ！」リリスは勢いよく上体を起こした。「あたし達二人でさ、森の家に住み込みで働きにいかない？」

大雪が降ると森の小道は閉ざされてしまう。森の家へ手伝いに通うのも困難になる。「これからが大変なんだよね」と、先日ヘレナもぼやいていた。

「名案だわ」

ユリアは諸手を挙げて賛成した。

「さっそくヘレナさんに頼んでみよう！」

翌日、ユリアとリリスは森の家に向かった。

二人の申し出を聞いて、ヘレナは一も二もなく快諾した。

「断る理由があるもんかい。こっちからお願いしたいくらいだよ」

ホルトもこの提案に乗ってくれた。

「エルウィンのことは俺に任せろ。主人の留守中は俺が守り人《もびと》を務める」

そう言って貰えるのはありがたいが、ユリアの心中は複雑だった。トリスタンの留守中、エルウィンを守るのは自分の役目だという自負もある。

「主人の留守中というのは『トリスタンとユリアがいない間』という意味だぞ」

黙り込んだユリアを見て、ホルトが補足する。

「あんたはもうトリスタンの嫁みたいなもんだからな」

「なあ！」奇声を発し、ユリアは立ち上がった。「な、なによ、いきなりなんてことというのよ！」

「いきなりでもないだろ。あんた達、どっから見ても相思相愛だ」

生真面目《きまじめ》な顔でホルトは言う。が、わずかに口元が緩んでいる。

「ももう、か、からかわないで！」

憤慨し、隣に座るリリスに援護を求めようとして——

「リリス、なに笑ってるの！」

「にゃっ!?」

リリスはぴょんと跳び上がった。

「さては貴方が話したのね！」

「ごめん！」リリスは顔の前で両手を合わせた。「つい口が滑っちゃった！」

嘘だ。意図的に話したのだ。「ユリアはトリスタンのことが好きなの。だから協力してあげてよ」とか、絶対に言っているはずだ。

「怒らないでやってくれ」ホルトがリリスを擁護《ようご》した。「俺が訊いたんだ。ユリアはトリスタンのこと、どう思っているんだって」

「なんでそんなことを」

「心配だったんだ。彼の病気のことを知ったら、あんたの心が離れてしまうんじゃないかって」

「それは――」ユリアは口ごもった。「もちろん驚いたし、話してくれなかったことには怒りもしたけど、そんなことぐらいで嫌いになったりしないわ」

「リリスもそう言っていた」

ホルトはにこりと笑った。

「その通りだった。俺は嬉しい」

ユリアはがっくりと肩を落とした。トリスタンへの気持ちをからかわれるのは、正直言って腹立たしい。リリスならば気安く怒ることも出来るが、ホルトが相手だとそうもいかない。

「いいわ、もう」

その代わり――と言って、苦笑する。

「私の留守中、エルウィンのことをお願いね」

本格的な冬が始まる前に、ユリアとリリスは身の回りの品を持って森の家に向かった。

十三月に入ると森の家の周辺にも雪が積もった。森の小道も雪に埋もれ、マルティンとの往来も滞るようになった。ユリアとリリスは掃除に洗濯、食事の支度と毎日忙しく働いた。住人達から編み物を習ったり、ウル族の伝承を聞いたり、ヘレナから医術を学んだり、薬草の煎《せん》じ方を覚えたりと、充実した日々を過ごした。

年が明け、徐々に日が長くなり、雪解け水が小川となって丘の斜面を流れ落ちる頃、イスマル・ドゥ・マルティンが森の家を訪ねてきた。

「久しぶりだね、鉄足の」

「あんたも歳のわりには元気そうだな、鬼殺し」

「減らず口を叩く暇があったら、もっと頻繁に顔を見せな」

「冗談じゃねぇ。よっぽどの用件でもなきゃ、誰が鬼のツラなんて拝みに来るかよ」

ヘレナとイスマルは親しげに剣呑な挨拶を交わした。二人は同じ時期、レーエンデ傭兵団の同じ部隊に所属していたという。ちなみにヘレナが隊長で、イスマルは彼女の部下だったらしい。

「で、鉄足の。用件ってのは何だい？」

「ヘクトルから手紙が来たんでな」イスマルはユリアに目を向ける。「読んで貰おうと思ってさ」

ユリアはごくりと息を吞んだ。父上からの手紙――悪い知らせだったらどうしよう。父上が怪我をしたとか、トリスタンが倒れたとか、そういう内容だったらどうしよう。

「なに、ただの報告だよ」

安心しろと微笑んで、イスマルは封書を差し出した。

ユリアはそれを受け取った。手紙には見慣れた父の筆跡ではなく、几帳面《きちょうめん》に整った四角い文字が並んでいた。一文字一文字丁寧に書かれているが、いくつか綴《つづ》りの間違いがある。線を引いたり、塗り潰したりして修正した箇所もある。

署名を見るまでもなく、ユリアは直感した。

これはトリスタンの字だ。

「読みますね」

胸の高鳴りを抑え、彼女は手紙を読み上げた。

「――ノイエレニエはずいぶんと暖かくなってきた。レーニエ湖の氷も溶け始めた。そちらはどうだ？　まだ雪に埋もれているんだろうな。お前達と一緒に新年を祝えなくて残念だ。俺達は元気にやっている。飯がまずいとか水がカビ臭いとか文句ばかり言っているが、トリスタンも元気だ」

ああ、よかった。

「――測量は無事終了した。今はどうやって竜の首にトンネルを掘るか、ダール村の村長を交えての話し合いが続いている。資材も人員も順調に集まっている。四月になって雪が溶けたら、いよいよ交易路の建設に着手する」

その後も計画の話が続いた。夏までに居住区を仕上げ、秋にはトンネルの掘削作業に取りかかる。三年後にはシュライヴァとレーエンデを繋ぐ隧道《ずいどう》が完成する予定だ。それまでヘクトルは現場で過ごすという。トリスタンも彼に同行するという。

「竜の首はノイエレニエより近い。なんならリリスと遊びに行ってこいよ」

イスマルの言葉に、ユリアは静かに頭を振る。

「私が行っても邪魔になるだけです」

「そんなこたぁない。ユリアみたいな美人が見学に来てくれたら野郎どもは張り切るぜ。工事の効率も上がるってもんさ」

「黙んな、この助平ジジイ」ヘレナがイスマルの頬を抓《つね》った。「綺麗な嫁さんを二人も貰っておいて、この口は、まだそういうことを言うのかね」

「ひたひ、ひたいって、やへろ、おにほろし！」

「ユリアはね、野郎どもを喜ばすために生きているんじゃないんだよ。まったく無神経なことを言いやがって。恥を知れ、恥を」

「ほんと、そう」リリスは上目遣いに父親を見た。「お父さん、最低」

「違う、違うぞ。聞いてくれ、リリス。俺はな――」

必死に弁明するイスマルの声はユリアの耳には届かなかった。彼女は手紙の最後、『追伸』と書かれた文字を見つめていた。

『追伸、ユリアさんへ。団長は元気です。まだ寒いのに真夏の太陽みたいに張り切っています。でも頑張りすぎないよう、きちんと見張っているのでご安心を。貴方も頑張りすぎないようにご自愛ください。代筆トリスタン・ドゥ・エルウィン』

やっぱりね、とユリアは思った。父上のことばかり書いて、自分のことは何ひとつ書いていない。私のことを心配する暇があったら、一言ぐらい、自分の体調について知らせなさいよ。

「ユリア、どうしたの？」

リリスが彼女の腕を摑んだ。

「なんで泣いてるの？」

泣いて――る？

ユリアは瞬きをした。膝の上に水滴がぽたりと落ちる。

本当だ。泣いている。自覚した途端、寂しさと愛しさが同時にこみ上げてきた。

「お父さん！」リリスは眼光鋭く父親を睨んだ。「よくもユリアを泣かせたねッ！」

「えええエッ!?」

イスマルは立ち上がった。椅子がひっくり返り、ばたーんと大きな音を立てる。

「すまん、ユリア。ごめんな、そういうつもりで言ったんじゃないんだ」

ユリアは俯いた。イスマルさんのせいじゃない。そう言いたかったのだが、喉が詰まって声が出ない。

「ほらあ、お父さん！　もっと心を込めて謝りなさいよ！」

リリスの声には、どこかからかうような響きがある。ユリアが泣いているのはイスマルのせいではないのだと、本当はわかっているのだ。

レーエンデに来てトリスタンと出会い、リリスという親友を得た。ホルトやイスマル、プリムラと可愛い双子、それにヘレナ。他にも素晴らしい人々と巡り会えた。

私は幸せだ。これ以上は望まない。もう充分に幸せだ。

ユリアは涙を拭い、手紙を胸に押し当てた。


古代樹の森に春が来て、短い夏がやってきた。

ユリアは数日ごとに森の家とエルウィンを行ったり来たりして過ごした。

森の家に通うようになって一年と半年あまり。初めてユリアが森の家を訪れた時、彼女を歓待してくれた患者達のおよそ半数が亡くなった。

死に瀕した銀呪病患者は、それでも笑ってユリアに言った。

「私は逝《い》くのではない。還るのだ」と。

「身体は灰になって森へと還り、魂は泡となって海に還るのだ」と。

その言葉通り、銀呪病患者の遺体は形を失う。死後数時間で一握りの灰になる。

「迷わず海に還らせたまえ」

祈りの言葉とともに、彼らの灰は古代樹の森に撒かれる。灰は空を舞い、森の緑へと溶けていく。銀呪病患者の弔《とむら》いは悲しいけれど美しい。きっとまた会える。そんな希望を抱かせる。

でもユリアは考えてしまう。そう遠くない未来、トリスタンが灰となって森へ還る時、自分は冷静でいられるだろうか。泣き喚いたり取り乱したりせず、彼の死を受け入れられるだろうか。

「だったら会いに行こうよ」とリリスは言う。「あたしも一緒に行くからさ」

そのたびにユリアは答える。

「ううん、行かない。私じゃ何の役にも立てないし、工事の邪魔はしたくないもの」

会いたくないわけではない。でも会えばますます好きになってしまう。これ以上、好きになってしまったら、きっと私は耐えられない。醜態を晒して軽蔑されるくらいなら、いっそ会わないほうがいい。ユリアは信頼のおける同志だと、思って貰えるだけでいい。

彼らが気兼ねなく工事に集中出来るよう、ユリアは手紙を書くことにした。雨漏りするほどの大雨が降ったとか、秘密の場所のスグリを使ってジャムを作ったとか、リリスと釣りに行って大物を釣り上げたとか、他愛《たわい》ない日常風景を書き綴っては、交易路の建設工事に参加するという若者達にそれを託した。

やがて彼女の元に返信が届いた。工事は順調に進んでいます。先日居住区が完成しました。団長は鬱陶しいほどお元気です。そんな内容が記されていた。

手紙の交換はその後も続いた。ヘクトル宛に書いた手紙でも、返事をくれるのはいつもトリスタンだった。やがてユリアも開き直ってトリスタン宛に手紙を書くようになった。

そうしている間に季節は秋めいて、ホウキグサもすっかり黄金色に染まった。竜の首では作業員がそれぞれの故郷に帰り始めたという。けれど冬の間も工事を続けたいという強者《つわもの》もいて、ヘクトルも「今年の冬はここで越す」と言い張っているらしい。『居残りの作業員を置いて、自分だけ娘に会いに戻るということが出来ない人なんです』と綴られた手紙を読んで、ユリアは微笑んだ。

「ええ、知ってるわ」

彼女は返事を書いた。「父上のことをよろしくお願いします」という手紙に「よかったら使ってください」と手編みの靴下を添えて、竜の首に向かう若者に託した。

そして青空に氷雪花が舞う十一月下旬。エルウィンをホルトに託し、ユリアはリリスとともに森の家に向かった。


レーエンデで迎える三回目の春。

マルティンの有志達が竜の首に向かうという話を聞き、ユリアは急ぎ手紙を書こうと机に向かった。しかし筆がまったく動かない。冬の間に病状が悪化していたらと思うと恐ろしくて、何を書いたらいいのかわからない。昨年のように日々の生活を記せばいい。こちらも元気でやっていることを報告するだけでいい。そう思っても、どうしても筆が進まない。

麗《うら》らかな春の日。ユリアはエルウィンの三階で机に向かっていた。真っ白な紙を前にして、一人煩悶を続けていた。

正午過ぎ、扉の開く音が聞こえた。

「リリス？」

彼女は朝早く、ホルトとともに森の家へと出かけていった。

「おかえりなさい。早かったわね」

ユリアは一階へと降りていき、階段口でぎょっとして立ち止まった。

扉の前に男が立っている。くたびれた旅装、伸び放題の髪と髭。彼はユリアを見つけると、嬉しそうに両腕を広げた。

「おお、ユリア。久しいな！　相変わらず輝くように美しいな！」

「ち、父上――？」

およそ一年半ぶりの再会だった。突然の帰還にも驚いたが、なにより風貌の変容に頭がついていかなかった。愛する父がまるで知らない人のように思えて、駆け寄ることも忘れてしまった。

「どうした？　再会の抱擁はお預けか？」

戯けたように問いかける。子供のような目が笑っている。ああ、父上の目だ。そう思うと同時に喜びが湧き上がってきた。いつものように抱きつこうとして、気づいた。

トリスタンの姿がない。

「彼はどこです？」ユリアは父に詰め寄った。「どこにいるんですか？　なんで一緒じゃないんですか⁉」

「落ち着け、ユリア。トリスタンは無事だ。本人の希望で竜の首に残してきた」

ヘクトルは優しく娘を抱きしめた。その背中を撫でながら諭《さと》すように続ける。

「俺はこれからシュライヴァに向かう。フェデルに戻り、兄上から軍資金をせしめてくる。その前にお前の顔を見ておきたくてな。こうして立ち寄らせて貰ったのだ」

「でしたら、先にお手紙をくだされればいいのに」

恨みがましくユリアは呟く。

「父上お一人でよく迷子になりませんでしたね？」

「マルティン達と一緒だったからな」娘の憎まれ口にもヘクトルは笑顔で答えた。「トリスタンも誘ったのだが、あの頑固者、『自分がいなくて誰が飯を作るんですか』と言い張ってな」

「飯を作る？」ユリアは首を傾げた。「彼は竜の首で何をしているんですか？」

「言葉通り、作業員達に飯を作っている。森に行って材料を集め、獲物を仕留めて戻ってくる。あいつが作る飯は旨いからな。みんな大喜びしている」

「でも――」

反論しかけ、ユリアは口を閉ざした。銀呪病は伝染する病ではない。だが『銀の鱗に触れた者には銀の呪いが降りかかる』という迷信を信じている者は少なくない。

「作業員の皆様は彼の病のことをご存じないのですか？」

「知っているはずだ。トリスタンは隠しているつもりらしいが、首筋にも銀呪が見えるようになってきた。おそらく皆も気づいているだろう。それでも知らぬふりをしてくれているのだろう」

難しい顔をしてヘクトルは腕を組む。が、娘の顔が不安に陰るのを見て「心配は無用だ」と取《と》り繕《つくろ》うように笑った。「竜の首には旨い飯を喰うことしか娯楽がないからな。作業員達は全員、トリスタンに胃袋を握られている。俺を含め、あいつに逆らえる者は誰一人としていない」

しかしユリアは笑えなかった。

銀呪病の進行は女性よりも男性のほうが早い。年配者よりも若者のほうが、発症から死に至るまでの期間が短い。トリスタンは発症から四年目を迎える。病状がいきなり悪化してもおかしくない。

「彼はどんな様子です？　問題なく動けているのでしょうか？」

「ああ、その点は大丈夫だ。先日も大きなツノイノシシを仕留めてきたばかりだ」

そこで咳払いを挟み、ヘクトルはユリアに向き直った。

「どうか誤解しないでやってくれ。トリスタンはお前を嫌っているわけではない。お前を避けているわけでも、会いたくないと思っているわけでもない。本当はここに帰りたくて、お前に会いたくて仕方がないのだ。でもお前に銀呪を見られたくなくて、お前に心配をかけたくなくて、それでつい強がりを言ってしまうのだ」

「わかっています」

強がっているのは私も同じですから――と心の中で呟く。

ヘクトルは髭に覆われた顎に手を置き、娘の顔をしみじみと眺めた。

「お前はトリスタンのことが好きなのか？」

「はい」

考えるより先に答えていた。素直にそれを認めることで、胸の奥に刺さっていた棘《とげ》が抜け落ち、晴れ晴れとした気持ちになった。

「私はトリスタンが好きです」

改めて宣言し、ユリアは微笑んだ。

「でも見返りは求めません。彼を縛る鎖にはなりたくありません。ですから会いたいとも傍《そば》にいてほしいとも思いません」

「辛い覚悟だな」

ヘクトルは眉根を寄せ、再び彼女を抱きしめた。

「お前は俺の希望だ。誰よりも幸せになって貰いたい。しかしながら、お前があえて茨《いばら》の道を行こうと決意したのであれば、もう何も言うまい」

何かあったらすぐに知らせを送ってくれ――と言い残し、彼はシュライヴァへと旅立っていった。

ユリアは炭筆を手に取った。ヘクトルと再会したこと、彼の髭面《ひげづら》に驚いたことなど、当《あ》たり障《さわ》りのないことを書いて封をした。

一ヵ月ほどしてトリスタンから返信が届いた。工事は順調であること、でもヘクトルがいないと士気が上がらないこと、仕方がないので肉を喰わせて景気をつけたことなどが、面白おかしく書いてあった。

几帳面なトリスタンの文字を見ても、昨年のように心が浮き立つことはなかった。返事を書こうとして考え込むことも多くなった。今の暮らしに不満はない。なのに何かが足りない。何か大切なことを忘れている。そんな気がしてならなかった。

良い知らせも悪い知らせもないまま季節は巡り、また冬が来た。

ヘクトルとトリスタンは今年も竜の首に残った。

ユリアはリリスとともに森の家で新年を迎えた。

聖イジョルニ暦五四一年二月、ユリアは十九歳になった。それはレオノーラがユリアを産んだ歳であり、母が亡くなった歳でもあった。だからだろうか。これから自分はどう生きていくべきか、ユリアは真剣に考えるようになった。

「悩むことなんてないよ。ずっとここで暮らせばいいんだから」とリリスは言う。

「ユリアはみんなから必要とされている。いなくなったら困る」とホルトも言ってくれる。

だがウル族の使命はウル族の血を残すことだ。いずれリリスは結婚する。ホルトだってそうだ。

いつまでもこんな日々が続くとは思えない。思い悩む理由は他にもある。先日ヘレナに言われたのだ。

「あたしの後を継いで、森の家の所長になる気はないかい？」と。

「すぐに答えなくていいよ。よく考えてから返事を聞かせておくれ」と。

考えるまでもない。引き受けるべきだと思った。ヘレナの後継者になれば、これからも古代樹の森で生きていくことが出来る。レーエンデで生きる道を見つけ、レーエンデの民になることが出来る。長年の悲願がかなうのだ。なのに満たされない。何かが、決定的な何かが足りない。

返事をすることが出来ないまま雪は溶け、レーエンデにまた春が来た。

そして四月初旬、突然ヘクトルがエルウィンにやってきた。昨年同様、これからシュライヴァに向かうという。

「何かと物入りでな、資金調達に行ってくる」

でもユリアにはわかっていた。ヘクトルがたびたびシュライヴァに戻るのは資金を調達するためだけではない。他にも何か理由があるのだ。自分はもうシュライヴァには戻らない。その決意は変わっていない。ヴィクトル伯父やヴァラスが何を画策しようとも、自分には関係ない。しかし父が抱えた問題はユリアの問題でもあった。

「父上、もしかして伯父上と意見が合わなくなっているのではないですか？」

娘の問いに、ヘクトルはむむむ……と唸った。

「鋭いな。さすがは俺の娘だ」

「ごまかさないでください」

「お前は気にしなくていい。俺は俺の仕事をする。お前はお前の役目を果たせ」

ヘクトルはユリアの頭をぽんぽんと軽く叩いた。

「竜の首の工事責任者はロマーノ・ダールという男だ。トリスタンに何かあれば、真っ先にお前に知らせるよう頼んである」

その言葉に、ユリアは反論の言葉を飲み込んだ。

「彼はそんなに悪いのですか？」

「見た目はあまり変わらない。不自由な様子も見せない。少なくとも俺の前では」

しかし——と言い、ヘクトルは右手で目頭を押さえた。

「以前のトリスタンとは明らかに動きが違う」

銀呪は宿主の身体を蝕む。手足の銀呪化は麻痺を伴い、やがては運動機能も損なわれる。体表面に現れる銀呪がわずかであっても油断は出来ない。内臓が銀呪に冒されている場合もあるからだ。発症して五年目ともなれば何があってもおかしくない。突然倒れて息を引き取る。そんな患者を何人も見てきた。トリスタンだって例外ではない。明日にでも容態が急変するかもしれない。倒れたまま目覚めることなく死んでしまうかもしれない。

ユリアは戦慄《せんりつ》した。目を逸らし続けてきた現実を眼前に突きつけられた気がした。燻《くすぶ》っていた不安が一気に燃え上がる。離れていれば忘れられるなんて大嘘だ。彼を失ったら生きてはいけない。トリスタンがいない未来をどう生きたらいいのかわからない。

「教えてください、父上」

懇願するようにユリアは尋ねた。

「父上は母上の死をどのようにして乗り越えたのですか。彼女がいない世界に生きていても虚しいだけだと、お思いになりませんでしたか？」

ひゅっと息を飲む音が聞こえた。ヘクトルは驚きの表情で娘を見つめ、辛そうに目を伏せた。

「レオノーラの死は俺にとって耐えがたいものだった。悲しみのあまり頭がおかしくなりそうだった。いっそ自分も死んでしまいたいと何度思ったかわからない。俺がそうしなかったのは、レオノーラがお前を残してくれたからだ。お前という未来があったから、俺は生きてこられたんだ」

ヘクトルは顔を上げた。鳶色《とびいろ》の瞳が潤んでいる。しかし彼の眼差しは温かく、唇は優しく微笑んでいる。その表情を見てユリアは思う。父上の言葉に嘘はない。ならば私の未来、私の希望も、きっとそこにあるはずだ。

ヴァラスに「女は世継ぎを産む道具にすぎぬ」と言われた時、吐き気がするほどの嫌悪感を覚えた。それは彼女にシュライヴァの娘としての人生を強要するものだったからだ。以来、ユリアは子を生《な》すことに懐疑的になっていた。一族の血を残すことを使命とするウル族の考え方にも抵抗を覚えてきた。それを受け入れてしまったら、私は子を産む道具に成り下がる。そんな風に感じていたのだ。でも今ならば理解出来る。子供とは希望、私達の未来だ。女は希望を産み、未来を育む。それを知っていたからこそ、母上は命を賭《と》して私を産んでくれたのだ。

「私もそうなれるでしょうか？」

震える声でユリアは問う。

「トリスタンの子を産むことが出来たら、彼のいない世界を生きられるでしょうか？」

「それは、わからない」

ヘクトルは祈るように手を組んだ。

「だがそうであってほしい。そうであってほしいと切に願う」

「もし私が彼の子を産んだら、父上は祝福してくださいますか？」

「無論だとも」

笑おうとして失敗し、泣き笑いの顔でヘクトルは首肯した。

「愛する娘と大切な友人の子だぞ？　祝福しない理由がどこにある！」

それを聞いて心が決まった。

ユリアは大きく息を吐き、涙を拭いて微笑んだ。

「では、こちらのことは私に任せてください。父上は伯父上と存分にやり合ってきてください」


父を見送った後、ユリアは一人、森の家に向かった。

「お時間をいただけますか？」

声をかけると、ヘレナはユリアを自室に招き入れた。彼女に座るように促すと、クリ茶を淹れて戻ってくる。その一方をユリアに渡し、自身も椅子に腰掛けた。

「気持ちは固まったかい？」

「はい」

ユリアは背筋を正し、そして答えた。

「私は森の家が好きです。辛いことも悲しいこともあるけれど、皆さんとても優しいし、誰かの役に立てるのは嬉しいし、出来ることが増えるのは楽しいです。だから――」

「いいんだよ」ヘレナが遮った。「人がどう思うかじゃなくてさ、あんたがどうしたいかを言っておくれ」

ユリアは口を噤《つぐ》んだ。覚悟を決めてここに来たのに、いざヘレナを前にすると、その決意も揺らいでしまう。ヘレナを尊敬している。彼女の期待に応えられないのは悔しい。喉の渇きを覚え、クリ茶を一口飲んだ。喉を滑り落ちていく熱。それに勇気を貰い、ユリアは再び口を開いた。

「私はトリスタンが好きです。私の幸せは彼とともに生きることにあります。だから今は彼のことだけしか考えられません。ヘレナさんにはいろいろなことを教えていただいて、皆さんにもよくしていただいたのに、身勝手なことばかり言って本当に申し訳ありません」

涙を堪《こら》え、ユリアは頭を下げた。

「謝る必要はないよ」

苦笑交じりにヘレナは言う。

「ユリアはいい子すぎるんだ。あんたは他人に求められる自分こそが理想の自分だと思ってるみたいだけど、理想の自分ってのは自分がなりたい自分のことをいうのさ。それを履き違えちゃいけないよ」

「……はい」

「あたしがあんたくらいの年齢の時にゃ、もっと好き勝手にしたもんさ。親の制止を振り切って傭兵団に入ったりしてね。おかげで帰る場所はなくなっちまったけど、後悔はしてないよ。この仕事も、ここでの暮らしも、存外気に入っているからね」

ヒラヒラと手を振って、大らかに笑う。

「生きるってのは楽じゃない。喜びや幸福は刹那《せつな》の光、それ以外はずっと闇ん中だ。ヘマして恥かいて失意と絶望の泥沼を這《は》いずり回る。それが人生ってもんなのさ。だからこそ自分が歩く道は自分で選ばなきゃいけないんだ。その結果、大失敗をやらかして血反吐《ちへど》を吐くほど苦しむことになっても、自分で選んだ人生ならまだ納得がいくからね」

ユリアは頷いた。その通りだと思った。

自分の道は自分で選ぶ。それが自由というものだ。

「私はトリスタンのところに行きます。邪険にされてもへこたれません。どんなに辛くても、どんなに苦しくても、最後まで彼の傍にいます」

「ああ、そうしてやんな。あの寂しがり屋をさ、ううんと甘やかしてやんな。どんなに勇敢な人間でも死は恐ろしいもんだ。死の影が濃くなるほど命の温もりが欲しくなる。もし彼があんたを求めたら、難しいことは考えずに抱いておやり」

ユリアは返答に困った。その意味がわからないほど初心《うぶ》ではない。でも「そのつもりです」とは言いづらい。「望むところです」はもっと言いにくい。

「……頑張ります」

「その意気だ」

ヘレナは皺深い手でユリアの膝をぽんと叩いた。

「幸せの形はひとつじゃない。愛する者と結ばれ、子を生したいと欲するのは自然の摂理だ。けど子を生せないからといって幸せの形が損なわれるわけじゃない」

優しく微笑んで、諭すように語りかける。

「だからユリア。子供だけは望んじゃ駄目だよ。彼にそれを望むのは酷ってもんだ」

ユリアは眉根を寄せた。決意に水を差されたような気がした。なぜ子を望んじゃいけないんだろう。トリスタンの父親がウル族ではないからか。だとしたらあんまりではないか。反論しようと口を開きかけた時、廊下を走ってくる足音が聞こえた。何事かと思う間もなく、手荒く扉が開かれる。

「ユリア！」

駆け込んできたのはホルトだった。顔を真っ赤に染め、息を弾ませている。

「竜の首から知らせが届いた。トリスタンが倒れたって――」

「あたしの馬を使いな」

最後まで聞かず、ヘレナは立ち上がった。

「老いぼれちゃいるが二本足で走るよか速い。ホルト、あんたも一緒にお行き。竜の首は男所帯だ。今は団長もいない。間違いのないよう、死に物狂いでユリアを守んな」

ホルトは真顔で頷いた。ヘレナは頷き返し、再びユリアに目を向けた。

「しっかりおし！　ほうけている時間はないよ！」

だがユリアは動けなかった。意識が遠のく。すべてが夢の中の出来事のように思える。手を叩くような音がして、頬がジンと熱くなった。ヘレナに頬を叩かれたのだ。そう気づいた途端、恐怖が襲いかかってきた。

「ど……どうしよう……どうしよう……」

歯の根が合わない。ガタガタと身体が震え出す。

「ち、父上に知らせないと――」

「まだ早い！」ぴしゃりとヘレナが一喝した。「まだ死んだと決まったわけじゃない！」

ああ、そうだ。ヘレナの言う通りだ。ユリアは弾かれたように立ち上がった。

「私、トリスタンに会いに行きます！」


ヘレナから馬を借り、ユリアとホルトは森の家を出た。

二人を乗せた馬は風のように森を駆け抜けた。竜の首はエンゲ山の西側、イーラ川の支流を遡った先にあるという。とはいえ一日でたどり着ける距離ではない。夜通し馬を走らせるわけにもいかない。休ませなければ人も馬も倒れてしまう。

日暮れとともに馬を下りた。月明かりを頼りに夜の森を歩いた。真夜中過ぎになってようやく休憩を取った。水を飲んで、少しだけ眠った。

翌朝、ホルトは乾燥肉を取り出した。一口だけでも食べるようにと言われたが、ユリアはそれを押し返した。食べておかなければいざという時に動けなくなる。頭ではわかっているのだが、身体がそれを拒絶する。不安で喉が詰まって、息をするだけでも苦しい。

休む暇も惜しんでひたすらに先を急いだ。

森の家を飛び出して二日目、エンゲ山が見えてきた。川辺に残る轍《わだち》をたどり、イーラ川の支流を遡る。やがて太陽は西に傾き、初夏の空が赤みを帯び始める頃、遠くから地響きのような音が聞こえてきた。

「これは滝の音?」

「みたいだな」ホルトは前方を睨んだ。「急ごう」

馬の手綱を引くのももどかしく、二人は足早に川辺を進んだ。

だんだん轟音が大きくなる。霧雨《きりさめ》のような水しぶきが飛んでくる。そびえ立つ灰色の岩壁が見えた。崖を割って白い滝が流れ落ちている。

「あれだ」

ホルトが前方を指さした。滝の右側、崖の中腹に四角い穴が口を開けている。自然に出来たものではない。明らかに人の手が入っている。ユリアは大穴に駆け寄った。だがそれは地上から五ロコスほどの位置にあり、馬上から手を伸ばしても届かない。

「誰かいないか！」

瀑布の音に負けじとホルトが叫んだ。

すると穴の奥から若い男が現れた。ホルトを見て、ユリアを見て、怪訝そうに眉をひそめる。

「俺はホルト・ドゥ・マルティン。彼女はユリア・シュライヴァだ」

早口に言って、頭上に左手を掲げる。

「トリスタンに会いに来た！　早く！　そこに登る方法を教えてくれ！」

「あ、ああ……わかった」

ようやく合点がいったらしい。若者は背後を振り返り、洞窟の奥に叫んだ。

「おおい、手を貸してくれ」

数人の男が集まってくる。「せぇのぉ！」という声とともに踏み板が穴の縁から押し出される。重たげに揺れていた板の先端が川辺へと着地する。ユリアは踏み板を駆け上がった。ホルトは馬の手綱を引きながら慎重に後に続いた。

大穴の奥は広間になっていた。張り巡らされた縄には無数の鉄鈴が吊るされている。右の壁には階段があり、出入り口らしき四角い穴が開いている。正面には半円状の通路がある。点々と明かりが灯っているが、深くて奥までは見通せない。

「ユリアさん、ホルトさん、ついてきてください」

最初に顔を出した青年が呼びかけた。彼に続いて階段を上り、細い廊下を進んだ。いくつもの小部屋を通り抜け、再び階段を上る。

「ここです」

廊下の中程で青年が立ち止まった。彼が指し示した出入り口には赤い布が垂れ下がっている。この向こうにトリスタンがいる。そう思うと足がすくんだ。彼を見たらきっと私は泣いてしまう。涙が止まらなくなって、また彼を困らせてしまう。

「ユリア」ホルトが彼女の肩に手を置いた。「行こう」

彼に背中を押され、ユリアは部屋に入った。

室内は明るかった。正面の壁に三角形の窓がある。そこから差し込む赤光が、引き延ばされた三角となって床の上に落ちている。窓辺に置かれた寝台に男が座っている。ぼんやりと外を眺めている。その背中は銀の鱗に覆われて、上腕や首筋にも銀色の蔦《つた》が絡みついている。

「トリスタン」ホルトが呼んだ。

びくりと肩を震わせ、彼は振り返った。そこに立つ二人を見て、驚愕したように目を瞠る。

「うわあああ!」

悲鳴を上げて寝台の端へと飛び退いた。慌てて上掛けをひっつかみ、裸の上半身を覆い隠す。

「見た?」ユリアに向かい、咳き込むように尋ねる。「見ました?」

ユリアは無言で頷いた。

「もう! 入る前にノックしてくださいよ! いきなり入ってくるなんて失礼ですよ!」

「失礼って——」呆れたようにホルトが呟く。「扉もないのにノックが出来るか」

「だったらせめて一声かけるとか、いくらでもやりようはあるでしょう!」

「そんな余裕あってたまるかッ!」

ついにホルトがぶち切れた。上掛けを摑み、トリスタンを締め上げる。

「お前が倒れたって聞いて馬を飛ばしてきたんだぞ! ここに着くまでユリアはほとんど寝てないし、何も食べてないんだぞ! お前のことが心配で、一刻も早く駆けつけたくて、必死に走ってきたんだぞ！」

「倒れたんじゃありません。寝不足でちょっと目眩《めまい》がしただけです。それをダール隊長が早とちりして――」

「やかましい！　言い訳するな！」

「やめて、ホルト」ようやくユリアが口を開いた。「苦しそうだわ。放してあげて」

ホルトはユリアを見た。トリスタンに目を戻し、いまいましげに手を離した。

「思っていたより元気そう」

ユリアはトリスタンを見つめた。頬がこけ、顎もほっそりとしていたが、人相まで変わってしまうようなひどい痩せ方はしていない。

「心配して損しちゃった」

「すみません」トリスタンは気まずそうに耳の後ろをかいた。「まさか来てくれるとは思ってなくて、なんて言ったらいいのか、考えてなくって……」

「それなら前にも教えたでしょう？『ありがとう』って言えばいいのよ」

「ああ、そうか」

彼は居住まいを正すと、今度は丁寧に頭を下げた。

「ありがとうございます。あと、心配かけてすみませんでした」

「最初からそう言え」ホルトが平手で彼の頭を叩いた。「それで身体の調子はどうなんだ？」

「もう大丈夫です。ゆっくり休ませて貰ったので、すっかり元気になりました」

「でも背中のそれ、ずいぶん広がってるじゃないか」

「発症して五年ですよ？　それでこの程度なら悪くないと思います」

トリスタンは自分の背中を覗き込む。

「まだ手も足も動くし、狩りだって出来ますよ。どっちが大きな獲物を仕留めるか、なんなら競争してみます?」

「おいおい、無茶はやめてくれ」

聞き覚えのない声がした。赤い布をまくりあげ、見知らぬ男が入ってくる。白髪交じりの黒髪に日焼けした肌。男はホルトとユリアを見て、嬉しそうに微笑んだ。

「貴方が噂のユリアだね。俺はロマーノ・ダール。竜の首の工事責任者だ」

「父からお名前は伺っております。いざという時は貴方を頼れと言われました」

「おや、シュライヴァの英雄にご指名を受けるとは光栄だ」

「ダール隊長のせいですからね」トリスタンが割り込んだ。「目を回して倒れただけなのに、ユリアさんにまで知らせるなんて、ほんと大袈裟なんだから」

「ああは言っているがね」口の横に手を当てて、ダールはわざとらしく声を潜める。「一時は本当にやばかったんだ。血の気が引いて、唇も紫色になっちまって、あのまま死んじまうんじゃないかってヒヤヒヤしたよ」

「勝手に殺さないでください」

「だったら無理すんな。お前にもしものことがあったら団長に顔向け出来ないだろうが」

「だからそれは誤解ですって——」

言いかけて、トリスタンは咳き込んだ。

「大丈夫か?」慌ててホルトが背中をさする。

「バッカラを呼ぶか?」気遣《きづか》わしげにダールも問う。

「平気です。咽《む》せただけです」咳の合間を縫ってトリスタンは答えた。「隊長が、ヘンなこと、言うからです」

「お前こそ、そろそろ認めちゃどうなんだ？」

ユリアは首を傾げた。会話の意味がわからない。

「認めるって何をです？」

「なんでもない！　なんでもないです！」

トリスタンが喚いた。そしてまた咳き込む。

「ほら見ろ。言わんこっちゃない」

ダールは肩をすくめ、ユリアに向き直った。

「ここにいちゃ気が休まらない。こいつを古代樹の森へ連れて帰ってくれないか」

「そんなに僕を追い出したいんですか？　美味しいご飯が食べられなくなってもいいんですか？」

「これでも元傭兵だ。贅沢《ぜいたく》は言わない。腹が満たされれば何だっていい」

「そういや、兵糧が尽きたヤウム城砦でスナトカゲを喰わされましたっけね。あれは、すっごく、ものすごくまずかった」

「ここならスナトカゲよりましな獲物が手に入る。お前がいなくてもなんとかなる」

苦り切った表情でダールは拝むように手を合わせる。

「なぁ、頼むぜ新兵。俺を助けると思って休養を取ってくれ。でないと団長が戻った時、俺が団長に叱られる」

「わかった！　わかりました！」

トリスタンが叫んだ。ホルトを見上げ、早口に続けた。

「帰りましょう。これ以上、ダール隊長がおかしなことを口走る前に！」

自分も歩くと言い張るトリスタンを宥《なだ》めすかして馬に乗せ、ユリアとホルトは竜の首を離れた。

老いた牝馬《ひんば》を労《いたわ》りながら、三日がかりで古代樹の森に戻った。

トリスタンがエルウィンの石段を上っていくと、扉が開き、リリスが飛び出してきた。

「よかった！　無事だったんだね！」

彼女はトリスタンに駆け寄り、彼の胸を拳で叩いた。

「もう！　もうもう！　すっごく心配したんだからね！」

「ええ、僕も、すっごく叱られました」

だからもう勘弁してください——と続け、トリスタンは力なく微笑んだ。

リリスは慌てて飛び退いた。泣きそうな声で「ごめん」と呟く。

「リリス」ホルトが呼びかけた。「俺達が戻ったことをイスマルに報告してきてくれ」

「ああ……うん、わかった！」

弾かれたようにリリスは階段を下った。すれ違いざま、ユリアの耳にささやく。

「あたし、今夜はマルティンに泊まるから」

そして答えも待たずに駆け出していく。

「俺は馬を返してくる」

そう言い残し、ホルトは手綱を引いて森の小道へと消えていく。

ユリアは階段を上った。立ち止まったままのトリスタンを追い越し、エルウィンの扉を開ける。

「夕ご飯は私が作るわ。何か食べたいものはある？」

「特にないです」

「久しぶりの我が家よ。なんでも好きなもの言ってみて」

「じゃあ、笑ってください」

彼女を見上げ、トリスタンは眩しそうに右目を閉じた。

「ユリアさんの笑顔が、僕にとっては一番のご馳走です」

ユリアは息を止めた。感情を抑え、にこりと微笑む。

「笑顔だけじゃお腹は膨れないわよ」

「いえいえ、おかげさまで、もうお腹いっぱいです」

「あらそう。私はお腹が減って目が回りそう」

ユリアは手早く目玉焼きを作った。パンを薄く切り、チーズをのせて火で炙る。

簡単な夕食をすませると、トリスタンは疲れ切った様子で目を閉じた。頬に血の気はなく、目の下には隈《くま》が出来ている。ユリアは両手で口元を覆い、あくびをするふりをした。

「疲れたわね。今日は早めに休みましょうか」

「……ですね」

トリスタンは立ち上がった。お気に入りの上掛けを手に、暖炉の前に寝転がる。

「そこじゃ駄目。床で寝てたら身体が休まらないわ」

ユリアは腰に手を当て、厳しい声で命令する。

「今夜からは二階の寝台を使いなさい」

「二階は団長の部屋です。約束したんです。エルウィンの二階は団長のために空けておくって」

「なら私の部屋で寝て」

トリスタンが咳をした。背を丸め、ゴホゴホと咳き込む。首に絡みつく銀の蔦模様。痛まないはずがない。彼に無理はさせたくない。でも言わなければ、今夜のうちに言っておかなければ、彼に明日はもう来ないかもしれない。

「トリスタン」

ユリアはそっと呼びかける。

「私の部屋に来て。私と一緒に寝て」

数秒の沈黙の後、素っ気ない声が聞こえた。

「面白くない冗談ですね」

「そうね。冗談だとしたら面白くないわね」

トリスタンはため息を吐いた。寝返りを打ち、面倒臭そうにユリアを見上げる。

「同情してほしくないって、前にも言いましたよね」

「同情じゃないわ。自分の気持ちに正直に生きようとしているだけ」

ユリアはトリスタンの傍らに座った。

「私は貴方を失うのが怖かった。だからわざと距離を取ったの。会わなければ忘れられるって、きっと諦められるって、そう自分に言い聞かせて、本当の気持ちから目を逸らしたの。けど無駄だったわ。だって私は貴方が大好きで、離れていても大好きで、貴方がいない未来なんて考えられないくらい、貴方が大好きなんだもの」

トリスタンの瞳に困惑と懊悩が浮かんだ。その目を見つめ、ごめんなさい——と心の中で呟く。これが最初で最後。二度と言わない。だから言わせて。一度だけ言わせて。

「たとえ貴方がいなくなってしまっても、ずっとずっと貴方のことを好きでいたいの。だから私を、貴方の妻にして――」

「やめてください」険のある声が遮った。「僕は貴方の恋人にも、夫にもなるつもりはありません」

「私のことが嫌い？」

「だったら苦労はしませんよ」

低い声で言い返し、彼は歪んだ笑みを浮かべた。

「僕、貴方を口説いたことがあるんです。三年前の夏至祭で、銀呪病のことを知られたあの夜に、もう元には戻れないんだから、いっそ何もかも壊してしまおうって、団長に殺されてもかまわないから貴方を僕だけのものにしてしまおうって、思ったことがあるんです」

「そうだったの？　全然気づかなかったわ」

気づかなかった？

いいえ、それは違う。本当は誘われていると気づいていた。でもトリスタンの気持ちを受け止めるのが怖くて、死にゆく人を好きになることが恐ろしくて、私は気づかないふりをした。

「気づくのが遅すぎたわね」

私は子供だった。愚かで未熟な子供だった。あの時、飲み込んでしまった言葉を素直に吐き出すことが出来ていたら、こんなにもやるせない思いをしなくてすんだのだろうか。こんな悲しい強がりを、口にすることもなかったのだろうか。

「本当、自分の鈍さが腹立たしいわ」

「でも僕は救われました」

トリスタンは仰向けになって天井を見上げた。

「自分の血を残すことなんて望んでいなかった。望んだところでかなうはずもないとわかっていた。なのに僕は貴方の優しさにつけ込んで欲望を果たそうとした。思い出すだけで冷や汗が出ます。自分の下劣さに反吐が出そうです」

両手で顔を覆い、かすれた声で続ける。

「毎日少しずつ、身体が萎《な》えていくのを感じます。明日の朝には死んでいるかもしれない。そう思うと眠ることさえ恐ろしくなります。けど死の恐怖から逃れるために貴方に慰めを求めるなんて、絶対に間違ってる。そんな浅ましくて意地汚い男に、僕はなりたくないんです」

どうかわかってくださいと絞り出すように呟いた。ごめんなさいとすすり泣くように繰り返した。

「謝らなきゃいけないのは私のほう」

自分でも驚くほど、静かな声でユリアは応えた。

「貴方は本音を言いたがらない人。弱みを見せるのを嫌う人。それなのに、打ち明けてくれてありがとう。すごく言いにくいことを、真剣に答えてくれてありがとう」

彼の黒髪を指で梳く。

「おやすみなさい。ゆっくり休んでね。苦しくなったらすぐに呼んでね」

もう一度、彼の髪に触れてから、ユリアは立ち上がった。

時間をかけて階段を上った。自分の部屋に戻り、仰向けにベッドに倒れ込んだ。

目の前に右手を広げる。指先にはまだ彼の温もりが残っている。

「――大好き」

目を閉じて、指先にキスをする。

私の笑顔が一番のご馳走だと彼は言った。ならば笑っていよう。最後まで笑っていよう。涙を流すのは、彼が森に還ってからでいい。

　トリスタンと二人きり、エルウィンで過ごす日々が戻ってきた。

　夏の太陽に照らされて、緑の木の葉がきらきら光る。爽やかな風が梢を揺らし、鉄鈴が涼やかな音を奏でる。押し寄せる波濤雲が雷雲を呼び、降りしきる驟雨が羊歯を洗う。夜になれば満天の星が上空を飾り、葉陰と葉陰を縫い留めるように光虫が飛ぶ。

　ユリアとトリスタンは畑を耕し、木の実を集め、森に仕掛けた罠《わな》を見て回った。他愛のない話をし、冗談を言い合って笑った。ヘクトルの話をするトリスタンはとても楽しそうだった。そんな彼を見ているだけで、ユリアは幸せだった。

　しかし銀呪は確実にトリスタンの身体を蝕《むしば》んでいった。話している途中、咳が止まらなくなることがあった。本人は決して認めようとしなかったが背中にも痛みがあるようだった。ユリアは森に入り、銀色に変色したカラヴィスの葉——銀夢草を探した。それを乾燥させ、細かく刻み、銀夢草の葉巻を作った。

「痛み止めよ」

　ユリアは数本の銀夢葉巻をトリスタンに渡した。

「約束して。必要な時だけ吸うって。絶対に吸いすぎたりしないって」

　トリスタンは葉巻を受け取り、目の前にかざした。

「銀夢葉巻なんて、いつぶりだろう」

「ということは、前にも吸ったことあるのね？」

「えっと……聖都にいた頃に少しだけ？」

「少しだけ？　じゃないわよ。そもそも健康な人が吸うものじゃないんだから」

「ですよね」

「身体に悪いんだから、過剰摂取すると大変なことになるんだから」

「はいはい、了解です」

トリスタンは胸に手を当て、騎士風の敬礼をした。

「誓います。乱用はしません」

二人で過ごす毎日は以前と同じようでいて、確実に何かが違っていた。それでもいいとユリアは思った。いずれ来る別れの時、そこに至るまでの時間を大切にしよう。私にとっての希望の光は彼と過ごした日々の記憶。それが私を生かしてくれる。トリスタンの声が、笑顔が、思い出のすべてが、彼のいない未来を生きる私の支えとなるだろう。

誰の人生にも転換点とも呼ぶべき一瞬がある。
渦中にある時にはそれとはわからなくても、
後に振り返って、あれが分水嶺《ぶんすいれい》であったと気づく瞬間がある。

聖イジョルニ暦五四一年、七月十五日。

蒸し暑い夜だった。蜜の匂いに誘われて光虫が虫籠に集まってくる。小さな黄色い明滅が森の中を飛び交っている。夕立をもたらした雷雲は流れ、天空には月と星が輝いている。

一階の丸窓を開け、トリスタンは銀夢葉巻を吸っていた。彼が吐き出す紫煙が窓の外へと消えていく。どこが痛いのだろう。肩だろうか、背中だろうか。気にはなったがユリアは何も尋ねなかった。訊いたところで本当のことなど言わない。そういう人だとわかっていた。

「今夜は満月ね」

トリスタンの隣に立ち、ユリアは夜空を見上げた。

「時化の気配はする？」

「いいえ、今夜は大丈夫そう――」

不意に声が途切れた。ぴりっと空気が張り詰める。

「どうしたの？」

答えずトリスタンは葉巻を握りつぶした。素早く窓を閉め、カーテンを引く。ユリアの手を摑んで居間の中央に戻り、オイルランプの火を吹き消した。

「油断しました。まさか満月の夜に襲撃してくるとは思いませんでした」

彼の言葉にユリアは激しく動揺した。

「襲撃ってどういうこと？　いったい誰が――」

「わかりません」

トリスタンはテーブルを動かした。床板を跳ね上げると厩舎に通じる縦穴《たてあな》が現れる。

「降りて。さあ、急いで！」

促されるままユリアは藁山《わらやま》へと飛び降りた。足の裏がジンと痺れる。我慢して立ち上がり、天井に向かって手を伸ばす。

「トリスタン、貴方も早く！」

「そこに隠れていてください。僕がいいと言うまで出てきちゃ駄目ですよ」

「そんな、待って！」

言い返す間もなく床板が閉じられた。テーブルを元の位置に戻す音がする。あたりは真っ暗で何も見えない。

恐怖に身がすくんだ。周囲の闇に押し潰されそうだった。

ドカドカと足音が響いた。複数の人間がエルウィンに入ってくる。食器が割れる音、家具が倒れる音、ビリビリと布が引き裂かれる音がする。何かが破壊されるたび、男達の野卑な歓声が聞こえてくる。

「お前、何してんの？」

「見りゃわかンだろ？　女を探してンだよ」

「なら刃物なんて使うんじゃないよ。司祭様は生きた聖女をご所望だ。傷物にしたら報酬は半分、死んだら俺達の丸損だよ」

ユリアはゾッとした。賊の狙いは私だ。彼らは私を探しているのだ。

鋭い金属音が響いた。入り乱れる怒号と剣戟《けんげき》の音。トリスタンだ。動くだけでも辛いはずなのに複数の敵と戦っている。

怯えている場合じゃない。

心を奮い立たせ、ユリアは厩舎を飛び出した。畑を横切ったところでエルウィンを振り返る。三階の窓を影が過《よ》ぎる。めまぐるしく動き回る男達。一瞬、トリスタンの姿が見えた。

「私はここよ！」

喉が裂けそうなほどの大声で叫んだ。

「ユリア・シュライヴァはここにいる……ッ!!」

三階の窓に一人の男が現れた。暗くて顔は見えないが、こちらを見ているのは確かだった。

ユリアは身を翻した。彼らの狙いは私だ。私が逃げれば連中はトリスタンを置いて、私のことを追ってくる。

「待ちやがれ！」

狙い通り、男達が追いかけてきた。ユリアは懸命に走ったが、相手のほうが足が速い。このままでは追いつかれる。彼女は森へと分け入った。夜の森は危険だ。目印も見えない。方角もわからない。足下は暗く、数歩先も見通せない。湿った苔に足を取られる。倒木に躓《つまず》いて転びそうになる。岩や木にぶつけた手足が痛い。息が苦しい。心臓が破裂しそうだ。でも休んではいられない。足を止めたら奴らに捕まる。自分が捕まったらトリスタンは殺される。

ユリアは走った。恐怖に喘ぎながら、ひたすら走り続けた。もはやどこをどう走っているのかもわからなかった。視界が暗くなっていく。自分が発する喘鳴《ぜんめい》が次第に遠ざかっていく。

地面に叩きつけられ、ユリアは目を覚ました。走りながら気絶したらしい。しっかりしろと自身を叱咤《しった》し、両手をついて身体を起こそうとする。しかし立てない。膝に力が入らない。だめだ、もう走れない。もう一歩も動けない。

夏草の香りがした。潮の匂いにも似た爽やかな香りが鼻をかすめた。

ユリアはのろのろと顔を上げた。鬱蒼と生い茂った羊歯、その上に半透明の球体が浮いている。泡虫だった。それは意志ある生き物のように、くるくると円を描いた。ついてこいというように森の奥へと漂っていく。

「待って……」

よろよろとユリアは立ち上がった。いつの間にか靴が片方脱げていた。手も足も傷だらけだった。一歩踏み出すだけで全身が痛んだ。悲鳴を嚙《か》み殺《ころ》し、彼女は泡虫を追いかけた。

上空が銀色に光っている。土が銀色に染まっている。木も草も吹き抜ける風も銀色に輝いている。不思議と恐怖は感じなかった。四肢の痛みが遠ざかり、眠気を伴う安らぎを覚えた。銀色の小鳥が肩に止まる。数歩先を銀のトチウサギが跳ねていく。足下を銀のオネキツネが駆け抜け、銀のシジマシカが彼女に寄り添う。銀色のスミネズミの群れがちょこちょこと走り回り、銀の葉陰を銀のウロフクロウが音もなく飛んでいく。

潮騒が聞こえた。寄せては返す、波の音が聞こえてきた。

急に目の前が開けた。銀の砂が敷き詰められた円形の広場、その中心に天を突くような大木が聳えている。つやつやと光る銀の幹、自在に伸びた数多の枝、旺盛に繁った銀色の木の葉がまるで天蓋のように頭上を覆っている。煌めく葉の一枚一枚が虹色の光沢を帯びた貝殻のようだった。さわさわと揺れる姿は幻魚の鱗のようであり、穏やかに打ち寄せる波のようでもあった。

神々しく輝く銀色の大樹を銀色の獣達が囲んでいる。シジマシカがいる。トチウサギがいる。ヤミオオカミがいる。危険な肉食獣でさえ、恭順を示すかのように低く頭を垂れている。動物達の間には泡虫が浮遊している。小さな無数の球体が綺羅星のごとく輝いている。

ユリアは自身に問いかけた。

これは夢？　私は夢を見ているの？

波の音が聞こえた。かすかな泣き声が聞こえた。途切れ途切れに響いてくる声をたどり、彼女は銀の巨木に近づいた。幹に大きな洞《うろ》がある。銀色の苔が洞の内部を覆っている。そこに光が差し込んで波の模様を描いている。光の波間に銀色の葦船《あしぶね》が浮いている。

ユリアは洞に入った。靴をなくした足の裏に柔らかな苔の感触が伝わってくる。そっと葦船を覗き込んだ。はたしてそこには赤ん坊がいた。肌は抜けるように白く、髪は銀糸のように細い。真珠のように美しい嬰児《みどりご》だった。しかし赤子は銀呪に冒されていた。小さな両足は銀の鱗で覆われ、癒着して魚の尾鰭《おびれ》のようになっていた。

「可哀想に、このせいで捨てられたのね」

放ってはおけず、ユリアは赤子を抱き上げた。小さな身体は濡れそぼち、すっかり冷え切っている。泣き声は弱々しく、一声ごとに小さくなっていく。

今すぐ温めてやらないと死んでしまう。

迷うことなくユリアは長衣の前を開き、赤子を胸に密着させた。親鳥のように小さな命を包み込む。赤ん坊の身体が痙攣《けいれん》する。弱々しい泣き声、ひゅうひゅうと喉が鳴る。死にたくない、生きたい、生きたい、そんな心の叫びが聞こえてくるようだった。

「大丈夫、大丈夫よ」

母になれなかった自分が親に捨てられた子を拾う。一度は諦めた小さな命が自分の腕の中にある。奇妙な巡り合わせだと思った。小さな身体に銀呪を刻まれてもなお、必死に生きようとしているこの子が哀れでならなかった。我が子ではないとわかっていても愛《いと》しさが募った。温かなものが満ちてきて、ぽろぽろと涙がこぼれた。

「私が貴方を守ってあげる」

だから——

「私の子供になりなさい」

波の音が聞こえる。眠れ眠れと誘うように。

耐えがたい眠気が押し寄せてきて、ユリアは銀の苔の上に倒れた。

小鳥の囀《さえず》りが聞こえる。朝の光が顔を照らした。眩しさに呻き、ユリアは瞼を開いた。幹の割れ目から朝陽が差し込んでいる。すっかり夜が明けている。いつの間に眠ってしまったんだろう。目を擦り、起き上がろうとして、彼女ははっと息を呑んだ。

赤ん坊がいない。しっかり抱きしめていたはずなのに、どこにも見当たらない。

慌てて周囲を見回した。銀色に輝いていた洞は光を失い、くすんだ灰色の肌を晒している。柔らかな銀の苔も見当たらない。周囲には変色した落ち葉が堆積している。

「どこ？　どこに行ったの？」

生まれて間もない乳飲み子だ。遠くに行けるはずがない。ユリアは洞から這い出した。

銀色の獣達はいなくなっていた。銀の砂地も生い茂った銀色の葉も見当たらない。折れた枝、灰色の木肌、うち捨てられた古代樹が夏草の中に埋もれている。

「どこにいるの？　返事をして！」

ユリアは赤ん坊を捜した。古代樹の周囲を巡り、夏草をかき分ける。捜しても捜しても赤ん坊は見つからない。じわじわと失意がこみ上げてきた。認めたくない、認めたくない、しかしついには認めざるを得なくなり、彼女はその場に座り込んだ。

現存する古代樹はすべて枯死《こし》している。銀の葉を旺盛に繁らせた古代樹などあるはずがない。銀色の動物達も、銀の波紋も葦船も、この手に抱いた赤子の温《ぬく》もりも、すべて夢だったのだ。トリスタンの子を得たいという願望が、銀呪病の子を抱く夢となって現れたのだ。諦めたつもりでいたのに、彼との思い出を積み重ねていくだけで充分だと思っていたのに――

「ああっ！」

ユリアは弾かれたように立ち上がった。

あれからどうなった？　追っ手は？　エルウィンは？　トリスタンは無事だろうか？

「戻らなきゃ」

息せき切って森の中を駆け抜ける。エルウィン周辺の地形は熟知している。なのに目印が見つからない。木々が視界を遮り、深い藪が行く手を阻む。湿った土の匂い、噎《む》せ返《かえ》るような草いきれ、玉のような汗が頬を伝っていく。

ふと頬に風を感じた。木の葉のざわめきの向こうから獣よけの鈴の音が聞こえてくる。ユリアは必死に藪をかき分けた。小枝が頬を引っかき、埋もれた根っこが足を掬《すく》う。灌木の枝をかいくぐり、茨の棘を払いのけ、開けた場所に転がり出る。

小道を彩《いろど》る夏の陰影、そこにホルトが立っていた。驚愕の表情でユリアを凝視している。

「ホルト！」

ユリアは彼に駆け寄った。

「大変なの。昨夜、暴漢達がエルウィンに来て、トリスタンが一人で応戦して――」

「知っている」低い声でホルトが遮った。「重傷だが命に別状はない」

それを聞いて膝が折れそうになった。安堵のあまり涙が滲んだ。

しかし、ホルトの表情は依然として険しいままだった。

「ユリア、どこにいたんだ？　今の今までいったい何をしていたんだ？」

「古代樹の洞に隠れていたの。情けないことにぐっすり眠ってしまって、さっき目が覚めたばかりなの」

「さっき目が覚めた？　今までずっと眠っていたっていうのか？」

棘のある声に、ユリアは思わず首を縮めた。

「……ごめんなさい」

トリスタンが危険な目に遭っていたのに、のうのうと眠っていたのだ。怒られて当然だ。

「彼の怪我はひどいの？　今、どこにいるの？」

ホルトは答えなかった。唇を震わせ、怒りと恐れが入り交じった目でユリアを睨んでいる。

「どうしたの？」

「エルウィンに戻るぞ」

返事も待たず、ホルトは歩き出した。困惑を飲み込んで、ユリアは彼の後を追った。

数分も行かないうちにエルウィンが見えてきた。ホルトが石段を駆け上がる。彼に続き、ユリアもエルウィンに入った。

「ああ……なんてこと」

ひどい有様だった。カーテンは引き裂かれ、オイルランプは割れている。テーブルが倒れ、椅子が転がり、食器の破片が散らばっている。

「こっちだ」

ホルトが階段を上っていく。二階の様子もひどかった。机は壊され、紙やペンが散乱している。床にも壁にも生々しい血痕《けっこん》が残っている。窓辺に置かれたベッドではトリスタンが眠っていた。その胸には白い布が巻きつけられている。頭にも右腕にも包帯が巻かれている。

「起きてるか、トリスタン」

ホルトが呼びかけると、彼は薄く目を開いた。

「ユリアを見つけた。今まで古代樹の洞に隠れていたと、さっき目が覚めたばかりだと言ってる」

トリスタンが飛び起きた。左手でホルトの胸ぐらを摑む。

「誰かに話しましたか？」

殺気立った目、鋭い眼光。獣のように歯を剥いて、トリスタンは問いかける。

「答えなさい。誰に話しました？」

「誰にも話していないし、誰にも話すつもりはない。お前が俺の従兄弟だからじゃないぞ。ユリアがリリスの親友だからだ。ユリアが死んだらリリスが悲しむ。だから誰にも言わない」

ユリアは混乱した。意味がわからなかった。なぜトリスタンはホルトを締め上げているのか。なぜホルトは「ユリアが死んだらリリスが悲しむ」と言ったのか。重傷を負ったのはトリスタンであって私ではないのに。

「ユリア」

名を呼ばれ、我に返った。目の前にトリスタンが立っている。起きて大丈夫なの？　と問う暇もなかった。気づいた時には彼に抱きすくめられていた。頰に触れる布の感触。規則正しい心臓の鼓動。かすかに漂う血の臭い。黒髪に染みついた甘い銀夢葉巻の匂い。

「あんな無茶、もう二度とするな」

「ごめんなさい」

ユリアは目を閉じた。トリスタンの胸に頰を押しつけ、その背に両手を回した。

「心配かけて、ごめんなさい」

「僕が君を守る」

痛々しくかすれた声、耳朶にトリスタンの吐息を感じる。

「命に代えてでも絶対に守る」

ユリアは息を止めた。喜びと悲しみが狂おしいほどに胸をかきむしる。このまま時が止まればいい。この瞬間が永遠に続けばいい。でなければ世界など終わってしまえ。何もかもが崩れ落ちて、焼け野原になってしまえ。

彼の身体が傾いた。倒れかかるトリスタンをユリアは必死に抱き止める。

「トリスタン！　しっかりして、トリスタン！」

ホルトが彼を抱き上げて、再びベッドに横たえた。首筋に手を当てて、脈を確かめる。

「気を失っただけだ。あんたを見て安心したんだろう」

トリスタンに毛布をかけてやってから、ホルトはユリアを振り返った。

「話しておかなければならないことがある」

ユリアは無言で頷いた。二人は部屋を出て、階段口に腰を下ろした。

「落ち着いて聞いてくれ」

そう前置きをして、ホルトはおもむろに口を開いた。

「事件があったのは昨夜じゃない。あの夜から、すでに五日が経過している」

「え……えっ⁉」

ぐっすりと寝入ってしまった感覚はあったが、五日間も目覚めることなく眠り続けるなんて、どう考えてもあり得ない。しかしホルトの顔は真剣そのものだ。冗談を言っているようにも、嘘を言っているようにも見えない。

「ユリア、正直に答えてくれ。森で過ごしている間、怪しい者と出会わなかったか？　何かを飲まされたり食べさせられたりしなかったか？　誰かに抱かれたり交歓を持ったりしなかったか？」

「そ、そんなことするわけないでしょう！」

ユリアは頰を赤らめた。

「奇妙な夢を見たわ。古代樹の洞の中で赤ちゃんが泣いていたの。だから抱っこして温めてあげた。ただそれだけよ。怪しい人にも会わなかったし、貴方が言うようなことは何もしていないわ」

「洞の中で赤ん坊を抱いた？」

押し殺した声でホルトは尋ねた。

「それは確かか？」

「そういう夢を見ただけよ。本当に赤ちゃんがいたわけじゃないの」

「その話は誰にもするな」

ホルトはユリアの腕を摑んだ。薄暗がりの中、目だけが異様に光っている。

「リリスにもイスマルにも、団長にも言うな」

「……どうして？」

「ウル族には伝承がある」

低くかすれたささやき声、腕を摑んだ手からホルトの怯えが伝わってくる。

「満月の夜、天満月の乙女は銀の悪魔に導かれ、幻の海の底にある銀の褥《しとね》に眠り、悪魔の子供を受胎する。悪魔の子供は絶望を得て瓦解し、生きとし生けるもの一切を焼き尽くし、この世界を暗黒に沈める」

ユリアはあっと声を上げた。レーエンデに来たばかりの頃、トリスタンからも同じ話を聞かされた。ウル族が恐れる悪魔の子の伝承、今の今まですっかり忘れていた。

「悪魔の子はレーエンデを滅ぼす。山河を焼き尽くし、幻の海に沈める。それを回避するためには、悪魔の子が生まれる前に、悪魔の子を宿した乙女もろとも殺すしかないと言われている」

「でも、それって伝承よね？　ただの言い伝えよね？」

「いいや、俺の親父が子供の頃、本当にあった話だ。シーズという古代樹林に住むエルザという娘が満月の夜に行方不明になった。戻ってきた彼女は父親のいない子を宿していた。それを知ったシーズ達はエルザの腹を裂いて嬰児を潰し、彼女の遺体を切り刻んで森に棄《す》てた」

ユリアは両手で口を押さえた。嫌悪と恐怖に肌が粟立つ。ウル族は迷信深い。マルティンでもシーズと同じことが起きないとは限らない。だからホルトは言ったのだ。「ユリアが死んだらリリスが悲しむ」と。

「エルウィンが襲撃されたことはマルティンに知れ渡っている。あんたが行方不明になったことも全員が知っている。森に逃げたあんたをマルティンが総出で捜索したからだ」

だから——とホルトは鬼気迫る声で言う。

「あんたは五日間、森の中をさまよい続け、今日になってようやく戻ってきたことにするんだ。いいかユリア。誰にも真実を悟られるな。嘘がばれたら最後、あんたは殺される。あんたをかばったトリスタンも俺も殺される」

ユリアは頷いた。奥歯を噛みしめ、恐怖を押し殺し、黙って頷くことしか出来なかった。

ユリアが戻ったという知らせを受けて、すぐにリリスが飛んできた。「無事でよかった」とユリアを抱きしめ、幼子のようにわんわん泣いた。

「心配かけてごめんね」

ユリアは詫びの言葉を繰り返した。嘘をつくのは辛かったが、本当のことは言えなかった。

少しの疑念も抱くことなく、リリスは彼女の嘘を信じた。実際ユリアはボロボロだった。頬には引っかき傷があり、掌も膝も擦《す》り剝《む》いていた。左の足の裏は皮がべろりと剝《は》がれていた。とはいえトリスタンが負った傷に較べたら、こんなものは怪我のうちに入らない。出来ることならすぐにでも部屋の片づけがしたかった。

逸《はや》る気持ちを抑えつけ、ユリアは三日三晩ベッドの上で過ごした。だが四日目になると、もう我慢出来なかった。「こんなに寝てたら身体がなまっちゃうわ」と言い訳し、起き出してエルウィンの片づけを始めた。

床や壁の血痕を洗い流し、食器などの欠片を集めた。床を掃き清め、椅子やテーブルを元の位置に戻した。破れたカーテンは繕《つくろ》えばまだ使えそうだった。でも大量に血を吸ったトリスタンの上掛けは、もう使い物にならなかった。

片づけが終わるまでに一ヵ月を要した。事件から三ヵ月が過ぎる頃にはトリスタンの怪我もほぼ癒《い》えて、残る包帯は胸の傷だけになっていた。一人で歩けるようになると彼も大人しくはしていなかった。ふらりと狩りに出かけていき、トチウサギやカワガモなどを仕留めてくるようになった。

トリスタンの回復を喜ぶ一方で、ユリアには気がかりなことがあった。

あの事件以来、月のものが来ないのだ。だからといって悪魔の子を宿したという証左にはならない。悪魔の子の伝承を信じる根拠にも理由にもならない。赤子を拾った夢を見ただけで受胎するなんて悪い冗談としか思えない。だが三ヵ月も間が空くと、さすがに不安になってくる。

「ちょっと相談したいことがあるんだけど」

暖炉の前で弓弦の張り替えをしていたトリスタンにユリアは事情を話した。膝を抱えて床に座り、「どう思う?」と問いかける。

「そうですね」

弓を膝に置き、少し考え込んでから、トリスタンは答えた。

「僕は迷信を信じません。悪魔の子の伝承も信じたことはありません。でもユリアさんが体験したことは『夢を見ただけだ』と言って、片づけていいものではないように思います」

「私のお腹の中にはあの子がいる。貴方はそう思うのね？」

「そう仮定して準備を進めておくべきです。たとえ徒労に終わったとしても、いざ事が起こってから慌てて準備するよりはるかにましです」

「事が起こるって、何が起こるの？」

「あくまでも仮説ですけど、受胎はその子が肉体を持つための通過儀礼だと思うんです。ですからその子は人の子と同じようにお腹の中で大きくなり、やがては人の子と同じように生まれてくるんだと思います」

　ユリアは青ざめた。それこそ彼女がもっとも恐れていることだった。

「お腹が大きくなったらごまかせないわ。きっと疑われるわ。私が殺されるだけでなく、貴方やホルトまで殺されてしまう」

「ひとつだけ、すべてを丸く収める方法があります」

　トリスタンは手を組んで、静かな声音で切り出した。

「シュライヴァに戻ればいいんです。夢の中の赤ん坊は銀呪病だったんですよね。であれば、その子はレーエンデでしか生きられない。ユリアさんがシュライヴァに戻れば、その子は生まれることなく死んで灰に――」

「それは駄目！」

　ユリアは床を叩いて立ち上がった。

「わかってる。そうすれば誰も傷つかないって。貴方やホルトが危険な目に遭うこともないって。

でも嫌なの。この子を死なせるのだけは絶対に嫌なの」

涙ぐむ彼女を見上げ、トリスタンは微笑んだ。

「よかった」

「え？」

「『名案ね、そうしましょう』って言われたら、嫌だなあって思ってました」

「そんなこと言うわけないじゃない！」

試すなんてひどいわ、と言ってドスンと床に座り直した。それでも苛立ちが収まらず、ユリアは上目遣いに彼を睨む。

「私はこの子を憎んでないし、恐れてもいないわ。いらない子だとか、生まれなくていい子だなんて、一度だって考えたことないわ！」

「知ってます」

トリスタンはクスクスと笑った。

「ユリアさん。夢の中でその子を抱いた時、どんな感じがしましたか？」

「どんなって――」

「ウル族の伝承を知っていたのに、怖いとは思わなかったんですか？」

「不思議なことに、ちっとも怖くなかったの。逆に妙な安心感があって、心が温かなもので満たされていくのを感じたわ」

ユリアは目を閉じた。今でもはっきりと思い出せる。死にたくないと泣いていた赤ん坊、助けを乞うように頭を垂れていた銀色の獣達、銀の葉を繁らせて光り輝いていた銀色の古代樹。

「あの場所はとても神々しかった。清らかな空気で満たされていた。上手く言葉に出来ないのがもどかしいけど、これだけは絶対に言える。あれは悪いものじゃない。あれが邪悪なものであるはずがないわ」

「その直感を信じましょう」

トリスタンは弓を抱え、身を乗り出した。

「神の御子の誕生を書いたクラリエ教の聖典とウル族に伝わる悪魔の子誕生の伝承。どちらが起源で、どちらが正しいのか、前に言い争ったことがありましたよね。あれ、どちらも正解なんだと思うんです。神の御子と悪魔の子は表裏一体、同じものを別の角度から見ているだけなんだと思うんです。ウル族には悪魔の子に見えたものが、ライヒ・イジョルニには神の子に見えた。なら僕はイジョルニの予言を信じます。ユリアさんに宿った命は、神の御子だと思うことにします」

ユリアは思わず自分の腹を押さえた。おずおずと彼を見て、恨めしげに訴える。

「恐れ多いわよ。私が神の御子を産むなんて、さすがに突飛すぎるわ」

「僕は本気です」

トリスタンは宣言した。口元は微笑んでいるが、その瞳は笑っていない。

「守りますよ。御子のこともユリアさんのことも僕が守ってみせます」

「またそういうことを言う」

ユリアは頬杖をつき、赤くなった頬を隠した。

「私、この子に約束したの。『貴方を守ってあげる』って。だから貴方ばっかりにいい格好はさせないわ。この子を守るのは私達。私達二人で守るのよ」

トリスタンは目を瞬いた。生真面目な顔で「確かに」と呟く。

「守りましょう。僕達二人で」

「ええ、何があってもこの子を守る。私達二人でね」

「そうなると、呼び名が欲しいですね。いつまでも『その子』とか『この子』とか呼んでちゃ可哀想です。僕達二人だけが理解する、この子の名前が欲しいです」

「それ、私も思ってた」

親が子供にあげる最初の贈り物。それが名前だ。ユリアの頭にはひとつの名前が浮かんでいた。もしトリスタンとの子を得ることが出来たら、つけたいと思っていた名前だ。

「ひとつ思いついたんだけど」

「聞きましょう？」

「エールデ——というのはどうかしら」

それは夏至祭でユリアが髪に飾った白い花の名前。『希望の光』という意味を持つ。

「いいですね」

トリスタンは破顔した。

「ユリアさん、やっぱり貴方は最高です」

「あ……ありがとう」

「ではエールデのために身を隠す場所を探しましょう。エールデを取り上げてくれる人も必要になりますね」

「って、誰かに話すつもりなの？　危なくないの？」

「絶対に大丈夫とは言いませんが、ヘレナならなんとかしてくれると思いませんか？」

「あ——」

ぱあっと目の前が明るくなった。ヘレナは医者だ。革新的で迷信も信じていない。味方になってくれたなら、これほど心強い人はいない。

「幸か不幸か、僕が森の家に行くと言っても疑われることはありません。僕の付き添いだと言えば、ユリアさんが森の家で暮らすようになっても何ら不思議はありません」

「名案だわ」

ヘレナと森の家なら匿《かくま》ってくれる。きっと私達のことを守ってくれる。

「問題は――」トリスタンは顔をしかめた。「団長にいつ、どうやって話すかです」

「今度お戻りになった時じゃ駄目なの？　どんな経緯があったとしても、父上はエールデを害したりはしないわ」

「それについては心配していません」

問題なのはそこじゃなくて――と言い、彼は弓弦をビンと弾いた。

「団長は迷信なんて信じません。だからエールデのこと、僕達の子供だって誤解すると思うんです。絶対に舞い上がって喜んじゃうと思うんです」

「私は、別に、誤解されてもいいけど」

「駄目です」頑《かたく》なにトリスタンは首を横に振る。「その言い訳は使えません」

「そうだったわね。ごめんなさい」

ユリアは素直に謝罪した。触れてはいけない場所に触れてしまった。

死の恐怖から逃れるために貴方に慰めを求めるなんて絶対に間違っていると、そんな浅ましくて意地汚い男になりたくないと、トリスタンは言っていた。彼の子供だと嘘をつけば、トリスタンの尊厳を傷つけることになる。

「今はまだ本当にエールデが宿っているかもわからないのだし、ぬか喜びさせるのも申し訳ないし。父上に話すのは、もう少し様子を見てからにしましょう」

大丈夫よ——と言って、ユリアは笑う。

「会うのは年に一、二回だもの。上手くごまかしてみせるわ」

「そうですね。そのほうがいいと僕も思い——」

言葉を切り、トリスタンは素早く立ち上がった。手を振って、隠れろと合図する。ユリアはテーブルの下に潜り込んだ。その間にトリスタンは右手で腰のナイフを抜き、扉の死角に身を隠す。

足音が聞こえた。誰かが階段を駆け上がってくる。バタンと扉を開き、一人の男が駆け込んでくる。その喉をかき斬ろうとして、トリスタンは寸前でナイフを止めた。

「だ……団長？」

ナイフを持った右手をだらりと落とし、彼は泣き笑いの表情で叫んだ。

「もう、びっくりさせないでくださいよ！」

「すまなかった」

ヘクトルはトリスタンの両腕を摑んだ。彼を見つめ、心配そうに眉をひそめる。

「重傷を負ったと聞いたぞ。もう起きていいのか？」

「大袈裟ですね。たいした傷じゃありません。もうすっかりよくなりました」

「よくユリアを守ってくれたな。心から礼を言うぞ」

「いえ、助けられたのは僕のほうです。ユリアさんが機転をきかせて連中を引きつけてくれなかったら、僕は今頃、森に還っていましたよ」

おお、そうか——と応え、ヘクトルは周囲を見回した。ユリアがテーブルの下から這い出ると、躍るような足取りで彼女に駆け寄ってきた。

「でかした、ユリア！」

両手で娘を抱きしめ、肩や背中を撫でさする。

「さすがは俺の娘だ。勇敢で知恵も回る、自慢の娘だ！」

「必死だったんです」

後ろめたさを胸に押し込め、ユリアは答えた。

「森の中で迷子になってしまうくらい必死だったんです」

「それにしても、まさか満月の夜を狙ってくるたぁ思わなかったよな」

声とともにイスマルが入ってくる。彼がエルウィンに来るのは珍しい。何か大切な話があるに違いない。ユリアは四人分のクリ茶を淹れた。それを一口飲んでから、ヘクトルはおもむろに切り出した。

「まずは事件のことを聞かせてくれ。襲ってきたのは何者だ？　目的はなんだ？」

「襲撃者のリーダーはガフでした」

トリスタンはテーブルの上で両手を組んだ。

「すみません。あいつがこの場所を知っていたのは僕が口を滑らせたせいなんです」

「あいつか」ヘクトルは唇を歪めた。「外地に逃げたと見せかけて、レーエンデに潜んでいたんだな」

「ちょい待ってくれ」

イスマルが右手を挙げた。「何モンだ？　そのガフってのは？」

「ハグレ者です」苦々しげにトリスタンは吐き捨てる。「竜の首を根城にしていた密輸団を仕切っていた男です。年齢は三十歳前後、白い肌に枯草色の髪、容姿は典型的なウル族ですが、髪は短く、僕らが会った時には外地風の服を着ていました」

「あ……」

ユリアは思わず口を押さえた。

「私、たぶん……そのガフって人に、会ったことがあります」

「いつ？　どこで会ったんですか？」

「二人が西部に調査に出かけた年だから、今から四年前の秋のことよ。森の家から帰る途中、小道に男の人が倒れていたの。彼は右肩に怪我をしていて――」

「僕が射た傷だ」

トリスタンは拳を握り、ドン！　とテーブルを叩いた。

「あいつ、やっぱり殺しておくべきだった！」

ユリアは少し驚いた。トリスタンがここまで怒りを露《あらわ》にするのは珍しい。

「でも何かされたわけじゃないのよ。少し話をしただけで――」

言いかけて、急に思い出した。

「私、彼に名前を教えてしまった。エルウィンに住んでいることも話してしまった」

愕然とした。自分の軽率な発言が今回の騒ぎを招いたのだ。

「ごめんなさい。私が余計なことを言ったせいだわ」

「ユリアさんは悪くありません。僕のせいです。僕が初手で奴を殺していれば、こんなことにはならなかったんです」

「それは違うぞ、二人とも」

眉間に縦皺を寄せ、ヘクトルは背もたれに寄りかかった。

「悪いのはガフだ。トリスタンのせいではない。無論、ユリアのせいでもない」

「ってことは、そのガフって野郎の逆恨《さかうら》みだったのかい？」

イスマルがトリスタンへと問いかける。

「密輪団を潰された腹いせにエルウィンを襲ったってことかい？」

「違うと思います」鼻の頭に皺を寄せ、トリスタンは歯噛みした。「目的が復讐《ふくしゅう》だったなら、あの夜、僕は殺されていました。けどガフは僕を殺すことより、ユリアさんを追うことを優先した」

「あの人は、法皇庁に雇われていたんだと思います」

ユリアは汗ばむ両手を握りしめた。あの夜のことを思い出すと、今でも恐怖で身がすくむ。

「厩舎に隠れていた時、聞こえたんです。『司祭様は生きた聖女をご所望だ。傷物にしたら報酬は半分、死んだら俺達の丸損だ』って言う声が」

「僕も同意見です。交易路建設の要が団長であることはいまや明白です。だから法皇庁はユリアさんを拉致《らち》するよう、ガフに命じたんじゃないでしょうか。ユリアさんを人質にして、交易路建設計画を頓挫《とんざ》させようとしたんじゃないでしょうか」

「ありそうな話だぜ」

イスマルが舌打ちをする。ヘクトルも重い息を吐き出した。

「レーエンデの森は余所者にとっては天然の迷路だ。これ以上、安全な場所はないと思っていたが、そうも言っていられなくなったな」

「この際だ。マルティンに引っ越してきちゃどうだい？」

テーブルに肘を置き、イスマルは身を乗り出した。

「マルティンにいれば今回のような奇襲は避けられる。いざって時にゃ、俺達も戦う」

「気持ちはありがたいが、問題は他にもある」

しかつめらしい顔をして、ヘクトルは窓の外を睨んだ。

「今は一致団結して法皇庁に圧力をかけるべき時なのに、ここに来て北方七州に不協和音が流れているんだ。どうやら皇帝の座をかすめ取ろうと狙っている輩《やから》がいるらしい。あぶり出そうとしたんだが、これがなかなか尻尾《しっぽ》を摑ませなくてな。来年の春頃、竜の首のトンネルはシュライヴァ側へと抜ける。それを待って不穏分子が動き出すかもしれない。軍隊を率いてレーエンデに攻め込んで来るかもしれない」

「望むところだ！」イスマルは鉄の足で床を蹴った。「そんな連中、蹴散らしてやる！」

「それは駄目だ」

穏やかに、だがきっぱりとヘクトルは言う。

「俺は約束した。レーエンデを戦場にはしないと」

だから——と言い、眉根を寄せる。

「不本意だが、しばらくの間、ユリアをノイエレニエへ移そうと思う」

「おいおい、言ってくれるじゃねぇか」

イスマルは歯を剝いた。

「俺達よりもノイエ族のほうが頼りになるってか？」

「頼りになる、ならないという問題ではない。戦を回避するための苦肉の策だ。ノイエレニエの城壁を抜けるには通行許可証が必要だ。あの城壁の中ならば法皇庁の連中も、北方七州の不穏分子も簡単には手が出せない」

娘に向き直り、ヘクトルは続ける。

「ユリア、エルウィンを離れたくないというお前の気持ちはよくわかる。俺の都合ばかりを押しつけて、本当にすまないと思っている。だが今回だけは言う通りにしてくれ。ここを出て、ノイエレニエに移ってくれ」

「僕からもお願いします」

いつになく真剣な顔でトリスタンが同調する。

「交易路の建設が完了するまでの辛抱です。あと一年半から二年の我慢です。僕も同行しますから一緒にノイエレニエに行きましょう」

「んん？」ヘクトルは意外そうに首を傾げた。「お前、ノイエレニエは飯がまずいから二度と行きたくないって言ってなかったか？」

「今は食べ物のことなんか気にしてる場合じゃないでしょう」

「それはそうだが……」

腑に落ちないらしくヘクトルは首を捻っている。だがユリアにはトリスタンの意図がわかった。

満月の夜にユリアが行方不明になったことはマルティンの誰もが知っている。もし悪魔の子を宿したという噂が立ったら大騒ぎになる。森の家やヘレナを頼るというのも悪くはないが、身の安全を考えるならウル族とは距離を置くべきだ。それには古代樹の森を離れるのが一番だ。

「わかりました」

父とトリスタンを交互に見て、ユリアは答えた。

「私はノイエレニエに参ります」

十一月に入ると気温はぐんと下がる。旅の途中、雪に降られるのは好ましくない。

ユリアは急ぎ、引っ越しの準備を始めた。不用品を処分し、必要なものをまとめようとして気づいた。旅行鞄が足りない。衣装箱の類《たぐ》いはすべて先日の襲撃で壊されてしまった。

「それならプリムラに相談するといいよ。彼女、箱とか袋とかなんでも捨てずに取っておくから」

そんなリリスの勧めもあって、ユリアは一人マルティンに向かった。

「寂しいわねぇ。ユリアがいなくなるなんて、本当に寂しくなるわねぇ」

そう繰り返しながら、プリムラはマルティンの古代樹を訪ねて回り、ユリアが必要とするものを探し出してきてくれた。かと思うと古い旅行鞄を広げ、頼んでいないものまであれやこれやと詰めていく。

「この服も持っていって。まだ刺繍が終わってないけどユリアにあげようと思って仕立てたものなの。他に足りないものはない？　花油はまだある？　靴下は？　肌着や下着の数は揃ってる？」

「あたしもお手伝いする！」

物置をひっくり返しての大騒ぎにペルがはしゃいで走り回る。彼女は七歳になった今も元気いっぱい。大人しくするということを知らない。高い梯子に逆さまにぶら下がって、プリムラに悲鳴を上げさせたりもする。一方アリーは口数こそ少ないものの、思慮深い少女に成長した。誰も考えつかないような発言をして、周囲の大人達を驚かせることもあった。

「ねぇねぇ、お母さん」

ペルが大きな木板を引っ張り出してきた。左右の端に小さな木螺子《もくねじ》がいくつも打ち込まれている。

「これって何？　何に使うの？」

「それは帯の織機。もう余計なものまで出してこないで。元のところに戻してきなさい」

「はーい」

「あ、駄目よ。そこ持ったら外れる――」

ドスッ……

何かがユリアの脇腹を殴打した。織機が直撃したのだ。衝撃にユリアは尻餅をついた。脇腹を押さえて悶絶《もんぜつ》する。

「ひゃあああぁ！　ごめんユリアあああぁ！」

ペルが慌てて駆け寄ってきた。プリムラも心配そうにユリアの顔を覗き込む。

「ごめんなさいね。大丈夫？」

「だ、大丈夫。ちょっと、びっくりしただけ」

本音を言えばかなり痛かった。でもペルを怖がらせたくなかったので、ユリアは強がって笑ってみせた。プリムラの手を借りて、立ち上がろうとした時――

バチン！　という音が響いた。

アリーがペルの頰を叩いた音だった。

「気をつけなさい！」

聞いたこともない大声でアリーはペルを叱責《しっせき》した。

「ユリアが怪我したらどうするの！」

ペルはぽかんと口を開き、双子の妹を見つめている。アリーの剣幕に驚いて完全に固まってしまっている。ユリアは慌てて立ち上がり、アリーの肩に手を置いた。

「アリー、怒らないで。私なら大丈夫だから、もう全然痛くないから」

「ユリアは大丈夫でも、お腹の赤ちゃんは痛いって言ってるよ！」

一瞬、頭の中が真っ白になった。

「な、何を言ってるのアリー。私は――」

「わかるんだもん」

きっぱりとアリーは断言した。

「ユリアからはカイサと同じ匂いがするもん」

今年の夏至祭でカイサはエディンから来た若者と結ばれた。見事に子を授かって、マルティンの女達から祝福を受けていた。

「え？　ユリアもおめでたなの？」

プリムラがぱちぱちと目を瞬いた。

「あらあらびっくり。ちっとも気づかなかったわ。最近ちょっとふっくらしてきたかなとは思ってたけど、あんなことがあった後だから、ついつい食べすぎちゃうのかなって――」

「ち、違うわ！」ユリアは必死に両手を振った。「そんなこと絶対にない。アリーの勘違いよ！」

「照れなくたっていいのよ。おめでたいことだし、隠すことでもないんだし」

クスクスと笑っていたプリムラが、ふと眉根を寄せた。

「あら？　でも相手は誰？　もしかしてホルト？　それはまずいわね。リリスと喧嘩になっちゃうわね」

「違います……違うんです」

ユリアは泣きそうになった。アリーはすっかり確信している。プリムラも娘の嗅覚《きゅうかく》を信じきっている。このまま否定し続けたら逆に疑われるかもしれない。ごめんなさい――と心の中で手を合わせ、ユリアは小さな声で答えた。

「実は、トリスタンなの」

プリムラの表情が変わった。友人の幸せを喜んでいた顔が、嘘つき娘を諫《いさ》める母親の顔になる。

「貴方がトリスタンのことを好きなのはわかってる。でもそういう嘘はいけないわ。そう思いたい気持ちはわかるけど、それでは本当の父親に失礼よ」

「本当です。本当に彼の子なんです」

「ユリア」

プリムラの声に苛立ちが滲んだ。

「貴方はここに来てまだ数年だから知らなくても無理ないんだけど、銀呪病に罹った男はね、子供を作る力を失うの。情を交わすことは出来ても、受胎させることは出来ないの」

愕然として、ユリアは目を見開いた。

リリスはいつも言っていた。「トリスタンの子を産めばいいんだよ」と。「そうすればもう誰も文句は言わない。ウル族としてずっとここで暮らせるよ」と。嘘をついているようには見えなかった。おそらくリリスも知らなかったのだ。「あの人は銀呪病だ」と口にするのは恥ずべきことだから、「銀呪病の男性と情を結んでも子を得ることは出来ない」だなんて、当事者にでもならない限り、親兄弟にだって言うはずがない。

でもトリスタンは知っていた。天満月の乙女が身に覚えのない子を宿すという禁忌。それを否定するのは簡単だ。「自分が父親だ」と名乗り出る者がいればいいのだ。だが彼はそれを拒絶した。困ったような顔をして「その言い訳は使えない」と言った。どんなにユリアが欲しても、自分とでは子は望めない。そうわかっていたからこそ、トリスタンは彼女の誘いを断り続けたのだ。

「ねぇユリア」

沈黙するユリアに、おそるおそるプリムラが問いかける。

「まさか、貴方……父親が誰だかわからないの？」

頭から血の気が引いていく音が聞こえた。疑われている。何か言わなければますます疑われる。

どうしよう、どうやって言い繕おう。ユリアは必死に考えた。ホルトの名前を借りる？　いいえ、それは駄目。ホルトはリリスが好きなのだ。そんな嘘をついたらホルトやリリスの人生までめちゃめちゃにしてしまう。

「聞いて、プリムラ」

誠意を込めて呼びかけた。プリムラは優しい人だ。マルティンに馴染めなかったユリアをいつも助けてくれた。明るくて気立てがよくてとても頼りになった。本物の姉のように彼女のことを慕ってきた。プリムラならわかってくれる。事情を話せばきっと理解してくれる。

「これには理由があるの。お願いだから、落ち着いて話を聞いて」

「近寄らないで！」

プリムラが飛び退いた。豹変《ひょうへん》した母の姿にペルが驚いて立ち上がる。

「どうしたの、お母さん？　なんで怒ってるの？」

「駄目だよ、お母さん！」

アリーはユリアをかばうように両手を広げた。

「ユリアをいじめないで。ユリアは悪くない。何も悪いことしてない」

「アリー、こっちに来なさい！」

「でも――」

「騙されちゃ駄目！　そいつは悪魔の子を宿した化け物よ！」

母親の金切り声にアリーはびくりと肩を震わせた。おずおずと振り返り、今にも泣き出しそうな顔でユリアを見上げる。

「ごめん、ユリア。私、こんなことになるなんて思わなくて――」

最後まで言えなかった。プリムラが娘の腕を摑み、力任せに引っ張ったのだ。

「痛い、痛いよ、お母さん！」

アリーが泣き叫ぶ。ユリアは思わず前に出た。

「やめてプリムラ、乱暴なことはしないで」

「来るな！」

娘達を背中にかばい、プリムラは後じさった。妖精のように美しい顔が憎悪と嫌悪に歪んでいる。

絶望とともにユリアは理解した。何を言っても無駄だ。ウル族にとって禁忌は過去のものではないのだ。悪魔の子を宿した乙女は嬰児もろとも殺される。このままでは大変なことになる。

「おいおい、どうしたどうした？」

階段を上ってくる独特な足音、戸口からイスマルが顔を出す。

「なに大声出してンだ？　隣の古代樹まで聞こえたぞ？」

「皆を集めて！」

刺々しい声で叫び、プリムラはユリアを指さした。

「この女、悪魔の子を身籠《みご》もってるわ！」

「まあ、ちょっと落ち着けや。一方的に決めつけんのはよくねぇ」

イスマルはプリムラの肩をぽんと叩いた。

「とにかく下に降りよう。座ってゆっくり話を聞こう。ペル、アリー、エルウィンに行ってヘクトルとトリスタンを呼んできてくれ」

「わかった！」

ペルはトチウサギのように走り出す。何度も振り返りながらアリーも階段を下りていく。

「お前もちょっと外の空気を吸ってこい」

イスマルに宥められ、プリムラも部屋を出ていった。

ユリアはイスマルとともに一階に下りた。

「まぁ、座ってくれ」

イスマルは暖炉の前の揺り椅子に座った。ユリアは長椅子に腰を下ろした。背を丸め、自分の肘を抱く。それでも震えが止まらない。

「そう怖がるなって。ユリアは英雄の娘、俺の恩人の娘だ。お前さんに手出しはさせねぇよ」

だから——と言って、静かな声音で問いかける。

「教えてくんねぇか。お前さん、本当に身籠もっているのかい？」

ユリアは顔を上げた。イスマルの表情は落ち着いている。プリムラのように取り乱すことも、憎悪をぶつけてくることもない。だが彼はマルティンの長だ。真実を知ってもなお守ってくれるという保証はない。下手なことを言えば状況はさらに悪くなる。

「時間をください」

震える声でユリアは答えた。

「父上とトリスタンが来るまで、待ってください」

その時、ユリアの背後で丸窓が割れた。破片が飛び散り、投石が床に転がる。

「出てこい！」

怒号が聞こえた。ゴン、ゴツンという耳慣れない音が響く。誰かがこの古代樹に石を投げているのだ。

「姿を見せやがれ！」

「出てこないならこっちから行くぞ！」

ユリアは小さな悲鳴を上げた。

プリムラだ。彼女がマルティンの人々を煽動《せんどう》したのだ。

「ったく、しょうがねぇな」

松葉杖を手にイスマルは立ち上がった。

「お前さんはここにいろ。俺がいいと言うまで顔を出すんじゃねぇぞ」

そう言い残し、扉に向かって歩いていく。その背後、厨房に続く階段からプリムラが現れた。手に鉄鍋を持っている。気配を察したイスマルが振り向こうとした瞬間、彼女は鍋で父親の頭を強打した。

「うぐ……ぅ」

頭を押さえ、イスマルが倒れた。プリムラは鍋を投げ捨て、ユリアへと向き直る。ユリアは咄嗟に逃げ道を探した。外には群衆がいる。となれば上階に逃げるしかない。ユリアは奥の階段口に駆け込もうとした。その腕を、一瞬早く、プリムラが捕らえる。

「やめてプリムラ！　お願いだから手を放して！」

「うるさい！」

プリムラはユリアを引きずっていく。扉を押し開き、ユリアとともに外に出る。

石段の下にマルティン達が集まっていた。どれも知っている顔だ。今まで世話になってきた人達ばかりだ。皆、恐怖に顔を引きつらせ、それぞれの手に斧《おの》や鉈《なた》を握っている。鈍く光る刃《やいば》を見て、恐ろしさに身がすくんだ。助けを呼ぼうにもリリスとホルトは森の家に行っている。頼みのイスマルは床に倒れている。ペルとアリーが言いつけ通り、ヘクトルとトリスタンを呼びに行ってくれたとしても、彼らが到着するまでにはまだ時間がかかる。

恐怖と絶望で目の前が暗くなった。

プリムラは石段を下りていく。ユリアは抵抗することも出来ず、一段、また一段、石段を下った。半ばまで下りたところでプリムラはユリアを突き飛ばした。ユリアはつんのめり、残りの石段を転がり落ちた。地面に倒れた彼女を、すかさずマルティン達が取り囲む。

「お前、悪魔と契ったのか？」

「本当か？　本当に悪魔の子を宿したのか？」

ユリアは震え上がった。地面に膝をつき、両手で肘を抱きしめ、必死に叫んだ。

「いいえ！　私はそんなことしてません！」

「じゃあ言いなさい！」甲高い声で女が叫んだ。「父親の名を言いなさいよ！」

そうだ、そうだと賛同の声が上がる。武器を振り上げ、男達が恫喝《どうかつ》する。

「言わねぇなら殺すしかねぇ」

「悪魔の子は生かしちゃおけねぇ」

「他の集落に知られたら、マルティンごと焼かれちまう」

マルティン達の声は恐怖と困惑に揺れている。彼らも手荒な真似はしたくないのだ。間違いであってくれと願っているのだ。月光石を握りしめ、ユリアは必死に考える。ホルトの名を借りれば逃れられるかもしれない。でもきっとプリムラは嘘だと見破る。そうなったらもう止められない。マルティン達は容赦なく私に斧を振り下ろす。

「言えねぇのか！」

「やっぱり悪魔と通じたってことか！」

怒号が熱を帯びていく。危険な狂気を孕《はら》んでいく。理性の箍《たが》が外れかけている。いつ弾け飛んでもおかしくない。

「悪魔の子供が誕生したらレーエンデは暗黒に沈む！」

「俺達だけの問題じゃない！　ウル族の存続に関わる問題だ！」

「悪魔の子は殺す！　それが掟だ！」

自らの声に興奮し、激昂《げきこう》していく男達。その心を占める問題は、もはや殺すか殺さないかの葛藤ではなく、誰が最初に武器を振り下ろすかに変わりつつあった。

ユリアは身体を丸め、ぎゅっと目を閉じた。

怖い……怖い……誰か助けて！

「どけ！　この痴《し》れ者どもが！」

割れ鐘のような一喝が響いた。マルティン達を押しのけ、ヘクトルが走ってくる。

「娘に指一本でも触れてみろ！　誰であろうと斬り捨てる！」

彼はユリアの前に立ち、剣の柄に手をかけた。眼光鋭く周囲を威圧する。彼の殺気に気圧されて、マルティン達が後じさる。

「か弱い乙女相手に大の男が血相を変えちゃって、格好悪いったらないですねぇ」

一足遅れてトリスタンが現れた。彼はヘクトルの横に立ち、周囲の男達を睥睨《へいげい》する。

「互いを見てごらんなさい。真っ赤な顔をして、まるで盛りのついた猿ですよ」

「なんだと！」

あからさまな挑発にマルティン達はいきり立った。

「その女は悪魔と通じたんだ！」

「邪魔すんな！　お前も叩き殺すぞ！」

鉈が振り回される。斧の刃がぶつかり合う。殺せ、殺せと凶悪な声が乱れ飛ぶ。

「そうよ、殺すのよ！」

石段の上からプリムラが叫んだ。

「今のうちに殺しておかないと、皆、呪われて死んでしまうわ！」

「やめねぇか、プリムラ」

古代樹の扉からイスマルが現れた。右目の上が赤黒く腫《は》れ上がっている。傷口から流れ出た血が顔の右半分を汚している。

「みんな、一度引いてくれ。ユリアのことは、いったん俺に預けてくれ」

「なんで止めるのよ！」髪を振り乱し、プリムラは父親に摑みかかった。「悪魔の子を殺さないと私の娘が死ぬの！　貴方の可愛い孫が焼き殺されるの！　それでもいいの？　悪魔の子にペルとアリーが殺されるのを黙って見ているつもりなの!?」

「悪魔の子か。なるほど言い得て妙ですね」

さほど大きくはないのにトリスタンの声はよく通った。彼は薄ら笑いを浮かべ、顔の横でパチンと指を鳴らした。

「貴方のいう悪魔ってのは、この僕のことですよ」

ざわりと空気が蠢《うごめ》いた。振り上げられた武器が困惑に揺れ動く。

「ユリアさんも人が悪い」

トリスタンはユリアを見下ろし、薄い唇を歪ませる。

「子供が出来たなら、そう言ってくれればいいのに。そしたらもう無理強《むりじ》いはしないでおいてあげたのに」

「嘘よ！　みんな騙されないで！」

プリムラはトリスタンを指さし、突き刺すように叫んだ。

「銀呪病患者の男は子種を作れない。彼の子供であるはずがないのよ！」

「そうですね。僕もそう思ってました」

トリスタンは肩をすくめた。琥珀色の瞳に凶悪な光が宿る。

「僕は銀呪病だから彼女を抱いても孕ませる心配はない。彼女は誇り高きシュライヴァ家の娘だから自分が傷ものにされたなんて誰にも言えない。絶対にバレないって確信していたんですけどね。こんなことになるなんて驚きましたよ。僕は半分グァイ族だから、やっぱり生粋《きっすい》のウル族とは勝手が違うんでしょうかね」

「そんな話、誰が信じるもんですか！　貴方の目的はその女をかばうことよ。でなけりゃ自分の罪を告白することに何の得があるっていうの！」

「だって言わなきゃ貴方達、僕の子を殺すでしょう？」

くすくすと笑い、トリスタンはマルティン達に向き直る。

「ウル族の使命はウル族の子を残すこと。まあ誤算ではありましたけどね。ユリアさんのお腹の中に僕の子がいるなら、助けたいと思うのが親心ってもんでしょ」

違いますか？　と問いかける。

剣呑なざわめきが広がっていく。マルティン達は憎々しげにトリスタンを取り囲む。

「最低の野郎だ」

「気色悪くて反吐が出るぜ」

「何を今さら」トリスタンは冷笑した。「皆さん言ってたじゃないですか。『トリスタンにはイデアを犯して孕ませた野蛮人の血が流れてる』って、『いつか必ず本性を見せる。父親と同じことをする』って。皆さんの言っていた通りになりましたね。まったく血は争えませんね。どうぞ遠慮なく喜んでください。自分達は正しかったと思う存分に勝ち誇ってください」

彼はユリアの隣にしゃがみ込んだ。すくい上げるように彼女の顔を覗き込む。

「それにしてもユリアさんにはがっかりです。貴方はもっと口の堅い女だと思ってました。こんな騒ぎを起こすなんて、まったく予想外でした」

ユリアは彼を見つめた。恐怖で頭が痺れている。何を言われているのかわからない。トリスタンが何をするつもりなのか、なぜこんな嘘をつくのか、わからない。

「もしかして僕の子を産むくらいなら死んだほうがましだと思ったんですか？　それとも認められたかったとか？　ウル族になりたいって前々から言ってましたもんね。最近、抵抗するのをやめたのは打算があったからですか？　僕の子供を産めば自分もウル族になれるんじゃないかって、ちょっと考えたりしてました？」

「やめろ！」

霹靂《へきれき》のような大音声が響き渡った。ヘクトルは剣の柄を握りしめ、怒りに燃える目でトリスタンを睨んだ。

「トリスタン、貴様、気でも触れたか？」

「おや？　まさか団長、僕らの関係に気づいてなかったんですか？」

「黙れ」ヘクトルはトリスタンの襟元を掴んだ。「その薄汚い口を閉じろ。それ以上、我が娘を侮辱することは許さん」

「わかりました。もう言いません」

トリスタンは戯けた仕草で両手を上げた。

「もう充分です。貴方の娘さんにはもう充分に愉しませて貰いました」

「まだ言うかッ！」

ヘクトルは唾を飛ばして激昂した。

「見損《みそこ》なったぞトリスタン！　よくも俺の信頼を裏切ってくれたな！」

「やだなぁ、僕は裏切ったりしてませんよ」

ヘラヘラと軽薄に笑い、目を眇めてヘクトルを見る。

「ねぇ団長、貴方もこれを望んでいたんでしょう？　だから娘を置き去りにしたんでしょう？　自分の娘が悪魔に犯されるのを想像して、ひそかに興奮してたんですよね？」

「この腐れ外道がッ！」

ヘクトルはトリスタンを殴り飛ばした。よろめく彼の胸ぐらを摑み、殴っては引き寄せ、また殴った。脇腹を蹴り飛ばし、倒れた彼の鳩尾《みぞおち》を踏みつける。トリスタンは嘔吐《おうと》した。嘔吐《えず》きながら咳き込んだ。その肩を蹴りつけ、ヘクトルは叫んだ。

「思い知ったか、この下郎！　二度と俺に顔を見せるな！　金輪際、俺の娘に近づくな！」

「なら、息の根を、止めなさいよ」

卑屈な笑い声が聞こえた。倒れたままトリスタンはヘクトルを見上げた。吐瀉物《としゃ》に汚れた頬、濁った目、溢れ出る鼻血を拭い、唇を歪めて嗤う。

「僕はまだ、生きてます。ちゃんと殺してくださいよ。そんな生易しい蹴りじゃあ、僕の心臓は、止められませんよ」

「その手には乗らん」

ヘクトルは彼を見下ろし、冷ややかに言い捨てた。

「慈悲など与えん。貴様は銀呪に全身を蝕まれ、苦しみ抜いて死ぬのだ。それが貴様への罰だ。娘を穢し、俺の信頼を裏切った、貴様に相応しい死に様だ」

「……クソが」

トリスタンは歯ぎしりした。

「地獄に堕《お》ちろ、クソ野郎」

ヘクトルは言い返さなかった。もはや彼には一瞥もくれず、ユリアの前に膝をつく。

「立てるか？」

ユリアは頷いた。父の手を借り、ふらつきながらも立ち上がる。

左手で娘を支え、右手で剣の柄を握り、ヘクトルは大喝した。

「下がれ！」

それだけでマルティン達は道を空けた。すでに武器は下ろされている。その顔に浮かんでいるのは混迷と羞恥《しゅうち》、後味の悪い暴力の残滓《ざんし》だけだった。目を伏せる者、怯えたように退く者、肩を寄せ合う人々。その間をヘクトルは進んだ。娘を連れ、覇者のごとく堂々と歩いた。

やがて背後から凶暴な怒号が聞こえてきた。誹謗《ひぼう》と罵声、制裁と粛清を求める怒号。身体を蹴りつける音が幾重にも響く。しかしヘクトルは振り返ることなく、ユリアを連れてマルティンを出た。

「父上」

腰に回された父の手に、ユリアは自分の手を重ねた。

「トリスタンが殺されてしまいます」

「その前にイスマルが止める」

「でも――」

「黙って歩け」

「でもトリスタンが」

「わかっている」

呻くように吐き出された声は、悲痛の色に染まっていた。

「頼む。今は黙って歩いてくれ」

前方を睨みつけ、ヘクトルは泣いていた。その頬を滂沱《ぼうだ》の涙が濡らしていた。

それを見て、ようやくユリアは理解した。トリスタンが悪辣《あくらつ》な言葉を並べたのは、自分が悪者になるためだ。ヘクトルが彼を殴ったのはマルティン達に怒りの捌《は》け口《ぐち》を与えるためだ。ユリアの疑惑が晴れたわけではない。全員が納得したわけではない。トリスタンが身代わりにならなければ、マルティン達はユリアに襲いかかっていただろう。すべてはユリアを守るため、彼女を無事にマルティンから連れ出すための策だったのだ。

ユリアは振り返った。

古代樹林はもう見えない。怒号も罵声も聞こえない。

トリスタンは言った。「僕が君を守る」と。「命に代えてでも絶対に守る」と。

その言葉の通り、彼は命懸けでユリアを守った。彼女の身代わりとなり、人々の憎悪を受け止めることで、彼はユリアを救ってみせたのだ。


その夜、ユリアはエルウィンの三階で一人寝台に腰掛けていた。

ヘクトルは「寝ておけ」と言ったけれど、眠ることなど出来なかった。頭の中で幾度となく昼間の出来事を反芻した。もう取り返しがつかないとわかっていても、考えずにはいられなかった。

真夜中を過ぎてもユリアは寝台に腰掛けたまま、暗い中空を見つめていた。

コツンと窓が鳴った。幻魚の鱗を塡め込んだ丸窓、その向こう側にリリスがいる。木樋を登ってきたらしい。ユリアは立ち上がり、窓を開いた。

「ごめんね、ユリア！」

部屋の中に飛び込むなり、リリスはユリアに抱きついた。

「プリムラがひどいことしてごめん。守ってあげられなくてごめん。あたしがいたら絶対あんなことさせなかったのに、大切な時に傍にいなくてごめん。ごめん……ごめんね」

声を殺して泣きじゃくるリリスを、ユリアはそっと抱きしめた。

「リリスがいなくてよかったわ。いたらリリスまで巻き込んでしまったもの」

「巻き込んでいいんだよ！　友達なんだから！　親友の危機に駆けつけられないなんて悔しいよ！ほんと情けないよ！」

ついつい声が大きくなる。あまり騒ぐとヘクトルに気づかれる。ユリアはリリスの唇に人差し指を押し当てた。リリスはひくっと喉を鳴らし、顎を引いて頷いた。ユリアは彼女の唇から指を離し、声を潜めて問いかけた。

「トリスタンがどうなったか知ってる？」

「あたしが戻った時には、もうマルティンにはいなかった」

リリスは、ずずっ……と洟をすすった。

「男達にボコボコにされてるのを、なんとか止めはしたけど、お父さんもそれ以上はかばいきれなかったって。左の掌にハグレ者の印を刻んで、『二度と戻るな』って言うしかなかったって。怪我の手当てもしてやれなかったって、すごく悔しそうだった」

大罪を犯し、一族に甚大な被害をもたらした者は左の掌に直交する二本の傷を刻まれる。それは罪人の証し、古代樹の森から追放されたハグレ者の印だ。トリスタンはもう二度とエルウィンには戻れない。崩れ落ちるようにユリアは寝台に腰掛けた。目を閉じ、両手を組んで額に押し当てる。

「ユリア、大丈夫？」

心配そうにリリスがささやく。ユリアの隣に座り、潤んだ目で彼女を見つめる。

「自分を責めてるんじゃないかと思って、心配でいても立ってもいられなくなって、こうして会いに来ちゃったけど……ユリア、なんで泣かないの？　悲しすぎて泣けなくなっちゃったの？」

「悲しい。とても悲しいわ。でも私、それ以上に怒ってるの。腹立たしくて仕方がないの」

慟哭《どうこく》が込み上げそうになった。ユリアは息を止め、その衝動を飲み下す。

「こうなる前に彼と話をしたの。何があってもこの子を守ろうって。私達二人で守ってみせようって。だから、こうなってしまったのはとても残念だけれど、後悔はしてないの。この子を守り切ったんだもの。後悔なんんか、絶対にしない」

でも——と言い、膝の上で拳を握る。

「悔しいの。トリスタンは私を守ってくれたのに、私は彼を守れなかった。トリスタンは一人で罪を背負って、帰る場所さえもなくしてしまった。彼っていつもそうなの。私の気持ちなんか、これっぽっちも考えないで、いつも命懸けで私を守るの。そういう人だってわかっていたのに、何も出来なかった。彼のために何か出来たはずなのに、私、怖くて、頭が真っ白になって、何も――何も出来なかった」

握りしめた拳の上に、ぽつり、ぽつりと涙が落ちる。

「そんなことないよ！」

リリスはユリアの肩に手を置いた。少し乱暴にバンバンと叩いた。

「ユリアはちゃんとトリスタンを守ったよ。ユリアとその子が無事でいること、トリスタンは誇りに思ってるはずだもん。男ってのは誇りや面子《メンツ》を命よりも大切にするんだって、お父さんが言ってたもん」

くしゃりと顔を歪ませ、リリスは頷く。

「あたしは知ってるよ。あんたはトリスタンのことが大好きで、トリスタンだってあんたのことが大好きだった。だからあたし、その子はユリアとトリスタンの子供だって、あんた達は自分達の子供を守るために命懸けのお芝居をしたんだって、そう信じてる」

ユリアは呻いた。奥歯を喰いしばり、嗚咽を堪える。

リリスだってウル族だ。悪魔の子を宿したと聞けば平静でいられるはずがない。なのに彼女は変わらない。友達として寄り添ってくれる。その優しさが胸に突き刺さる。

「リリス、貴方に会えてよかった。貴方のことは忘れない。絶対に忘れないわ」

「なに言ってんの。今生の別れじゃあるまいし――」

言いかけて、リリスは息を呑んだ。

「もしかしてそうなの？　あたし達、もう二度と会えなくなっちゃうの？」

「たぶん」とユリアはささやく。「明日の朝、私達はエルウィンを発《た》ってノイエレニエに向かう。状況が状況だから、二度と戻ってこられないと思う」

「じゃあ、あたしが会いに行くよ。ノイエレニエまでユリアに会いに行く！」

「それは駄目。そんなことしたら、リリスまでマルティンにいられなくなっちゃう」

マルティンにとってユリアは災禍だ。ユリアの友人であろうとすれば、リリスは迫害を受けるだろう。リリスだけじゃない。ホルトもそうだ。彼はトリスタンの従兄弟だ。近親者からハグレ者を出したのだ。これからは肩身の狭い思いをするだろう。

「私のせいだわ」

罪悪感がこみ上げて、ユリアは声を詰まらせた。

「天満月生まれの娘は災禍を呼ぶって、本当だったのね」

「違うよ、ユリア。それは違う！」

リリスは必死に首を左右に振る。

「ユリアはあたしに大切なことを教えてくれた。ユリアが綺麗だって言ってくれたから、黒髪のことだって、前ほど嫌いじゃなくなった。ユリアといると何もかもが楽しかった。春も、夏も、秋も、冬も、全部が全部、特別だった」

ごしごしと鼻を擦り、リリスは正面からユリアを見つめた。

「この先、誰に何を言われても、あたしの気持ちは変わんない。どこにいても、何があっても、ユリアはあたしの親友だよ。あたし達、ずっと、ずうううっと友達だよ！」

「――うん」

深呼吸をして、ユリアは微笑んだ。言いたいことは山ほどあった。でもどんなに時間を費やしても、リリスへの感謝の気持ちは語り尽くせない。ユリアは首の後ろに手を回した。金具を外し、月光石の首飾りを手に取る。

「これ、リリスが持っていて」

「う、ええっ？」

リリスは目を剝いた。ユリアと月光石を交互に見る。

「それ、お母さんの形見でしょ？　ユリアのお母さんが、そのまたお母さんから譲り受けたものでしょ？　そんな大切なもの、貰えないよ」

「あげるんじゃないわ。預けておくの」

ユリアはリリスの手を取り、彼女の掌に守護石を置いた。

「これは誓いの証し。今は離れればなれになっても、いつか必ず再会するという約束の印。次に会う時まで、私の大切な宝物、貴方が持っていて」

「そういうことなら……」

リリスは月光石を握りしめた。

「預かっておく」

「お願いね」

「任せて！」

リリスは笑う。ぽろぽろと涙をこぼしながら笑う。

「夫婦の絆だけが永遠じゃない。あたし達の友情だって永遠――だよね？」

「ええ」

「じゃあ、また会えるよね。あたし達、きっとどこかでまた会えるよね？」

答える代わりにユリアはリリスを抱きしめた。彼女の髪に顔を埋《うず》めて目を閉じる。花油の匂いがする。冷え切った身体にリリスの体温が伝わってくる。この温もりを忘れない。私達はまた会える。たとえ今生ではかなわなくても、来世で、はるか未来で、思いもよらない場所で私達はまた出会う。

「約束するわ」

名前や顔が変わっていても、きっと貴方に気づいてみせる。

だから貴方も私を見つけてね。また唯一無二の親友になってね。

「また会える。私達、絶対にまた会えるわ」


翌朝、まだ夜も明けきらないうちに、ユリアとヘクトルはエルウィンを出立した。

森の小道を抜け、南の街道に出る。建設途中の街道は敷石《しきいし》こそないものの、すでに平らに均《なら》されている。おかげで道行きは順調で、道に迷うこともなかった。

旅の途中、ティコ族の村の傍を通りかかっても、立ち寄ることはしなかった。ユリアを狙った連中はいまだ野放しになっている。ガフの行方もわからない。二人は極力人目を避けた。夜は火を焚き、野宿した。

「満月の前にはノイエレニエに着けそうだな」

降ってきそうな星空の下、焚き火の傍の倒木に父娘は並んで腰かけた。ヘクトルはユリアの肩に毛布をかけ、静かな声で切り出した。

「そろそろ教えてくれないか。お前達にいったい何が起きたのかを」

こうなってはもう隠しておく理由もない。ユリアはこの夏の出来事を語った。トリスタンを竜の首まで迎えに行ったこと、満月の夜に現れた襲撃者達のこと、逃げた先で見た不思議な光景、そこで真珠のような赤子を拾ったこと、身に覚えのない子を宿したこと、隠し通そうとしたけれどアリーに見破られてしまったこと。

「そうだったのか」

ヘクトルはため息交じりに呟いた。

「だからトリスタンはあんな嘘をついたのだな」

ヘクトルにとってトリスタンは信頼に足る案内人であり、気心の知れた親友でもあった。そのトリスタンが発した残酷な言葉は、たとえ嘘だとわかっても、彼をひどく傷つけたに違いなかった。

「ごめんなさい。父上にも辛い思いをさせてしまいました」

「いや……」

答えかけ、ヘクトルは押し黙った。拳を固め、緩め、また握った。

「お前の元に駆けつける際、トリスタンが言ったのだ。頃合いを見て自分を殴れと。手加減せずに殺すつもりでやれと。その時はさっぱり意味がわからず、そんなこと出来るかと言い返したのだが、結局は彼の言う通りにするしかなかった」

悔しそうに拳で自分の膝を打つ。

「あれがトリスタンとの今生の別れになるのだと思うと、やりきれない」

「私もです」

トリスタンは古代樹の森を追われた。もはや捜しようがない。生きてさえいればまた会える。そう信じたいけれど、彼のほうから会いに来てくれる可能性は万にひとつもない。再会すれば疑われる。ヘクトルがトリスタンを殴ったのも、トリスタンがユリアを貶める発言をしたのも、すべて演技だったのだと気づく者が出てくる。そうなればまたユリアが狙われる。トリスタンはそんな危険は冒さない。

「もしあの時、私が真実を告白していたら、どうなっていたでしょうか」

「わからん」

呟いて、ヘクトルは夜空を見上げる。

「だがこれだけは言える。俺はお前を暴徒にくれてやるつもりはなかった。お前を殺そうとする者がいれば誰であろうと斬り捨てた。たとえそれが恩あるマルティン達であっても、イスマルの娘であってもだ」

ヘクトル・シュライヴァは帝国最強の騎士だ。トリスタンと協力してユリアを救い出し、三人して逃げ出すことだって可能だったに違いない。だがマルティン達は無事ではすまなかっただろう。大勢が傷を負い、大勢が命を落としただろう。無辜《むこ》の民を殺した英雄の名は地に落ち、交易路の建設は頓挫し、銀呪病患者を救うという夢も水泡に帰していただろう。

「あれからずっと考えていました」

膝を抱え、ユリアは独り言のように言う。

「考えても仕方がないことだとわかっていても考えずにはいられませんでした。どうすればこの事態を避けられたのか、どう行動すればトリスタンを守ることが出来たのか、もし時を戻せるとしたらどこからやり直せばいいのか、ずっと考えていました」

「それで、答えは出たのか？」

「と、思います」

焚き火の炎を瞳に宿し、ユリアは答えた。

「私がレーエンデに来なければいいんです。私が大人しくマルモア卿の後添えになっていれば、トリスタンは私と出会うこともなく、エルウィンを追われることもなく、ハグレ者の烙印《らくいん》を押されることもなかった」

「馬鹿なことを」

「まったくです。こんな仮定は馬鹿げています。レーエンデに来なければ私は自由の意味を知ることもなく、世継ぎを産む道具として消費されていたでしょう。人を愛する喜びも、人を愛する苦しみも知らないまま、絶望の中で朽ち果てていたでしょう。ですから、たとえ時を戻せたとしても、私は同じことをします。恐ろしい災禍に巻き込んでしまうとわかっていても、このレーエンデに来てトリスタンと出会い、彼を愛さずにはいられないでしょう」

ユリアは上空を見上げた。息を呑むほど美しい流星がレーエンデの夜空を横切っていく。

「前にヘレナさんが言っていました。人は誰でも役目を背負って生まれてくる。自分には何もない、何もなかったって言う者は、まだそれを見つけていないか、見つけたのに目を逸らしているか、そのどちらかなんだって」

ユリアは腹に手を当てた。情を交わすこともなく授かった不思議な命。本当にいるのかどうか、半信半疑だった。でも今は確信している。私の中には希望の光が宿っている。私はエールデの母親になる。

「私の役目はこの子を産むことです。たとえ世界中を敵に回しても、私はこの子を守ります。トリスタンが命懸けで守ってくれたこの命、必ず守り通してみせます」

ヘクトルはしみじみと娘の顔を眺めた。無骨な右手で彼女の頬を愛おしそうに撫でた。

「ユリア、強くなったな」

「当然です」

涙を堪え、ユリアは笑った。

「私は英雄ヘクトル・シュライヴァと、誇り高きレオノーラ・レイムの娘ですから」


ノイエ族の議長エキュリー・サージェスはユリアとヘクトルを丁重に迎え入れた。

ヘクトルはユリアが法皇庁の手の者に誘拐されかけたことを話した。その上で、交易路が完成するまでの間、娘を保護してほしいと願い出た。

「よくぞ我らを頼ってくださいました」

満面に笑みを湛《たた》え、サージェスは答えた。

「私どもにお任せください。ユリア様の御身は必ずや、我らノイエ族がお守りいたします」

迎賓館は人目が多すぎるとして、サージェスは自分の屋敷《やしき》に二人を招き入れた。

レーニエ湖を望むサージェスの屋敷でユリアは一人の娘を紹介された。

「彼女は我が家の使用人です。ご滞在の間、彼女がユリア様のお世話をいたします」

「ダリアと申します」

娘は膝を折って一礼した。黒髪に小麦色の肌、表情は乏しいが年齢はユリアとそう変わらない。

ダリアは二人を客室へと案内した。白で統一された居間、奥には寝室がふたつある。その一方には鏡台があり、簞笥《たんす》の中には着替えのドレスが吊るされていた。肌着や櫛《くし》、香油まで揃っている。

寝室にユリアの荷物を運び込むと、ダリアは恭しく頭を下げた。

「他にご入り用なものがございましたらなんなりとご用命ください」

「ありがとう。しばらくの間、お世話になります」

同年代の気安さでユリアはにっこりと微笑んだ。

「よろしくね。ダリアさん」

「私は主人の命令に従っただけです。お礼など不要です。それと私は使用人ですから、どうかダリアと呼び捨てにしてください」

言葉に愛想はないが頬がほんのり赤くなっている。ユリアはますます彼女に親しみを覚えた。

「ダリアはティコ族よね？」

「そうです」

「ここにはもう長いの？」

「サージェス様にお仕えして八年になります」

「八年も？」

「私は兄弟が多いので、十二歳の時に働きに出ました」

「そうだったの」

一人故郷を離れ、見知らぬ土地にやってくる。そんなダリアの境遇はユリアに亡き母を思い起こさせた。

「十二歳で家族と離れるなんて、寂しかったでしょうね」

「いえ、そんなことは……」

ダリアは口ごもった。居心地悪そうに幾度となく足を踏み換える。

「あの、ユリア様、ひとつお訊きしてもよろしいですか？」

「なにかしら？」

「もしかして、お腹に赤ちゃんがいますか？」

ドキンと心臓が跳ね上がった。そのことはサージェスにも話していない。それと見抜かれるほどお腹が大きいわけでもない。

「どうしてそう思うの？」

「歩き方に特徴があるんです。出産経験のある姉が三人いるので、わかるんです」

もじもじと両手の指を絡ませ、ダリアは思い切ったように顔を上げた。

「あの、お一人目でしょうか？」

「ええ」

「では不安に思われることもあるかと思います。困ったことがありましたら、いつでも言ってください。私でよろしければ相談に乗ります。いつでも呼びつけてください」

「あ……うん、そうね」

ユリアは妊娠したことも出産したこともない。ここには頼るべき友人も相談相手もいない。唯一の例外はヘクトルだが、彼は男親だ。なかなか話しづらいこともある。

「ありがとう。願ってもない申し出だわ」

嬉しくなってユリアはダリアの手を握った。

「いろいろ頼りにさせて貰うわね」

「こ、こちらこそ、よろしくお願いいたします」

ティコ族の娘は戸惑いがちに、ユリアの右手を握り返した。

意外なことに、ヘクトルはノイエレニエに留まった。「竜の首に戻らなくてもよろしいのですか？」と尋ねると、彼は笑って「娘の出産よりも大事なことなど、この世にはない」と答えた。とはいえ交易路建設は終盤にさしかかっている。ヘクトルの元には引きも切らず各地からの報告書が届いた。十三月には竜の首からの使者もやってきた。

「来年の春にはシュライヴァ州へ到達する予定です。どうか竜の首にいらしてください。開通の瞬間にぜひ立ち会ってください」

「そうか、いよいよか」

感慨深そうに、ヘクトルは呟いた。

「だが来年の春は娘が出産する予定なのだ。俺にとっては見逃せない一大事なのだ。よって開通の瞬間には立ち会えないかもしれないが、遠慮はいらん。皆で盛大に祝ってくれ」

新年を迎える頃にはお腹の丸みが目立つようになってきた。自分の身体が日に日に変化していくのはとても奇妙で新鮮な経験だった。戸惑うことも多かったが、そんな時はダリアが知恵を貸してくれた。彼女はとても聡《さと》く献身的で、ユリアの気分や体調に変化はないか、常に心を砕いてくれた。おかげでユリアは不安を覚えることなく穏やかな日々を過ごした。

二月に入ると不思議な夢を見るようになった。

獣になって森を駆け抜ける。鳥になって空を飛ぶ。梢を揺らす樹木になったり、野に暮らすトチウサギになったり、湖を泳ぐ銀色の魚になったりもした。森の家の夢も見た。夢の中で彼女は寝台に横たわっていた。なぜか身体が重たくて身動きすることが出来なかった。そこにヘレナがやってきて水を飲ませてくれた。冷たい水が喉を滑り落ちていくのを感じ——

そこで目が覚めた。

寝台の天蓋を見上げ、ユリアは思った。これはただの夢じゃない。銀呪を宿したもの達の感覚が、エールデを介して私の頭に流れ込んでくるのだ。荒唐無稽《こうとうむけい》な考えだとは思う。でもこの子は特別な子だ。もうどんな不思議があっても驚かない。

「だとしたら、トリスタンの夢も見られるはずよね」

逃げるようにマルティンを出たあの時から、彼のことを思わない日はなかった。トリスタンは今どこにいるのだろう。無事でいるだろうか。傷は癒えただろうか。どんな些細《ささい》なことでもいい。彼について知りたかった。

「ねぇ、エールデ」

丸くなってきたお腹にユリアは小声で呼びかける。

「トリスタンの様子を知りたいの。お願い、彼の夢を見させて」

数日後、ユリアは夢を見た。荒削りな岩壁の部屋、屈強な男達が食卓を囲んでいる。大皿に串焼き肉が山と盛られ、深皿からは湯気が立ち上っている。

「トリスタンが作る飯はやっぱ最高だよ」

「旨い飯を腹いっぱい喰えるって幸せだよなぁ」

「そう言って貰えると、僕も作りがいがあります」

男達の顔を見回し、シチューが入った鉄鍋を大きな木匙でトントンと叩く。

「まだまだありますからね。どんどんおかわりしてください」

「うう、ありがてぇ！」

「母ちゃん、おかわり！」

「俺も、俺も！」

「やめてください。こんなむさ苦しい息子達、産んだ覚えはありませんよ」

男達がどっと笑う。その中の一人、黒髪を刈り上げた男が意味ありげに片目を閉じる。

「な、生きててよかっただろ？」

答えようとして、目が覚めた。

ユリアは思わず飛び起きた。

髪を刈り上げた男、彼は竜の首の工事責任者ロマーノ・ダールだ。トリスタンは竜の首にいるのだ。気のいい仲間達に美味しい食事を提供し、心穏やかに暮らしているのだ。

「よかった」

喜びが胸に満ちてくる。ユリアはお腹に手を当てて、涙声でささやいた。

「ありがとうエールデ。彼の夢を見させてくれて、ありがとう」

久しぶりに晴れやかな気分になった。

その朝、ヘクトルとともに朝食を食べながら、ユリアは件《くだん》の夢を報告した。

「父上、ついに見つけました。トリスタンは竜の首にいます。彼の地で料理人をしています」

「はて？」

ヘクトルは怪訝そうに眉根を寄せた。

「竜の首からの使者は何も言っていなかったが、その話は誰から聞いた？」

「昨夜、夢で見ました」

「……そうか」

ヘクトルは微笑んで、テーブルの上で両手を組んだ。

「お前を宿している時、レオノーラも『故郷の夢を見た』と言っていた。見知らぬ土地で出産に挑む不安と、故郷を懐かしく愛おしく思う心が、そのような夢を見せたのだろうな」

思いやりに満ちた眼差しで、彼は娘を見つめた。

「お前も同じなのだな。女性の心と身体とは、かくも神秘的なものなのだな」

違いますと反論しても、ヘクトルは優しく頷くばかりだった。元より伝説や迷信からは縁遠く、クラリエ教すら信じていない父だ。不思議な夢のことを信じさせるのは難しい。

窓辺に置かれた安楽椅子《あんらくいす》に腰掛けて、ユリアはエールデに語りかける。

「困ったわね。どうしたら父上に信じて貰えるかしらね」

「いかがなさいましたか？」

ダリアが控えめに尋ねてきた。

「ご気分が優れないようにお見受けしますが、温かい飲み物でもご用意いたしましょうか？」

「違うの。気分が悪いわけじゃないの。ただちょっと、じれったくって」

右手で丸い腹を撫で、ユリアは拗《す》ねたように言う。

「父上は自分が見たものしか信じないたちなの。だからこの子が見せてくれる夢はただの夢じゃないんだって、いくら言っても信じてくれないの」

「自分が見たものしか信じない方を説得するには証拠をお見せするのが一番よろしいかと」

「証拠？」

「たとえばヘクトル様がよくご存じなもので、ユリア様が知り得ないものをご提示出来れば、ユリア様の夢が単なる夢ではないという証拠になりましょう」

「ああ、なるほど」

エールデの人ならざる不思議な力。乱用するのは抵抗があった。でも証拠探しという名目があれば罪悪感も軽減する。

「ありがとう、ダリア」

ユリアは勇ましく、ぐっと拳を握ってみせた。

「探してみるわ。確固たる証拠を探し出して、父上をあっと言わせてやるんだから！」

「ユリア様は、自由に夢が見られるのですか？」

戸惑いがちにダリアが問う。

「どのようにすれば、願いをかなえていただけるのでしょうか？」

「いつもかなえてくれるわけじゃないのよ。この子の名前を呼んで願いごとを言うと、だいたい三回に一回ぐらい、望んだ夢を見せてくれるの」

「もうお名前があるのですか？」ダリアは興味深そうに目を瞬《しばた》いた。「なんというお名前なのでしょうか？」

ユリアは困って眉根を寄せた。

「ごめんなさい。それは教えられないの。ある人と約束したの。この子の名前は二人だけの秘密にしようって」

「いいんです。なら言わないでください」

彼女にしては珍しく、両手を挙げて訴える。

「誰にも教えないでください。私にも、サージェス様にも」

「どういう意味？」

「すみません。忘れてください。立ち入ったことをお訊きしてしまったこと、どうかお許しください」

ダリアは一礼した。失礼しますと言い残し、慌ただしく部屋を出ていく。

「なんだったのかしら?」

ユリアは首を捻った。

エキュリー・サージェスはユリアが妊娠していることを知っても驚かなかった。未婚のまま子を宿した彼女を非難することもなく、父親の名を明かせと迫ることもなかった。新たな命を言祝《ことほ》ぎ、「健やかな子を産んでください」と言って、よりいっそう彼女のことを気遣ってくれるようになった。受胎を知った途端、斧や鉈を振り上げたマルティン達を見てきただけに、その優しさが身に染みた。彼のような人格者を疑うのは難しい。

心配いらないわとユリアは心の中で呟く。サージェスさんはノイエ族、ウル族の伝承を知っているはずがない。それに幸か不幸か、私はシュライヴァ家の人間だもの。賢明な為政者であるエキュリー・サージェスがシュライヴァを敵に回すはずがない。

しかし、それから二ヵ月もしないうちに、ユリアは自分の甘さを痛感することになる。


聖イジョルニ暦五四二年四月二日。その夜、ユリアは夢を見た。

暗い廊下を走っている。響く足音、荒い息づかい。

駆け込んだ部屋には険しい顔をした男が立っている。

「急げトリスタン。みんな脱出した。あとはお前と俺だけだ」

「僕は残ります」

「馬鹿言うな。お前一人が残ったって――」

「策ならあります。隙を見て例の機構を動かして奴らを押し流します」

「なら俺も残る。一人より二人のほうが成功率も高くなる」

「いいえ、隊長は逃げてください。僕に未来はないけど、隊長には奥さんも娘さんもいる。こんなところで死んじゃいけない」

「しかし――」

「急いで！　連中が来ます！」

その声に背を押され、男が蓋《ふた》を持ち上げる。真っ暗な穴が口を開けている。冷えた空気が流れてくる。どうどうと滝が流れ落ちる音がする。

「救援を連れて必ず戻る。それまで死ぬなよ、トリスタン！」

男は穴を抜け、縄梯子を下っていく。それを見届けた後、持っていた弓と矢筒を床に置く。

背後で扉が開いた。

「見つけたぞ！」

声とともに騎士が飛び込んでくる。甲冑《かっちゅう》の胸部には翼を広げた大鷲の紋章がある。

ナイフを抜き、目の前の騎士に斬りかかった。部屋は狭い。背後に回り込まれることはないが、相手の数は増えていく一方だ。ついに逃げ場がなくなり、部屋の奥へと追い詰められた。脱出用の穴から水滴混じりの風が吹き上がってくる。風に煽られている縄梯子の根元をナイフで断ち斬った。白く泡立つ滝壺《たきつぼ》へ、縄梯子が落ちていく。

次の瞬間、頭に衝撃が走った。目の前に火花が散り、思わず膝をつく。殴られ、蹴られ、踏みつけられ、ナイフが手から離れる。

「このクソが！」

「簡単に死ねると思うなよ！」

繰り返される蹴り。硬い靴底が頭を踏《ふ》み躙《にじ》る。

「どうしたよ優男《やさおとこ》、もう終わりか？」

「もっと鳴いてみせろよ」

下卑《げび》た笑いが降ってくる。嘲笑が部屋にこだまする。

「ネズミめが。手こずらせおって」

黒い鎧《よろい》を身に着けた男が入ってきた。その鳶色の瞳には侮蔑と嘲笑が浮かんでいる。

「残っていたのはコイツだけだ。捕虜にして交渉に使うか？」

「必要ない」

黒い鎧の男が言い放つ。

「見せしめだ。殺せ」

「了解」

両腕が背後にねじり上げられる。前髪を摑まれ、顎が上がる。首に刃が押しつけられる。冷たい刃が喉を裂く。溢れ出した鮮血が肺の中に流れ込む。自らの血に溺《おぼ》れ、呼吸が出来なくなる。

視界が暗くなる。

死の闇が降りてくる。


悲鳴を上げ、ユリアは飛び起きた。

咄嗟に両手を首にやる。傷はない。血も流れていない。ああ、そうだ。あの場にいたのは私じゃない。喉を斬られたのは私じゃなくて、トリスタンだ。

ユリアは寝室を飛び出した。半狂乱になって隣の寝室の扉を叩く。

「父上、起きてください、父上！」

数秒と置かず、ヘクトルが現れた。

「どうした？」

「トリスタンが殺されます！」

父に抱きつき、ユリアは噎《むせ》び泣いた。

「ヴァラスがシュライヴァ騎士団を率いて竜の首に乗り込んできました。ダール隊長は逃げましたが、トリスタンが捕まって、ヴァラスが『見せしめだ。殺せ』と命じて、騎士の一人がトリスタンの喉を切り裂いたのです！」

「落ち着け、ユリア」

ヘクトルは娘の背中を撫でた。優しい声音で教え諭すようにささやく。

「竜の首のトンネルはまだ完成していない。シュライヴァ騎士団はヴァラスには従わない。お前は夢を見たのだ。怖い夢を見ただけだ」

「違います！　ただの夢ではないのです！　信じてください、父上！」

ユリアは拳で父の胸を叩いた。

「トリスタンは滝壺の真上にある部屋にいました。脱出を促すダールさんに『僕は残ります』と言い、『策ならあります。隙を見て例の機構を動かして奴らを押し流します』と言って――」

「例の機構だと？」

ヘクトルは問い返した。顔色が変わっている。

「そのことを誰から聞いた？」

「だから夢の中で、トリスタンが言ったのです！」

獣のようにヘクトルは唸った。ほの暗い居間にギリギリと歯を喰いしばる音が響く。

「すまないユリア。お前を疑った父を許せ」

彼はユリアの両肩に手を置いた。

「俺は竜の首に行く。身重のお前を一人残していくのは心痛いが――」

「私は大丈夫です。お願いです父上。どうかトリスタンを助けてください！」

「わかった。任せておけ」

ヘクトルは素早く身支度を調《ととの》えた。腰に剣を帯び、旅装のマントを羽織り、最後にもう一度、ユリアを抱きしめた。

「必ずトリスタンを連れて戻る」

そう言い残し、彼は客室を出ていった。

月光が差し込む部屋の中にユリアは一人残された。恐怖が背筋を這い上がってくる。ガタガタと全身が震え出す。堪えきれず冷たい床に膝をつき、胸を押さえて慟哭する。夢で見た光景が現実なのだとしたら、トリスタンはもう生きてはいない。父上が駆けつけたとしてももう手遅れだ。そう思うと苦しくて、ユリアは声を上げて泣き続けた。


その日の午後、騒ぎを聞きつけサージェスがやってきた。彼にしては珍しく一人の護衛を連れている。その男の顔を一目見て、ユリアは弾かれるように立ち上がった。

「貴方は――」

それはガエルフ・ドゥ・メイナスと名乗った、あのハグレ者だった。

彼はユリアの反応を見て、三日月のように微笑んだ。

「嬉しいなぁ。俺の顔、覚えててくれたんだ？」

「なぜ貴方がここにいるんです！」

「おや、まだわからない？　君の父上が成敗した密輸団の隊長リシャール・シーヴァはね、サージェスの甥《おい》っ子なんだよ。俺達はサージェスの命令で銀夢草を売《う》り捌《さば》いていたの。でなきゃ一介の神歴史学者に、こんな贅沢な暮らし出来るわけないでしょ」

　そうですよね司祭様——とサージェスに向かって右目を瞑《つぶ》る。

「司祭様ですって？」

　愕然としてユリアは呻いた。

「サージェスさんはノイエ会議の議長でしょう？　神歴史学者でしょう？」

「こう見えて彼は野心家なんだよ。いずれは最高司祭になって、法皇になるのが夢なんだ」

「ガフ」サージェスは顔をしかめた。「喋りすぎですよ」

　ガフは肩をすくめ、唇を縫い合わせる仕草をしてみせた。

　ユリアはよろめき、椅子の背に手を置いて身体を支えた。私達は思い違いをしていた。ガフは法皇庁の間者ではなく、サージェスの手駒《てごま》だったのだ。ガフにエルウィンを襲わせたのはサージェスだ。私達は襲撃者から逃れようとして、敵の懐に飛び込んでしまったのだ。そして今、父上という守りを失い、もはや味方はどこにもいない。

　なればこそ、私がしっかりしなければ。

　勇気と気力を振り絞り、ユリアはサージェスを睨みつけた。

「これはどういうことなの。説明しなさい。貴方はいったい何を企《たくら》んでいるの」

「もちろんご説明いたします。そのために参上したのです」

上品に一礼し、サージェスは微笑んだ。

「ですが、その前に座ってください。立ちっぱなしではお身体に障《さわ》ります」

優雅な所作で椅子を勧める。丁寧な物言いが憎たらしかった。こんな卑怯者に心配などされたくない。座ろうとしないユリアを見て、彼は困ったように眉根を寄せた。

「お話はヘクトル様からうかがいました。ユリア様が見た夢、それはまだ現実にはなっていません。貴方が見た夢は未来の本流、可能性のひとつにすぎないのです」

「なによそれ。意味がわからないわ」

「あの青年はまだ生きています。貴方の行い次第では、彼を助けられるやもしれません」

サージェスは右手で長椅子を指し示した。続きが聞きたければ座れということらしい。

ユリアは乱暴に腰を下ろした。

「長い話になりますが、どうかお許しください」

彼女の向かいに座り、サージェスは口を開いた。

「我がサージェス家は神歴史学者の家系でして、レーエンデに逃れてくる以前から始祖ライヒ・イジョルニについて研究をしておりました。一般的にイジョルニが遭難したのはアラル海だったと言われておりますが、彼の暮らしぶりや漁の方法から考察するに、それは間違いだと断言せざるを得ません。イジョルニが遭難したのは他でもない、このレーニエ湖だったのですよ。イジョルニは嵐に飲まれてレーニエ湖に沈み、そこで創造神と出会い、未来視の力を得て戻ってきた。後はご存じの通りです。ライヒ・イジョルニは西ディコンセ大陸を平定し、聖イジョルニ帝国を築きました」

しかし——と言って、身を乗り出す。

「始祖イジョルニの目的は帝国の建国ではありません。揺《ゆ》り籠《かご》としてのレーエンデを守り、この地に神の御子を誕生させる。それが彼の真の目的だったのです」

ユリアはゴクリと喉を鳴らした。否応《いやおう》なしに心臓の鼓動が跳ね上がる。

「貴方、まさか、私の子は神の御子だと、そう思ってるわけじゃないでしょうね？」

「まことその通りでございます」

もったいぶった口調でサージェスは答えた。

「聖都シャイアにある聖イジョルニ礼拝堂には、ライヒ・イジョルニの予言書が保管されております。閲覧《えつらん》が許されているのは歴代の法皇のみですが、私の祖先は一度だけ、それを覗き見る機会を得ました。そこには『七代続けて天満月に生まれし乙女、月に愛されし聖女ユリアがレーニエ湖の孤島で神の御子を産む』と書かれていたそうです。以来『聖女ユリア』を手中にすることは、我がサージェス家の悲願でした。歴代のサージェス達はまさに貴方を手に入れるため、その生涯を捧げてきたと言っても過言ではありません」

「くだらない」ユリアは鼻で嗤った。「五百年以上も前に生きた人間が私の名前を予言していた？そんな馬鹿げた話、信じろというほうが無理だわ」

「正確にはライヒ・イジョルニは予言者ではないのです。彼は未来を予知したのではなく、自分が欲する未来を選んでいたのです」

「ああ、もうたくさん！」

ユリアは立ち上がり、神歴史学者を睥睨した。

「これ以上、戯《ざ》れ言《ごと》を聞かされるのはうんざりだわ。それより早く本題を言いなさい。どうすればトリスタンを助けられるのか、その方法を言いなさい！」

「これは失礼いたしました。ユリア様にもご理解いただけるよう、順を追ってお話ししているつもりでしたが、いささか冗長すぎましたか」

サージェスは笑った。悦に入ったような笑い方だった。

「聞くに堪えないとおっしゃるのであればここまでにいたしましょう。哀れなウル族の青年は本流の通りに落命することと相成りますが、それも致し方ありませんね」

　ユリアはサージェスを睨んだ。怒りのあまり身体が震えた。この人は嬉しいのだ。自説を開陳する機会を得て、嬉しくて嬉しくてたまらないのだ。こんな男を優しい人だと思っていた自分に、猛烈に腹が立つ。今すぐここから出ていきたい。でもサージェスは「貴方の行い次第では、彼を助けられるやもしれません」と言った。その内容を聞くまでは、この場を離れるわけにはいかない。

　ユリアは無言で長椅子に座り直した。

それでいいというように、サージェスはゆったりと足を組む。

「時とは流れる川のようなもの。悠々と流れる箇所もあれば、岩に突き当たって分流する難所もございます。時代の転換点では時の流れが分散し、いくつかの未来が発生します。そこに何の力も加わらなければ私達は自然と一番大きな流れに乗る。しかし些末《さまつ》な分流にも未来はあります。別の可能性が存在しているのです。その流れを引き寄せる力、可能性の高い未来ではなく、可能性の低い未来を現実とする力、それが始祖イジョルニが有していた未来選択の力です。創造神は未来を創《つく》る。すなわち神の御子もイジョルニと同じ、未来選択の力を有している。そして神の御子と一体である貴方もまた、未来選択の力を行使することが出来るはずなのです」

　野心に燃える目でサージェスはユリアを見つめた。

「さぁ、祈りなさい。愛する男を守るためにヴァラス・シュライヴァの死を願うのです。貴方が見た未来ではなく、別の未来を引き寄せて、私の仮説を証明するのです」

ユリアは息を止めた。様々な思惑が頭の中で交錯する。トリスタンを助けたい。彼の命を救いたい。でも私欲で未来を選択するなど許されることではない。そのために時の流れを変えるなんて、人の身にあまる大罪だ。

「貴方は間違ってる」

震える声でユリアは言い返した。

「創造神の御子の力は、個人の欲望をかなえるためにあるんじゃない。新たな未来、新たな世界を創るためにあるのよ。もし貴方の仮説が正しいとして、未来を選択することが可能だったとしても、私はこの子に人殺しを強《し》いたりしないわ」

「強制はいたしません。神の力を行使しようというのです。臆するのも無理はありません」

サージェスは大らかに笑い、左右に大きく両手を広げた。

「ですが、お間違えなきよう。たとえ人を殺《あや》めてでも未来を変えようとする意志。それは貴方の意志であって、神の御子の意志ではありません。ヴァラス・シュライヴァを殺すのは貴方であり、人殺しの罪を負うのも貴方です。それが嫌だとおっしゃるのなら、何もせずに傍観していればよいのです。その場合、未来は変わることなく、貴方が愛するトリスタンは無残で残酷な死を迎えます。すべては貴方次第、選ぶのは貴方なのです」

ユリアは唇を引き結んだ。歯を喰いしばり、漏れそうになる嗚咽を押し殺す。

夢で見た光景が生々しく胸に迫ってくる。殴られ蹴られ喉を裂かれる。このまま何もしなければトリスタンは殺される。残された命をまっとうすることもなく、たった一人で死んでいく。

「助けられるのに助けないってのはさ、君がその手で殺すのと同じことだよ」

ユリアは顔を跳ね上げた。残酷な声の主、ガフはこれみよがしに肩をすくめる。

「君を守るためにトリスタンはハグレ者になったんだよね？　なのに君は何もしないの？　今度は自分が彼を助ける番だって思わないの？　君がまともな人間なら、たとえ人殺しの罪を背負ってでも、トリスタンを助けようとするはずだよ。命懸けで君を救ってくれた恩人だもの。見殺しになんて出来ないはずだよ」

ガフの言葉はユリアが抱えた罪の意識を、癒えることのない心の傷を容赦なく抉《えぐ》っていった。

ユリアは俯いた。目を閉じて、必死に自分を保とうとする。しかし——

「君は知らないだろうから、教えておいてあげるね」

絡みつくようなガフの声が毒となって耳に流れ込んでくる。

「喉を斬られると血が肺腑《はいふ》に流れ込むんだ。息が出来なくなってね、でもなかなか死ねなくてね、長いこと悶《もだ》え苦しむんだよ。歴戦の兵士でも屈強な戦士でも、殺してくれ、死なせてくれって赤ん坊みたいに泣き喚いてね。糞尿《ふんにょう》を垂れ流して、血と糞《くそ》の中でのたうち回って、苦しんで苦しんで苦しみ抜いて、それでもまだ死ねないんだよ」

ああ可哀想なトリスタン！　と芝居がかった声で言う。

「厄介者と嫌われて、銀呪病に冒されて、古代樹の森から放逐されて、もう充分すぎるほど不幸なのに、さらに愛した女に裏切られるなんて、俺なら死んでも死にきれないね」

「やめて！」

ユリアは耳を覆った。堪えきれずにすすり泣く。

「もうやめて」

「心は決まりましたか？」

穏やかな声でサージェスが尋ねる。

ユリアは答えず席を立ち、寝室へと駆け込んだ。閉じた扉に背を預け、ずるずると床に座り込む。瞼の裏でトリスタンが微笑む。耳の奥に彼の声が蘇る。トリスタンは実母に疎まれ、死病に冒された。夢を絶たれ、未来を奪われた。それでも彼は言ったのだ。取るに足らない、おおよそ無価値な人生でも、僕にとって価値があるなら、それはとても幸せなことだと。

その結果がこれなのか。暴力に晒され、故郷の地を追われ、ようやくたどり着いた安住の地さえも蹂躙《じゅうりん》されて、失意と絶望の中で孤独な死を迎えるのか。あまりに残酷すぎる。トリスタンはもう充分に傷ついた。この上さらに彼を苦しめるなんて出来るわけがない。彼の願いはかなえられるべきだ。悔いのない人生を生き尽くし、笑顔で最期の時を迎えるべきなのだ。

ユリアは自分の腹に手を置いた。

「ごめんね。こんなこと二度としない。二度としないと誓うわ。だからお願いよ。『希望の光《エールデ》』、貴方の力を貸して、あの人を死なせないで、どうかトリスタンを助けて」

その瞬間、焼けつくような痛みを感じ、ユリアは腹を押さえて絶叫した。

第八章　花と雨

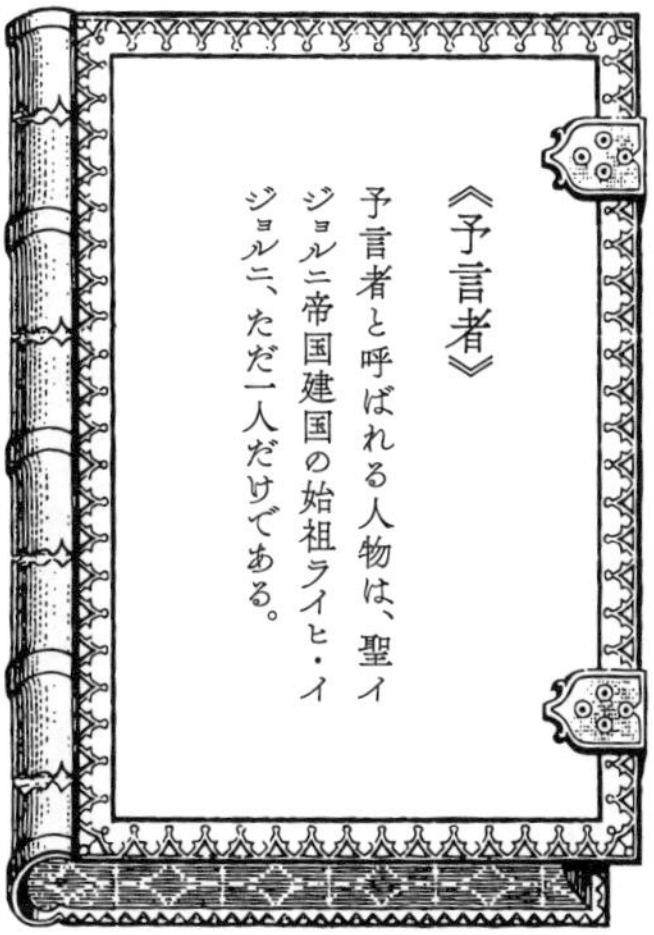
《予言者》
予言者と呼ばれる人物は、聖イジョルニ帝国建国の始祖ライヒ・イジョルニ、ただ一人だけである。

蒼天《そうてん》に筋雲が流れていく。太陽は純白に輝いている。森に差し込む淡い木漏れ日、降り積もった落ち葉が金色に輝く。下草は錆朱《さびしゅ》に染まり、乾いた苔は赤銅色に艶めいている。レーエンデの森が織りなす錦繍《きんしゅう》。深く暮れゆく晩秋。そのすべてがトリスタンには灰色に見えた。晴れ渡った空も、舞い散る紅葉も、終わりのない悪夢に思えた。

乾いた落ち葉を踏みしめて歩く。一足ごとに腹や胸に痛みが走る。肋骨《ろっこつ》が何本か折れている。左腕は赤黒く腫れ上がっている。左の掌に刻まれた二本の傷、血に塗れたハグレ者の証しを握りしめ、彼は繰り返し自分自身に言い聞かせた。

これでよかったのだ。目的は達成した。最良の方法ではなかったかもしれないが、ユリアとエールデを守ることは出来た。

なのに心に大きな穴が開いている。喜悦も安堵も塵芥《じんかい》と化し、虚空へと崩れ落ちていく。行くあてはない。帰る場所もない。生きる目的も失われた。このまま森をさまよい続ければ、血の臭いが飢えた獣を引き寄せる。獣に喰われて森へ還ろう。それだけを考えて、彼は歩き続けた。

やがて陽は落ち、夜がやってきた。西の森、ウル族の狩人でさえ滅多に足を踏み入れることのない奥地。足を引きずりながら歩くトリスタンの前で灌木の繁みが揺れた。藪から獣が現れる。灰色の毛並み、野性味溢れる金色の目、吐き気をもよおす獣臭が押し寄せてくる。

それは雄のクマだった。見上げるほどに大きいヒグロクマだった。

野獣は獰猛《どうもう》に牙《きば》を剝いた。後ろ足で立ち上がり、猛々しく咆吼《ほうこう》した。黒光りする鋭い爪、たらたらと滴る唾液《だえき》、抵抗しようにも武器はすべて取り上げられていた。戦う術も、生きたいという意志もない。ふらつく足を気力で支え、トリスタンは一歩、二歩、ヒグロクマへと近づいた。暗い森、冷えた夜気、腐りゆく落ち葉の臭いに生臭い獣の吐息が入り交じる。

「僕を喰らえ」

ぎらつく野獣の目を見上げ、トリスタンは両腕を広げた。

「血も肉も喰らい尽くせ」

ヒグロクマの巨軀《きょく》が傾いだ。じりじりと後じさり、ついにはどすんと前足を下ろした。くるりと身体の向きを変え、巨大な尻を揺らしながら森の奥へと去っていく。

トリスタンは右手で顔を覆った。ひび割れた唇から乾いた笑い声が漏れた。

「お前も銀呪は喰いたくない――か」

ヒグロクマだけではなかった。シジマシカもトチウサギもヤミオオカミの群れも、彼を見るなり逃げ出した。こんな経験は初めてだった。何がそうさせるのか、自分に何が起きているのか、いくら考えてもわからない。そのうち考えるのも億劫《おっくう》になった。

どこをどう歩いたのか、気づけば川辺に立っていた。

青い空を背景にエンゲ山が聳えている。三角形の山頂を越え、白い雲が流れてくる。

これはイーラ川の支流、遡れば竜の首にたどり着く。危険と隣り合わせで働く炭坑夫達は陽気で気さくで底抜けに明るかった。明日の心配をするよりも今この時を愉しもうと、くだらない冗談を言い合っては声を上げて笑っていた。知らず識らずのうちに竜の首を目指してしまうなんて――

「未練がましい、ですねぇ」

しわがれ声で呟いて、トリスタンは河原に腰を下ろした。

泥袋のように身体が重かった。少し休もうと傍らの岩にもたれて目を閉じた。底なし沼に引きずりこまれるように、彼は眠りに落ちていた。


次に瞼を開いた時、目に入ったのは三角形の窓だった。ヘクトルがこだわった三角の矢狭間だ。

トリスタンは身じろぎした。痛みを堪えて上体を起こした。

左腕に添え木が当てられている。胸にも腹にも包帯が巻かれている。身体中が熱を持ち、腫れ上がっているのがわかる。霞のかかった頭でトリスタンは考えた。河原で休んでいたはずなのに、なぜ僕は竜の首にいるんだろう。

「おう、気がついたか」

声とともに一人の男が入ってきた。無遠慮に寝台に腰掛け、トリスタンの顔を覗き込む。

「気分はどうだ？　まぁそれだけバッキバキに骨が折れてちゃ絶好調とはいかんだろうが」

「ダール隊長」

呆然と彼を見つめ、トリスタンは呟いた。

「なんで、僕は、竜の首にいるんですか？」

「おう、それな。掘削残士《ざんど》を運んでいった連中が、河原でぶっ倒れているお前を見つけて、ここに運び込んだんだよ」

運がよかったぜ——と、彼はトリスタンの額を小突いた。

「ちょうどバッカラ爺《じい》さんが往診に来てたんだ。爺さんがいなかったら、お前の左手は使い物にならなくなっていただろうよ」

そういうことかとトリスタンは思った。

「すみません、お世話になりました」

寝台から足を下ろし、立ち上がろうとする。

「すぐに出ていきます。ご迷惑をおかけしました」

「まあ待て、まあ待て」

ダールは慌てて立ち上がった。両手を彼の肩に置き、寝台へと押し戻す。

「聞いたぜ？　お前、ユリアに手を出して、団長に殴り倒されたんだって？」

トリスタンは顔をしかめた。

「僕、そんなに長い間、寝てたんですか？」

「そうだな、少なくとも三日は寝てたか」

指折り数え、ダールはふと微笑んだ。

「知っての通り、俺には娘がいる。だからってわけじゃないが、ユリアと会った時、お前に惚れてるってすぐにわかった。お前があの娘のこと、自分の命よりも大切にしているってこともな」

「それは違います。僕が一方的に言い寄っていただけです。彼女は僕のことなんか――」

「いいんだよ、無理すんなって」

ダールは彼の肩を軽く叩いた。

「余所者だの、住む世界が違うだの、まったくウル族の連中は了見が狭いよな。団長も団長だ。お前達が愛し合うことの何がいけないっていうんだ」

「団長のことを悪く言うのはやめてください」

最後に見たヘクトルの顔を思い出す。怒りの表情を作っていたけれど、その目は悲しみに満ちていた。辛そうに唇を歪めて僕を蹴り飛ばしていた。蹴られている僕よりも、いっそ彼の方が苦しそうだった。

「僕が悪いんです。全部僕のせいなんです」

「へぇ、そうかい」

ダールは肩をすくめた。

「いずれにせよ、俺はお前が悪いことをしたとは思わない。だから出ていくことはない。団長に知られたくなきゃ、お前のことは報告しない」

その代わり——と言い、彼はいたずらっぽく微笑んだ。

「元気になったら、また飯を作ってくれ。トリスタンが帰ってきた、また旨い飯が喰えるぞって、みんな大喜びしてるんだ」

「やめてください」

トリスタンは目を閉じた。炭坑夫の陽気な歌声、底抜けに明るい笑顔、楽しかった日々。彼は歯を喰いしばり、その光景を振り払った。

「僕は罪人です。かばう価値もない、助けるに値しない。クソみたいな人間なんです」

「あのなぁ、トリスタン」

ダールは困ったように顎をかく。

「十年もの間、俺はレーエンデ部隊を率いてきた。命を預けるに値する人間か否か、見間違えてちゃ生き残れなかった。お前がお前自身をどう評価しようとも、俺はお前を悪人だとは思わない」

「でも僕はユリアさんを穢した。汚い言葉で彼女のことを貶めた」

暴発寸前のマルティン達に囲まれ、ユリアは顔面蒼白《そうはく》になって震えていた。そんな彼女へ聞くに堪えない暴言を吐いた。彼女の尊厳を踏み躙り、偽りの汚名を着せた。

「許されないことをしました。もう彼女には会えない。合わせる顔がない」

胸が抉られ、心臓が引き裂かれるようだった。閉じた瞼に涙が滲む。弱みを見せまいと意地を張って生きてきた。辛いことも悲しいこともすべて笑ってごまかしてきた。でも、もう笑うことなど出来なかった。身体も心もぼろぼろに擦り切れて、笑ってみせる余裕など、どこにも残っていなかった。

「僕には何もない。もう何もない。このまま死んでしまいたい」

ダールは黙って彼を見守っていた。が、ついに黙っていられなくなったらしい。

「お前は大好きな娘を汚い言葉で罵倒《ばとう》した。それで彼女に嫌われた。彼女に嫌われたら生きていけない。いっそ死んでしまいたい。まぁ、そういうことだな？」

青臭い——と呟いて、彼の髪をぐしゃぐしゃとかき回す。

「お前、いい歳して、こっぱずかしいことを言ってんじゃないよ」

そんなんじゃないと言いかけて、トリスタンは言葉を飲み込んだ。

いいや、違わない。彼の言う通りだ。僕はユリアを傷つけたことよりも、彼女に嫌われたことが悲しいんだ。ユリアの無事を喜べないのは、もう二度と彼女に会えなくなってしまったからだ。

「詳しいことはわからんが、お前が暴言を吐いたのは、そうする必要があったからだろ？　なら、それはユリアにも伝わっているよ。お前が自分を責めているのと同じくらい、彼女も自分を責めているよ。お前に嫌なことを言わせてしまって申し訳ないって、きっと心を痛めているよ」

ダールの言葉を聞いて、トリスタンは思い出した。

彼女の誘いを断ったあの夜、ユリアは言った。「謝らなきゃいけないのは私のほう」と。「すごく言いにくいことを、真剣に答えてくれてありがとう」と。あの時だって彼女が詫びる理由などなかった。謝るべきは僕であって、責められてもなじられても仕方がなかった。なのにユリアは許してくれた。僕の身勝手を、精一杯の強がりを、すべて自分のせいにして、僕を責めずに許してくれた。

「そういう女だから惚れたんだろう?」

ああ、そうだ。そういう人だから守りたいと思った。

ユリアは花だった。泥濘と暗黒しか知らなかった僕が初めて見つけた花だった。銀呪に冒された手で触れることなど出来なかった。それでも彼女の傍にいたくて、自分に出来ることを探して、それで僕は雨になろうと思った。雨になって彼女を励ましたかった。顔を上げて輝いてほしかった。いつまでも笑っていてほしかった。ただ傍にいて、咲いていてくれるだけでよかった。

「だったら簡単に諦めるな」

ダールに肩を叩かれ、トリスタンは呻いた。

本当に諦めなくていいのか? 希望を持ってもいいのか? もう一度、ユリアに会うことを、彼女に許されることを、その時が来ることを信じてもいいのか?

「四月にはトンネルも貫通する。ユリアの出産に立ち会った後、団長はこちらに来るそうだ。まずは会って話をしてみろ。それでも許さないと団長が言ったら、俺も一緒に謝ってやる。一緒に土下座して、お前の赦免を嘆願してやる」

それに——と言い、ダールは両手を上げて降参を示した。

「お前がいなくてもなんとかなると言ったけど、この夏は最悪だった。まずい飯を喰わされて連中は怒りっぽくなるし、働かなくなるし、困り果てていたんだよ。だからお前がこうして戻ってきてくれたこと、俺は心の底から喜んでるんだぜ？」

冗談めかしてはいたけれど、嘘は感じられなかった。飾らない言葉は傷口を洗う清水のようだった。鮮烈な痛みとともに血と膿《うみ》が洗い流されていく。

「なぁトリスタン。今すぐ元気になれとは言わない。泣かなきゃやってられない時だってある。でもなぁ、急がなくたって人は死ぬんだ。自分には何もないって思うなら、まずは俺達のために生きてくれ。また旨い飯を作ってくれ。穴掘り野郎どもの胃袋をあったかい飯で満たしてやってくれ」

トリスタンは答えようとした。けれど声を出すと涙が溢れてしまいそうで、口を開くことが出来なかった。彼は右手で顔を覆った。息を止めて頷いた。感謝を込め、祈りを込めて、何度も何度も頷いた。


山間に雪が降り、滝の水が凍り始めても、トンネルの掘削作業は続いた。

十三月になって、ようやくトリスタンは一人で歩けるようになった。萎えた左腕を鍛《きた》え直し、ついには弓が握れるようになった。冬晴れの日、長靴を履いて雪の中を出かけていき、トチウサギを狩って戻ってきた。

竜の首の男達はトリスタンの復帰を喜んだ。トリスタンがハグレ者の印を刻まれた話は彼らの耳にも入っていたはずなのに、誰も何も言わなかった。

「俺達ゃ旨い飯が喰えりゃあ、それでいいのよ」

「トリスタンの作る飯はカミさんの飯よりも旨いからなぁ」

「気張って働いてくるからよ。晩飯よろしく頼むぜ！」

目の前に好物を吊るされた馬車馬のごとく男達は働いた。連日運び出される土砂や岩礫で付近の川辺はいっぱいになった。三月になると凍りついていた滝が溶け、雪に覆われていた川辺にも緑が芽吹いた。雪解け水が流れ込み、川幅は倍になった。

もう少しだという予感を胸に、男達はツルハシを振るい続けた。そして聖イジョルニ暦五四二年三月十七日。ツルハシの一振りが、ついに最後の岩を砕いた。

「岩質が変わってさ。反響音も変わってさ。こりゃ出口が近いぞって思ってたんだよ」

「フィルがガツンってやった時、岩の割れ目から、さあっと光が差し込んでさ！」

「もう天国にたどり着いちまったかと思ったぜ！」

トリスタンは腕によりをかけて夕食をこしらえた。温存しておいた小麦でパンを焼き、塩漬けの野菜を煮溶かしてシチューも作った。この日のために熟成させておいたツノイノシシの肉を焼き、スグリのジャムをたっぷりと添えた。蒸《ふ》かした芋を潰し、バターとミツカエデの樹液を混ぜ、丸めて焼いた菓子も作った。テーブルに並んだご馳走を男達は瞬《また》く間に平らげていった。酒もないのに飲めや歌えの大騒ぎになった。

「聞け、野郎ども！」

ダールの一喝に、浮かれ騒いでいた男達が何事かと目を向ける。

「現場はあのままにしておく。団長が来るまであの形のまま残しておく。このトンネルを最初に通り抜けるのはヘクトル・シュライヴァだ。いいか、わかったな？」

おうよ――と野太い声が答える。

「じゃあ団長が来るまでの間、俺達はどうするよ？」

「旨い飯をたらふく喰って、あとは昼寝しててもいいのかい？」

「んなわけないだろ、この馬鹿どもが！」

ダールが叱《しか》り飛ばした。口こそ悪いが、その目は愉快そうに笑っている。

「明日からは拡張工事だ。団長が来るまでに道幅を広げて、法皇の馬車だって楽々通れるぐらいの立派なトンネルに仕上げるぞ！」

男達は歓声を上げた。およそ四年間、互いに命を預け合い、一致団結してトンネルを掘り進めてきた炭坑夫達。しかしこの件に関しては全員が同意していたわけではなかった。

その二日後、作業時間が終わっても二人の若者が戻らなかった。崩落事故に巻き込まれたかとダールは青くなった。ほかほかと湯気を上げている夕飯には目もくれず、作業員達はトンネルに戻った。結果、トンネルの最深部、シュライヴァに到達した穴が削られ、人が通り抜けられるほどの大きさになっていることがわかった。

「あいつら外地に行きたがってたもんなぁ」

「汚《きたね》ぇ形《なり》で金も持たずに出ていったって、何も出来ねぇのにな」

「そのうち腹を空かせて、ピーピー泣きながら戻ってくるさ」

男達はそう言ったが、ダールは納得していないようだった。

一人で食後の片づけをしていたトリスタンに、元傭兵隊長は問いかけた。

「オマールとダグはなんで出ていったんだと思う？」

「あの二人は外地に憧れていましたから、我慢出来なかったのかもしれません」

皿を洗いながら、用心深くトリスタンは答える。

「でも以前、団長が言っていました。北方七州に不協和音が流れている、帝国皇帝の座をかすめ取ろうとしている輩がいるって。ユリアさんを誘拐しようとしたガフも野放しになったままです。法皇の息がかかった連中や、皇帝の座を簒奪《さんだつ》しようと企む連中にオマールとダグが雇われていたという可能性も否定は出来ません」

「俺もそう思う」

ダールは小さく息を吐く。

「どちらにせよ、用心はしておかなきゃな」

これ貰うぞと言って、彼は厨房の片隅にうち捨てられていた鍋を拾い上げた。長年の使用に耐えかねて底が抜けてしまった鉄鍋だ。それで罠を作るつもりなのだろう。

「敵が侵入してきたら、お前のことも頼りにさせて貰うからな。そのつもりでいてくれ」

百人近くの働き手が入れ替わり立ち替わりする竜の首も冬の間は頭数が減る。今、暮らしているのは三十人あまり。そのほとんどがダール村の炭坑夫だ。彼らには狩りの経験も戦闘の経験もない。ツルハシの扱いには長《た》けているが、武器の扱いに関してはまったくの素人だ。

いざという時は食堂で落ち合うことを決め、ダールは厨房を出ていった。

九日間は何も起こらなかった。シュライヴァ側へと開いた穴が広げられることもなく、出ていった二人の青年が戻ることもなかった。トリスタンは別の意味で心配になった。この時期、獣は冬眠から目覚める。シュライヴァの森にも危険な獣はいるだろう。空《す》きっ腹《ぱら》を抱えたヒグロクマに出くわしたら、あの二人ではどうにもならない。見ず知らずの土地でヤミオオカミの群れに襲われたら、逃げることさえかなわない。

不幸なことにトリスタンの懸念は的中した。だが二人の青年が出くわしたのはヒグロクマでもヤミオオカミでもなかった。渓谷を歩いていた彼らを見つけたのは腰に長剣を佩《は》いた騎士だった。彼らは森の中に身を潜め、トンネルが開通する時を待っていたのだ。

真夜中近く、ガランガランという音を聞いて、トリスタンは飛び起きた。

今のは鍋が転がった音だ。ダールが仕掛けた罠に何者かが引っかかったのだ。

トリスタンはシャツの上に弓と矢筒を背負い、腰のベルトにナイフを差し、足音を消して廊下に出た。食堂にはすでにダールの姿があった。矢狭間に身を寄せて、出入り口の広場を見下ろしている。トンネルは一本道。この広場を通らなければ砦の中には入れない。もちろん外にも出られない。

「誰か来ましたか?」

「いいや、まだだ」

押し殺した声でダールは答えた。

「オマールかダグが戻ってきたならいいんだが」

「こんな深夜にですか? あり得ませんよ」

トリスタンは矢筒から矢を抜いた。鏃《やじり》には油を染み込ませた布が巻いてある。

「出入り口を封じましょう。襲撃者をレーエンデに入れちゃいけない」

「まぁ待て。まずは相手を見てからだ」

「悠長なことを言ってると手遅れになりますよ」

「まだ敵と決まったわけじゃない」

「皆が寝静った頃合いにやってくるような連中です。敵に決まってます」

真っ暗な広場に明かりが揺れた。赤々と燃える松明《たいまつ》がトンネル口から現れる。入り乱れる軍靴の響き、鉄と鉄が触れ合う音、松明の炎を反射して銀の甲冑が赤く輝く。そこに刻まれている紋章は翼を広げた大鷲だ。

「シュライヴァ騎士団だ」

二十余人の騎士を見下ろし、ダールは低く呟いた。

「それにしてはずいぶんと――」

「警告する！」

最後に広場に入ってきた黒い鎧の騎士が叫んだ。鞘《さや》から剣を抜き放ち、頭上高くに突き上げる。

「我々はシュライヴァ騎士団である。今後この砦は我々の支配下に置かれる。ただちに明け渡せば命だけは助けよう。だが一人でも抵抗する者があれば全員の命がなくなると思え！」

「議論の余地はありませんね」

トリスタンはささやいた。

「みんなを集めて脱出口から逃がしてください」

「お前はどうする？」

「まずは跳ね橋を焼きます」

弓に矢をつがえ、トリスタンは答えた。

「その後は適当にあいつらを攪乱《かくらん》して、脱出の時間を稼ぎます」

川の増水に備え、砦の出入り口は地上から五ロコスの位置に作る。そうヘクトルが主張した時、ノイエ族の建築家はこぞって反対した。五ロコスは高すぎる。跳ね橋がなければ出入り出来ない。一度に多くの馬車を通すことも出来ない。不便すぎると抗弁した。

だがヘクトルは譲らなかった。

「竜の首は国境の砦だ。簡単に通り抜けられるようでは、いざという時、役に立たない」

レーエンデに攻め込むには馬がいる。もし騎馬隊がやってきても、跳ね橋を焼いてしまえば足止めが出来る。川辺には大小の岩が転がっている。跳べと命じても並の馬なら臆するだろう。訓練を積んだフェルゼ馬なら跳ぶかもしれないが、この高さでは足を傷《いた》める。足を傷めた馬では遠くまでは走れない。

感謝しますよ、団長。

心の中で呟いて、トリスタンはランプの目隠しをめくった。鏃に巻いた布に火をうつす。

「ここは僕に任せて、行ってください」

「わかった」

脱出口で会おうと言い残し、ダールは食堂を出ていった。

トリスタンは弓をかまえた。狙うのは出入り口の上に吊るされた黒い油壺《あぶらつぼ》だ。

舌先で上唇《うわくちびる》を舐める。弓弦を引き絞り、矢狭間から火矢を放つ。矢は赤い軌跡を描き、油壺を叩き割った。跳ね橋に油が飛び散る。天井を焦がす勢いで紅蓮《ぐれん》の炎《ほのお》が吹き上がる。一本木を削って造った特別製の跳ね橋だ。同じものを用意するには手間がかかる。ましてやそれをシュライヴァ側から運ぶとなればトンネルの途中でつっかえる。隧道は一本道だが、幾度も直角に曲がっているのだ。

「なんだ？　どうしたんだ⁉」

「クソ、どこから射《う》ってきやがった⁉」

騎士達は浮き足立った。頭上に松明をかざし、射手の姿を探している。お粗末《そまつ》な反応だった。狙ってくれといっているようなものだった。出来ればあの黒騎士を倒しておきたかったが、黒い鎧は闇に紛れてしまっている。

ならば一人でも多くの戦力を削るだけだ。トリスタンは新たな矢をつがえた。炎の傍で右往左往している騎士達の首を狙って矢を放つ。数本は外したが、少なくとも五人は倒した。

「あそこだ！」

騎士の一人が怒声を上げた。弓兵が三角窓めがけて射かけてくる。さらに三人を倒したところでトリスタンは弓を背に戻した。広間には煙が充満している。この視界ではもう狙撃《そげき》は無理だ。

足早に廊下に出た。逃げ遅れた者に脱出口に向かうように言い、要所にあるオイルランプを落として回る。飛び散った油に引火し、炎の障壁が出来上がる。付近に延焼するものがないので、じきに消えてしまうだろうが、それでも時間稼ぎにはなる。

ヘクトルは竜の首に様々な仕掛けを作った。岩戸に行く手を遮られる者、油と丸石に足を取られて階段を転がり落ちる者、炎の障壁と迷路のような廊下に翻弄される者、すべてが見事に機能した。トリスタンは感嘆した。ヘクトルの中の悪魔を畏怖せずにはいられなかった。

「そろそろ頃合いかな」

独りごち、彼は脱出口へと向かった。三層目の西の外れ、滝壷の上に突き出した小部屋、普段は便所として使われている場所だ。ランプの下にダールが立っている。入ってきたのがトリスタンだとわかると、彼はかまえていたナイフを下ろした。

「急げトリスタン」

部屋の奥に向かい、彼は顎をしゃくった。

「みんな脱出した。あとはお前と俺だけだ」

「僕は残ります」

「馬鹿言うな。お前一人が残ったって――」

「策ならあります。隙を見て例の機構を動かして奴らを押し流します」

例の機構とはヘクトルが考え出した切り札だ。空気を循環させるため、砦の通気口には常に水が流れている。水門を全開にすると通気口に大量の水が流れ込み竜の首は水没する。しかもトンネルは中央部分が一番低い。水門を閉じて、溜まった水を汲《く》み出《だ》すまで、通り抜けは出来なくなる。

「敵に使わせるくらいなら沈めてしまえ」

そう言った時のヘクトルの顔を思い出し、トリスタンは失笑した。

本当にえげつないことを考える天才ですよ、貴方は。

「なら俺も残る」とダールが言う。「一人より二人のほうが成功率も高くなる」

「いいえ、隊長は逃げてください。僕に未来はないけど、隊長には奥さんも娘さんもいる。こんなところで死んじゃいけない」

「しかし――」

背後から足音が聞こえた。

「急いで！　連中が来ます！」

手を振って、早く行けと合図する。ダールは左端の便座の蓋を開いた。滝の音がいっそう大きくなる。四角い穴から夜気と水しぶきが吹き込んでくる。

「救援を連れて必ず戻る。それまで死ぬなよ、トリスタン！」

ダールは穴の中へと姿を消した。彼が縄梯子を下りていくのを見届けて、トリスタンは弓と矢筒を床に下ろした。例の機構を動かすには最上階にある水門の鎖を巻き上げなければならない。大勢の敵がうろつく砦内を行くよりも、外の崖を登ったほうが早い。

「見つけたぞ！」

派手な音とともに扉が開かれた。胸甲にシュライヴァの紋章を刻んだ騎士が入ってくる。

トリスタンはナイフを抜いた。騎士の剣をかいくぐり、相手の喉を切り裂こうとする。が、踏み込みが浅かった。わずかに狙いが外れ、ナイフの刃が頸当《くびあ》てに弾かれる。トリスタンは素早く飛び退き、ナイフをかまえ直した。

「この野郎ッ！」

騎士が剣を振りかぶる。剣先が岩天井にぶつかった。勢いを削がれ、騎士がたたらを踏む。トリスタンは瞬時に間を詰め、騎士の脇下にナイフを突き立てた。悲鳴を上げて騎士が倒れる。兜を蹴り上げ、喉にとどめの一撃を入れようとした時、背筋に悪寒が走った。咄嗟に床へと転がる。肩を刃がかすめる。新手が来たのだ。彼の頭めがけて剣が振り下ろされる。それを間一髪でかわし、トリスタンは立ち上がった。

騒ぎを聞きつけ、騎士達が集まってくる。トリスタンは奥の岩壁まで後じさった。流れ落ちる滝、水煙に煽られて縄梯子が揺れている。ダールの姿はない。無事脱出したらしい。トリスタンはナイフを逆手にかまえ、梯子を根元から断った。支えを失った縄梯子が滝壺へと落ちていく。

これで追撃は出来ない。

そう思った直後、頭を殴られた。堪えきれずに膝をつくと、今度は剣の柄で殴られた。肩を蹴られ、右肘《みぎひじ》を踏まれ、手からナイフが離れた。腕を掴まれ、床に組み伏せられる。振り払おうとすると、今度は頭を押さえつけられた。

「このクソが！」

「簡単に死ねると思うなよ！」

背を踏まれ、腹を蹴られた。激痛に嘔吐きながらトリスタンは床を這い、逃れようとあがいた。

「どうしたよ優男、もう終わりか？」

「もっと鳴いてみせろよ」

下卑た声、騎士らしからぬ嘲弄《ちょうろう》。トリスタンは横目で騎士達を見た。装具は立派だが身の丈《たけ》に合っていない。まるで騎士のふりをした道化師だ。こいつらはシュライヴァの騎士じゃない。紋章は本物でも、鎧の中身は偽物だ。

「ネズミめが。手こずらせおって」

偽騎士達の間を通り、黒い鎧の騎士が現れた。兜を小脇《こわき》に抱えている。ランプの明かりが黒騎士の素顔を照らし出す。

床に組み伏せられたまま、トリスタンは瞠目した。

黒騎士の顔はヘクトルに似ていた。ヘクトルよりも十歳ほど若く見えるが、他人の空似とは思えない。癖のある茶褐色の髪も鳶色の瞳も腹立たしいほどそっくりだ。トリスタンは確信した。こいつはヴァラスだ。ユリアに嘘を吹き込み、思い通りに操ろうとした彼女の従兄弟、シュライヴァ州首長ヴィクトル・シュライヴァの馬鹿息子だ。

「残っていたのはコイツだけだ」

トリスタンの頭を爪先で小突き、偽騎士の一人が言った。

「捕虜にして交渉に使うか？」

「必要ない」

ヴァラスはトリスタンを見下ろし、酷薄な笑みを浮かべた。

「見せしめだ。吊るせ」

「了解」

トリスタンは歯噛みした。こんな場所で死ぬわけにはいかない。身体を捻り、足をばたつかせ、必死に拘束を振りほどこうとする。

「大人しくしろ！」

剣の柄で頭を殴られ、一瞬、意識が飛んだ。その隙に両手首に縄が巻かれ、ぎっちりと背後で拘束される。束ねた髪が乱暴に引かれる。ざくりという音とともに切られた髪が床に散る。

「立て！」

左右の腕を摑まれ、引き立たされる。

「さっさと歩け！」

背を押されても膝を蹴られてもトリスタンは抗《あらが》った。引きずられまいと両脚を踏ん張る。

「大人しくしやがれ！」

偽騎士の一人が彼の後ろ襟を摑んだ。力任せに吊り上げようとして、ビリリとシャツが破れた。痩せた背中が露《あらわ》になる。そこに銀の鱗を見て、偽騎士の一人が引きつった声で叫んだ。

「ぎ……銀呪だ！」

空気が凍った。言葉にならない声を上げ、男達が飛び退いた。

トリスタンは膝をついた。肩で息をしながら周囲を見る。偽騎士達は恐怖に凍りついている。ヴアラスは嫌悪に顔を歪めている。外地の人間は銀呪を恐れる。これは、使える。

「お前達は銀呪の血を浴びた」

トリスタンは歯を剝いた。地の底から響いてくるような、おどろおどろしい声を出す。

「お前達は銀の悪魔に呪われた。お前達は銀の鱗に覆い尽くされ、苦しみ抜いて死に至る」

レーエンデの民ならば、こんな嘘には騙されない。だが彼らは外地の人間だ。噂を信じ、無闇《むやみ》やたらに銀呪を恐れ、真実を知ろうともしない無知で蒙昧《もうまい》な人間だ。

「ひ、退けッ！」

切羽詰《せっぱつ》まった声でヴァラスは叫んだ。

「もういい！　そいつは捨て置け！　早くこの部屋を封鎖しろッ！」

叫ぶやいなや、脱兎《だっと》のごとく部屋を飛び出す。我先にと、偽騎士達も逃げていく。最後の一人が廊下に出ると、勢いよく扉が閉じられた。

「重石を持ってこい！」

「急げ！」

慌《あわ》ただしい怒号が聞こえる。扉の向こう側、重いものを引きずる音が響く。近くの部屋から椅子や寝台を運んできたのだろう。それらが積み上げられるたび、木の扉がギシギシ軋む。

「この階にはもう入らないほうがよさそうだな」

「うわ、ヤベえ！　あいつの血がついてる！」

「こっちに来んな！　銀呪がうつるだろうが！」

声と足音が遠ざかっていく。

どうやら命拾いしたらしい。トリスタンは大きく息を吐いた。脱力し、湿った床に倒れ込む。仰向けになると縛られた手首が痛んだ。拘束を解こうと腕に力を込めてみる。だが縄は頑丈で結び目は固く、緩む気配すらない。

諦めて床に足を伸ばし、揺れるランプを見上げた。

さて、ここからが問題だ。脱出口の縄梯子は切り落としてしまった。穴から身を投げ、滝壺に飛び込むことも出来なくはないが、滝は雪解け水で増水している。手を縛られていては泳げない。ほぼ間違いなく急流に呑まれて溺死《できし》する。

トリスタンは上体を起こした。周囲を見回し、ナイフを探した。

床には無数の足跡が残っている。あちこちに血溜《ちだ》まりが出来ている。だが倒したはずの偽騎士はいない。死体も怪我人も運び出されてしまっている。ナイフもない。矢筒も弓も見当たらない。あんなに慌てていたくせに、まったく抜け目のない奴らだ。

トリスタンは立ち上がった。木の扉に肩を当て、力の限りに押してみる。

当然ながら、びくともしない。

扉は開かない。縄はほどけそうにない。刃物も見当たらない。

それでも諦めるわけにはいかない。

トリスタンは岩壁に突起を探した。わずかに残った鑿《のみ》の跡に手首の縄を擦りつける。濡れた壁面は滑りやすい。縄が切れるまでには何日もかかるだろう。いっそ何もせずに体力を温存し、助けを待つという手もあった。だが脱出した仲間達は全員ティコ族だ。ウル族の集落に助けを求めても受け入れては貰えない。ここからティコ族の村まで、どんなに急いでも六日はかかる。応援を引き連れて戻ってくるまで十二日。飲まず喰わずで十二日間生き抜くのはかなり厳しい。けれど——

「絶対に脱出してやる」

声に出して呟いた。手首を縛《いまし》める縄をひたすら岩壁に擦りつける。幸か不幸か、邪魔は入らなかった。遠くから岩壁を掘削する音が聞こえてくる。馬の嘶《いなな》き声も耳にした。ヴァラスはトンネルを拡張し、援軍をレーエンデに招き入れるつもりだ。馬の頭数が揃い、新しい跳ね橋が用意出来たら、偽のシュライヴァ騎士団は進軍を開始する。そうなる前に水門を開いて連中を押し流し、トンネルを沈め、侵攻を阻止しなければならない。

朝が来て、夜が来て、また朝が来た。オイルランプはいつの間にか消えていた。疲れ果てて少しまどろむことはあっても、それ以外は手を休めなかった。岩壁から滴る水で渇きをごまかし、傷に滲んだ血を舐めて空腹を慰め、ひたすら作業に打ち込んだ。

三日もすると空腹は感じなくなった。その代わり頭がぼうっとしてきた。なぜ自分がここにいるのか、ここで何をしているのか、わからなくなってきた。

気づくと床に倒れていた。起き上がらなければと思っても、身体を動かす気力が湧かない。縛られたままの両腕は痺れ、指先にはもう感覚がない。手首の皮膚は赤剝けて、身じろぎするだけでも痛みが走る。

トリスタンは目を閉じた。そろそろ限界だ。これ以上、体力を失えば生存の可能性はさらに低くなる。一か八か、このまま滝壺に飛び込むしかない。

「トリスタン、生きてるか？」

瀑布の轟音に紛れ、ヘクトルの声が聞こえた。

目を閉じたままトリスタンは笑った。まずいな、幻聴まで聞こえ始めた。

「俺だ。ヘクトルだ。助けに来たぞ！」

しつこい幻聴だな。

トリスタンは薄目を開けた。滝壺へと開いた穴から光が差し込んでいる。芋虫のように床を這い、穴に頭を突っ込んだ。目を射る太陽、舞い上がる水しぶき、逆さまになった視界の中、対岸の岩場に炭坑夫達の姿が見えた。大岩の上に立っているのはヘクトルだ。なぜか上半身裸で下穿き一枚になっている。靴も履いていない。その腰にはロープが幾重にも巻きつけられている。

ダールがこちらを指さし、何か叫んだ。脱出口から顔を出したトリスタンに気づいたのだ。砦から射かけられる飛矢をものともせず、ヘクトルはさらに声を張り上げる。

「生きているなら飛び降りろ。ダールが例のものを動かす。その前にそこを出るんだ」

『例のもの』とは切り札のことだ。水門が開かれれば砦に水流が押し寄せる。それを知っているのは団長とダールと自分だけだ。

これは夢じゃない。幻聴でも幻覚でもない。

笑いがこみ上げてきた。堪《こら》えきれず、声を上げてトリスタンは笑った。

団長のあの格好！　名誉あるシュライヴァ家の男子にあるまじき姿だ。どう見ても泳ぐ気満々じゃないか。滝壺に落ちた僕を助けるために、彼は自らこの急流に飛び込むつもりなのだ。

団長、やっぱり貴方は僕の英雄だ。

冷え切った胸に闘志が芽生《めば》えた。萎えた手足に力が戻ってくる。トリスタンは一度身を引き、穴の下を覗き込んだ。泡立つ滝壺、渦巻く急流、両手を縛られていなくても溺れてしまいそうだ。しかも崖の中腹には縄が張り巡らされ、いくつもの鉄鈴がぶら下がっている。思い切って飛び出さなければ、あの縄で首を吊ることになる。

「やってやろうじゃないか」

トリスタンは覚悟を決めた。頭から穴をくぐり抜ける。足先を縁に引っかけ、逆さまにぶら下がる。目を閉じて、思い切りよく岩肌を蹴った。

「——ッ！」

落ちていく。真《ま》っ逆《さか》さまに落ちていく。水つぶてが頬を叩き、耳元で風が轟々《ごうごう》と鳴る。目の前に滝壺が迫り、次の瞬間、視界が泡で埋め尽くされた。浮き上がろうにも水面がどちらにあるのかわからない。急流に翻弄され、なす術もなく流される。もう息が続かない。唇から気泡が溢れる。口から鼻から水が流れ込んでくる。

気を失う寸前――
力強い手が彼を捕らえた。

長い夢を見ていたような気がする。

とても大切なことを理解したような気がする。

目を開くと板張りの屋根が目に入った。無骨な棟木《むなぎ》、交差する垂木《たるき》、丸太を組み上げた質素な小屋だ。居住区が整うまでの間、作業員達が暮らしていた簡易宿舎だ。

トリスタンは身体を起こそうとした。が、節々が痛んで手足に力が入らない。呻き声を上げると、視界に男の顔が現れた。

「起きたか」

ヘクトルだった。彼はトリスタンの目を覗き込み、安堵の笑みを浮かべた。

「よく頑張った。よくぞ生き抜いていてくれた」

答えようとして、トリスタンは咳き込んだ。咳をするたび胸の奥がキリキリと痛む。呼気に血の臭いがする。

「団長……」

喘鳴《ぜんめい》の合間に呼びかけた。

「ど、うして……ここに……？」

「ユリアがお前の危機を察知した。それで俺に、助けに行けと言ったんだ」

寝台に腰掛け、ヘクトルは沈痛な面持ちで手を組んだ。

「ユリアに宿った命は銀呪を持つ者の目を通じてレーエンデを見ている。それが夢となって頭に流れ込んでくるのだと前々から聞かされていたんだが、俺にはとても信じられなかった。お前が竜の首で健やかに暮らしていると告げられても、願望が夢に現れただけだと教え諭してしまったくらいだ」

まったく面目ないと頭を下げる。

「ユリアが例の機構のことを口にした時、娘の見ている夢がただの夢でないことを悟った。お前がヴァラスに殺されると聞いて一も二もなく馬を走らせた。途中でダールと出会い、彼から事情を聞き、もはや存命は望めない絶望的な状況であることを知った。でも、お前のことだ。きっと機転を利かせている。必ずや生き延びている。そう信じてここまで来た」

思った通りだったと言い、なかなかお前もしぶといなとうそぶき、ヘクトルはトリスタンの頭を手荒く撫でた。人好きのする笑み、以前と変わらない態度、だがその目には涙が光っている。

トリスタンも目頭が熱くなった。ごまかすために瞼を閉じた。いつものように軽口を叩こうとした。なのに――

「ありがとうございます」

口をついて出たのは真摯な感謝の言葉だった。

「僕はひどいことをしたのに、あんなひどいことを言ったのに、なんで僕を……僕なんかを、助けに来てくれたんですか」

「見くびって貰っては困る」

ヘクトルは心外そうに顔をしかめた。

「お前は俺の盟友、娘の命の恩人だ。見殺しになどするものか」

それに――と言い、ぐっと唇を引き締める。

「ヴァラスがシュライヴァ騎士団を率いてレーエンデに侵攻してきたとあっては、見過ごすわけにはいかない」

「あれはシュライヴァ騎士団じゃありません。装具が身体に合っていなかったし、口調も粗野で、品がなかった」

「わかっている」ヘクトルは心配そうに眉を寄せた。「お前は溺れかけたんだ。無理して喋るな」

「でも……」

「連中の手首にはオネキツネの刺青《いれずみ》があった。マルモア州に根城を置くラウル傭兵団の刺青だ」

それで納得がいった。ヴァラスはシュライヴァ騎士団を動かせなかった。だからラウル傭兵団を雇ってシュライヴァ騎士団に見せかけたのだ。

「ヴァラスは、どうなりました？」

「死んだ」

短くヘクトルは答えた。

「砦は水没した。中にいた騎士達は溺死するか、ことごとく押し流された」

トリスタンは安堵の息を吐いた。間に合ったのだ。ヴァラスのレーエンデ侵攻は失敗に終わったのだ。しかし、ヘクトルの表情は冴えない。

「何か、問題が？」

答えはない。ヘクトルは腕組みをしたまま難しい顔で黙り込んでいる。

「教えてください。秘密の独り占めは、ズルいですよ」

ううむ……と唸り、ヘクトルは渋々と口を開いた。

「いくら兄上がヴァラスに甘いとて、この大切な局面でレーエンデを敵に回すような愚行を許可するはずがない。そもそも蟄居処分中のヴァラスが、どのようにしてラウル傭兵団と連繫を取ったのか。いかにして兄上の目を盗み、レーエンデへの侵攻を企てたのか。知っておく必要があった」

言われてみれば確かにそうだ。ヘクトルがレーエンデの民と協力し、法皇庁への圧力を強めようとしているこの時に、レーエンデに武力侵攻する理由がない。

「致し方なく、偽騎士の生き残りを痛めつけて口を割らせた」

ヘクトルは視線を落とした。無精髭の浮いた顎、その表情には過労の影が濃い。

「先月の半ば、ヴィクトル・シュライヴァが病に倒れた。緊急の措置としてヴァラスが名代となり、ゆくゆくは自分が首長になると宣言したそうだ。だが重鎮達がこぞって反対したらしくてな。まずは俺、ヘクトル・シュライヴァを呼び戻そうということになった。するとヴァラスは『自分がノイエレニエに赴く』と言い出して——」

「その結果が、この顚末《てんまつ》ですか？」

呆れ果て、トリスタンはぐるりと目玉を回した。

「あの馬鹿息子、また武功を焦ったんですね」

「それだけなら、まだよかった」

ヘクトルは拳を握った。腹立たしげに自分の膝を叩く。

「ラウル傭兵団を雇ったのはヴァラスではない。ベロア・マルモアだ」

「では、マルモア卿が、北方七州の不穏分子？」

「ああ、間違いない」

苦々しくヘクトルは答えた。

「ヴァラスは自分に蟄居を命じた父親を逆恨みしていたのだろう。そこにマルモアがつけ込んだのだ。『軍を率いてレーエンデに侵攻し、隙を突いて法皇庁に攻め込め』と、『法皇を脅して支配権を簒奪《さんだつ》し、お前が帝国皇帝になれ』と、阿呆《あほう》の耳にささやいたのだ」

あの黒ギツネめ！　と吐き捨てる。自身を責めるかのように、再び自分の膝を打つ。

「この企てが成功すればマルモアはヴァラスを傀儡《かいらい》とし、裏から帝国を支配することが出来る。たとえ失敗に終わっても、逆賊ヴァラスを捕らえて法皇に差し出し、見返りとして自分を皇帝に推戴させることが出来る」

「けど、そんなことヴィクトル・シュライヴァが許すはずがない」

そう口にした直後、トリスタンはある可能性に気づいた。彼は枕から頭を浮かせ、ヘクトルの顔を凝視した。

「まさか、ヴィクトルは——」

「すでに暗殺されたと考えるのが妥当だな」

沈痛な声でヘクトルは言った。

「これだけの暴挙に踏み切るくらいだ。たとえ存命していても、もはや目覚めることはないと確信しているのだろう。これが公《おおやけ》になれば、ロベルノ州に駐屯する帝国軍がシュライヴァに攻め込んでくる。そうなる前に、ヴァラスは法皇庁を落とす必要があったのだ」

「最悪だ」

トリスタンは寝台に倒れ込んだ。

ヴィクトル・シュライヴァは再起不能、その息子のヴァラスも死んだ。このままではシュライヴァはマルモアに乗っ取られるか、帝国軍に占領されて自治権を剝奪《はくだつ》される。阻止出来るのはヘクトルだけだ。即刻シュライヴァに戻り、応戦の準備をしなければ、彼は故郷を失うことになる。

だがシュライヴァに戻ればヘクトルは首長としての責任を負う。山積する問題をすべて解決するには長い時間がかかるだろう。交易路の建設を再開することはおろか、レーエンデに戻ってくることさえままならなくなるだろう。

「せっかくトンネルが開通したのに、完成まで、あともう一息だったのに――」

「俺は諦めないぞ」

トリスタンの弱音を遮って、ヘクトルは断言する。

「シュライヴァ騎士団はいまだ健在だ。俺が騎士団を指揮すれば事態を収束させることなど造作もない。数年もあればすべての問題にカタが付く。俺はまたレーエンデに戻ってくる」

「そんなこと――」

出来るはずがないと言いかけて、トリスタンは言葉を飲み込んだ。ヘクトルは英雄だ。数多の不可能を可能にしてきた男だ。その彼が「諦めない」と言っているのだ。彼の盟友である自分が、それを信じなくてどうする。

団長がレーエンデに戻るまでにはそれなりの時間を要するだろう。僕が生きている間に交易路が完成することはないだろう。けれどそんなことは些末な問題だ。僕の死後もレーエンデは存在し続ける。レーエンデの民は生き続ける。今は無駄に思えても、ずっとずっと先の未来で、僕らの努力は結実する。

「なら急がなきゃいけませんね」

トリスタンはヘクトルに目を向けた。

「今度はユリアさんも連れて帰るんでしょう?」

「ああ、そのつもりだ」

もはやウル族は頼れない。ノイエ族は信用出来ない。ユリアがどんなにレーエンデを愛していても、レーエンデに残りたいと言い張っても、置いていくわけにはいかない。

「トリスタン、お前も一緒にシュライヴァに来い。そうすればユリアも――」

「お断りします」

「だが――」

「前にも言ったでしょう？　レーエンデの空気を吸っていないと僕は死んじゃうんですって。あれ、冗談じゃないんです。外地では銀呪化の進行が早まるんです。今の僕がレーエンデを出たら、数分と保《も》たずに銀の灰になります」

トリスタンは右腕を伸ばした。肩から指先まで銀色の蔦が絡みついている。以前はしなやかな筋肉に覆われていた腕も、今は関節が浮き出るほどに痩せ細っている。

「もう食べ物が喉を通らないんです。銀呪に臓腑《ぞうふ》をやられてるんだと思います」

だから――と言って拳を握り、それを胸に押し当てる。

「ノイエレニエまでお供させてください」

「無茶を言うな。お前は四日間も監禁されていたんだぞ。しかも溺れて、水を吐いたばかりだ。その身体で無理をしては、ますます死期を早めることになる」

「承知の上です。今日まで僕が生き恥を晒してきたのは、もう一度ユリアさんに会いたかったからです。彼女に会って許しを乞い、きちんとお別れを言いたかったからなんです」

トリスタンは苦労して身体を起こした。

「お願いします。連れて行ってください。どんな早駆けにも付いていきますから。途中で倒れたら、道端《みちばた》に捨て置いてくれてかまいませんから」

「そんなことをしたら、助けた意味がなくなるだろうが」

ぼそりと呟いて、ヘクトルは苦笑した。

「明日の朝、ここを出る」

トリスタンの肩に手を置いて、英雄は力強く宣言した。

「一緒にユリアを迎えに行こう」


大アーレスの山裾に建てられた簡易宿舎には、竜の首にいた男達が戻ってきていた。

「こんなことになっちまうなんてな」

ダールが口惜《くちお》しそうに呟いた。他の男達の顔にも悔しさが滲んでいる。

「嘆くことはない」

そんな中、ヘクトルは一人朗笑する。

「一時ここを離れるだけだ。すぐに問題を解決して戻ってくる。トンネルの水を汲み出し、掘削作業を再開し、交易路を完成させる」

「ま、団長ならそう言うよな」

ダールは肩をすくめた。仲間達の顔を見回してから、ヘクトルへと目を戻した。

「待ってるよ。俺達はここで、英雄の帰還を待っている」

名残《なごり》を惜しむダール達に別れを告げ、二人は馬に乗り、ノイエレニエを目指した。

街道はすでに整備されている。邪魔な岩は取り除かれ、木々も伐採されている。障害物のない平坦な道だ。もっと馬を急がせることも出来ただろう。しかしヘクトルはそうしなかった。

僕を気遣っているんだとトリスタンは思った。手加減など不要だと、言えるものなら言いたかった。だが衰弱した身体はすでに限界を超えていた。気を緩めると意識を失いそうになった。何度も嘔吐を繰り返し、胃液すら吐き尽くし、血を吐きながら走り続けた。陽が落ち、野営のために馬を止めると、その背から転がり落ちた。ヘクトルが渡してくれた水筒から水を飲み、気を失うようにして眠った。

三日間走り通して北部森林地帯を抜けた。道の先にレイル村が見えてくる。先を走っていたヘクトルが馬を止めた。もう我慢がならないというようにトリスタンを振り返る。

「ここまでだトリスタン。このままではお前の身体が保たない。レイル村で休んでいろ。俺がユリアを連れてくる」

「いやです」

トリスタンは頑なに言い張った。

「団長がユリアさんを連れてくるまで、生きていられるという保証はありません。間に合うかどうか、不安の中で待つくらいなら、走り続けて死んだほうがましです」

「まったく、お前の意地っ張りは筋金入りだな」

「団長だって同じようなもんです。僕が竜の首から顔を出した時、気づいてくれませんでしたよね。あれ、気づかなかったんじゃなくて、見えなかったんですよね。僕の姿が見つけられないくらい、右目も見えなくなってるんですよね」

「そんなことはない。見えてはいたが、ヴァラス達に気取られてはいけないと思って――」

「じゃあ、さっきなぜ案山子《かかし》に道を聞いたんです?」

むぅ……とヘクトルは唸った。

「死にかけのくせに目ざとい奴だ」

「死にかけていても案内人は務まるってことです」

トリスタンは道の先を指さした。

「急ぎましょう。早くしないと死にかけじゃなくて死体になってしまいます」

休息を取る間も惜しんで二人は馬を走らせた。四日後には満月の夜が来る。幻の海に足止めを喰っている暇はなかった。


彼らがノイエレニエに到着したのは四月十四日。竜の首を出て六日目のことだった。

サージェスの屋敷に向かう前にヘクトルは粗末な木造家屋に立ち寄った。それは城壁建設の現場監督を務めていたファーロ・フランコの家だった。ノイエレニエに滞在している間、ヘクトルはよくファーロの元を訪ねていたという。彼の知り合いに頼んで帝国軍の様子を探って貰っていたという。竜の首に向かう際、頑強なフェルゼ馬を調達してくれたのもファーロだった。

トリスタンの無事を喜ぶファーロ夫妻に対し、挨拶もそこそこにヘクトルは言った。

「急な頼みで申し訳ないが、俺が戻るまでこいつを養生させてやってくれ」

「その必要はありません」間髪を容《い》れずトリスタンは言い返した。「待ってなんていられません。僕も行きます」

「馬鹿を言うな。そんな幽霊のような顔をいきなり見せられたらユリアが卒倒してしまう」

「ちげぇねぇ」ファーロがヘクトルに同意する。「兄ちゃん、せめて髪ぐらいは整えろ。色男が台無しだぜ？」

「すぐにユリアを連れて戻る。それまで大人しく待っていろ」

問答無用に言い放ち、ヘクトルはトリスタンの肩を小突いた。それだけで彼はふらつき、床の上に膝をつく。

「おいおい、大丈夫か？」

ファーロが彼を助け起こした。その手を押しのけ、トリスタンは前に出る。

「ここまで来たんです。僕も行きま――」

最後まで言えず、トリスタンはくずおれた。ヘクトルが彼の鳩尾に拳を喰らわしたのだ。手加減した一撃だったが、彼を黙らせるには充分だった。

ようやくトリスタンが立ち上がった時、ヘクトルの姿はすでになかった。後を追おうとしたが、「やめておけ」と止められた。

「通行証を持たねぇヤツは城門を通れない。団長が一緒ならともかく、兄ちゃんだけじゃ間違いなく追い返される。門番と押し問答するだけ時間の無駄だ。だったら飯を喰って、ゆっくり休め。なぁに心配することたねぇ。団長は約束を守る人だ」

その言葉に納得したわけではない。あのエキュリー・サージェスという男はきっと何かを企んでいる。ヘクトル一人を向かわせて、もし何かあったら後悔してもしきれない。とはいえ同行しても役に立てないことはわかっていた。まともに走ることさえ出来ないのだ。これではヘクトルの足を引っ張るだけだ。

トリスタンは寝台を借りて少し眠った。湯で身体を拭き清め、新しい服に着替え、ついでに髪も整えて貰った。ティコ族特有の大らかな性格ゆえか、トリスタンの背中を見てもファーロの妻は何も言わなかった。

太陽が西に傾き、あたりが暗くなり始めた頃、ようやくヘクトルが戻ってきた。

「よくも僕を置いていってくれましたね」

恨み言を吐いてから、トリスタンはヘクトルの背後に目を向けた。

しかし、後ろには誰もいない。

「それでユリアさんは？」

「会えなかった」

低い声でヘクトルは答えた。疲れた様子で椅子に座る。乱れた髪に両手を差し込み、ぐしゃぐしゃとかき回す。

「会えなかったってどういう意味ですか？　ユリアさんに何かあったんですか⁉」

「まあまあ、落ち着け」

喰ってかかるトリスタンをファーロが抑えた。

「団長もお疲れなんだ。そう急《せ》かすんじゃねぇって」

「そうですよ」のんびりとした口吻でファーロの妻が続けた。「皆さん、お腹が空いたでしょう。団長さんのお話を聞くのは、夕食を食べながらにしませんこと？」

「カチュアの言う通りだ。腹が減っちゃ戦にならねぇ、だろ？」

「ああ、そうだな」

ヘクトルは顔を上げ、陰気な眼差しをカチュアに向けた。

「迷惑をかけてすまない」

「すぐに用意しますね」

カチュアは温かい根菜のスープと小麦のパン、バターとチーズがたっぷり入った卵焼きを食卓に並べた。

「貴方はこっちのほうがいいわね」

そう言って、トリスタンの前に粥を置く。卵が入っているらしい。蕩《とろ》けた麦の粒が金の衣を纏っている。

「いただきます」

食欲はなかったが、彼女の厚意を無駄にしたくなかった。トリスタンは匙を手に取り、小麦の粥を口に運んだ。まろやかな卵の味わいが口の中に広がる。かすかに蜂蜜の香りもする。温かな食べ物が弱った身体に熱をもたらしてくれる。彼は黙々と粥を口に運んだ。

「サージェスは言った。ユリアは創造神の御子を宿したのだと」

食べかけのパンを皿に置き、ヘクトルは重い口を開いた。

「御子は未来を選択する力を有する。その力を使えば本流の未来を、別の未来に差し替えることが出来るのだそうだ。その証拠がトリスタン——お前だ」

「……僕？」

「そうだ。竜の首でお前は喉を裂かれて死ぬはずだった。ユリアが御子の力を借り、その未来を変えさせたのだとサージェスは主張した」

「なんだそりゃあ？」ファーロが素っ頓狂な声を上げた。「んな突飛な話、団長は信じるんですかい？」

「信じがたい話ではある」

だが——と言い、ヘクトルは眉間に皺を寄せた。

「ユリアはトリスタンの危機を察知した。それを教えたのは腹に宿った嬰児なのだ。生まれ来る子は人ならざる力を持っている。それだけは確かだ」

トリスタンは頷いた。ユリアに宿った命、エールデは予言された神の御子だ。人ならざる力を持っていると言われても今さら驚きはしない。

「聖典に記された創造神の御子が誕生するとなれば、法皇はなんとしてでも御子を奪いに来る。俺にユリアの居場所を教えれば、法皇庁に隠し場所を悟られる恐れがある。ゆえに御子を出産するまでユリアはノイエ族が保護する、と言われた」

「サージェスに御子を渡しちゃいけない」

咄嗟にトリスタンは言い返した。

「あいつは御子を利用する。自分の欲望をかなえるために御子の力を浪費する。そうなれば御子は絶望してしまう。神の御子でなく悪魔の子になってしまう」

「よくわからねぇが、荒事なら俺に任せな！」

ファーロは拳で左の掌を打った。

「あのスカシ野郎を締め上げて、お嬢さんの居場所を吐かせてやる！」

「もうやった」

「……は？」

ヘクトルの言葉に、ファーロだけでなくトリスタンも目を剝いた。

「サージェスを締め上げたんですか？」

「喉元に刃を突きつけ、娘の居場所を言わないと殺すと脅した」

「それでも口を割らなかった？」

「口を割るどころか、あの男は笑った。御子を手中にすることが自分の悲願なのだと、法皇に復讐することがノイエ族の総意なのだと、もし自分が秘密を漏らしたとなればユリアは別の場所に移される、自分が殺されても同じこと、決して誰にも渡さない、と言ってあの男は笑った」

「正気じゃねぇ」ファーロが呻く。「そんな頭のおかしい連中に神の御子さんを持ってかれた日にゃ、俺達だってどんな目に遭わされるかわかったもんじゃねぇ」

テーブルに手をついて、彼は勢いよく立ち上がった。

「団長、グズグズしてる場合じゃねぇ。一刻も早くお嬢さんを取り戻そう。俺が声をかけりゃティコ族の若ぇモンが大勢集まる。青ッ白いノイエ族なんか目じゃねぇ。連中を叩き潰して――」

しッと息を吐き、ヘクトルは唇に人差し指を当てた。音もなく扉に近寄り、それを押し開く。

そこには女が立っていた。サージェスの使用人、ティコ族の娘ダリアだ。彼女はヘクトルを見上げ、恐怖に顔を引きつらせた。

「あ、あの――私……」

「てめぇ、こんなとこで何してやがる！」

鼻息荒くファーロはダリアに詰め寄った。

「薄汚ぇ雌イヌが！　俺達を探りに来やがったのか！」

ダリアはぎゅっと身を縮ませた。血の気を失った唇がわなないている。必死に何か言おうとするが、声が震えて言葉にならない。

「入りなさい」

低い声でヘクトルが命じた。ダリアは逆らうことなくファーロの家に入った。ヘクトルは周囲をうかがい、無人であることを確かめてから扉を閉じた。

「サージェスの命を受け、俺を尾《っ》けてきたのか？」

ダリアの前に立ち、ヘクトルが問いかける。口調こそ穏やかだが、その目には底冷えするような殺気が宿っている。

「俺の行動を探り、報告しろと命じられたか?」

「違います!」か細い声で娘は叫んだ。「おっしゃる通り、私は内偵を命じられていました。でも、ここに来たのは命令されたからではありません。自分の意志で追いかけてきたのです」

「んな話、信じられるかッ!」

ファーロがダリアに摑みかかった。その手を軽く撥《は》ねのけ、ヘクトルはさらに問う。

「目的は何だ?」

「団長!」ファーロが声を張り上げた。「こいつはノイエ族に魂を売った裏切り者だ! こいつの言うことにゃ耳を貸す価値もねぇ!」

「おっしゃる通りです」

今にも消え入りそうな声でダリアは言う。

「ユリア様は私のような者にも優しくしてくれました。なのに私はユリア様を裏切り、あの方の動向をノイエ族に売り渡しました。許してほしいとは申しません。私が唾棄《だき》されるべき人間であることは、私自身が一番よく知っています」

ですが――と言い、彼女は顔を上げた。涙に濡れた目で縋るようにヘクトルを見つめる。

「トリスタン様を助けてと御子に祈ってから、ユリア様は体調が思わしくないのです。食事もほとんど召し上がらず、ずっと自分を責め続けておいでなのです。なのにサージェス様は御子の名を教えろと、毎日ユリア様を問いつめて……私、もう見ていられなくて――」

涙が頰を流れ落ちていく。それを拭おうともせず、ダリアはその場に平伏した。

「ヘクトル様、私はどうなってもかまいません。どのような罰も受ける覚悟です。ですからどうか、どうかこれだけは信じてください。私はユリア様をお助けしたい。この命と引き替えにしてでも、ユリア様をお助けしたいのです！」

ティコ族の娘は額を床に擦りつけ、「お願いします」と血を吐くような声で繰り返した。

「もういい。顔を上げてくれ」

ヘクトルは彼女の前に片膝をついた。

「お前は間違いを犯したかもしれない。だがお前はユリアに尽くしてくれた。お前の献身は本物だった。お前を信じる理由など、それだけで充分だ」

ダリアの唇から言葉にならない声が溢れた。堪えきれず顔を覆って号泣する。

「ユリアは俺の希望の光だ。誰にも奪わせはしない」

ヘクトルはダリアの肩に手を置いた。

「教えてくれ。ユリアは今、どこにいる？」

「ユ、ユリア様は、孤島城の礼拝堂にいらっしゃいます。衛兵達の監視の下、鐘楼の一番上の部屋に幽閉されていらっしゃいます」

「城の構造が知りたい。見取り図を描くから部屋の配置を教えてくれ」

「はい！」

ダリアは急いで涙を拭った。

「……ありがとうございます！」

「おい、カチュア！」横柄に妻を呼びつけ、ファーロは粗野な声で怒鳴った。「グズグズすんな！とっとと紙と筆を持ってこい！」

「はいはい、ただいま」

夫の八つ当たりを鷹揚《おうよう》に受け止め、カチュアは紙と炭筆を持ってきた。

ダリアを椅子に座らせてから、ヘクトルは隣の椅子に腰を下ろした。

「まずは地上階からだ。わかる範囲でいいから警備の様子も教えてくれ」

「はい」

ヘクトルの的確な質問とダリアの確かな記憶力のおかげで、小一時間もしないうちに孤島城の見取り図が完成した。島と陸地を繋ぐのは一本の橋のみ。橋の両端は堅牢な城塞《じょうさい》門によって守られている。岩壁の上には城壁が築かれ、城壁上部にある監視回廊が城の主館を取り囲んでいる。主館の地下には貯蔵庫と牢獄《ろうごく》、地上階には厩舎と衛兵宿舎と作業場、二階は城主の住居で、三階は客間になっている。中庭の中央には礼拝堂があり、ひときわ高い鐘楼には銀呪よけの大鐘が据えられている。

「思ったより狭いんですね」

見取り図を俯瞰《ふかん》してトリスタンは呟いた。

「少し大きめの教会堂って感じだ」

「甘いぞトリスタン。狭いからと侮るな」

ヘクトルは図面を指し示した。

「まず障害となるのが、この橋と城塞門だ」

「門前で一騒動起こすってのはどうだい？」

ファーロはニヤリと笑って胸を叩いた。

「俺が衛兵を引きつける。その間に団長は城に忍び込んでくれ」

「悪くはないが、城塞門は橋の両端にあるからな。陸地側の衛兵はおびき出せても、島側の兵は動かないだろう」

「じゃあ若者達にも声をかけるぜ。大勢で大騒ぎを起こせば――」

「あまり騒ぎが大きくなると今度は脱出が難しくなる」

「あの……」控えめにダリアが口を挟んだ。「私の荷馬車に隠れてみてはいかがでしょう」

ヘクトルは隣に座る娘に目を向けた。

「登城に馬車を使っているのか？」

「週に一度だけですが、ユリア様の身の回りの品々を運ぶのです。衣装箱には女物の肌着も入っておりますので、中を検《あらた》められることはまずありません」

「なるほど衣装箱か。使えそうだな」

ヘクトルは呟き、ふと眉をひそめた。

「しかし手引きしたことが発覚すれば、お前が厳しい罰を受けることになる」

「覚悟しております」

ダリアは健気《けなげ》に笑ってみせた。

「私のことは、どうか心配なさいませぬよう」

「ダリアは私達が匿《かくま》いますわ」カチュアは夫の肩に手を置いた。「この人、顔は怖いけれど心根は優しい人なんです。同じティコ族ですもの。ダリアを見捨てたりしませんわ」

そうよね――と妻に問われ、ファーロは慌てて頷いた。

「お、おうともよ。娘ッ子の一人や二人、匿うなんざ屁《へ》でもねぇ」

「だそうですよ」

カチュアはダリアに向かい、にっこりと微笑んだ。

「遠慮なく私達を頼ってちょうだいね」

「あ……ありがとうございます」

ダリアは首を縮め、おそるおそるファーロを見やる。

「でも衣装箱はそれほど大きくはありません。一人隠れるのが精一杯です。皆様を城内にお連れすることは難しいかと思います」

「かまわないさ」ヘクトルは鷹揚に頷いた。「乗り込むのは俺一人で充分――」

「衣装箱を運ぶとなれば、男手が必要になりますよね」

トリスタンが割り込んだ。ダリアに向かい、小首を傾げる。

「その役目、僕にやらせて貰えませんか？」

「馬鹿を言え」ヘクトルが目を剝いた。「お前は面が割れている。見咎《みとが》められるに決まっている」

「衛兵は僕の顔なんて知りませんよ」

「だがサージェスは気づく」

「サージェスに会いにいくわけじゃありません。彼が常に人の出入りを監視してるなら別ですけど、さすがにそれはないですよね？」

「サージェス様は二階にある主寝室に籠もっておいでです。城塞門まで下りていらっしゃることは滅多にありません」

「しかし――」

まだ納得がいかないらしい。ヘクトルは難しい顔で腕を組む。

「トリスタンは以前にも、俺と一緒にノイエレニエに来ている。衛兵の中に、お前の顔を覚えている者がいないとも限らない」

「だとしても僕だとは気づきませんよ。髪も短いし、人相だって以前とは違いますから」

トリスタンはダリアに目を向け、戯けた仕草で片目を瞑る。

「ダリアさん。今の僕を見て、すぐにトリスタンだとわかりましたか？」

「……いいえ」

ダリアは申し訳なさそうに俯いた。

「あまりにお痩せになっていらしたので、ヘクトル様がお名前をお呼びになるまで、別の方だと思っておりました」

すみません――と小声で詫びる。

「いいんですよ、謝らなくても」

トリスタンはヘクトルに目を戻し、勝ち誇って宣言した。

「ってことで、僕も一緒に行きますからね」

ヘクトルは彼を睨んだ。反論しかけ、諦めたように笑った。

「勝手にしろ」

「そうします」

トリスタンは城の見取り図に目を戻した。

「荷馬車で行かれるのは城の裏側にある荷下ろし場までですよね。その先はどうします？　主館の中を通らなければ礼拝堂にはたどり着けません。衛兵達に見つからずに進むのは、かなり難しいと思いますが」

「俺に策がある」

自信たっぷりにヘクトルは応えた。

「この城はエルデが設計したフェルゼ州の幽閉城とほぼ同じ構造をしている。幽閉城には多くの隠し通路がある。たとえば客間、これは真下の部屋へと通じている。主寝室からは隠し階段を使って監視回廊の一階に出られる。厨房と水汲み場は壁裏にある水路で繋がっている」

言いながら、指先で見取り図を叩く。

「城塞門を抜けたら隙を見て衣装箱を出て、壁裏の水路を通って厨房に抜ける。階段を下って地下貯蔵庫に隠れ、そこで夜になるのを待つ」

「それですと脱出に荷馬車が使えなくなってしまいます。私は日暮れ前には城を出るよう言われておりますので」

「帰りはユリアが一緒だ。衣装箱に隠れるのは無理がある。ダリアはいつも通りに城を出てくれ。荷物運びがいないことを問われたら、サージェスに雑用を言いつけられたとでも言ってごまかしてくれ」

「ですがヘクトル様。荷馬車を使わずに城塞門を通り抜けるのは非常に困難かと思います」

「案ずるな。脱出方法は考えてある」

ヘクトルは見取り図の地下貯蔵庫の角を指さした。

「このあたりに大きな柱はないか？」

「ええ、ございます。妙に太い柱があって、木箱を積み上げるのに邪魔だと使用人達がぼやいておりました」

「ならば間違いない」満足そうに首肯する。「幽閉城の地下貯蔵庫の奥には秘密の船着き場がある。この孤島城も同様だろう。抜け目のないサージェスのこと、橋を使わずに脱出する方法を用意していないはずがない」

「待ってください」

トリスタンが手を挙げた。

「監視回廊には見張りがいます。今は月も明るいですから、湖に漕《こ》ぎ出したりしたら絶対に見つかります」

「わかっている」ヘクトルはにやりと笑った。「決行は明日、十五日の夜だ」

「おいおい冗談だろ⁉」

「あまりに危険すぎますわ！」

「ヘクトル様、考え直してください！」

ファーロとカチュアとダリアが口々に異を唱える。レーエンデの民がもっとも恐れるもの。それが幻の海だ。満月の夜に現れる銀色の霧、銀呪を撒き散らす銀の悪魔だ。

「満月夜に娘さんを連れて逃げるなんざ、正気の沙汰じゃねぇぜ、団長！」

眉尻を下げてファーロが叫ぶ。

しかし、ヘクトルは冷静だった。

「付近に幻の海が現れるとは限らない。たとえ時化に巻き込まれても銀呪病になるとは限らない」

「いいえ、駄目です。絶対に駄目です！」ダリアが必死に首を横に振る。「満月の下に身重のユリア様を連れ出して、もしユリア様やお腹の御子が銀の呪いにかかったら――」

「心配いりません」

答えたのはトリスタンだった。

「ユリアさんが神の御子の母親に選ばれたのは、銀呪に耐える素質があったからです。ですから、たとえ幻の海に飲まれることがあっても、ユリアさんは銀呪病には罹りません」

「そんな、何の根拠があって――」

「神の御子は銀呪を通じてレーエンデと繋がっている。銀呪に冒された者達は末端の枝葉で、御子はそれらを束ねる幹なんです。銀呪の根幹ともいうべき存在を宿すのです。銀呪に対する耐性を持つ者でなければ務まるはずがありません」

でも——と言い、トリスタンはヘクトルに目を向ける。

「団長は違います。幻の海に飛び込めば、近い将来、銀呪病を発症するかもしれない」

「かまわん」ヘクトルは鋭い目で城の見取り図を睨んだ。「ユリアを失うことに較べたら、銀呪病など恐るるに足らん」

「なら問題はないです」

トリスタンは両手を広げてみせた。

「僕はすでに銀呪を受けていますから、幻の海を恐れる理由はありません」

まだ不安そうな顔をしているダリアやファーロを見回し、ヘクトルは宣言した。

「決まりだな」

「決行は満月の——」

カタカタとランプが揺れた。ゴゴゴ……という重い地響きとともに大地が激しく鳴動する。家の梁《はり》がミシミシと軋む。鎧戸がギギィと悲鳴を上げる。ダリアが頭を抱えてうずくまる。ファーロはカチュアをかばい、テーブルの下に逃げ込んだ。

激しい揺れをものともせず、ヘクトルは外へと飛び出した。彼を追いかけ、トリスタンも小屋を出る。噎せ返るような潮の匂い。強烈な風に煽られて、トリスタンはよろめいた。

「なんだ、あれは！」

夜空に向かい、ヘクトルが叫んだ。城壁の向こう側に巨大な竜巻が見える。銀色の大渦が霧を孕み、湖水を吸い上げ、空高く伸びていく。

「時化だ」

全身に鳥肌が立つ。これほど強烈な時化の気配は今まで感じたことがない。

「時化だと？」

トリスタンの呟きを聞きつけ、ヘクトルが振り返った。

「満月でもないのに、なぜ時化が来る？」

「生まれたからです」

銀の竜巻を見上げ、トリスタンは答えた。

「神の御子が誕生したんです」

荒れ狂う銀の嵐、吹《ふ》き荒《すさ》ぶ銀の烈風、凶暴な颶風《ぐふう》が轟音と稲光を放つ。雲間に瞬く閃光《せんこう》に巨大な影が浮かび上がった。背に生えた無数の棘、帯状に垂れ下がった鰭《ひれ》、空中を泳ぐ銀の異形——幻魚の群れだ。地鳴りのような啼《な》き声《ごえ》が響く。ぼおおおぉ、ぼおおおぉ……異形の魚が啼いている。

「行くぞ、トリスタン」

ヘクトルが彼の背を叩いた。

「お前の案内がなくては逃げ切れない。きついだろうが一緒に来て貰うぞ」

「了解です」

サージェスは御子の名前を欲している。二つ身になったらユリアに何をするかわからない。

「急ぎましょう」

「団長ッ！」

家の裏手からファーロが出てくる。鞍を載せた二頭のフェルゼ馬を連れている。

「こいつを使ってくれ。急いで馬車も手配する」

「馬車はもう必要ない」

ヘクトルは手綱を引き寄せた。

「お前はここでカチュアを守れ。ダリアのことも頼んだぞ」

ファーロは言い返そうとした。が、何も言わずに顎を引く。

「トリスタン、これを持っていって」

カチュアが弓と矢筒、鞘に収めたナイフを差し出した。

「無事にユリアさんに会えることを心から祈っていますよ」

「ありがとうございます」

トリスタンはそれらを素早く身につけ、馬に飛び乗った。

「頼んだぞ、団長ッ！」

「どうかご武運を！」

ファーロとダリアの声を背に、二人は馬を走らせた。


城壁の門が開け放たれている。我先にとノイエ族が駆け出してくる。泣く者、叫ぶ者、錯乱状態で人を押しのける者、人々の流れに逆らってヘクトルとトリスタンはノイエ族の街に入った。

月光に晒された石造りの街並み、その先にレーニエ湖がある。銀色に輝く湖に巨大な竜巻が聳えている。荒れ狂う嵐の中を幻魚が泳いでいる。みっしりと並んだ鱗、ぬめぬめと光る腹、背には無数の棘が蠢いている。その一匹が街に降りてきた。長い鰭が建物の屋根をかすめ、煙突を破壊する。砕けた煉瓦が屋根に落ち、破片がバラバラと降ってくる。

「なぜだ」

上空を仰ぎ、ヘクトルは呻いた。

「こいつら、なぜ実体を持っている」

「たぶん神の御子が生まれたせいです」

前方に見えてきた孤島城を指さし、トリスタンは答えた。

「神の御子は光を得て始原の海へと帰還する。幻魚は御子を迎えに来たんです」

幻魚の群れが孤島城の周囲を泳ぎ回っている。何かを訴えるかのように野太い声で啼いている。

しかし銀呪よけの鐘が絶え間なく打ち鳴らされるせいで、幻魚は塔に近づけない。

うおおぅん、うおおおおぅん……！

猛々しい咆吼《ほうこう》。異形の巨大魚はガチガチと牙を鳴らし、棘のような背鰭をくねらせた。荒れ狂う巨体がノイエレニエの街を薙《な》ぐ。鰭が屋根を破壊し、巨大な尾鰭が建物を粉砕する。壁が崩落し、瓦礫《がれき》が降りそそぐ。断末魔の悲鳴を上げ、瀟洒《しょうしゃ》な館が倒壊する。

落下してくる煉瓦を避け、二人は馬を走らせた。湖岸に到達すると暴風とともに銀の霧が吹きつけてきた。渦を巻く銀の風、湖水を覆う銀の霧、その中にちかちかと小さな光が瞬いている。

何だ、あれは？

トリスタンは目をこらした。

水平線に瞬く光。あれは灯火、松明の明かりだ。はるか南の対岸から途方もない数の灯火が近づいてくる。しかしレーニエ湖にあれほどの数の船はない。まさかと思い、トリスタンは湖面を凝視した。銀一色に染まったレーニエ湖、湖面に浮かぶ鱗状の細波《さざなみ》。それは強風に煽られてなお凍りついたように動かない。

「団長！」

先を行くヘクトルの背に、トリスタンは叫んだ。

「湖水が銀呪化しています！　固まった湖を渡って帝国軍が攻め込んできます！」

「アルゴ三世め」ヘクトルはギリギリと歯噛みした。「これを待っていたのか！」

法皇アルゴ三世は知っていたのだ。創造神の御子がレーエンデに誕生することも、巨大な時化が湖面を硬化させることも、それが今夜であるということも、知っていて準備を進めていたのだ。でなければ間髪を容れずにこれほどの大軍が押し寄せてくることの説明がつかない。

「こっちだ、トリスタン！」

ヘクトルが馬の向きを変えた。桟橋を駆け抜け、湖面に向かって跳躍する。

トリスタンは悲鳴を上げそうになった。銀呪結晶化した湖水が割れ、馬もろとも湖に飲まれる──かと思いきや、馬は湖面に降り立った。勢いそのまま疾風のごとく、湖の上を駆けていく。

「もう、ほんと無茶するよなぁ！」

トリスタンは馬の腹を蹴った。勇敢なフェルゼ馬は臆することなく湖へと飛び降りる。銀呪結晶化した湖面はまるで氷原のようだった。自ら光を発しているかのように淡く銀色に輝いていた。銀の嵐を切り裂いて、二人は孤島城に近づいた。銀呪を恐れたのか、幻魚を恐れたのか、監視回廊の矢狭間は閉ざされている。城壁の上に見張りの姿も見当たらない。

飛矢の攻撃を受けることもなく、屹立する岩壁へとたどり着いた。湖面すれすれの場所に半円の穴が開いている。自然窟《くつ》ではない。城内へと続く水路だ。二人は馬を降り、水路へと入った。天井は低く、腰を曲げないと歩けない。向かう先は真っ暗だ。背後から差し込む月明かりだけが頼りだ。

「足下に気をつけろ」

ヘクトルの声がした。

「ここから階段になっている」

つるつる滑る湖面の感触がゴツゴツとした岩に変わった。手探りで岩階段を上ると、わずかに周囲が明るくなった。はるか上方のアーチ窓から月光が差している。

ヘクトルが正面の壁に近づいた。その姿がかき消える。慌てて駆け寄ると岩壁に隙間があった。背中を擦りながら細い通路を抜けると今度は広い空間に出た。四角い窓から差し込む月光が壁際に並んだ巨大な樽や木箱を照らしている。

二人は地下貯蔵庫の階段を上った。無人の厨房を横切り、主館一階の廊下を抜け、中庭に面した回廊に出る。噎せ返るような血の臭いがした。白い敷石も並んだ円柱も鮮血に濡れている。その先に広がる中庭にはバラバラに引き裂かれた衛兵達の死骸《しがい》が転がっていた。引きちぎられた手足、白目を剝いた生首、腹からこぼれ落ちた臓物。人の形を留めているものはひとつとしてない。人間の力ではこうはならない。衛兵達は幻魚に襲われたのだ。猛《たけ》り狂《くる》った幻魚の餌食《えじき》になったのだ。

トリスタンは柱の陰から顔を出し、空の様子をうかがった。絹織物《きぬおりもの》のような銀の霧を幻魚の鰭が引き裂いていく。鐘の音は絶えず鳴り響いているが、幻魚達はつかず離れず、鐘楼の周囲を泳ぎ回っている。鐘楼の一番上の部屋にユリアは幽閉されている。中庭を横切って二十ロコスほど進めば礼拝堂の裏口がある。だが中庭に身を隠す場所はない。下手に飛び出せば衛兵達と同じ運命をたどることになる。

「援護を頼む」

ヘクトルは手摺りを乗り越え、中庭へと踏み込んだ。

「団長、危険です！　戻ってください！」

仰天してトリスタンは叫んだ。しかしヘクトルは止まらない。散乱する肉塊には目もくれず、礼拝堂の裏扉へと走る。芝の上に影が落ちた。巨大な幻魚が降下してくる。ヘクトルは腰の長剣を抜いた。だが相手は十ロコス以上もある怪魚だ。ヘクトルがいかに剣技に優れていようとも、幻魚の勢いを止めることは出来ない。

考えるよりも先に身体が動いた。トリスタンは矢筒から三本の矢を抜き、指の間に挟んだ。三本を一度につがえ、弦を引き絞り、幻魚に向かっていっせいに放った。

うぼぉううう……

不気味な唸り声を上げ、幻魚は空へと舞い上がった。右目に三本の矢が突き刺さっている。

安堵したのも束《つか》の間《ま》、うようよと幻魚が集まってきた。銀の身体は半透明で白い骨が透けている。同じ形はひとつとしてない。掌ほどの小さな魚もいれば身の丈をはるかに超える大魚もいる。隙を窺うように周回していた幻魚の群れがヘクトルへと襲いかかった。剣の一閃《いっせん》が異形の魚を叩き斬る。返す刀でヘビのような幻魚を両断する。棘だらけの魚が彼の腕に歯を立てる。蝶《ちょう》のような怪魚が喉元に喰らいつこうとする。トリスタンは矢を連射して、異形の魚を次々に射貫いた。ヘクトルは怪魚を叩き落とし、斬り伏せながら、一歩、また一歩、礼拝堂へと進んでいく。

ついに扉に到達した。ヘクトルの姿が礼拝堂内へと消える。トリスタンは弓を下ろした。柱に背を預け、乱れた息を整える。絶好調とは言えないが思った以上に身体が動く。

「蠟燭《ろうそく》の最後の輝きってやつですかね」

自嘲するトリスタンの眼前を何かが過《よ》ぎった。虹色の球体——泡虫だ。それは半透明の薄膜を煌《きら》めかせ、中空にくるくると円を描く。ついてこい。そう言っているように思えた。

すぐにヘクトルがユリアを連れて戻ってくる。ここを離れるわけにはいかない。トリスタンが動かずにいると、泡虫はふわりと右に流れた。左に右に、右に左に、せわしなく揺れ動く。

「……わかったよ」

トリスタンは飾り柱から背を離した。待ってましたと言わんばかりに泡虫は回廊の角へと飛んでいき、柱の前で煙のように消え失せた。よくよく見れば柱の裏に隙間がある。細くて暗い階段が階上へと続いている。

「そういや団長が言ってたっけ。主寝室の隠し階段が回廊に通じてるって」

主寝室にはサージェスがいる。彼はいろいろなことを知りすぎている。帝国軍に捕らえられ、洗いざらい喋らされる前に口を封じておくべきだ。今なら警備も手薄になっているだろう。もし大勢の護衛兵に守られているようなら、手を出さずに戻ってくればいい。

トリスタンは弓を背負い、代わりにナイフを引き抜いた。足音を消し、階段を上っていく。蜜を焦がしたような甘い匂いが漂ってきた。銀夢葉巻の匂いだ。階段を上っていくにつれ、匂いはさらに強く、濃厚になってくる。

前方に赤い布が見えてきた。慎重に布を横にずらし、主寝室内の様子をうかがう。暖炉の火が室内を照らしている。人の姿は見えない。物音も聞こえない。トリスタンは布をくぐり、主寝室に入った。

壁には幻獣の姿を織り込んだタペストリーが飾られていた。彼がくぐり抜けた赤い布もそのうちの一枚だった。寝室の奥には天蓋つきの寝台が置かれている。右手には出窓、左手には暖炉がある。暖炉の向こう側、床の上に二本の足が伸びている。黒い長靴を履いた男の足だ。

トリスタンはナイフをかまえた。用心深く暖炉を回り込む。強烈な血の臭い。模様織りの絨毯《じゅうたん》が血に染まっている。壁に背を預け、両足を投げ出すようにして床に座っている男。その顔には見覚えがあった。

「ガフ――？」

因縁《いんねん》深い宿敵は死人のような顔色をしていた。身につけているのは薄物一枚だけ、防具はなく、武器の類いも持っていない。しかも彼は右腕を失っていた。幻魚に喰いちぎられたのだろう。傷口から鮮血が吹き出している。ささくれた肉の間から折れた骨が露出している。

不意にガフが身じろぎした。のろのろと瞼が持ち上がる。ぼんやりとしていた瞳が、ゆっくりと焦点を結んだ。

「おや、トリスタン。生きてたんだ？」

かすれた声でささやいて、ガフは皮肉っぽい笑みを浮かべた。

「君、ユリアのせいでハグレ者になったんだろ？　なのに、彼女を助けに来たの？　まったく律儀な男だねぇ」

毒気を帯びたクスクス笑いが嘔吐くような咳に変わった。喉がひゅうひゅうと鳴る。右腕だけでなく、肺腑も損傷しているようだ。

「畜生……サージェスの野郎」

呻いて血の混じった唾を吐く。

「あんなに尽くしてやったのに、絶対に許さねぇ。ああクソ痛《いて》ぇ、いってえなぁ」

「当然の報いだ」

ガフを見下ろし、トリスタンは言い捨てた。

「お前がしてきたことを思えば生温《なまぬる》いくらいだ」

「ああ、認めるよ。確かに俺は、悪いこと、いっぱいしてきたよ」

でも──と、苦しそうに顔を歪める。

「好きで汚れ仕事を請け負ってきたわけじゃない。君と同じさ。幼い頃から奇異の目で見られ、ずっと疎外されてきたんだ。森を追われ、行き場所をなくして、サージェスの手駒になるしか、生きる術がなかったんだ」

ガフはトリスタンを見上げ、哀れっぽい声で懇願した。

「なあ、助けてくれ。俺を街まで、連れてってくれ」

「動かせば出血が増える。街までは保たない」

冷静に、そして無慈悲に、トリスタンは答えた。

「諦めろ。お前はもう助からない」

「……クソッ」

舌打ちをして、彼は天井を見上げた。長い息を吐き、観念したように目を閉じる。

「帝国軍には捕まりたくない。奴らが来る前に殺してくれ。でなきゃ矢を一本残して行ってくれ」

相手は人を人とも思わない極悪人だ。同情するつもりなどさらさらない。だがガフは多くを知っている。もし生きて帝国軍に捕らえられたら、その先に待っているのは地獄の責め苦だ。有益な情報を洗いざらい話すまで、彼は死ぬことさえ許されないだろう。

「頼むよ、トリスタン。一本だけだ。いいだろ、それぐらい」

すすり泣くかのように、ガフは鼻を鳴らした。

「お前は大切なものを手に入れた。けど俺は何も持たず、たった一人で死んでいくんだ。少しぐらい哀れんでくれたっていいだろ？　情けをかけてくれたって、バチは当たらないだろ？」

ごろごろと喉が鳴る。頬がひくひくと痙攣する。ガクガクと身体が震え、ガフは横倒しになった。唇を震わせ、さらに何かを言おうとするが漏れてくるのは喘鳴だけで、もう声にはならなかった。

トリスタンは矢筒から一本の矢を引き抜き、ガフの前に置いた。

「……ありがとう」

かすれた声が聞こえた。同時に鳩尾に激痛が走った。ガフに蹴られたのだと気づいた時には、すでに仰向けに倒れていた。

「お礼をしなきゃな」

ガフは立ち上がった。左手に矢を握っている。トリスタンは跳ね起きた。攻撃に備え、ナイフを握り直す。だがガフは襲ってこなかった。トリスタンに背を向け、鏃《やじり》で寝台のカーテンを切り裂く。

白い敷布《しきふ》の上、白衣の女が横たわっている。青白い顔、閉じられた瞼、長い金髪が枕の上に広がっている。眠っているのか死んでいるのか、胸の上で両手を組んだまま彫像のように動かない。

「ユリア……さん？」

なぜ彼女がここにいる？　鐘楼の一番上に幽閉されているんじゃなかったのか？

「自由にしてやるよ」

ガフは矢を逆手に握り、左手を振り上げた。

「二人揃って始原の海に還りな」

ユリアの喉元めがけ、鏃が振り下ろされる直前、トリスタンはガフに飛びかかった。ナイフの刃を寝かせ、肋骨の間を突き通す。

「馬鹿な……男だ」

ガフが血の泡を吐く。唇を歪めて嘲笑する。

「ユリアは追われる。逃げ切れやしない。法皇庁に捕まって、嬲《なぶ》りものにされる」

「黙れ」

「そうなる前に、殺してやれ。あの哀れなトチウサギのように、とどめを、刺してやれ」

「黙れッ！」

パキンとナイフの刃が折れた。

ガフは両膝《りょうひざ》をつき、絨毯にくずおれた。末期《まつご》の痙攣が彼を襲う。目から生気が抜けていく。震えていた身体が弛緩《しかん》し、動かなくなった。

トリスタンはナイフの柄を投げ捨て、寝台に駆け寄った。

噎せ返るような甘い煙が天蓋内に充満している。枕元《まくらもと》に置かれた香炉から紫煙が立ち上っている。焚かれているのは銀色のカラヴィス葉――銀夢草だ。トリスタンはユリアを抱き上げ、窓際にある長椅子に運んだ。

「起きてください、ユリアさん！」

青ざめた頬を叩く。

金の睫毛が震えた。血の気のない唇から苦しげな吐息が漏れる。

「目を開けて、僕を見て！」

トリスタンの必死の呼びかけに、彼女はうっすらと瞼を開いた。

「返して……その子を……返して」

ユリアは上体を起こした。両手を延ばし、中空を摑む。

「や……めて、連れて、いか――ないで」

「ユリア、僕を見て。僕を見るんだ」

彼女の頬を両手で包み、トリスタンは呼びかける。

「もうじきここに帝国軍が来る。捕まれば君はひどい目に遭わされる。そうなる前に逃げるんだ。お願いだ、ユリア。僕と一緒に逃げてくれ」

「いや、行かない……どこにも行かない」

駄々をこねる子供のようにユリアは首を左右に振る。

「約束したの。私が守るって、守ってあげるって。ずっと傍にいてあげるって」

「なら僕がエールデを取り戻してくる」

彼女の目を見て、トリスタンは繰り返す。

「僕がエールデを連れてくる。そしたら一緒に逃げてくれるね？」

「いいえ……いいえ」

ユリアは両手で頭を抱えた。細い指で自分の髪をかきむしる。

「エールデは銀呪病なの。レーエンデを離れては生きていけない。私はあの子の傍にいたいの。離れたくないの。私はここに残る。どこにも行かない」

「君が残ってもエールデの助けにはなれない。ただ君が地獄を見るだけだ」

聞いてくれと言って、トリスタンは彼女の手を握った。

「法皇庁の最高司祭はイジョルニの血を引く娘達を奪い合い、監禁しては子を孕むまで陵辱《りょうじょく》する。絶望のあまり気が触れてしまう人もいた。まだ十歳の少女もいた。なのに僕は見て見ぬふりをした。レーエンデの傭兵は雇用主に逆らえない。軍規に背けば同胞達から粛清される。そう言い訳をして、僕は彼女達を見殺しにした」

あんなことは二度とさせない。

あんな思いはもう二度としたくない。

「未来ある娘達を蹂躙してまで神祖の血筋を奪い合うような連中だ。神の御子を産んだ君のことを奪い合わないはずがない。連中は君を力尽くで犯し、自分の子を産ませようとする。ユリア、君をそんな目に遭わせるわけにはいかない」

「いいの、私は、罰せられるべきなの。うんと罰せられるべきなの」

ぼんやりと遠くを見つめ、ユリアは譫言《うわごと》のように呟く。

「私はエールデの力を証明してしまった。あの子の名前を奪われてしまった。エールデが始原の海に還れないのは私のせい。私は罰を受けなきゃいけない、罰を受けなきゃいけないの」

「やめろ！」

トリスタンは叫んだ。無我夢中で彼女を引き寄せ、細い身体をかき抱く。

「ユリア、僕の最後の頼みだ。一緒に来てくれ。一緒に逃げると言ってくれ。でなけりゃ僕は力尽くで君をここから連れ出さなきゃならない。僕が一番したくないことを、君に対してやらなきゃならない。お願いだ、ユリア。頼むから、僕にそんな真似をさせないでくれ」

彼の肩越しに、ユリアは天井を見上げた。

中空をさまよっていた瞳がゆっくりと焦点を結ぶ。青い瞳に深い深い悲しみが滲んだ。

「ああ……トリスタン！」

彼を抱きしめ、目を閉じる。

「夢じゃないのね。本物の貴方なのね」

血の気のない頬を流れ落ちる涙。人形のようだったその顔に、人間らしい表情が戻ってくる。

「泣かないで、トリスタン。これ以上、貴方に重荷を背負わせたりしない。私——貴方と一緒に行くわ」


ユリアの手を引いて、隠し階段を駆け下りた。銀夢草の影響が残っているのか、彼女の足取りはおぼつかない。階段を下りきったところでユリアは躓き、床に倒れた。

「ごめんなさい」

苦しそうに肩で息をしている。頬は透き通るように白く、唇にも血の気がない。

「ここにいて」

言い残し、トリスタンは中庭に向かった。円柱の陰から夜空に聳える鐘楼を見上げる。

「団長——ッ！」

吹き荒れる銀の嵐、怒りに満ちた幻魚の啼き声、響き渡る鐘の音。

それらを凌駕《りょうが》する大声で叫んだ。

「ユリアさんを見つけました！　戻ってきてください！　早く戻ってきてください!!」

繰り返し怒鳴り散らしていると、礼拝堂の裏扉が開いた。血塗られた剣を携え、ヘクトルが飛び出してくる。服は裂け、髪は乱れ、頬にも血が飛んでいる。トリスタンは矢を放ち、駆け戻ってくる彼を援護した。纏わりつく幻魚を斬り捨て、ヘクトルは中庭を横切った。植え込みを飛び越え、回廊の床に座り込んでいるユリアへと駆け寄る。

「ユリア、無事か!?」

彼女はわずかに目を開いた。父を見て、かすかに頷くと、すぐにまた目を閉じてしまう。

「御子の名を聞き出すために、サージェスが銀夢草を使ったんです。その効果がまだ抜けていないんです」

「あの外道……ッ！」

塔の頂上を見上げ、血塗られた剣で空を薙ぐ。

「斬り捨てて幻魚の餌にしてやる！」

「そんな時間はありません」

トリスタンは弓を背負い、ユリアを抱き上げた。

「急いで！　脱出しますよ！」

三人は船着き場へと下りた。銀色に硬化した水路を抜けて外に出る。吹き荒れる嵐の中、二頭の馬が不安げに嘶いている。ヘクトルは先に馬に乗り、トリスタンからユリアを受け取った。

「背中は預けたぞ！」

鋭く言い放ち、馬の腹を蹴る。トリスタンも素早く馬に飛び乗った。

銀の霧を幾百、幾千という松明が照らしている。馬を急《せ》かせる鞭《むち》の唸り、猛々しい馬蹄《ばてい》の響き、幻魚を散らす金属音が聞こえてくる。孤島城へと押し寄せる帝国軍。その最右翼にいた一隊が突如転進した。城から離れていく二騎の馬を追走し始める。

トリスタンは舌打ちした。

「見つかったか」

今のユリアに早駆けは毒だ。馬に乗せて走ること自体が無謀だ。だが今は全速力で逃げるしかない。二頭のフェルゼ馬は湖面を走り抜け、船着き場の階段を駆け上った。

「先行します！」

トリスタンは手綱を操り、湖畔の森へと分け入った。

「ついてきてください！」

広葉樹の森は暗かった。それでも速度は落とさなかった。月明かりを頼りに藪を乗り越え、小川を渡り、夜通し馬を走らせる。

東の空が白み始める頃、ヘクトルとユリアを乗せた馬がよろめいた。異常を察したヘクトルがユリアを抱え、馬の背から飛び下りる。それと同時に馬が倒れた。汗に濡れた腹を波打たせ、力なく四肢をばたつかせている。

トリスタンは馬を止めた。耳をそばだてて気配を探る。遠くから鐘の音が響いてくる。風の音、木々のざわめき、蹄の音は聞こえない。追っ手の灯火も見当たらない。

「こっちの馬を使ってください」

トリスタンは馬を下りようとした。

「いや、お前が乗っていけ」

ヘクトルは眠り続ける娘を馬上へと押し上げる。

「ユリアを頼む」

「でも団長も怪我してます」

ヘクトルの左袖が裂けている。左手が流血に濡れている。

「たいした傷ではない」

彼は袖を引きちぎると、右手と口を使って傷口を縛った。

「俺のことよりも自分の心配をしてくれ。ここから先はお前だけが頼りだ」

トリスタンは逡巡した。負傷している団長を歩かせるなんて論外だ。でも僕の命数は尽きかけている。残り少ない命の使い方を間違えれば、ヘクトルとユリアは帝国軍の手に落ちる。それだけは絶対に避けなければならない。

「すみません。お言葉に甘えさせて貰います」

トリスタンは街道を避けた。森や岩山を選んで進んだ。夕暮れ近くになってようやく休息を取った。湧き水を飲み、道すがら集めた木の実を分け合って食べた。

あたりが暗くなると、丘ひとつ越えた山中に灯火が見えた。思っていたよりもずっと近い。トリスタンは焦燥を覚えた。こちらには土地勘がある。出来る限り痕跡も消してきた。追跡は容易ではなかったはずだ。なのに付かず離れず追いかけてくる。この追跡者、ただ者じゃない。

ノイエレニエを出て五日目。ついに古代樹の森の西端まで戻ってきた。ここまでくればファスト渓谷まではあと一日の距離だ。

ユリアを馬に乗せ、トリスタンは手綱を引いて前を歩いた。ヘクトルは周囲を警戒しながらついてくる。イーラ川沿いに北上を始めた矢先、馬上にあったユリアの身体が傾いだ。馬の背から落ちかけた彼女を、ヘクトルが抱き止める。

「ユリア、どうした、ユリア！」

呼吸が浅い。顔色が真っ青だ。揺さぶっても頬を叩いても返事をしない。

ヘクトルは片膝をついた。ユリアの白い夜着、その裾に真新しい血の染みが出来ている。

「どこだ？　どこを怪我した？」

出血箇所を探し、夜着の裾をまくりあげる。裸足の足が、ほっそりとしたふくらはぎが、白い太《ふと》股《もも》が血に濡れている。

トリスタンはヘクトルの手を押さえた。夜着の裾を元に戻し、低い声でささやく。

「怪我じゃありません。出産直後に無理をさせたせいで出血しているんです」

ヘクトルは眉根を寄せた。

「そのような場合、どうすればいいんだ？」

トリスタンは思案した。どこかにユリアを休ませてくれる場所はないだろうか。一晩だけでいい、匿ってくれる場所はないだろうか。ウル族の集落は頼れない。ティコ族の村はすでに帝国軍が押さえているだろう。西の森の狩猟小屋は遠すぎる。竜の首に逃げ込んだとしても、その先に道はない。なによりファスト渓谷を閉じられたら、それで終わりだ。

「少し上流にヒグロクマの形をした岩山があります。そこに隠れていてください」

ユリアをヘクトルに預け、トリスタンは立ち上がった。

「もし追っ手に見つかったら、川沿いに北を目指してください」

「どこに行く？」

「森の家です」

銀呪病患者は神の御子と繋がっている。彼らならきっとユリアを助けてくれる。

「助けを呼んできます」

トリスタンは一人、古代樹の森の中を走った。古代樹林を繋ぐ小道を無視し、一直線に森の家を目指した。生まれ育った森だ。方角も地形も熟知している。半日もあれば踏破出来るはずだった。だが衰弱した身体は思うように動いてくれなかった。春泥に足を取られ、幾度となく転んだ。息が切れ、何度も気を失いそうになった。頭の芯が冷たくなっていく。手足が痺れ、指先の感覚がなくなっていく。感じるのは肺腑を焼くような苦しさと、身体を刺し貫かれるような痛みだけ。それでもトリスタンは走り続けた。足は止めたら動けなくなる。座り込んでしまったら二度と立てなくなる。こんな場所で人知れず銀の灰になるわけにはいかない。

やがて春の陽は西に傾いた。夜の帳《とばり》が降りてきた。森の家にたどり着いた時には、もう夜半を過ぎていた。

家は静まりかえっていた。窓辺に明かりも見当たらない。玄関扉を押してみたが、閂《かんぬき》が下ろされているらしく扉はびくともしなかった。

「誰か……」

かすれた声で呼びかける。弱々しく扉を叩く。

「頼む、開けてくれ」

ゴトリと音がした。閂が外され、軋みを上げて扉が開く。

ランプを掲げているのはヘレナだった。彼女はトリスタンを見て、呆れたように呟いた。

「おやおや、誰かと思ったら、あんたかい」

トリスタンはその場にくずおれた。助けを求めようと口を開く。しかし、ひゅうひゅうと喉が鳴るばかりで声が出ない。

「待ってな。今、水を持ってくる」

ヘレナは彼を長椅子に寝かせると、一度奥に引っ込み、湯飲みを持って戻ってきた。水を飲み干してトリスタンは息を吐いた。死にかけていた身体に徐々に感覚が戻ってくる。

「馬車を、貸してください」

ヘレナの手を摑み、トリスタンは訴えた。

「お願いします、馬車を貸してください」

やれやれと呟いて、ヘレナは長椅子に腰掛けた。

「人に何かを頼みたきゃ、まずは事情を説明しな。それが礼儀ってもんだろ」

悠長に話をしている暇はない。そう言いかけて、トリスタンは唇を噛んだ。真夜中の来訪、しかも自分はハグレ者だ。問答無用に蹴り出されても文句は言えない。もし断られたら後がない。ヘレナの協力を得るためにはすべてを話すしかない。

逸る気持ちを抑え、トリスタンは語った。ユリアが神の御子を産んだこと、聖母を得ようとする帝国軍の騎馬小隊に追われていること、逃げる途中でユリアが倒れたこと、イーラ川沿いにあるクマ岩に二人を置いてきたこと。

「追っ手が迫っています。もう一刻の猶予もないんです。早く迎えに行かないと――」

「ああ、わかった」

もういいよと右手を挙げ、ヘレナは立ち上がった。

「クマ岩にはあたしが行く。必ず二人を連れてくる。だからあんたは大人しく寝てな」

「いえ、僕も行きます！」

ヘレナを信用していないわけではない。だが状況が状況だ。人任せには出来ない。

トリスタンは立ち上がろうとした。

「邪魔だって言ってんだよ」

ヘレナは彼の額に手を当て、トンと軽く突き飛ばした。それだけでトリスタンは長椅子の上にひっくり返った。全身の骨が軋むような激痛に襲われる。歯を喰いしばり、背中を丸めて痛みを堪える。そんな彼を見下ろして、元傭兵隊長は冷ややかに言う。

「あんたも元兵士なら自分の状態ぐらいわかってるだろ。だったら今は自重しな。あの父娘を見送りに、見返り峠まで行きたいんならね」

トリスタンは唸った。反論したかったが、あまりに正論すぎて何も言い返せなかった。

「……任せていいですか？」

ヘレナを見上げ、呻くように問いかける。

「貴方を信じていいですか？」

「鬼殺しに二言はないよ」

きっぱりと言い切って、歯を剝いて笑う。

「あたしにとっちゃ、ユリアは可愛い孫みたいなもんだ。法皇庁の薄汚いクソ司祭どもに好き勝手させてなるものかよ」

それを聞いて安堵した。ヘレナなら助けてくれる。そう思ったのは間違いじゃなかった。

張り詰めていた糸が緩んだ。トリスタンの意識はそこで途切れた。


海の夢を見た。

白い砂浜に立ち、打ち寄せる波と群青《ぐんじょう》色の水平線を眺めていた。

聞こえるのは波の音だけ。しかし一人ではなかった。近くに人の気配を感じる。大勢の人が自分と同じように海を眺めている。

顔も姿もわからない。どこの誰かもわからない。

それでも確信していた。

この人達は仲間だと。自分は一人ではないのだと。

「トリスタン、起きてくれ」

肩を揺さぶられ、彼は目を覚ました。暗い天井、見知らぬ部屋、状況が摑めない。ここはどこだと自問する。

「大丈夫か？　俺がわかるか？」

オイルランプの淡い光が一人の男を照らし出す。癖のある焦げ茶色の髪、鳶色の瞳、陽に焼けた顔には疲労が色濃く滲んでいる。

「団長！」

トリスタンは跳ね起きた。

「よかった、無事だったんですね」

「それは俺の台詞だ」

呆れたと言わんばかりにヘクトルは肩をすくめた。

「お前の無茶には慣れているつもりだったんだがな。今回ばかりは心底肝を冷やしたぞ」

それを聞いて思い出した。ここは森の家だ。僕はヘレナに助けを求めた後、そのまま気を失ってしまったんだ。

「それでユリアさんは？」

「案ずるな。ユリアも無事だ」

ヘクトルはオイルランプをサイドテーブルに置き、ベッドの端に腰掛けた。

「温かい粥を食べ、ゆっくり眠ったせいか、かなり顔色もよくなった。先ほど目を覚ましてな。お前に会いたがっている」

そこでひとつ、あくびを挟み、ヘクトルは伸びをする。

「明日は山越えだからな。今のうちに少し眠っておきたい。トリスタン、俺の代わりにユリアに付き添っていてくれないか？」

「ええ、もちろん」

トリスタンは靴を履き、立ち上がった。丸一日眠っていたせいか、少し足がふらついた。でも気分は悪くない。不必要なものが削げ落ちて、逆に身軽になった気がする。

「ユリアはここを出て左、廊下の一番奥の部屋にいる」

頼んだぞと言い残し、ヘクトルは寝台に横になった。

「おやすみなさい」と言い残し、トリスタンは部屋を出た。

扉を閉じて黙礼する。

団長は僕に時間をくれたのだ。これが最後の夜だから、二人だけで話す機会をくれたのだ。時は限られている。一秒たりとも無駄には出来ない。

トリスタンはユリアがいる部屋へと向かった。扉をノックして、呼びかける。

「ユリアさん？　起きてます？」

「トリスタン？」

「そうです」

「どうぞ入って」

失礼します——と言って引き戸を開いた。窓辺に置かれた蠟燭《ろうそく》が狭い室内を照らしている。枕に背を預け、ユリアが上体を起こしている。トリスタンは椅子を引き寄せ、寝台の傍に座った。

「体調はどうですか？」

「ありがとう。かなり楽になったわ」

ユリアは儚《はかな》げに微笑んだ。

「その髪、ヴァラスに切られたのね」

「ああ、これ？」と襟足を押さえる。「カチュアさんが整えてくれたんです。どうです？　けっこう似合ってるでしょう？」

「ええ、とても――」

言いかけて、彼女は声を詰まらせた。そんな自分を恥じるかのように両手で毛布を握りしめる。

「ごめんなさい、トリスタン。私は貴方をひどい目に遭わせてしまった。無実の貴方に罪を背負わせ、貴方からエルウィンを奪ってしまった。謝ってすむことではないけれど……ごめんなさい。本当にごめんなさい」

青白い頰を涙が滑り落ちていく。細い首、薄い肩、毛布を握る指は小枝のように細い。トリスタンは胸を突かれた。こんなにやつれてしまうほど彼女は思い悩んだのだ。ずっと自分自身を責め続けてきたのだ。

「顔を上げてください、ユリアさん」

毛布を握った彼女の手に、彼は自分の右手を重ねた。

「僕だって、ひどいことを言いました。最低な嘘を吐き、汚い言葉で貴方を侮辱しました。もう一度会って謝りたい。謝るまでは絶対に死ねない。それだけを思って生きてきました」

でも――と言い、トリスタンはするりと右手を引っ込めた。

「やっぱり謝らないことにします」

ユリアは顔を上げた。涙に濡れた目には驚きの色がある。

思い通りの反応に、トリスタンは微笑んだ。

「約束しましたよね。僕達二人でエールデを守ろうって。その約束を果たすために、僕達は大きな犠牲を払いました。でもそれは誰かに言われたからじゃない。僕もユリアさんも自分の意志でそうすることを選んだんです。僕達が力を合わせて頑張ったから、エールデはこの世界に生まれてくることが出来た。それは誇るべきことであって、謝罪すべきことじゃないはずです」

そうでしょう？　と問うように首を傾げる。

ユリアは瞬きもせずに彼を見つめた。血の気のない唇に強張った笑みが浮かんだ。

「エールデはね、夢で見た姿、そのままだったわ。いじらしいほどに小さくて、真珠みたいに真っ白で、両脚は銀の鱗に覆われていた。まだ目は開いていなかったけど、小さな両手をぎゅっと握って、か細い声で泣いていたわ。とても可愛くて、とても愛おしくて、この子を守るためならどんなことだって出来るって、命だって惜しくないって思ったの。それなのに――」

目を閉じて、首を左右に振る。

「奪われてしまった。守ってあげられなかった。サージェスにあの子の名前を教えてしまった。帝国軍の直中《ただなか》に、あの子を一人、残してきてしまった」

嘔吐くような咳をする。堪えきれず、顔を覆って涕泣《ていきゅう》する。

「エールデは還れない。神の御子として始原の海に還ることはもう出来ない。あの子は命ある限り、欲深い人間達の私欲をかなえる道具として汎用されるの。これでは世界を憎むなというほうが無理、絶望するなというほうが無理だわ。私があの子を手放してしまったから、守ってあげられなかったから、エールデは悪魔の子になるの。レーエンデを滅ぼす悪魔の子になってしまうのよ」

ユリアは膝を抱えた。膝頭《ひざがしら》に額を押し当て、声を殺して噎び泣く。

トリスタンは目を閉じた。慰めたいと思っても言葉が浮かんでこなかった。ユリアは羨ましいほど情熱的に、痛ましいほど献身的に、このレーエンデを愛していた。だからこそ大切な者達を残して逃げる自分が許せないのだ。彼女はこの先、おそらく死ぬまで、自責と後悔を抱えて生きていく。その痛みを和らげることは出来ない。けれど、自分にはまだやるべきことがあるのだと、気づかせることなら出来るかもしれない。

「ユリアさん」

静かな声音でトリスタンは呼びかける。

「僕はずっと考えていました。どうやって貴方を慰めようか、どうすれば貴方の悲しみを癒やせるのか、ずっと考えてきました。たとえば『貴方は充分に頑張った。だからもう自分を責めないで』と言ってみるとか。『僕の分まで強く生きてください』と懇願してみるとか。いろいろ考えてみたんですけど、どれも違うなって思ったんです。そういう言葉は恋人に言うには相応《ふさわ》しいけれど、僕がユリアさんに言うべき言葉じゃない。それで考え直したんです。戦に負けて、大切なものを置いて逃げなきゃいけない時に、自責の念にかられて立ち止まってしまった同胞がいたら、僕はなんて言うだろうって」

知りたくないですか？　と問いかけて、トリスタンは待った。祈るような気持ちでユリアが顔を上げてくれるのを待った。音もなく揺れる蠟燭の火。耳が痛くなるような静寂。肩にのしかかる沈黙。ユリアは膝に額を押しつけたまま身じろぎもしない。

遠くからカケドリの鳴く声が聞こえた。

もうじき夜が明ける。

トリスタンは絶望的な気分になった。僕が間違っていたのだろうか。もっと優しくするべきだったのだろうか。彼女を抱きしめて、キスをして、愛してると言えばよかったのだろうか。

ゆらりと蠟燭の火が揺れた。

ユリアはのろのろと顔を上げ、泣き腫《は》らした目で彼を見た。

「……教えて」

かすれた声で呟く。

「そんな時、なんて言うの？」

トリスタンは彼女の双眸《そうぼう》を捕らえた。胸に迫る万感の想いを込めて答えた。

「振り返るな。立ち止まるな。前だけを見て走り抜け。生きていれば奪還の機会は必ず来る」

「貴方って人は――」

言い返しかけて、声が途切れた。拗《す》ねているような、呆れているような、また泣き出しそうな複雑な表情でユリアは大きく息を吐く。

「貴方は知っていたんでしょう？　父上の目が、もうほとんど見えていないってこと」

「え――？」

意表を突かれた。つい口が滑ってしまった。

「どうしてそれを？」

やっぱりねというように、ユリアは小さく肩をすくめる。

「ノイエレニエに届く報告書をすべて使者達に音読させていたの。いい報告は口頭で聞きたいんだって言っていたけれど、父上は致命的に嘘が下手すぎるのよ」

「同感です」

「何が同感よ。貴方は同感じゃなくて共犯よ。黙っていた時点で同罪よ」

「すみません」

勢いに気圧されて、トリスタンは首を縮める。

「ユリアには黙っていてくれと頼まれて、つい頷いちゃったんです」

「父上っていつもそう。気を遣う場所を間違えるの」

腹立たしげに、ユリアはぽすん！　と枕を叩いた。

「さっきもそう。『ヴィクトルとヴァラスが死んで、シュライヴァは混乱している』って、『すぐに戻って指揮を執らないとマルモアや帝国軍に攻め込まれる』って、『不本意だろうが今回ばかりは一緒に戻って貰うぞ』って一方的に言われたわ。私が言い返す前に『安心しろ。絶対に戻ってくる。事態を収束させたら、すぐレーエンデに戻る』って、自信たっぷりに言ってのけたわ」

ヘクトルらしいと思った。竜の首でも同じようなことを言っていた。団長は諦めていないんだと炭坑夫達は感じ入っていた。

けれど、ユリアは違うらしい。

「見えすいた嘘はやめてって言い返したわ。だってそうでしょう？　神の御子はレーエンデから出られない。聖都シャイアに連れ帰れない以上、法皇庁は神の御子もろともレーエンデを手に入れようとする。もしレーエンデが帝国の支配下に置かれたら、もう自由に行き来することなんて出来ない。そう指摘したら、父上はなんて言ったと思う？」

なんとなく予想はついたが、トリスタンはあえて答えず、問い返した。

「なんて言ったんですか？」

「『ならば北方七州を取りまとめて新しい国を興す』って、『聖イジョルニ帝国を倒してレーエンデを取り戻す』って真顔で言ったの。私じゃなくて、この枕に向かってね。もう呆れ果てて、言い返すのも忘れちゃったわよ。娘と枕の区別もつかないくせに、北方七州を取りまとめるとか、新しい国を興すとか、帝国を倒すとか、そんなの、無理に、き、決まってるじゃない」

こみ上げてくるものを抑えるように、ユリアは唇を引き結んだ。

「無理なのよ。父上だけじゃ、絶対に無理」

だから――

「私が父上を助ける」

ユリアはトリスタンを見て、力強く繰り返した。

「私が父上を助ける。私が目となって父上を支える。私が父上の背中を守る。もし父上が道半ばで倒れたら、そこから先は私が走る。何年かかるかわからないけれど、何十年、何百年かかっても、絶対に諦めない。いつか必ずレーエンデに戻ってくる。法皇の手からエールデを取り戻して、始原の海に還してみせる」

トリスタンは息を止めた。でないと快哉《かいさい》を叫んでしまいそうだった。その答えが聞きたかった。そう言ってくれると信じていた。

「僕はもう、団長やユリアさんと一緒には走れません。だから――」

声が震えそうになり、トリスタンは喉元を押さえた。

「だから僕はエールデを守ります。ユリアさんが戻ってくるまでの間、あの子が寂しがらないように、僕が傍にいます。この身体が灰になっても、たとえ魂だけの存在になっても、決して離れないと約束します」

ユリアの顔が悲しげに歪んだ。

だが、それも一瞬だけだった。

「ありがとう、トリスタン」

目を潤ませて、彼女は精一杯に微笑んだ。居住まいを正し、彼に右手を差し出した。

「エールデのこと、よろしくね」

トリスタンは頷いて、彼女の右手を握った。

「団長を、お願いします」

ぐいと手が引かれた。思わず前のめりになる彼を、ユリアがしっかと抱き止めた。両手を彼の背に回し、ぎゅっと抱きしめる。

予想外の行動だった。拒むことも避けることも出来なかった。どうするべきか、さんざん迷ったあげく、トリスタンは彼女の背中に手を回した。

今夜、僕はいい仕事をした。これぐらいの役得は許されるだろう。

扉を叩く音が響いた。

「起きてるかい？」

緊迫したヘレナの声。ユリアは彼から離れ、トリスタンは立ち上がった。それと同時に扉が開く。廊下の窓から光が差している。空は灰色の雲に覆われているが、東の稜線はすでに白く輝いている。

「マルティンに帝国軍の奴らが来たってさ。おっつけここにもやってくるだろう」

ヘレナはトリスタンの肩越しに、ユリアに向かって呼びかけた。

「おはようユリア、起きられそうかい？」

「はい、もう大丈夫です」

凜《りん》として答えるユリアを見て、ヘレナは満足げに微笑んだ。

「うん、いい顔だ。それでこそあたしの愛弟子《まなでし》だ」

「ヘレナさん、私——」

「いいよ、何も言わなくていい。それよか急いで支度しな」

あんたもだよ——と、ヘレナはトリスタンを小突いた。

「あたしの馬をくれてやる。見返り峠までシュライヴァ父娘を送り届けてきな」

マルティンから知らせを届けてくれたのはホルトだった。真っ赤な顔をして床に座り込んでいる従兄弟に向かい、トリスタンは言った。

「エルウィンは君に譲ります。大切にしてくださいね」

「……わかった」

かすれた声でホルトは答えた。

「二階の部屋は、団長のために空けておく」

「よろしい」

トリスタンはにっこりと笑った。

「これから大変でしょうけど、君なら大丈夫ですね」

「あ……当たり前だ」

ホルトは立ち上がろうとしてよろめいた。まだ無理だと悟ったらしい。再び床に座り込み、そこからトリスタンを見上げた。

「行くのか」

「はい」

笑顔で答える彼を見て、ホルトは唇を歪めた。右手で顔を隠し、呻くように呟いた。

「さよならなんて言わないぞ」

「じゃあ、僕も言わないでおきますね」

数分後、ユリアが部屋から出てきた。服を着替え、髪を結い上げている。頬はまだ青白いが、目には生気が戻っている。

ヘレナの馬にユリアと同乗し、トリスタンは手綱を握った。ヘクトルはヘレナに礼を言い、馬の鼻先を北へと向けた。名残を惜しむ銀呪病患者達に見送られ、彼らは森の家を後にした。

今年は春の訪れが早い。山裾は雪解け水にぬかるんでいる。春泥に足を取られないよう、二騎の馬は慎重に急峻《きゅうしゅん》な岨道《そばみち》を登った。岩場を抜け、大岩に挟まれた隘路を登る。やがて見返り峠に到達し、トリスタンは馬を止めた。

曇天の下、目路の限りに古代樹の森が広がっている。若葉萌《も》える新緑を割って、人馬の集団が現れる。帝国軍の騎馬隊だ。先頭の男がこちらを指さした。まだ雪の残る急斜面を恐れることなく突き進んでくる。

「やっぱりただ者じゃなかったな」

我が身を幻の海に晒してまでレーエンデにやってくるような強者だ。それが自分の意志であれ、強制されたものであれ、命懸けであることは間違いない。その覚悟には敬服するが、だからといって手加減をするつもりはない。

「僕はここで連中を足止めします」

トリスタンは手綱をユリアに渡した。馬を下り、道の先を指さした。

「この先に吊り橋があります。渡り終えたら橋を落としてください」

「お前が戦うなら俺も戦う」ヘクトルが馬から下りようとする。

「駄目です！」トリスタンは一喝した。「貴方の戦場はここじゃない。ここで戦っても意味がない。故郷の地を焼け野原にしたくないなら、今はシュライヴァに戻ることだけを考えてください」

「お前は俺の戦友だ。戦う意味などそれだけで充分だ」

「ならば私も残ります」

二人の間にユリアが割って入った。

「私の使命は父上を無事にシュライヴァに連れ帰ることです。ですが父上が戦いたいと言うのであれば致し方ありません。私もともに戦います」

ヘクトルは唖然《あぜん》として娘を見つめた。彼は誰よりも娘のことを想っている。ユリアが「私も残る」と言えば、ヘクトルは先に進まざるを得なくなる。

完璧《かんぺき》です、ユリアさん。完璧な作戦です。

トリスタンは目顔で礼を伝えた。

ユリアは小さく頷いた。

「さあ、行って！」

トリスタンは矢を一本抜き取った。その矢羽根でヘクトルの馬の尻を叩く。驚いた馬が走り出す。その馬上でヘクトルは身を捩《よじ》って叫んだ。

「戻ってくるぞ、トリスタン！　必ず戻ってくるからな！」

娘と同じことを言う。まったく似た者父娘だなと思った。

トリスタンはユリアを見上げた。

ユリアもまた、彼を見つめた。

激励の言葉はもういらない。彼女に後押しは必要ない。

それでもトリスタンは叫んだ。

「走れ、ユリア！」

ヘクトルの背中を、その先にある未来を指さす。

「振り返るな！　立ち止まるな！　前だけを見て走り抜け！」

「はい！」

笑顔で答え、ユリアは馬の腹を蹴った。フェルゼ馬が軽やかに走り出す。

二人を見送るトリスタンの頬に水滴が落ちた。鈍色《にびいろ》の空からぽつり、ぽつりと雨が降ってくる。

「ああ、そうか」

曇天を見上げて独りごちる。

「彼女が雨、だったんだ」

これまでずっとユリアは花だと思っていた。触れることが出来ないなら、せめて花に降る雨になりたいと思ってきた。まったくとんでもない思い違いだ。地に咲いていたのは僕だ。大地に縛られ、どこにも行かれず、渇いて死ぬのを待っていた。そこに彼女がやってきた。僕を渇きから救い、もう一度、花を咲かせる機会をくれた。時に優しく、時に激しく降る雨は、僕の絶望と後悔を、綺麗に洗い流してくれた。

僕の雨、愛しい驟雨。君のために、僕は最後の花片が散り落ちるまで戦おう。

遠ざかる二人に背を向けて、トリスタンは弓をかまえた。

帝国軍の騎馬が隘路を登ってくる。彼は唇を舐め、その一人に狙いを定めた。矢を放ち、新たな矢をつがえては放つ。兵士達は馬を捨てて岩陰に隠れた。それでもトリスタンは攻撃の手を緩めなかった。弓を握った腕が銀呪に覆われていく。矢をつがえる指先が銀色に染まっていく。銀の鱗が顎から頬へと広がり、銀の蔦が目の中に入り込んでくる。

そこにトリスタンは見た。

はるか過去、はるか未来、それらが折り重なって目の前に広がるのを見た。


レーエンデの誇りのために戦う女がいた。

弾圧と粛清の渦中で希望を歌う男がいた。

夜明け前の暗闇に立ち向かう兄と妹がいた。

飛び交う銃弾の中、自由を求めて駆け抜ける若者達がいた。


彼はすべてを理解した。

花に雨が降るように、時には嵐もあるように、すべては必要なことなのだ。出会いと別れ、喜びと悲しみ、死んでいく者と残される者、そのすべてに理由があったのだ。レーエンデは揺り籠、エールデは胚子《はいし》。これは終わりではなく始まりだ。すべてはここから始まるのだ。

持ち矢を射尽くして、トリスタンは弓を手放した。充分に時間は稼いだ。これでもうユリア達が追いつかれることはない。

「レーエンデに自由を」

呟きが驟雨に溶ける。

花は雨を得て結実する。僕が死んでも革命の種子は残る。

悔いはない。もう何も思い残すことはない。

目を閉じると瞼の裏にユリアの面影《おもかげ》が浮かんだ。照れたような微笑み、嬉しそうな笑顔。感情豊かに輝く瞳、柔らかそうな薄紅の口唇《くちびる》。一度でいい。あの唇を味わってみたかった。最後の最後にそんなことを思う自分がおかしくて自然と笑みが浮かんだ。くすくすと笑うほどに身体が軽くなっていくようだった。

血肉を捨てて飛び立てば、またユリアに会えるかもしれない。

泣いている彼女を慰め、笑わせることが出来るかもしれない。

彼女の窮地を救い、進むべき道を示してやれるかもしれない。

レーエンデに戻ってきた彼女に『おかえりなさい』とささやいて、あの薄紅色の唇に口づけることだって、きっと出来るに違いない。

終章

トリスタン・ドゥ・エルウィンという男の記録は残っていない。唯一の例外がユリア・シュライヴァが書き残した回顧録だが、その内容は夢想的で、長い間、歴史的真偽が問われてきた。

しかし近年になって、シャイア城の図書室から新たな文書が発見された。ナダ州ジョルナ家の三男オプタス・ジョルナの手稿だ。

オプタスは悪童であったという。昼は弓矢を持って山野を駆け回り、夜は女の尻を追い回すような放蕩《ほうとう》息子であったという。栄誉と名声を求め、聖戦に参加した彼は、聖女を奪還せんとして幻の海に飛び込んだ。聖女を取り戻せば名が上がる。両親や兄弟達を見返してやれる。燃える野心に突き動かされ、寝食も忘れて聖女を追った。隊を率いて森を越え、あと一歩というところまで迫った。

だが聖女は連れ去られた。すべては一人の弓兵のせいだった。オプタスの部下達はたった一人の弓兵の前に次々に射落とされていった。その射撃は正確無比、少しでも岩陰を出ようものなら間髪を容れずに射貫かれる。鬼神のような腕前だった。

だがどんなに腕が優れていても、矢が尽きてしまえばおしまいだ。

オプタスは部下達に突撃を命じ、弓兵に矢を消費させた。そして攻撃が止まるのを待って、岩陰から這い出した。あたりには部下達の死体が転がっている。それを見て罪悪感を覚えるどころか、彼はいっそう奮起した。お前達の仇《かたき》は討ってやると、峠の岩場を登っていった。

件の弓兵は見返り峠の崖上に立っていた。茫洋と空を見上げ、無防備な姿を晒していた。その胸を狙い、オプタスは弓弦を引き絞った。腕には自信があった。この距離ならば外さない。そう思いながらも、彼は矢を放つことが出来なかった。

その理由を「弓兵が笑っていたからだ」と、オプタスは書き記している。

やり遂げたというように、生き尽くしたというように、その弓兵は笑っていた。銀色の唇に浮かぶ誇らしげな微笑みを見て、オプタスは雷に打たれたような衝撃を受けた。卑怯で矮小《わいしょう》な自分が猛烈に恥ずかしくなった。何も出来ずに見守る中、弓兵の身体は形を失い、細かな銀色の粉になった。銀粉の中から虹色《にじいろ》の球体が生まれ、雨の中に消えていくのを見て、オプタスは思った。

自分もあんなふうに笑いたい、あんなふうに笑って死にたい。

故郷のナダ州に戻ったオプタスは軍を辞め、人が変わったように勉学に励んだ。家を飛び出し、レーエンデに移住し、銀呪と幻の海の研究に生涯を捧げた。

オプタス・ジョルナが書き記した凄腕の弓兵。それがトリスタンだったのか、証明する術はない。だが多くのレーエンデ人は信じている。聖女ユリアを守り抜いたウル族の青年トリスタン・ドゥ・エルウィン。彼は実在したのだと。確かにこの世界に存在していたのだと。

聖イジョルニ暦五四二年四月十四日。後に『奇跡の日』と呼ばれることになるこの日、帝国軍はレーエンデに侵攻し、ノイエレニエを占拠し、神の御子を手中に収めた。その半月後、時の法皇アルゴ三世は聖イジョルニ帝国の国民に向けて声明を発表した。

「創造神の御子が誕生した。私はここノイエレニエを聖イジョルニ帝国の新聖都と定める。レーエンデは悪魔に呪われた土地から、神に祝福されし土地となったのだ」

奇跡の日を境に、満月の夜に現れて各地に銀の呪いを振り撒いてきた幻の海は、レーニエ湖にのみ出現するようになった。これにより銀呪病患者は激減。レーエンデの宿痾として恐れられてきた銀呪病は、はからずも過去のものとなっていく。

銀呪病の恐怖が薄れると、外地からイジョルニ人がやってきた。幻魚に破壊されたノイエ族の街は遺棄され、城壁の内陸側にイジョルニ人のための新しい街が築かれた。変容はノイエレニエだけに止《とど》まらなかった。レーエンデはレーエンデの民のものではなくイジョルニ人のものとして、その姿を変えていくことになる。

レーエンデの長い夜——苦難の歴史の始まりである。


ノイエ族の議長エキュリー・サージェスは孤島城の鐘楼に隠れ、流血の夜を生き延びた。しかし攻め込んできた帝国軍の兵士によって捕らえられ、激しい拷問の末に命を落とした。

死んだのは彼だけではない。ノイエ族は一夜にして、その人口を半分に減らした。だが城壁の内陸側、ティコ族の居住区に被害は出なかった。ノイエ族を守るために建設された城壁が皮肉にもティコ族を守ることになったのだ。


当時のウル族とティコ族は文字を持たなかった。そのため彼らについて書き記した文献は少ない。ユリア・シュライヴァが懇意にしていた者達はどうなったのか、交易路建設に携わった者達はその後をどう生きたのか。記した資料は発見されていない。

だが現存するわずかな文献に彼らの末裔《まつえい》らしき者達の姿を見ることは出来る。中でも月光石のお守りを持つ黒髪のウル族は、真の歴史を語る者として、後の物語に幾度となく登場することになる。

ヘクトル・シュライヴァはレーエンデから戻った後、紆余曲折《うよきょくせつ》を経てシュライヴァ州の首長となった。全権を掌握した彼は騎士団を率いてマルモア州に入り、ベロア・マルモアに陰謀のすべてを白日の下に晒すよう迫った。その怒りは凄まじく、一時はマルモア州の全土を焼き尽くすかとも思われた。だがベロア・マルモアが自死した後は「マルモア卿の死をもってすべてを水に流す」と宣言、それ以上の責任をマルモア家に問うことはなかった。

シュライヴァ州を立て直したヘクトルは有志を募り、軍勢を率いてレーエンデの解放に向かった。しかし完全に視力を失った彼に勝機が訪れることはなかった。

齢《よわい》五十で引退し、娘のユリアに家督を譲ったその翌年、ヘクトル・シュライヴァは病を得て死んだ。享年五十一歳。その死因は銀呪病であったとも、流行病《はやりやまい》であったともいわれている。

ユリア・シュライヴァは二十五歳でゼロア・マルモアと結婚、三十歳でシュライヴァ州の首長となった。彼女はマルモアとの絆を基盤に北方七州内の関係を深めていく。二十余年にも及ぶ粘り強《ねばりづよ》い交渉の末、聖イジョルニ暦五七五年、北方七州は北イジョルニ合州国として独立を宣言する。これにより聖イジョルニ帝国は南北に分裂、一進一退の戦争状態へと突入していくことになる。

ユリアは齢六十で嫡男に家督を譲り、夫とともに母の故郷であるレイム州へと移り住んだ。レイム州の首長を説得し、レイムの民にも働きかけ、東方砂漠と隣接する土地に緩衝地帯を設けた。グアイ族の捕虜に無償で土地を与え、緩衝地帯を開墾させ、そこで実った小麦を彼らのものにすることでグァイ族の定住を図った。

変化はすぐには訪れなかった。東方砂漠を遊牧し、故郷と呼べる地を持たず、必要な物資を略奪することによって生きてきたグァイ族は定住を是としなかった。しかし時を経るごとに、安定を求める者達が緩衝地帯に集まってきた。やがて彼らは国境の防人《さきもり》として、北イジョルニ合州国になくてはならない存在になっていくのだが、その詳細は後述の物語に託そう。

晩年のユリアは夫の死を機にフェデル城の離宮に隠遁《いんとん》し、レーエンデで過ごした若き日の思い出を書き綴《つづ》った。『花と雨』と題された回顧録。その最後に彼女はこう書き記している。


いつの日にかレーエンデに戻ろう。神の御子を始原の海に還そう。

その時が来るまで、たとえこの身が滅びても、私の魂は生き続ける。

レーエンデが自由を取り戻すその日まで、私は決して諦めない。


『レーエンデの聖母』として今も多くの国民から愛されるユリア・シュライヴァ。彼女は聖イジョルニ暦六〇四年八月十八日、四人の子供と多くの孫に囲まれ、その波乱の人生を閉じた。享年八十二歳。

父ヘクトルにも成し得なかった偉業を成し遂げ、誰よりも長い道程を走り抜けた革命の始原者は、生涯にわたりレーエンデを愛し続けた。

しかしながら、再びレーエンデの地を踏むという彼女の悲願は、ついぞかなうことはなかったという。

本書は書き下ろしです。

多崎 礼
（たさき・れい）

2006年、『煌夜祭』で第2回C★NOVELS大賞を受賞しデビュー。
著書に「〈本の姫〉は謳う」、「血と霧」シリーズなど。

レーエンデ国《こく》物《もの》語《がたり》

2023年6月12日　第１刷発行
2024年5月28日　第11刷発行

著者　多崎《たさき》礼《れい》
発行者　森田浩章
発行所　株式会社講談社
〒112-8001
東京都文京区音羽2丁目12-21
電話　出版　03-5395-3506
販売　03-5395-5817
業務　03-5395-3615
本文データ制作　講談社デジタル製作
印刷所　株式会社ＫＰＳプロダクツ
製本所　株式会社国宝社

ISBN 978-4-06-531946-8
N.D.C.913 494p 19cm

KODANSHA

次巻予告

第二部　『レーエンデ国物語　月と太陽』

レーエンデを渦巻く運命は動き出した。
次の物語は、怪力無双の村娘と良家の少年が
出会ったときに始まる。

さあ、革命の話をしよう。

2023年
8月9日
発売中